각인

널 갖겠어

각인 : 널 갖겠어

초판 1쇄 찍은 날 | 2018년 1월 29일
초판 1쇄 펴낸 날 | 2018년 2월 05일

지은이 | 제이오스
펴낸이 | 서경석

편 집 책 임 | 조윤희
편 집 | 이은주
이예진

펴 낸 곳 | 도서출판 청어람
등록번호 | 제387-1999-000006호
등록일자 | 1999. 5. 31
어람번호 | 제5-468호

주소 | 경기도 부천시 부일로 483번길 40 서경B/D 3F
(우) 14640
전화 | 032-656-4452 팩스 | 032-656-4453
http://www.chungeoram.com
E—mail | chungeorambook@daum.net

ISBN 979-11-04-91603-8 03810

각인

널 갖겠어

제이오스 장편소설

도서출판 청어람

목차

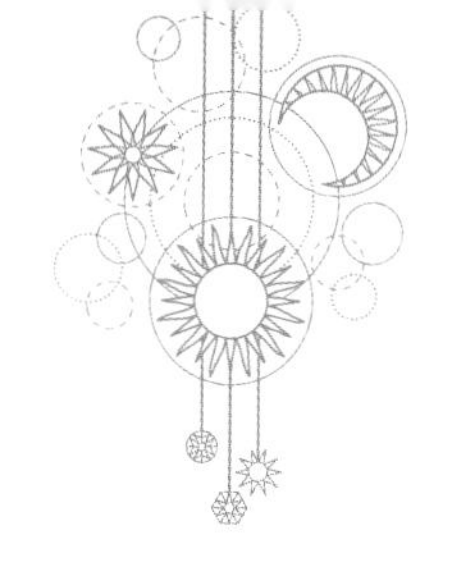

프롤로그

청담동에 위치한 고급 일식집 '정수사'를 나서는 해인의 발걸음이 한결 가벼워졌다. 식사하는 수준을 넘어 이미 부어라 마셔라 분위기가 된 회식자리를 겨우 벗어났다. 매번 드는 생각이지만 회식자리만큼 불편한 게 없었다. 하루 종일 얼굴 마주치는 사람들과 저녁 식사까지 하고 술 취한 상사 비위까지 맞춰야 하다니 이것처럼 짜증나는 일이 또 있을까?

그나마 오늘은 일 년을 질질 끌어오던 사건에서 승소한 날이라 로펌 전체가 붕붕 뜨는 분위기가 됐던 건 이해했다.

"그래도 오늘 같은 날은 좀…… 일찍 집에 가서 쉬게끔 해줘야 하지 않나?"

해인은 주차장으로 걸어가면서 혼자 툴툴거렸다.

사실 해인도 이번 소송이 더 길어지지 않아 안도의 한숨을 내쉬었다. 워낙 대규모 사건이었던 데다 수임료도 상상 이상으로 높아 해인을 포함한 로펌의 실력 있는 변호사 다섯 명이 한 팀으로 일을 진행해 왔었다.

문제는 해인과 도연의 결혼식이었다. 얼마나 고대했던 날인데 잘못하면 신혼여행은 둘째 치고 결혼식도 못 올리게 될까 쭉 걱정했더랬다. 결혼 날짜가 다가올수록 동료들은 해인에게 걱정 말고 신혼여행이나 잘 다녀오라고 했었지만 사적인 일로 일주일 이상 소송 건에서 빠지게 되는 상황은 스스로가 개운치 않았던 터였다. 그런데 불과 2주를 남겨두고 승소로 결과가 났으니 얼마나 다행인지.

"승소도 했고 푸석한 피부로 식장에 들어가고 싶진 않으니 오늘은 금주하겠습니다."

해인은 선배 변호사들 앞에서 호기롭게 술잔을 거꾸로 엎어놓았다. 순간 정적에 휩싸였지만 이내 다들 웃음을 터뜨렸다.

"이야, 이해인이……. 이 녀석 많이 컸네. 쯧, 그래. 우리 킹덤의 얼굴이 쭈그렁망탱이 돼서 버진로드를 걸으면 안 되지. 암요, 오늘은 쉬십시오."

지석이 해인의 머리를 콩 쥐어박으며 면박을 주었지만 다들 웃어넘겼다. 지석과 해인은 평소에도 스스럼없이 지내는 선후배 관계란 걸 모두 알고 있던 터였다.

법조계에서 실력으로 알아주는 변호사들이 다수 포진해 있는 킹덤에서도 해인의 위치는 선두권에 속했다. 해인은 선배 변호사들에 비해 나이도 어리고 경력도 얼마 되지 않았지만 맡는 사건마다 패배 없이 승소를 연이어왔다. 그리고 해인의 뒤에 짱짱하게 버티고 있는 '백강'이라는 이름도 크게 한몫을 했다.

해인은 사실 자신에게 따라다니는 '백강'이라는 이름 때문에 남들보다 더 노력해 왔다. 학창시절에 남들보다 더 든든한 아군이 있다는 사실을 자각한 후부터 행동을 더 조심했고 공부도 대인관계도 틈이 보이지 않을 정도로 노력하고 또 노력했다. 남들이 뒤에서 뭐라 하든 지금의 자리에 있는 스스로에게 당당하고 뿌듯했다.

최 대표가 머리에 넥타이를 두르는 모습을 보던 지석이 해인의 옆구리를 쿡 찔렀다.

"너 이제 가. 대표님 저 상태면 내일 아무것도 기억 못할걸?"

"가도 돼요?"

최 대표가 머리에 넥타이를 두른다는 건 말 그대로 인사불성, 고주망태가 됐다는 뜻이었다. 평소 최 대표는 깔끔, 샤프, 냉철함을 내세우며 변호사로서 체통을 지켜야 한다고 입에 침이 마르게 강조하던 스타일이었다. 하지만 술을 자제하지 못한다는 약점을 가지고 있었다. 딱 필름이 끊기는 시점이 저 행태가 될 때부터라는 걸 로펌 직원들은 모두 알았다.

"예비신부가 결혼도 하기 전에 소박맞으면 그렇잖아. 걱정 말고 가. 도연 씨한테 대신 안부 전해주고."

"땡큐, 선배."

그렇게 자유의 몸이 된 해인은 운전석에 앉아서 한동안 고민에 빠졌다. 회식자리를 빠져나올 궁리를 할 때만 해도 바로 집에 가서 자고 싶단 생각뿐이었다. 제대로 침대에 누워 자본 게 언제인지 기억이 가물거렸다. 해인이 지금 가장 원하는 건 꿀잠이었다.

하지만 차에 올라 핸들을 잡자 도연을 보고 싶다는 마음이 강하게 몰려왔다. 요 몇 달 동안 제대로 잠을 못 잤던 것처럼 도연의 얼굴을 제대로 본 것도 몇 번 되지 않았다. 사실 슬슬 '도연 금단증상'이 심해지기 시작하던 터였다. 그동안 쌓인 피곤이 도연을 만나는 것만으로도 풀릴 것 같았다.

해인은 금세 기분이 좋아져 도곡동으로 차를 몰았다. 도연은 신혼집으로 구한 아파트에 열흘 전쯤 미리 이사해서 지내고 있었다. 신혼집은 도연이 근무하는 병원에서 가깝고 주변 상권도 좋은 곳으로 정했었다.

집을 계약한 후 신혼살림을 정하고 인테리어 하는 것까지 거의 도연 혼자 하다시피 했다. 해인은 일 때문에 도통 시간을 내지 못해 항상 도연에게 미안해했다. 그럴 때마다 도연은 해인을 안으며 만면에 미소를 지었었다.

"우리 둘이 살 집이니까 괜찮아. 네가 원하는 스타일 내가 잘 아니까 알아서 준비할게. 대신 결혼식장에는 꼭 나타나야 해. 나 버리면 안 된다. 알았지?"

해인은 도연이 드디어 내 남자가 되는구나 싶어 꿈을 꾸는 것만 같았다. 아무리 피곤하고 힘들어도 도연을 떠올리는 것만으로도 마음이 평화로워졌다.

해인은 차를 몰면서 도연에게 전화를 걸어봤지만 받지 않았다. 그새 잠든 건가. 도연도 오늘 간만에 일찍 퇴근해 집에서 쉰다고 했었다. 통화가 안 되더라도 집으로 바로 가면 만날 수 있을 테니 상관없었다. 갑자기 나타나면 서프라이즈도 되고 좋지.

해인은 괜스레 혼자 기분이 좋아져 액셀에 올린 발끝에 힘을 주었다. 신호등이 빨간색으로 바뀌어 정지선에 멈춰선 순간 해인의 핸드폰에 문자 알림음이 울렸다. 도연에게 온 문자였다.

〈혹시 끝났어? 집으로 와. 샤워할 거니까 열쇠로 문 열고 들어오고.〉

서로 마음이 통했나 싶어 문자 하나에 더 기분이 좋아졌다.

해인은 아파트 입구에 있는 편의점에서 캔 맥주와 안주거리를 샀다. 승소 축하주는 좋아하는 사람과 마시고 싶었다. 아파트 지하주차장에 주차하고 엘리베이터를 타고 올라가다 보니 해인은 몸이 근질거리기 시작했다. 빨리 가서 도연에게 안기고 싶어졌다. 그의 넓고 단단한 품이 애타게 그리웠다.

해인은 습관처럼 현관문 앞에서 벨을 누르려다 순간 멈췄다. 현관 비밀번호도 알고 있고 전자키도 가지고 있다. 그래도 도연이 먼저 집에 와 있을 때면 해인은 항상 초인종을 눌렀다. 도연이 웃으며 문을 열어 자신을 맞이해 주는 순간이 너무 좋았다.

오늘도 현관부터 그의 멋진 웃음을 보며 품에 안기고 싶었지만 샤워한다는 문자를 받았던 터라 포기했다. 대신 빨리 들어가서 무방비상태일 그의 모습을 보아야겠다고 마음을 고쳐먹었다.

띠리릭-. 전자키로 도어록을 열고 현관에 들어서니 집 안은 온통 칠흑 같은 어둠에 감싸여 있었다. 현관 센서 등만 노란색 불빛으로 한 평 남짓한 공간을 환하게 밝혔다. 샤워한다고, 집으로 오라고 했었는데 왜 불도 켜놓지 않고 있을까 의아해졌다. 병원에서 호출이라도 받고 다시 나간 걸까? 아니면 벌써 잠들어 버렸나?

신발을 벗고 들어서려던 해인의 시선이 순간 한 곳으로 향하며 몸이 뻣뻣하게 굳어버렸다. 어디선가 본 듯한, 낯설지 않은 여자 구두가 현관에 놓여 있었다. 검정벨벳으로 감싸인 높은 굽의 스틸레토힐이었다. 발등의 뾰족한 부분에 검은색의 큐빅이 화려하게 장식되어 있었다.

평소 구두를 많이 신는 해인이었지만 이렇게 화려한 느낌의 신발은 없었다. 파티나 리셉션에 참석할 땐 높은 굽의 구두를 신었지만 그런 때에도 장식 없이 심플한 디자인을 선호하는 편이었다. 지금 신고 있는 것도 아무런 장식이 없는 검정색 가죽 힐이었다.

도연도 해인의 취향을 알고 있으니 선물로 산 것이라 해도 이렇게 화려한 걸 골랐을 리 없었다. 그리고 선물이라면 이렇게 현관에 덩그러니 뒀을 리가 없지 않나?

화려하게 반짝거리는 구두에 시선을 빼앗기고 있다 보니 순간 주위가 어둠에 휩싸였다. 해인이 멍하게 서 있느라 움직임이 없다 보니 현관 센서 등이 꺼진 탓이었다.

그제야 어둠 속에서 작게 들려오는 소리에 청각이 반응했다. 해인은 소리를 따라 한 발 한 발 집 안으로 발을 내디뎠다. 일부러 그런 건 아니었지만 발이 땅에 닿지 않는 것처럼 발소리를 죽였다. 자신의 집에서 도둑처럼 살금살금 걷고 있었지만 그게 중요한 게 아니었다.

"하아. 아아…… 좋아. 좋아요."

"흐읏."

"거기 좀 더…… 좀 더……."

굳게 닫힌 방문 앞에 선 해인의 몸이 바위처럼 굳어졌다. 문 너머에서 들려오는 소리가 환청인가 싶어 두 눈만 껌벅거릴 뿐이었다. 이어 들려오는 익숙한 목소리에 환청이 아니라는 걸 깨닫는 순간 머리끝에서 발끝까지 전기라도 통한 것처럼 소름이 타고 흘러내렸다.

“다리 좀 더 벌려봐.”

이 목소린, 도연 오빠?

“너, ……정말 너무 예뻐.”

“하읏…… 그녀보다?”

“해인이 얘긴…… 흐읏…… 하지 마. 지금은…… 지금은 너한테 집중하고 싶으니까.”

“그녀가…… 이런 우리를 보면…… 아앗. 아아. 당신 정말…… 아흑. 조금만 천천히. 천천히…….”

더 이상의 대화 소리는 들리지 않았다. 두 사람의 신음 소리만 어둠 속에 울릴 뿐이었다.

해인은 머릿속이 하얘지는 것 같았다. 당장에라도 방 안으로 뛰어 들어가고 싶었지만 몸이 꼼짝을 하지 않았다. 해인은 부들부들 떨리는 몸을 간신히 버티고 선 채로 그들이 쏟아내는 신음 소리를 그대로 듣고 있었다. 역겨운 소리를 듣고 있으려니 울컥 구역질이 치밀어 올라왔다.

얼마나 시간이 흘렀을까. 절정에 다다른 듯 두 사람은 비명처럼 신음을 뱉어냈다. 한동안 적막이 흐를 때서야 해인은 문손잡이에 겨우 팔을 뻗었다. 기름칠을 하지 않아 삐거덕대는 기계처럼 자신의 팔을 들어 올리는 간단한 동작 하나조차 쉽지 않았다. 문손잡이를 잡은 손바닥을 타고 냉기가 몸 전체로 퍼졌다. 온몸에 솜털이 꼿꼿이 일어섰다.

딸깍-.

조용히, 천천히 열리는 문 쪽으로 먼저 시선을 둔 건 여자였다. 그녀는 땀범벅인 채 자신의 몸 위에 죽은 듯 엎드려 있는 도연을 끌어안은 채였다. 해인과 눈이 마주친 여자의 입술이 가로로 길게 늘어지며 나른한 미소를 지었다. 순간 그녀의 눈동자가 기쁜 듯 반짝거린 건 해인의 착각이 아닐 터였다.

해인은 눈앞에 펼쳐진 광경을 믿을 수가 없었다. 그토록 사랑했던 도연이 다른 여자와 정사를 나눈 후 숨을 헐떡이고 있는 모습을 보게 될 줄이야. 그것도 상대가 자신의 의붓 여동생이라면.

우두커니 서 있는 해인을 향해 나른한 미소를 던지던 서현이 도연의 목에 입을 맞추었다. 등을 쓸어내리는 서현의 손길에 도연이 고개를 들더니 이내 그녀에게 입 맞추며 가슴을 쓰다듬었다. 그 모습에 해인의 몸이 움찔거렸다. 온몸이 칼로 난도질당하는 것처럼 고통스러웠다.

"또 하려구요?"

"네가 날 계속 유혹하니까."

"난 상관없는데 정말 괜찮겠어요?"

"……."

"나 때문에 열에 들떠 있는 당신을 그녀가 봐도?"

"아까부터 뭐야. 왜 자꾸 해인이 얘기를……."

그제야 이상한 방 안 공기를 눈치챈 도연이 서현의 시선을 따라 고개를 돌렸다. 침대 옆에 다가와 두 사람을 내려다보고 있는 해인을 발견한 도연이 일시 정지된 TV 화면처럼 움직일 줄 몰랐다. 밀랍처럼 창백해진 해인의 얼굴색에 전염이라도 된 듯 벌겋게 열에 들떠 있던 도연의 얼굴도 하얗게 질려갔다.

"해…… 해인아 어떻게 여길. 오늘 회식한다고……."

"……."

"그게……, 이게 그러니까……."

도연의 말은 계속 이어지지 못했다. 해인은 손에 들려 있던 봉투에서 캔 맥주를 꺼냈다. 딸깍-. 이내 캔 뚜껑을 따서는 도연의 남성에 들이부었다. 황금색을 띤 맑은 액체는 도연의 머리보다 조금 더 높은 위치에서 그의 남성으로 쏟아져 내렸다.

"이것도 알코올이니까, 그 더러운 것…… 충분히 소독될 거야."

도연은 자기의 중심에 맥주 세례를 받으면서도 꼼짝하지 않고 앉아 있었다. 망연자실 해인의 얼굴을 마주 바라볼 뿐이었다. 그제야 자신이 무슨 짓을 하고 있었는지 꿈에서 깬 얼굴이었다.

해인은 남은 맥주가 든 비닐봉투를 침대 위로 집어던졌다.

"이걸로 두 사람이 축배라도 들면 되겠네. 파혼을 축하하든, 새로운 관계의 시작이라도 축하하든……. 안주도 들어 있어. 어찌나 내가 선견지명이 있는지……."

해인이 뒤도 돌아보지 않고 등 돌려 나오는 동안 도연은 얼굴이 잿빛으로 변해 버린 채 동상처럼 앉아 있었다. 그의 뒤에는 서현이 아름다운 얼굴에 만족감 가득한 미소를 머금고는 고양이처럼 나른한 기지개를 켜며 누워 있었다.

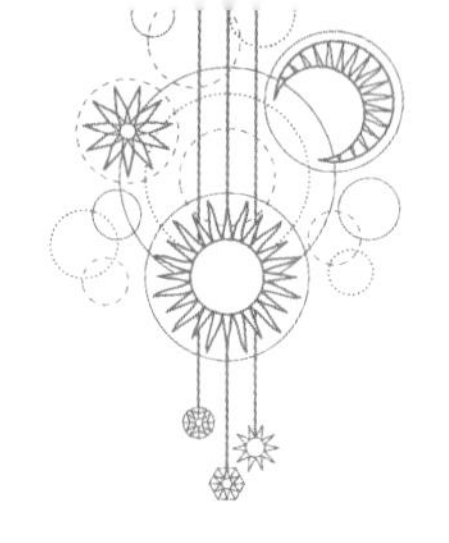

01. 내가 갖겠어

고속도로를 벗어나 국도를 탄 지 삼십여 분이 지났다. 왕복 2차선 도로에는 반대편 차선으로 지나가는 차들과 밭에서 일하는 농부들이 간간히 보일 뿐이었다. 녹청색 벼가 바람을 타고 파도처럼 출렁거렸다.

우진은 창문을 내리고 팔을 바깥쪽으로 뻗었다. 살갗을 찌르는 따가운 햇살과는 별개로 기분 좋은 바람이 손바닥을 세차게 치며 지나쳐 갔다. 평화로웠다. 몇 달 만에 이런 소소한 평화로움을 만끽하는지 모르겠다.

어느 날 날아든 우편물 하나가 우진의 삶을 지옥으로 떨어뜨렸다. 내용을 확인한 날부터 몇날 며칠 잠을 잘 수 없었다. 식욕도 없었다. 훈련 중에도 멍 때리다가 다른 선수들과 수도 없이 부딪쳤다. 감독과 코치에게 평생 들을 욕을 몰아들었다. 모든 스포츠가 그렇겠지만 농구는 스피드만큼이나 더더욱 동료 선수들과의 호흡이 중요했다. 그 와중에 개인감정을 컨트롤하지 못한 자신의 탓이었다.

작년 10월 말, 16-17 프로농구 시즌이 시작된 첫 경기에서 결국 사고는 터졌다. 국가대표 출신이기도 한 우진은 예상대로 선발로 출전했다. 하지만 경기 중 또 다시 사념에 빠져들었고 골대에 덩크를 하며 뛰어내리던 상대 선수의 팔꿈치에 그대로 안면을 가격당했다. 충격으로 넘어지면서 두 선수는 바닥에 뒹굴었고 그 과정에서 우진의 오른쪽 무릎이 90도 가까이 뒤틀렸다.

퍽-. 부상을 입었을 때 무릎에서 나던 소리. 선수들과 관중들의 함성 속에서도 그 소리가 선명하게 우진의 귀에 날아와 꽂혔었다. 그때의 기억이 떠오르자 오른쪽 무릎이 욱신거리며 아파오기 시작했다.

전방십자인대파열 수술을 받은 후 삼 개월 동안 보조기를 차고 다니면서도, 재활치료를 받을 때에도 우진은 무릎보다 가슴이 더 아팠다. 재활치료를 제대로 하지 않으면 선수 생활이 끝날지도 모른다는 말을 들으면서도 온 신경은 다른 곳에 가 있었다.

코끝이 시큰해졌다. 다 큰 사내자식이 충혈된 눈으로 자꾸만 눈물이 한가득 고이는 꼴이라니. 그나마 아무도 없는 차 안에 혼자 있다는 게 얼마나 다행인지. 우진은 한숨을 쉬며 창문을 올렸다. 갑자기 차 안이 조용해졌다. 바람이 윙윙거리며 차 안을 훑어내던 소리가 없어져서인가.

이십여 분을 더 달리자 기억 속에 익숙한 동네가 눈에 들어왔다. 거의 십년 만에 이곳에 다시 왔다. 한 여름 반짝거리던 추억이 많았던 곳. 달콤쌉싸름한 추억이 남아 있는 곳.

"이 동네는 변함이 없네."

우진의 차는 한적한 시골 동네로 들어섰다. 80년대에 세워진 듯 오래된 건물들이 늘어선 읍내를 서행하며 지나갔다. 길 양쪽으로 차들이 들쑥날쑥 주차돼 있고 그 사이로 갑자기 사람이 튀어나오기도 했다. 무단횡단이 너무나 익숙한 듯 사람들은 오히려 자신의 걸음을 멈춰 서게 만드는 우진의 차를 노려보기도 했다.

오래된 약국, 오래된 자전거 점포, 오래된 식당, 오래된 다방. 비뚤어졌거나 이름이 거의 지워진 간판들이 알아서 보라는 듯 무심히 점포들 위에 자리하고 있었다. 거의 단층으로 이루어진 건물들 사이에 3층으로 우뚝 선 농협 건물이 한눈에 들어왔다.

그나마 이곳이 이 지역에선 읍내라고 불리며 번화한 곳이었다. 읍내통이 거의 끝나갈 때쯤 너른 마당이 있는 병원이 나타났다. 오래된 건물이었지만 다른 건물들에 비해 멀쩡해 보이는 곳이었다.

백강종합병원 연산분원. 우진은 입구에 설치된 대형 간판을 지나쳐 병원 뒤쪽에 주차를 했다. 병원 안으로 들어갈까 하다 마음을 고쳐먹고 건물 중앙 로비를 통과해 앞마당으로 나왔다. 커다란 느티나무를 중심으로 동그랗게 놓여 있는 나무벤치에 자리를 잡고 앉았다. 담배를 한 개비 피워 물고는 손목시계를 들여다봤다. 조금 있으면 나오겠군.

〈도착.〉

우진은 문자에 다른 말은 쓰지 않았다. 이 녀석에게는 이걸로 족했다. 우진이 담배 한 대를 거의 피워갈 때쯤 눈앞에 어슬렁거리며 병원에서 걸어 나오는 수인이 보였다. 여전히 깔끔하고 잘생긴 녀석. 많이 닮았단 말이지.

"여어, 친구."

우진이 앉은 채로 오른 손을 어깨높이로 치켜들었다.
"이 자식. 형님 보고 인사 제대로 안 하냐?"
"형님은 무슨. 내가 너보다 생일 두 달이나 더 빠르거든?"
"운동선수란 놈이 담배 피냐?"
"얼마 안됐어."
우진의 입에 물려 있던 담배를 수인이 잡아채듯 빼서는 근처에 있던 쓰레기통에 버리러 걸어갔다. 되돌아와 우진의 옆에 털썩 앉는 동안에도 계속 어슬렁거리는 걸음걸이였다.
"넌 의사란 놈이 걸음이 그렇게 느려서야 어디다 쓰냐? 응급환자 와도 양반처럼 느릿하게 걸어 다니냐?"
"설마. 그땐 번개맨처럼 눈에 안 보일 정도로 날아다니지."
"행여나……."
"밥 안 먹었지? 집에 가서 먹자."
"그래. 맛난 거 해주냐? 12첩 반상 기대해도 되지?"
"굶긴다?"
"아, 네네. 주시는 대로 감사히 먹겠습니다."
수인이 우진의 어깨를 툭 치며 먼저 일어섰다. 천천히 일어서는 우진을 무심히 보던 수인이 주차장으로 앞서 걸었다.
"우리 별장 위치 기억나?"
"아니. 그땐 관리인 아저씨 차 타고 다녔잖아. 지금 찾아가기엔 애매하지. 주소도 모르고."
"그럼 내 차 따라와. 오다 놓칠 것 같으면 전화하고."
"내가 애냐? 서울도 아니고 이런 시골에서 앞 차 놓치게?"
툴툴거리며 걷는 우진을 향해 수인이 한쪽 입꼬리를 올리며 장난스레 비웃음을 날렸다. 저 모습도 똑 닮았다. 젠장.

궁금했다. 잘 지내는지. 행복한지. 어디에 살고 있는지. 묻고 싶은 말이 수천, 수만 가지였지만 우진은 속으로 꾹꾹 누르며 삼켰다. 지금 와서 알면 뭐 할까? 어디 사는지 알게 된다면 미친놈처럼 찾아갈지도 모른다는 생각에 우진은 저 자신을 믿을 수가 없었다.

우진의 은색 SUV가 수인의 소형승용차를 따라 달렸다. 이내 읍내를 벗어난 차는 좁은 시골길로 접어들었고 '사유지. 외부인 출입금지'라는 사각 팻말이 꽂힌 갈림길에서 오른쪽 길로 들어섰다. 얼마 가지 않아 갈색의 거대한 목조대문이 나타났고 수인의 차가 가까워지자 자동으로 문이 열렸다.

"대문에 센서까지 달았나 보네."

수인을 따라 우진의 차가 안에 들어서자 자동으로 대문이 닫혔다. 대문 안쪽은 좁고 우거진 숲길과는 사뭇 대조적이었다. 포장된 길 양쪽으로 잘 손질된 조경이 한눈에 들어왔다. 그 너머에는 편백나무들이 빼곡하게 숲을 이루고 있었다. 숲 안에 집에서부터 이어진 산책로가 있다는 건 이 집에 드나드는 사람들만이 알고 있을 터였다.

앞서 가던 수인의 차가 주차장에 들어가지 않고 급정거를 하며 멈춰 섰다. 천천히 뒤따르던 우진도 급히 브레이크를 밟았다.

"저 자식, 왜 저래?"

운전석에서 급하게 내려 집 쪽으로 뛰어가는 수인의 모습이 보였다. 우진도 시동을 끄고선 수인이 뛰어간 방향으로 걸음을 옮겼다.

"왜 그렇게 말을 안 듣나? 잘 타지도 못하면서 왜 자꾸 자전거를 타고 나가냐고."

수인이 마당 한편에서 웬 여자의 종아리에 호스로 물을 뿌리며 다리를 씻어주고 있었다. 여자의 앞에 쭈그려 앉은 채 바닥에 흐르는 물에 무릎 부분의 옷이 젖어 들어가는 것도 아랑곳 안 하는 눈치였다.

우진은 수인을 내려다보며 우두커니 서 있는 여자의 뒷모습을 바라봤다. 길게 구불거리는 머리카락 아래로 잘록한 허리와 대조적으로 풍성한 곡선을 이루는 엉덩이, 핫팬츠 아래로 매끈하게 뻗어 내린 하얀 다리가 눈에 들어왔다.

수인이 다리를 손바닥으로 훑어가며 씻어주는 동안 여자는 발을 들어 발가락 사이에서 조리를 까닥거렸다. 순간 균형을 잃고 휘청거리던 여자는 수인의 머리를 짚은 채 크게 웃음을 터뜨렸다.

“그만해. 간지러워. 하여튼 호들갑은.”

“호들갑이 아니잖아. 한두 번이냐고. 이봐, 상처에 돌멩이 들어가 있잖아.”

수인이 좁쌀만 한 돌을 엄지와 집게손가락으로 집어선 여자를 향해 들어 올렸다. 여자는 까닥거리며 흔드는 수인의 손을 찰싹, 소리가 나게 때리고는 좀 전과는 반대쪽 발을 들어 올려 마찬가지로 발가락 사이로 조리를 까닥거렸다. 수인은 여자가 흔드는 발에 호스로 물을 뿌려주었다.

“들어가서 소독하고 연고 바르자.”

“됐어. 누가 보면 크게 다친 줄 알겠네. 무슨 의사가 이 정도 상처에 호들갑이야?”

“이런 상처 방치했다가 더 큰 병이 될 수도 있는 거야.”

“으이그.”

수인이 여자의 양손까지 꼼꼼히 씻겨낸 후 호스의 물을 잠그는 사이 여자가 손, 발에 묻은 물기를 털어내듯 제자리에서 두어 번을 뛰었다. 우진은 한 손으로 머리카락을 쓸어 올리며 자신이 있는 방향으로 뒤돌아서는 여자의 모습을 멍하니 보았다. 그녀가 움직이는 모든 동작이 슬로우모션처럼 보였다. 낭랑한 목소리가 꿈속에서 들리는 것처럼 귓가에 울려왔다.

우진은 눈앞에서 보고도 믿을 수 없었다. 정말, 절대 믿을 수 없었다.

"누…… 나? 해인 누나?"

우진의 목소리에 해인의 시선이 곧바로 향했다. 아몬드형의 커다란 눈동자가 예상치 못한 방문객에 당황했는지 처음엔 멈칫거렸지만 이내 상대를 알아보고선 만면에 환한 웃음이 퍼져 갔다. 하얗고 가지런한 치아가 붉은 입술 사이로 드러났다.

"너, 서우진? 진짜 우진이야?"

수인이 그제야 우진의 존재를 기억해낸 듯 멋쩍은 미소를 지었다.

"누나, 우진이 기억하지? 이 녀석 당분간 여기…… 야, 이 자식, 너 뭐 해?"

수인의 말이 채 끝나기도 전에 우진이 좀 더 빨랐다. 우진은 스스로도 자각하지 못한 사이 이미 해인을 끌어안고 있었다. 우진은 순간이동이라도 한 것처럼 단숨에 해인의 앞에 가 섰고 몸을 부스러뜨릴 것처럼 세게 품에 안았다.

"……누나. 해인 누나. 해인 누나."

"어? 어어."

목이 뒤로 꺾일 듯 우진에게 안겨 있는 해인이 당황한 눈빛으로 수인을 바라봤다. 수인의 표정을 보니 당황한 건 해인과 마찬가지인 것 같았다. 해인이 멈칫거리며 우진의 등을 토닥거렸다.

"아하하하. 우진이 오랜만이다."

해인은 품에서 벗어나보려 자신의 몸에 두르고 있는 우진의 팔을 잡고 아래로 힘을 줬다. 손바닥을 쫙 펴도 반도 채 잡히지 않는 우진의 단단한 팔은 해인의 손길에도 끄떡하지 않았다. 해인이 도와달라는 눈짓을 보내자 수인이 크게 한숨을 내쉬며 우진과 해인의 사이를 갈라놓았다.

"이 자식, 너였으니 봐줬지 다른 놈이었으면 진작 뼈도 못 추렸어. 어디 감히 우리 누나를 끌어안……."

수인은 끝까지 말하지 않고 고개를 설레설레 저었다. 우진의 시선은 해인에게 못 박힌 채 움직일 줄 몰랐다. 수인은 눈에 보이지도 않는 것처럼 올곧이 해인만을 바라보았다. 금방이라도 다시 해인을 끌어안을 것 같은 태세로.

수인은 자신이 집 안에 늑대 한 마리를 들여놓은 게 아닌지 후회되기 시작했다. 우진이라면 다른 녀석들과 분명 다를 테지만 아무래도 이 자식도 남자는 남자니까. 누나에게 늑대를 붙여주고 싶진 않으니까.

"야, 서우진. 지금 당장 쫓겨나고 싶지 않으면 우리 누나한테서 눈 떼라. 그리고 차에서 짐부터 가져와. 알았어?"

우진은 수인이 해인의 앞을 가로막고 서서 잔소리를 한 후에야 정신이 든 듯 수인을 내려다봤다. 이 자식, 농구선수 아니랄까봐 키는 커가지고.

"빨리 안 움직이냐? 엉? 이대로 서울로 다시 갈래?"

수인은 다시 한 번 우진을 향해 으름장을 놨다. 오랜 죽마고우인 녀석이 제 누나를 향해 남자의 눈빛을 하는 게 영 불편했다. 누나와 우진은 서로 못 본 세월이 있었다지만 십년도 더 전부터 알던 사이였다. 우진의 이런 반응은 수인에게는 익숙하면서도 낯선 모습이었다.

우진은 마지못해 자신의 차를 향해 걸어갔다. 몇 걸음 걷지 않아 뒤를 돌아 해인을 바라보는 모습이 귀신이라도 본 사람 같았다. 해인은 그런 우진의 모습을 수인의 뒤에 숨어서는 빼꼼히 고개만 내민 채 바라보았다.

"진짜 우진이 맞지?"

"왜, 아닌 것 같아?"

"완전 남자다잉."

"누나-."

수인이 버럭 소리를 지르고는 해인을 어깨에 들쳐 업었다.

"야, 내려. 내리라고."

"시끄러워. 들어가서 소독부터 해. 아, 진짜 이 집에 골칫덩이가 늘어난 기분이야. 젠장."

해인이 수인의 머리카락을 움켜쥐고 이리저리 흔들어도 수인은 아랑곳없이 집 안으로 들어갔다.

저녁 식사를 하는 내내 침묵이 이어졌다. 우진은 식탁 맞은편에 앉은 해인의 존재가 실물인지 믿어지지 않았다.

마지막으로 해인을 봤던 건 그녀의 대학졸업식에서였다. 대학팀 훈련에서 이탈해 부랴부랴 갔던 졸업식장엔 학사모를 쓴 해인의 옆에 이미 다른 남자가 나란히 서 있었다. 꽃다발을 든 해인의 약지 손가락에는 옆에 서 있는 남자와 동일한 디자인의 반지가 끼워져 있었다.

머뭇거리며 다가서는 우진을 해인과 그녀의 가족들이 반갑게 맞아주었었다. 수인의 옆에 서서 함께 사진도 찍었었다. 해인의 그 남자가 사진을 찍어줬었다. 우진도 알고 있는 남자였다. 해인과 수인의 과외선생이면서 해인이 짝사랑했던 상대.

"해인 누나."

우진의 낮게 가라앉은 목소리가 음식 씹는 소리만 조용히 울리던 식탁의 정적을 깨뜨렸다. 우진의 부름에 해인이 고개를 들고 마주 보았다.

"여긴 언제 온 거예요?"

"나……?"

선뜻 답을 하지 못하던 해인의 시선이 수인에게로 옮겨갔다.

"좀 됐어, 인마. 밥이나 먹어."

해인 대신 수인이 대답했다. 해인이 우진에게서 시선을 돌리며 다시 식사를 하기 시작했다.

"넌 우리 병원에서 재활치료 계속할 거지?"

수인이 대화의 초점을 우진에게로 돌렸다. 우진은 해인에게 더 묻고 싶은 것들이 많았지만 서두르지 않기로 했다.

"어. 다음 주부터 시작하려고."

"김 과장님 본원에 있다 오신 데다 실력도 있으니까 안심하고 치료 받아라. 너 프로 복귀해야지."

"그래."

"아버지도 걱정 많이 하셨어."

"……그동안 원장님 덕 많이 봤지. 아들 친구라고 신경 많이 써주시더라."

우진은 머릿속으로 한동안 기현이 왜 해인에 대해선 자신에게 한마디도 하지 않았는지 궁금해졌다. 오래 알고 지내온 만큼 우진을 아들처럼 스스럼없이 대했던 기현이었다. 해인과 만나지 못하던 동안에도 우진은 기현과 수인을 통해 항상 소식을 들을 수 있었다. 거대 로펌에 합격한 거며, 매번 승소를 하고 있다는 얘기며, 약혼했다는 얘기까지.

"우진이 어디 아파? 다쳤어?"

관심 없는 듯 우진과 수인의 대화를 듣고 있던 해인이 참지 못하고 얘기에 끼어들었다. 우진이 경기 중 부상을 입었던 일을 전혀 모르고 있는 눈치였다.

'프로농구 서우진 선수 경기 중 부상' 소식은 방송사 스포츠뉴스를 비롯해 일간지, 인터넷 상에서 한동안 떠들썩했었다. 영국 런던올림픽에 국가대표로 뽑히면서 팬들은 물론 일반인들에게까지 농구선수 서우진은 유명인이 됐었다. 한국 남자 농구는 예선에서 떨어졌지만 훈남 농구선수 서우진은 많은 여성팬을 갖게 되었다. 그런 우진이 시즌 오픈하자마자 부상을 당했고 선수 생명을 장담할 수 없을 것 같다는 소식은 팬들에게 청천벽력이나 마찬가지였다.

그 정도로 떠들썩했던 사건을 해인은 전혀 모르고 있다니 우진은 의아했다. 자신이 유명인이라서가 아니라 이 정도까지 세상 소식을 모를 정도로 해인이 바쁘게 지냈던 걸까 그 점이 의아했다. 기현이나 수인에게서도 듣지 못했던 걸까?

이번에는 우진이 옆자리에 앉은 수인을 바라봤다. 해인 누나가 왜 모르고 있지? 라는 물음을 가득 담고. 수인이 두 사람을 번갈아 보다가 잔을 들어 물을 한 모금 마셨다.

"누나, 우진이 경기하다가 좀 크게 다쳤었어. 아버지 병원에서 수술 받고 재활치료 받아왔고……."

해인에게 향했던 수인의 시선이 우진에게로 돌아왔다.

"누난…… 누나는 개인적인 일로 한동안 정신없었어. 너 다쳤을 즈음이었거든. 그 뒤엔 너 다쳤다는 말을 할 타이밍을 놓쳤다고 해야 할까?"

"아, 그랬구나."

해인이 별일 아니라는 듯 우진에게 싱긋 웃어보였다.

"지금은 괜찮아? 어딜 다친 거야?"

"……무릎이요. 지금은 괜찮아요."

"아, 겉으론 멀쩡해 보여도 한동안 계속 재활 받아야 해. 연골판까지 찢어졌었거든. 너 게으름 피울 생각 말고 다음 주부터 빡세게 치료받아. 나중에 퇴행성관절염이라도 오면 어쩔 거야. 알았지? 그 조건으로 이 형님이 너 여기 와 있는 거 용납해 준 거니까."

"아, 뭐라는 거야. 이 자식. 걱정 마."

식사 후 설거지를 하던 수인은 거실에 있던 해인을 불렀다.

"누나, 샤워하고 내려와. 자기 전에 연고 다시 발라줄게."

"아, 됐어."

소파에 파묻히듯 앉아서 TV 채널을 이리저리 돌리고 있던 해인은 미동도 안 한 채 수인에게 소리를 질렀다. 1인용 소파에 앉아 맥주를 마시던 우진의 눈에 해인의 다리 곳곳에 붙어 있는 밴드가 눈에 들어왔다. 양쪽 무릎에는 하얀색 거즈가 정사각형으로 잘라져 반창고로 고정되어 있었다.

"어쩌다 다친 거예요?"

"이거?"

우진의 시선을 따라 해인이 자신의 다리를 내려다봤다. 무릎에 붙인 반창고를 한 손으로 만지작거렸다.

"자전거 타다가 넘어졌어. 집에서 자전거 타고 이십분 정도 가면 강이 있거든. 바람 쐬러 다녀오다 넘어졌어."

"이장 아저씨가 심심하면 배 띄우고 낚시하던 거기?"

"어, 거기. 맞다. 너도 예전에 여기 왔었지? 기억하는구나?"

우진의 표정이 살짝 흐려졌다.

"누난, 나 여기 왔던 거 잊고 있었어요? 난 한 번도 잊은 적 없는데……."

해인의 얼굴이 살짝 당황한 듯 보였다. 양반다리를 하고 앉아 있던 걸 슬그머니 풀어 바닥으로 가지런히 내리곤 천천히 소파에 등을 기대었다.

"누나, 빨리 씻고 내려오라니까? 말 안 들으면 또 들어다 욕실에 집어넣는다?"

"아, 저 녀석 진짜……. 난…… 씻어야겠다. 나중에 보자."

해인은 우진을 스쳐 지나 부랴부랴 2층으로 올라갔다. 우진은 그 모습을 말없이 눈으로 좇았다. 해인은 분명 자신의 시선을 느끼고 자세를 고쳐 앉았었다. 해인은 우진이 눈치채지 못했을 거라 생각하겠지만 그러기엔 그동안 만나온 여자들의 수가 열 손가락 꼽기를 두 번 이상은 해야 했다.

우진은 애인을 만들지는 않았지만 한동안 관계를 갖거나 한 번의 만남으로 끝나는 경우도 더러 있었다. 그 외에도 우진을 향해 몸으로 말하고자 하는 여자들은 주위에 널렸더랬다. 그들 중 어느 누구와도 사귀고 싶단 마음이 들지 않았다. 미친 놈 같겠지만 그 여자들을 안으면서도 우진의 머릿속에는 해인만 떠오를 뿐이었다. 그러니 해인의 작은 몸짓이나 눈빛에 자신이 예민하게 반응하는 것이 당연했다.

우진은 해인의 모습이 사라진 지 오래인 2층 계단을 넋 놓고 바라보느라 수인이 다가온 줄도 모르고 있었다.

"멍하니 뭐 하냐?"

"내가 환영을 보는 게 아닌가 싶어서……."

"뭐라는 거야. 너 오늘 자꾸 이상한 짓만 한다?"

"그래?"

해인이 방금 전까지 있던 자리에 앉는 수인에게 캔 맥주 하나를 건네주고는 퉁- 소리가 나도록 부딪쳤다. 시원한 맥주가 부드럽게 식도를 타고 내려가는 게 꽤나 기분 좋아지게 만들었다.

"우리 누나……."

수인이 무슨 말인가를 하려다 계단을 흘깃 쳐다보고는 다시 맥주를 한 모금 마셨다. 우진은 맥주를 마시려던 걸 멈추고 수인을 쳐다봤다.

"파혼했어."

우진은 너무 놀라 아무 말도 할 수 없었다. 이유는 아직 듣지도 못했는데 다행이다 싶으면서 순간 웃음이 튀어나오려는 걸 겨우 참았다.

"왜, ……왜? 그 사람이랑 꽤 오래 사귀었잖아."

"바람피웠어."

"누가?"

우진은 질문을 해놓고도 자신에게 어이가 없었다. 설마 해인 누나가 바람을 피웠을까. 해인은 고3 때부터 그 남자를 일편단심으로 좋아했었다. 그 때문에 자신은 항상 해인의 뒷모습만 바라봐야 했었고.

우진의 생각을 읽었는지 수인의 표정이 씁쓸해졌다.

“누나의 십년이 한순간에 날아가 버렸어. 망할 자식.”

“해인 누나 같은 여자를 두고 바람을 피우다니. 이해할 수가 없네.”

“상대가…….”

“또 뭐, 왜. 말을 해.”

“예뻐. 너도 보면 깜짝 놀랄 정도로.”

“야, 예뻐봤자지. 예쁜 여자가 어디 세상에 한둘이야?”

“톱 탤런트 채서라 딸 채서현이야. 살아 있는 인형이라고 어려서부터 TV에 가끔 나왔잖아.”

우진의 표정이 잔뜩 일그러졌다. 수인이 하는 말을 이해하는 데 수 초가 걸렸다. 그동안 너무 운동만 해대서 머리가 나빠진 건지 수인의 말이 머릿속에서 정리되는 데까지 한참이 걸렸다. 채서현이 어떻게 생겼는지는 모른다. 얼마나 유명한지는 모르겠지만 자신은 방송이건 실물이건 본 적이 없었다. 하지만 채서라는 알고 있었다.

“채서현…… 채서라? 너희 아버지랑 재혼했었던 그 채서라?”

“어. 맞아.”

“잠깐, 나 지금 머릿속에 나사가 하나 빠진 기분이다. 그럼 그 자식이 바람피운 여자가 채서라의 딸 채서현이라면, 자기가 결혼할 여자 의붓 여동생이랑 바람을 피웠다는 거야? 이 미친 새끼가…….”

“덕분에 아버진 재혼한 지 삼 개월 만에 초스피드로 이혼했지.

너도 알다시피 우리 아버지 누나 일이라면 나보다 더 벌벌 떨잖아. 한바탕 난리 났었어. 누나 일 알고 나서 바로 채서라 씨랑 갈라서더라고."

우진이 분노에 몸을 파르르 떨었다. 수인은 담담한 듯 캔에 남아 있던 맥주를 한 번에 들이켰다.

"그 자식 죽여 버릴까?"

"훗, 네가 왜? 나도 그렇고 누나도 가만히 있는데."

"개자식."

우진은 이로 자근자근 자신의 입안을 씹었다. 수인은 모르고 있겠지만 해인이 그 남자를 사랑한다는 것만으로도, 그와 결혼한다는 것만으로도 우진은 그에게 적의를 갖고 있었다. 그런데 그런 자식이 해인을 배신하다니, 그것도 의붓 여동생과 바람을 피우다니 이제는 적의가 살기에 가까워졌다. 내 다리가 이렇게 된 것도 따지고 보면 그 녀석이 원인이기도 하니까.

"빌어먹을."

우진이 들고 있던 캔이 형체를 알아볼 수 없을 정도로 찌그러졌다.

해인은 고등학교 시절 이미 자신보다 두 뼘이나 키가 큰 우진에게 고백을 받을 때마다 더 크고 나서 얘기하라며 어린애의 순정쯤으로 취급했었다. 끊임없이, 아무리 자신의 마음을 내비쳐도 해인은 항상 그 남자를 선택했었다. 그 마음을 존중했기에 나중에는 해인의 사랑을 응원하기도 했었다. 속마음은 갈기갈기 찢어졌지만 겉으로는 동생의 친구로서 역할에 충실했다.

그것조차도 해인의 대학 졸업식을 기점으로 포기해 버렸었다. 더 이상 아무렇지 않게 해인을 마주 볼 용기가 없어 그녀의 앞에 나타나기를 멈췄었다. 보고 싶었고 소식이 궁금했지만 수인이나 기현이 먼저 말해주지 않는 이상 알려 하지 않았다.

수인에게 해인의 청첩장을 받았을 때는 세상이 무너지는 것 같았다. 넋이 나갔고 몸은 무의식적으로 움직였다. 부상을 입었고 선수 생명은 위기에 닥쳤다. 우진은 문득 남을 탓할 일이 아니란 생각이 들었다. 부상의 원인을 남에게 돌리는 건 비겁했다.

자신의 잘못이었다. 이런 상황까지 오지 않게 만들었어야 했다. 해인이 거부하고 또 거부해도 계속 자신의 마음을 표현하고 또 표현했어야 했다. 우진에게 남아 있는 선택지는 이제 단 한 가지였다.

'내가 갖겠어.'

"넌 2층 복도 제일 안쪽에 있는 방 쓰면 돼. 나는 계단 올라가자마자 오른쪽 방, 누나는 복도 첫 번째 방이야. 2층 욕실은 누나가 쓰니까 넌 나랑 같이 1층 쓰자."

"식사 준비는?"

우진은 수인에게 2층 안내를 받는 중이었다. 예전에 왔을 때와 구조는 같았지만 인테리어는 현대적으로 모던하게 바뀌었다.

"관리인 아저씨랑 아주머니가 매주 화요일, 금요일, 일주일에 두 번 오셔. 청소랑 반찬은 그때 해주시고. 당직일 때 빼놓고는 밥이나 국은 내가 하고."

"누난?"

"우리 누난 요리 못해. 아, 잘하는 거 하나 있다. 스크램블 에그."

크-. 우진은 순간 코웃음이 났다. 자신보다 연상인데 왜 이렇게 귀여운지.

"야잇, 웃지 마라. 그러니까 너도 우리 누나한테 기대하지 말고 네가 차려 먹어. 되도록 우리 누나도 챙겨주고. 저 여인네 그냥 두면 밥도 잘 안 먹고 방에서 뒹굴거리기만 하거든. 저렇게 게으르면서 공부나 일은 똑 부러지게 하는 거 보면 신기하다니까."

우진은 짐을 들고 자신의 방으로 가려다 말고 1층으로 내려가려던 수인을 불러 세웠다.

"3층 다락방은? 그대로야?"

수인이 잠시 멈칫거리다가 답했다.

"그대로긴 한데 가끔 누나가 써. 집 어디에도 안 보일 땐 거기 있는 경우가 많으니까 참고해. 대신 한밤중에는 거기 있더라도 방해하지 않는 게 좋을 거야. 난 절대 안 올라가. 절대……."

"왜?"

"그냥 그렇게 알아."

'절대'를 강조하며 싱긋거리고 웃던 수인은 우진이 짐을 푸는 동안 자신이 먼저 씻겠다며 1층으로 내려갔다. 내일 아침 일찍 출근해야 한다고 했다. 누나의 아침 식사를 부탁한다며.

우진은 느긋하게 짐을 풀었다. 손님용 방이지만 웬만한 원룸보다 큰 면적이었다. 킹사이즈 침대와 화장대, 붙박이장, 책상까지 갖춰져 있었다. 벽 한 면을 가득 채우는 커다란 창문과 침대 사이에는 팔걸이가 없는 1인용 소파와 낮은 원형 테이블이 자리 잡았다.

예전부터 알고 있었지만 수인의 집은 부르주아 중의 부르주아였다. 우진은 붙박이장에 옷을 정리하다 말고 가방에서 꺼낸 우편물을 하나 들고는 침대 위에 대자로 누워버렸다. 수인에게 들은 해인의 파혼 소식에 심장이 미친 듯이 쿵쾅거렸다.

"그랬단 말이지."

천장을 향해 뻗어 올린 우진의 한 손에 청첩장이 들려 있었다. 수인이 우편으로 보내온 해인과 도연의 청첩장이었다. 지난 몇 달 동안 가슴 미어지게 만드는 이 종이쪼가리를 버리지 못하고 가지고 있었다. 우진의 손에서 청첩장이 찍찍 소리를 내며 갈기갈기 찢어졌다.

우진은 이렇게 된 이상 더는 물러설 생각이 없었다. 예전처럼 키만 크고 삐쩍 말랐던 자신이 아니었다. 초등학교 때부터 농구를 했기 때문에 잔 근육은 붙어 있었지만 고등학생 때의 우진은 소년티를 벗지 못했었다. 그건 잘생긴 그의 얼굴도 한몫했었다.

하지만 이젠 어딜 가든 여자들이 돌아볼 정도의 얼굴과 몸을 가지고 있다. 농구선수로서는 그렇게 큰 편은 아니지만 195센티의 키에 단단하고 늘씬한 체형을 갖췄다. 여성스럽게 잘생겼던 얼굴은 이십대에 들어서면서부터 조금 더 선이 굵어졌고 남자다워졌다.

우진은 수단과 방법을 가리지 않고 해인을 자신의 것으로 만들겠다고 결심했다. 그게 외로움이든, 몸이든, 해인이 자신만을 생각하고 바라보게끔 만들겠다고.

해인은 자신을 뚫어질 듯 바라보던 우진의 시선이 새삼 불편하게 느껴졌다. 수인에게 농담처럼 던졌던 말이었지만 오랜만에 보는 우진은 더 이상 키 크고 잘생긴 소년이 아니었다. 태어날 때부터 단단하게 단련된 몸을 가지고 태어난 사람처럼 온몸으로 남자임을 드러냈다. 어떤 이성이라도 홀릴 것 같은 페로몬의 소유자 같다고 해야 할까.

아까 우진이 자신을 안고 있다가 수인에 의해 팔을 풀었을 때 허전함이 그 자리를 채웠다. 제대로 숨을 쉬지 못할 만큼 꽉 안겨 있었고 그만큼 해인도 순간 긴장했다.

거실에서 우진의 시선을 느꼈을 때 해인은 자신이 짧은 반바지 차림이란 걸 깨달았다. 수인과 있을 때는 전혀 신경 쓰이지 않았던 옷차림이나 자세가 이렇게까지 불편해지다니. 다리를 바닥으로 내리고 소파에 등을 기대는 동안에도 우진의 시선은 계속 자신의 행동을 주시하고 있었다.

'어색하지 않았겠지? 자연스러웠겠지?'

어려서부터 봐왔던 동생의 친구를 갑자기 남자로 의식하다니 웃기고 팔짝 뛸 노릇이었다. 자신이 좀 살 만해졌나 보다. 이런 잡생각이 머릿속으로 파고들다니. 수인이는 오늘따라 웬 설거지를 그렇게 오래하는 건지. 수인의 잔소리가 구세주처럼 날아온 게 다행이었다.

"누나, 빨리 씻고 내려오라니까? 말 안 들으면 또 들어다 욕실에 집어넣는다?"

"동생아, 네 잔소리가 또 한 번 날 살렸구나."

우진의 시선에 발가벗겨지는 기분이 드는 걸 어떻게 이해해야 할까. 해인은 허공으로 하이킥을 날리며 속으로 비명을 삼켰다.

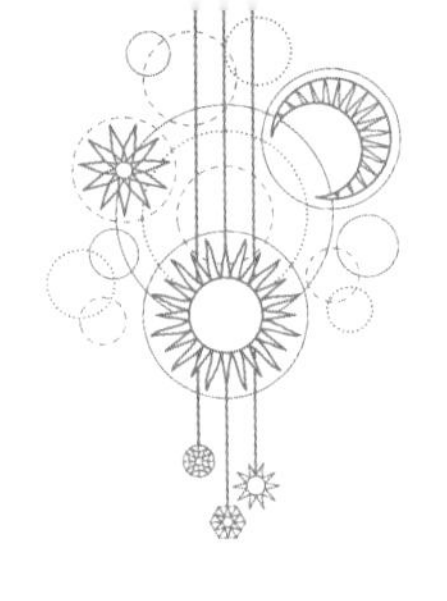

02. 한밤의 다락방

우진은 열린 창문으로 들려오는, 수인의 차가 별장을 빠져나가는 소리에 잠에서 깨어났다. 어제 침대에 누워 있던 상태 그대로 잠이 들어버렸다. 옷도 갈아입지 않았었는데 밤새 한 번도 깨지 않고 단잠을 잤다. 장시간 운전을 한 탓도 있겠지만 몇 달 새에 처음으로 마음이 편안해진 날이었다.

손목시계를 들여다보니 7시를 막 넘어서고 있었다. 다른 때보다 늦잠을 자버렸다. 부상을 입기 전에는 항상 새벽 6시부터 운동을 시작했고 시즌 오프 때도 새벽 운동은 습관처럼 이어졌다.

"으아, 늦었네."

우진은 서둘러 캐리어에서 트레이닝복을 꺼내 갈아입었다. 예전처럼 격렬하게 훈련을 할 수는 없지만 간단한 운동은 매일 거르지 않고 했다. 재활의학과 담당의가 알려준 대로 운동량을 천천히 늘려가고 있는 중이었다.

우진은 해인의 방을 지나치려다가 문 앞에 우두커니 섰다. 문에 귀를 바짝 대어봤지만 아무 소리도 들리지 않았다. 이런 고급 별장의 방음이 엉망일 리는 없다 싶으니 왠지 아쉬움이 들었다. 새근거리며 잠든 해인의 숨소리라도 듣고 싶었다. 뚝뚝 떨어지는 미련을 해인의 방 앞에 남겨두고 우진은 애써 밖으로 걸음을 옮겼다.

간단한 스트레칭으로 굳어 있던 근육을 풀었다. 하루에 열 시간 이상씩 운동을 해왔던 터라 요즘처럼 재활치료만 받는 건 성에 차지 않았다. 우진은 어느 누구보다 훈련에 열심이었다. 쉬는 시간에도, 휴일에도 훈련과 연습을 거듭했었다. 자신의 포지션에서 최고가 되고 싶었다. NBA 선수들이 날개 달린 듯 가볍게 뛰어다니는 모습을 볼 때마다 그들의 유전자가 부러울 지경이었다. 그래서 더 훈련했고 더 많은 땀을 흘렸다.

집에서 숲으로 이어진 산책로를 따라 천천히 걷기 시작했다. 마음은 단거리 선수처럼 뛰어가고 싶었지만 아직 그렇게까지는 무리였다. 욕심을 부려 앞서 가려다 영영 다리를 망가뜨릴 수도 있었다. 그래도 가볍게 조깅을 하거나 바닥에 무릎을 꿇고 앉을 수 있을 정도가 되었으니 감사할 따름이었다. 그것도 장시간은 무리였지만.

한 시간 가까이 빠른 걸음과 조깅을 반복하다가 집으로 돌아왔다. 수인이 출근할 때 불을 켜놓은 1층을 제외하고는 2, 3층은 불이 꺼져 있었다. 해인은 아직 안 일어난 듯했다.

1층 욕실에서 샤워를 한 후 허리에 목욕 타월만 두른 채로 나왔다. 갈아입을 옷을 챙겨 내려오지 않은 상태로 운동 후 바로 샤워를 한 탓이었다. 자신의 방으로 가려다 말고 주방에서 커피를 마셨다. 1층에는 토스트와 커피 향이 떠돌았다. 해인의 식사를 챙겨주라고 당부하면서 수인 자신은 빵으로 아침을 때웠나 보다.

우진은 상체를 그대로 드러낸 채로 느긋하게 커피를 마셨다. 해인이 내려와 자신을 보고 깜짝 놀라는 모습을 보고 싶었다. 한 모금, 한 모금을 아무리 느긋하게 마셔봐도 해인은 1층으로 내려올 기척이 없었다.

"이 게으름뱅이. 도대체 언제까지 자려는 거야."

벗어두었던 트레이닝복을 세탁실 바구니에 던져 놓고는 천천히 2층으로 올라갔다. 계단을 한 걸음씩 올라갈 때마다 목욕타월이 우진의 치골에 아슬아슬하게 걸쳐 있었다.

우진은 해인이 잠들어 있는 방 앞에 우뚝 섰다. 이 문을 열면 해인이 있다. 해인은 잘 때 어떤 모습일까? 한 자세로 얌전히 잘까? 아니면 이리저리 뒹굴며 잘까? 잠옷은? 예전처럼 귀여운 곰돌이 잠옷을 입을까? 아니면 섹시한 란제리? 그것도 아니면 알몸으로?

우진은 생각이 거기까지 미치자 온몸의 피가 아래로 몰리는 기분이었다. 당장에라도 이 문을 열고 들어가 해인의 품에 파고들고 싶었다. 하지만 그랬다간 자신은 치한 취급을 받겠지? 아니, 취급이 아니라 명백한 치한이 될 터였다.

말도 안 되는 고민을 머릿속으로 반복하다가 결국 자신의 방으로 발걸음을 돌렸다. 무슨 수를 써서라도 해인을 갖겠다고 마음먹었지만 억지로 그녀를 안고 싶지는 않았다. 사랑하는 여자를 그런 식으로 품고 싶지는 않았다. 해인에게 죽을 때까지 인간 이하의 취급을 받지 않으려면 자신의 모든 이성을 끌어다 참아야 한다.

'미쳤어. 미쳤어.'

우진은 스스로에게 짜증을 내며 서둘러 옷을 갈아입었다.

식탁에 아침 식사를 다 차렸는데도 해인은 1층으로 내려오지 않았다. 우진은 식탁을 손가락으로 톡톡 두드리다가 결심한 듯 2층으로 올라갔다. 오늘 이 문 앞에 몇 번째 서는지 모르겠다.

해인의 방문 앞에서 속으로 열까지 세었다. 마음 같아선 벌컥 문을 열고 싶었지만 참고 또 참았다. 열을 센 후 심호흡을 한번 하고는 노크를 했다.

똑똑-

우진의 손가락 마디가 문에 부딪치면서 둔탁한 소리를 냈다.

"누나, 일어났어요? 아침 먹어요."

노크 소리에도, 우진의 목소리에도 안에서는 답이 없었다. 너무 소리가 작았나 싶어 조금 더 세게 다시 한 번 문을 두드렸다.

'난 분명 노크했어. 것도 두 번이나.'

해인의 방문 손잡이를 조심스럽게 돌렸다. 방 안은 한밤중처럼 칠흑 같은 어둠에 싸여 있었다. 우진의 방은 하얀색의 시폰 커튼이었는데 해인의 방은 암막커튼이었다. 어둠에 눈이 익숙해지자 해인이 누워 있는 침대가 보였다. 조심스럽게 다가가보니 해인은 앞이 전혀 보이지 않는 어둠 속에서도 수면안대까지 하고 잠들어 있었다.

'어떻게 하면 이렇게까지 깊은 잠이 들 수 있지?'

침대 옆 협탁 위에 놓인 빈 유리컵이 눈에 들어왔다. 문득 드는 생각에 협탁 첫 번째 서랍을 조용히 열었다. 굵은 유성 펜으로 '처방약'이라고만 써진 흰색 약병이 들어 있었다. 우진의 짐작이 맞는다면 분명 수면제일 터였다.

"누나, 일어나요."

약병을 서랍 안에 넣은 후 해인을 내려다본 채로 다시 한 번 불렀다. 처음보다 목소리 톤은 꽤 높아졌다. 이 정도 소리에도 잠에서 깨지 않는 걸 보니 수면제를 복용한 게 확실해졌다. 약을 먹으면서까지 잠을 자야 할 정도인가? 그 정도로 그 자식과 끝난 게 힘들고 아픈 건가?

우진은 해인이 누워 있는 침대에 옆으로 걸터앉았다. 귀에 걸려 있는 수면안대 고리를 천천히 한쪽씩 벗겨냈다. 우진의 손가락이 귀에 닿자 해인의 몸이 살짝 뒤척였다. 얼굴로 흘러내린 앞머리카락을 손가락 사이로 쓸어 옆으로 내려주자 해인의 얼굴이 자석처럼 우진의 손바닥에 따라와 붙었다. 아기 피부처럼 보드라운 감촉이 손바닥에 가득 담기자 우진의 입에서 신음이 새어 나왔다.

"이 여자가 정말……. 지금 내가 얼마나 참고 있는 줄 알고."

우진의 손은 본드로 붙여놓은 것처럼 해인의 볼에 딱 달라붙었다. 떼어내고 싶지 않았고 자력으로 떼어낼 수도 없을 것 같았다.

어둠 속에서도 도톰한 해인의 입술이 너무 유혹적이었다. 우진의 손이 해인의 입술로 향했다. 엄지손가락으로 해인의 입술을 지그시 누르다가 좌우로 부드럽게 쓰다듬었다. 도톰한 해인의 입술이 살며시 열렸다.

그 모습에 우진의 인내심이 툭, 하고 끊어져 버렸다. 그대로 해인의 입술에 입 맞추었다. 눈으로 봐 짐작했던 것처럼, 손끝에 닿아 느껴졌던 것처럼 해인의 입술은 너무나 따뜻하고 부드러웠다.

"으음……."

갈증을 해소하려는 듯 우진은 해인의 입술을 빨아들이고 혀로 핥았다. 해인이 입술을 열고 우진의 혀를 받아들이자 그의 온몸에 전율이 일었다. 자신의 단단한 가슴 아래에 뭉클한 해인의 가슴이 그대로 느껴졌다. 해인의 맨 살을 느끼고 싶어졌다.

"하아. 누나…… 누나."

우진의 혀가 해인의 입안 곳곳을 탐험하기 시작했다. 꿈틀거리며 엉켜드는 서로의 혀가 불에 데일 듯 뜨거웠다.

"으음……. 으음."

맞닿은 서로의 입술 사이로 해인의 입에서도 신음이 새어나왔다. 그 소리에 우진은 자신의 온몸을 해인의 몸 위로 실었다. 자신의 체중으로 해인의 몸을 누르며 그녀의 머리와 어깨를 힘주어 끌어안았다. 어느 순간 해인의 팔이 우진의 몸을 감싸 안아왔다. 우진의 몸 아래에서, 우진의 키스에 반응하고 있었다.

우진의 손이 해인의 면 티 아래로 파고들었다. 손바닥에 해인의 맨살이 닿자 더 이상 아무 것도 생각할 수 없게 됐다. 거침없이 위로 올라간 우진의 손이 봉긋한 해인의 가슴을 찾아내 한 손안에 쥐었다. 커다란 우진의 손에 한줌 가득 담아지는 것이 마시멜로처럼 부드러웠다. 정상에 자리 잡은 유두가 우진의 손가락 사이에서 딱딱하게 일어서는 게 느껴졌다.

해인의 입술을 끊임없이 탐하던 우진의 입술이 그녀의 가슴으로 향했다. 면 티를 가슴 위로 끌어올리자 손 안에 가득 담긴 가슴이 선명하게 눈앞에 드러났다.

"아, 이런."

망설임 없이 해인의 가슴을 입에 물고 빨아들였다. 우진에게 더 이상의 이성은 존재하지 않았다. 양손으로 가슴을 주무르며 손가락으로 유두를 비틀며 꺾어댔다. 손끝으로 유두를 위 아래로 튕겨내자 해인의 몸이 꿈틀거렸다.

해인은 여전히 잠에 취해 깨어나지 않았다. 잠결에도 우진의 손길에 쾌감을 느끼는지 해인의 몸이 이리저리 비틀어지고 신음이 새어나왔다.

"누나. 누나……."

한참 동안 해인의 가슴을 괴롭히던 우진이 앓는 소리를 하며 고개를 들었다. 놓아버렸던 이성의 끈을 겨우겨우 다시 붙잡았다. 이대로 해인을 안아버린다면 자신은 치한이다 못해 강간범과 같겠지? 해인의 몸이 아무리 자신에게 반응하고 있다지만 그녀는 엄연히 약 때문에 잠에 취해 있었다. 해인과의 처음은 해인이 스스로 원할 때, 두 사람 모두 처음을 기억할 수 있을 때이길 바랐다.

우진은 해인의 옷을 원래대로 끌어내렸다. 그게 뭐 어려운 일이라고 억지로, 억지로 자신의 손을 잡아끌었다. 우진의 몸 아래에서 뒤틀리던 해인은 아무 일 없었다는 듯 어느새 새근거리며 자고 있었다. 우진은 그 모습에 또 못내 아쉬움이 남아 해인의 입술을 찾았다. 한 번, 두 번 해인의 입술을 핥고 빨아들이길 수차례. 마지막으로 한 번만 더, 라는 되새김이 진짜 마지막이 된 게 몇 번째였는지 기억도 하지 못할 때쯤 겨우 해인의 입술에서 떨어져 나왔다.

"곧이에요. 누나가 내 여자가 되는 때가. 그러니까 조금만 기다려요."

우진은 해인에게 수면안대를 해주고선 정말 마지막이라며 입을 맞췄다. 다시 해인의 품에 파고들지 않으려 안간힘을 쓰며 방을 빠져나왔다. 온몸에 해인의 몸이 새겨진 것처럼 뜨거웠다. 우진은 자신의 몸을 양팔로 감싸 잡았다. 해인이 자신의 품에 안겨 있기라도 하듯.

해인은 정오가 가까워서야 1층에 모습을 드러냈다. 한쪽 눈을 비비며 어슬렁어슬렁 주방으로 들어서는 모습은 영락없이 수인과 판박이였다. 누가 남매 아니랄까 봐. 자연스럽게 구불거리는 머리카락은 해인의 얼굴 주위로 부스스하게 엉켜 있었다. 우진은 당장 가서 자신의 손가락으로 그녀의 머리카락을 한 올 한 올 빗어주고 싶었다.

"이제 일어났어요?"

우진의 목소리에 해인이 걸음을 엉거주춤 멈춰 섰다. 우진이 왜 이곳에 있는지 머릿속으로 상황을 정리하는 중인 것 같았다. 해인은 잠시 우뚝 서 있던 걸음을 다시 내딛었다.

"잘 잤어?"

해인은 퉁퉁 부은 얼굴만큼 목소리도 갈라져 있었다.

"무슨 잠을 그렇게 많이 자요? 아무리 깨워도 안 일어나서 혼자 아침 먹었어요."

냉장고에서 생수병을 꺼내 그대로 입에 대고 마시던 해인이 사레가 걸린 듯 콜록거렸다. 우진이 해인의 등을 몇 차례 두들겨 주고는 선반에서 컵을 꺼냈다. 해인의 손에 들려 있는 생수병을 뺏어들고는 컵에 물을 따라 손에 쥐어주었다. 해인은 내내 그 모습을 눈으로 좇았다.

"혹시…… 내 방에 들어왔었어?"

"네."

"왜?"

해인은 숨도 안 쉬고 왜냐고 물어왔다. 적잖이 당황한 눈치였다. 우진은 해인이 혹시 아침에 있었던 일을 알고 있는 걸까 싶어 물끄러미 그녀를 내려다봤다. 잠결이었다지만 선잠을 자던 상태였다면 기억에 남았을 수도 있다. 하지만 해인의 얼굴에는 당황 말고는 다른 기색은 없는 것 같았다.

"아무리 노크하고 불러도 기척이 없기에 들어갔었죠. 흔들어도 안 일어나던데요?"

우진은 얼굴색 하나 변하지 않은 채로 왜 그러냐는 듯 해인을 쳐다봤다. 해인은 여전히 개운치 않은 표정이었지만 더 이상 묻지 않았다. 대신 우진이 손에 쥐어준 물컵을 들고 다시 2층으로 올라가려 했다.

"누나, 12시 땡 하면 점심 먹을 거니까 늦지 말고 내려와요."

"뭐야. 급식이야? 12시 땡 하면 꼭 밥 먹어야 해?"

"네. 규칙적인 생활을 해야 건강하죠. 안 내려오면 데리러 갈 테니까."

해인의 한쪽 눈썹이 치켜 올라갔다.

"우진이 너, 내 감시자야?"

"보호자예요."

"하아-. 쪼그만 게……."

이번에는 우진의 한쪽 눈썹이 치켜 올라갔다. 해인은 자신이 한 말에 아차, 싶었나 보다. 더 이상 말을 잇지 않고 꾹 입술을 다물어 버렸다. 우진은 해인에게 성큼 다가갔다. 해인은 냉장고와 우진 사이에 끼어 옴짝달싹 못하고선 양손으로 물컵만 꽉 움켜쥐었다. 우진은 해인의 턱 끝을 부드럽게 잡아 올렸다. 부드러운 손길과는 대조적으로 이글거리는 눈빛으로 해인을 내려다봤다. 해인의 도톰한 입술이 한껏 더 부풀어 있는 것이 눈에 들어왔다. 해인은 모르겠지만 우진이 수없이 해인의 입술을 괴롭힌 증거였다.

"어제 보니까 수인이가 누나를 가볍게 들쳐 메던데. 체격으로 보나, 근력으로 보나 내가 힘이 셀까요? 수인이가 더 셀까요?"

"뭐, 그 얘기가 지금 왜 나와?"

지지 않겠다는 듯 해인이 우진을 쏘아봤다. 온갖 사건을 다루고 법정에서 피 말리는 싸움을 해왔던 해인이었다. 이 정도로 기가 죽을 여자가 아니었다. 그렇지만 우진에게는 너무나 연약해 보이는 여자였다. 우진은 자꾸만 웃음이 나려는 걸 참아가며 더 강한 눈빛으로 마주했다.

"수인이가 자기 없는 동안은 저한테 누나를 돌봐달라고 했으니나, 누나 보호자 맞죠?"

"너희끼리 맘대로……."

"그리고 난 더 이상 쪼그맣지 않아요. 그리고 말은 바로 해야죠. 우리 처음 만났을 때부터 내가 누나보다 한참 더 컸거든요?"

"키만 크면 뭐. 나이가 나보다 어린데…… 그럼 나보다 쪼그만 거지."

"하아-."

우진이 해인의 얼굴 바로 위까지 고개를 숙였다. 코끝이 닿을 듯 말 듯 한 거리, 서로의 숨결이 얼굴로 쏟아졌다.

"변호사님, 주장하는 논리가 영 이상한데요. 이런 막무가내식으로 승소해 온 건 아니죠?"
"뭐?"
"나도 누나한테 완력을 쓰고 싶진 않거든요. 뭐, 누나가 원한다면 언제든 업고 안고 들쳐 멜 순 있어요."
우진은 마지막 말을 해인의 귓가에 속삭이고는 한 발짝 뒤로 물러섰다.
"누나가 원한다면……."
해인은 우진의 입술이 스쳤던 귀를 한 손으로 감싸고는 새빨갛게 달아오른 얼굴로 자리를 벗어났다. 씩씩거리며 계단으로 향하던 해인이 우진을 향해 버럭 고함을 질렀다.
"어린 게…… 안 본 사이에 까져 가지고."
"스물일곱 살더러 어리다뇨. 누나, 정말 변호사 맞아요?"
으악-. 비명에 가까운 소리와 함께 해인은 쿵쾅거리며 2층으로 올라가 버렸다. 우진은 해인이 지나간 자리의 여운을 만끽했다.
"어린 녀석이 얼마나 남자다워졌는지 앞으로 보여줄게요."
우진은 혼자 싱글거리며 점심을 차리기 시작했다.
거실 한편에 자리한 괘종시계가 12시를 알리는 종을 울렸다. 둔탁하게 울리는 괘종시계는 통나무로 만들어져 삼십 년 이상 지난 골동품이었다. 어른 키만 한 이 시계는 기현의 아버지, 그러니까 해인과 수인의 할아버지가 손수 만드신 것이라고 했다. 주기적으로 태엽을 돌려줘야 시계는 멈추지 않고 움직여 하루하루가 지나가는 것을 알려줬다.
괘종시계가 열두 번 다 울릴 때까지 해인은 내려오지 않았다.

쿵쾅거리며 2층으로 올라간 지 사십여 분이 지난 상태였다. 안 내려온단 말이지. 그렇게까지 얘길 했는데도. 우진의 얼굴에 사악할 만큼 얄궂은 미소가 퍼져 갔다.

해인은 개운치 않은 마음에 자기 방 안을 계속 왔다 갔다 하고 있었다. 방금 전까지 우진과 실랑이 아닌 실랑이를 하고 올라와서 이러는 게 아니었다.

사실 해인은 일어났을 때부터 평소와 다른 자신 때문에 당황했던 터였다. 원래 잘 붓는 스타일이라 아침에 일어나면 얼굴이 퉁퉁 붓곤 하지만 오늘은 유난히 입술이 부풀어 올라 있었다. 만져보니 약간 쓰라리기까지 했다.

그뿐 아니었다. 가슴과 유두도 유난히 부풀어 있었다. 또 마음에 걸리는 건, 그건…… 아래가 젖어 있었다는 것이었다. 속옷을 갈아입으면서도 어찌나 어처구니가 없는지 실없는 웃음만 흘러나왔었다.

배란기 때면 가끔 야한 꿈을 꾸기도 했지만 지금은 그 시기도 아니었다. 그런데 오늘은 꿈속에서 얼굴도 기억나지 않는 남자와 키스하는 꿈을 꿨었다. 그 때문에 자신의 몸이 이렇게까지 반응했다는 건가?

그렇게 석연치 않은 기분을 떨치지 못하고 1층으로 내려갔었는데 우진과 마주치자 순간 온몸에 전율이 일었다. 왜? 아니 왜? 동생의 친구에게, 그것도 어려서부터 봐왔던 녀석인데. 새삼스럽게, 하필, 왜?

우진이 자신의 방에 들어왔었다는 말을 들었을 때는 설마 하는 생각이 들었다. 석연치 않았던 몸 상태가 혹시? 하지만 이내 머릿속으로 고개를 가로저었다. 그럴 리 없다. 우진이 왜?

그런 생각을 해서일까. 해인은 우진이 뚫어져라 바라볼 때마다, 바짝 몸을 붙여올 때마다 순간 숨을 멈췄다. 자신이 긴장하는 걸 들키고 싶지 않아 더 떽떽거렸다.

소리 없이 초침이 움직이고 있는 벽시계를 흘긋 쳐다봤다. 이미 12시 5분을 가리키고 있었다. 말도 안 되는 협박조의 말투가 떠올라 순간 또 욱하는 성질이 올라왔다. 법정에서야 차분하게 요목조목 논리적으로 따져 묻는 해인이었지만 사적으로는 제법 성격이 급한 편이었다.

"누나가 선택해요. 업을까요, 안을까요, 들쳐 멜까요?"

내려갈까 말까 고민하다 다시 한 번 벽시계를 흘긋 바라보는데 갑자기 들려온 목소리에 깜짝 놀라 경기를 할 뻔했다. 어느새 왔는지 우진이 문 앞에 떡하니 버티고 서 있었다. 큰 키에 체격까지 좋은 우진이 문에 서 있자 그 자신이 꼭 문인 것처럼 공간을 가득 채우고 있었다. 숨이 턱 막히는 기분이라는 게 이런 걸까?

해인이 대답은 않고 바라만 보고 있자 우진의 입술이 가로로 길게 늘어졌다.

"셋 중에 마음에 드는 게 없으면 누나가 다른 예시를 들어봐요."

"……선택은 무슨. 내 발로……."

해인의 몸이 공중으로 붕 떠올랐다. 대답이 채 끝나기도 전에 우진이 해인을 양팔로 안아 올렸기 때문이었다.

"우앗-. 이게 무슨 짓이야? 내려놔. 빨리."

"시간 오버."

"무슨 시간 오버. 내 발로 걸어간다니까?"

"제한 시간은 12시까지였어요."

우진이 해인을 안아든 방향을 벽시계 쪽으로 돌렸다.

"봐요. 벌써 12시 8분이에요."

"내리라고."

해인이 우진의 가슴을 양손으로 밀어내며 발버둥을 쳤다. 우진은 해인을 들어 올린 팔에 더 힘을 주어 안을 뿐이었다. 우진은 성큼 계단을 내려가다 멈춰서더니 계속 버둥거리는 해인의 몸을 한 번 더 추켜올려 안았다. 우진의 얼굴에 해인의 얼굴이 바짝 다가서 있었다. 해인은 우진의 눈동자에 자신의 얼굴이 비치는 것을 보곤 마른침을 꿀꺽 삼켰다. 앓는 소리가 새어나오려는 것을 입안으로 삼켰다.

"누나 지금 행동이 굉장히 위험하다는 거 알아요?"

해인은 자신이 버둥거릴수록 우진의 몸 이곳저곳에 부딪치며 자극을 주고 있다는 걸 깨달았다. 깊어진 우진의 눈동자가 그 사실을 여실히 드러냈다.

"계단이라 위험해요. 같이 구를 수도 있다구요."

"……."

"내 목에…… 팔 감아요."

우진의 목소리가 낮게 가라앉았다. 호기롭던 그의 목소리 톤은 온데간데없었다. 해인은 자신이 숨을 쉬지 않고 있는 것처럼 여겨졌다.

홀린 듯 해인의 양팔이 우진의 목을 감싸 안았다. 해인의 상체를 안아 올린 우진의 팔에 힘이 들어갔다. 알아챈 순간 우진의 얼굴이 해인의 얼굴로 조금씩 가까워졌다. 우진의 눈동자가 물기를 머금은 듯 몽롱하게 반짝거렸다. 그의 눈빛에 사로잡혀 시선을 돌릴 수가 없었다.

해인은 점점 호흡이 가빠져 왔다. 쿵쾅거리는 심장 소리가 귓가에 북소리처럼 울리는 것 같았다. 우진의 입술이 곧 자신의 입술에 닿을 것 같던 순간 해인의 몸이 다시 한 번 공중으로 붕 떠올랐다. 정신을 차려보니 우진의 오른쪽 어깨에 자신의 몸이 반으로 접혀진 채 들쳐 메진 상태였다.

해인은 비명도 나오지 않았다. 내려놓으라는 말도 할 수 없었다. 방금 전 자신과 우진 사이에 흘렀던 기묘한 분위기가 꿈이었던 것처럼 얼떨떨했다. 우진이 자신에게 키스하려고 했던 것으로 생각했었다. 거부했어야 했는데 몸이 움직이지 않았다. 아무 말도 나오지 않았다. 그저 그 분위기에, 그의 눈빛에 취해서 자신의 몸을 맡겼다. 아니 기대했었다.

그런데 우진은 키스는커녕 안고 있던 자신을 어깨에 들쳐 멨다. 그러려고 얼굴이 가까이 다가왔던 걸까? 자신이 착각했던 건가? 키스를 받으려 눈이라도 감았더라면 제대로 망신을 당할 뻔했다.

'이런, 빌어먹을…….'

우진에게 짐짝처럼 옮겨지고 있는 게 수치스러웠지만 해인은 한편으로 안도했다. 동생의 친구에게 키스를 기대했던 자신에게 실소가 났다.

'그래, 눈 감지 않았으니 괜찮아. 우진이는 모를 거야.'

해인이 억지스럽게 스스로를 위안하는 동안 우진의 표정은 잔뜩 일그러져 있었다. 순간 자제하지 못하고 해인에게 키스할 뻔한 자신에게 욕하느라 제정신이 아닌 표정이었다. 우진에게 들쳐 메져 내려가느라 얼굴을 볼 수 없으니 해인은 알지 못했다. 지금 우진의 몸과 마음에 얼마나 거센 불길이 휩쓸고 있는지. 그 불길이 누구 때문인지.

◎

눈이 뻑뻑했다. 도연은 손바닥으로 눈을 지그시 눌렀다. 언제부터였는지 계속되는 불면증에 소화불량까지 겹쳐 몸 상태가 엉망이었다. 오늘도 아침 일찍부터 수술에 들어갔다 끝나고 나와서는 오후 진료를 보느라 정신없는 하루를 보냈다. 온몸이 두들겨 맞은 것처럼 아프지만 사막처럼 건조해져 버린 마음이 더 힘든 건 왜일까.

"과장님, 이보연 환자 의식 돌아왔다고 중환자실에서 연락 왔어요."

간호사 나영이 과장실 문을 열고 들어왔다.

"고마워요. 지금 가볼게요."

이보연 환자는 어제 아침 수술했던 육십대 여자 환자였다. 수술 후 의식이 깨지 않아 걱정하던 중이었다. 중환자실에 들러 이보연 환자와 오늘 수술했던 환자 상태까지 체크한 후 오후 회진을 돌았다.

갑자기 허기가 돌았다. 생각해 보니 아침부터 지금까지 물 한 모금 마시지 않았다. 먹으면 또 체하겠지만 그래도 위장이 꼬르륵거리니 지하에 있는 병원 식당으로 내려갔다. 식당 입구에 들어서자 자신을 향한 시선이 느껴졌다. 이제 이골이 날 만도 한데 이런 건 시간이 지나도 익숙해지지 않았다. 아니 오히려 가시처럼 마음 속 깊이 박힌다고 하는 게 맞겠다.

식판을 들고 한적한 곳에 앉았다. 자리를 잡고 밥을 거의 다 먹어가는 동안에도 사람들의 시선과 수군거림은 여전했다. 자기들끼리 속닥거리는 경우도 있었지만 도연에게 들리게끔 일부러 목소리를 높이는 사람들도 더러 있었다.

"정말 낯짝도 두꺼워. 여태 안 나가고 다니네?"

"피 한 방울 안 섞였어도 자맨데. 어떻게 약혼녀 동생을 건드리냐."

정형외과 병동 간호사들이었다. 대놓고 도연을 바라보며 다른 사람들도 들으라는 듯 큰 소리로 말하고 있었다. 주변에 있던 사람들의 시선이 일제히 도연에게 쏠렸다. 환자와 일반인들까지.

도연은 더 이상 이 병원에서 자신을 곱게 보는 시선이 없다는 걸 알고 있었다. 지금이야 저들이 자신을 대놓고 욕하고 있지만 도연이 속한 흉부외과 간호사들도 자신을 싫어했다. 예전에는 존경과 선망의 눈초리였던 것들이 경멸과 멸시로 바뀌었다.

마치 더러운 쓰레기가 병원을 걸어 다닌다는 듯 자신을 쳐다보았다. 우습게도 해인과 연인으로 있을 때는 노골적으로 유혹의 몸짓을 보였던 이들조차 지금은 자신을 멸시하듯 바라보았다.

만약 서현이 아니라 당신들을 품었어도 그런 눈빛으로 나를 볼 수 있었을까?

"여기서 수다 떨고 있을 만큼 시간 많아요?"

날 선 목소리가 정형외과 무리들을 나무랐다. 흘깃 보니 흉부외과 수간호사인 미경이었다. 방금 전까지 도연을 비웃던 무리들은 불만스러워하면서도 미경에게 제대로 대꾸를 하지 못했다. 그도 그럴 게 병원에서 까다롭기로 소문난 베테랑 간호사가 바로 미경이기 때문이었다.

미경이 계속 노려보고 서 있자 그네들은 식사를 다 마치지도 못하고 부랴부랴 일어났다. 그제야 미경은 도연에게 눈인사를 하고는 자리에 앉아 식사를 하기 시작했다.

'적어도 내 편이 한 명은 있는 건가.'

도연은 스스로에게 한심한 웃음을 지었다. 이 나이에 왕따라니.

❂

밤 늦게 수인이 돌아오자 해인은 방 안으로 따라 들어갔다.

"왜? 뭐 할 말 있어?"

수인이 운전석에서 내리기 전부터 옆에서 뭐 마려운 강아지처럼 졸졸 따라다니던 해인이었다. 등 뒤로 맞잡은 양손가락을 꼼지락거리면서 수인의 뒤를 총총 따라 걸었다. 거실 문을 열고 수인을 마중하던 우진과 눈이 마주치자 다시 수인의 뒤로 숨어버렸다. 거실에서 수인과 우진이 대화를 하는 짧은 시간 동안에도 해인은 계속 안절부절못했다. 결국 2층까지 수인을 따라 올라왔고 방에 들어와선 침대에 걸터앉았다.

그런 해인을 수인은 이상하다는 듯 바라봤다. 생전 마중 나온 적이 없던 해인이었다.

'얼굴이라도 좀 내밀어주라.'

불평이라도 한마디 할라치면,

'왜? 어차피 집에 들어오면 볼 건데.'

시니컬한 대답이 날아왔었다. 자신은 해인이 어딘가를 나갈 때든, 들어올 때든 부리나케 나가 배웅하고 마중했었는데. 그런데 오늘은 차가 대문을 들어서자마자 저를 향해 급하게 걸어오는 해인의 모습이 보였다. 무슨 일이 있나 싶어 부리나케 내렸지만 해인은 별 말없이 단지 자신의 뒤만 따라다닐 뿐이었다.

"무슨 일 있었어?"

"어? ……아니."

해인이 어깨를 으쓱하더니 침대에 걸터앉은 채 양 발을 앞뒤로 굴렸다. 와이셔츠를 벗어 의자에 던져 놓고는 다시 해인을 돌아봤다.

"뭐야. 혹시 우진이랑 싸웠어?"

"내가 걔랑 싸울 군번이야?"

굴리던 발을 멈추고는 버럭 짜증을 냈다. 해인의 그런 모습에 수인의 눈이 가늘어졌다. 수인이 볼 때 해인이 하는 짓은 절대 아무 일 없었던 게 아니었다.

"뭐냐. 어려서도 안 싸웠는데 다 커서 싸우는 거야?"

수인은 면 티를 머리에서부터 걸쳐 내려 입으면서 천천히 해인의 옆으로 가 걸터앉았다.

"뭔데. 말해봐."

"우진이…… 여기 언제까지 있는 거야?"

"그건 왜? 낮에 우진이랑 무슨 일 있었어?"

"아니. 그건 아닌데……."

"나는 그 녀석이 와서 안심이야."

수인의 시선을 피하던 걸 잊고 해인이 몸을 틀어 그와 마주 봤다. 고개를 살짝 기울인 채 수인을 바라보았다.

"왜?"

"우진이는 재활치료도 필요하고 정신적으로 안정도 필요해."

"부상이 심각했던 거야?"

"그렇기도 했는데…… 우리 병원에서 치료받았댔잖아. 걔네 팀 닥터가 송 박사님이었으니까. 나도 근무 중에 자주 들여다봤는데 애가 완전 멘탈이 갔더라고. 초반엔 나 만나는 것도 거절했었어."

"……."

"그리고 누나 따라 여기로 내려오면서 저 녀석한테 연락도 제대로 못했었고. 다행히 지금은 재활도 열심히 받고 있고 많이 좋아진 것 같더라."

해인은 수인이 하는 말을 그냥 듣고만 있었다.

"그리고 나도 근무하는 동안 누나 혼자 집에 두는 게 마음에 걸려서……. 그래서 우진이한테 내려오라고 했어. 사실 누나 있단 얘기 안 하고 불러 내렸고. 아마 저 녀석 알았으면 더 진작 여기로 쫓아왔을지도 모르지만."

"그건 또 무슨 소리야?"

수인이 해인의 앞머리를 쓸어 올렸다.

"우진이가 누나 좋아했잖아. 고1 때부터."

"야, 그 얘기를 지금 왜 해."

수인이 검지를 세우고는 해인의 이마를 툭툭 두드렸다.

"저 자식은 진심이었다고. 무작정 누나한테 껄떡대던 딴 놈들이랑은 달랐단 말이지. 그러니 내가 없는 동안 얼마나 잘 알아서 누나를 보살피겠어."

"내가 애냐? 애야? 이 자식, 또 헛짓거리를……."

"내가 누나 옆에 딴 놈들 있는 거 그대로 두고 본 적 있어? 예나 지금이나 우진이 말곤 없을걸?"

"아우, 이 자식……."

해인은 자신의 이마를 툭툭 밀며 장난치는 수인의 손가락을 잡아 꺾어 올렸다.

"아악. 미쳤어? 외과의사는 손가락이 심장이고 생명이라고."

"생명 좋아하네. 자꾸 헛짓하면 손가락이 아니라 네 녀석 목을 비틀어주겠어."

해인은 손목을 털며 진땀을 흘리는 수인을 한껏 째려보고는 문으로 향했다. 방을 나서려던 해인이 뭔가 생각난 듯 수인을 돌아봤다.

"너 요즘 운동 안 하지? 몸이…… 근육 다 빠졌네. 쯧쯧……."

"누나."

해인은 버럭 소리를 지르는 수인을 뒤로하고는 방문이 쿵 소리가 나도록 세게 닫으며 나가 버렸다. 수인은 해인이 나간 방문을 한동안 어이없어 하며 바라보았다. 낮에 무슨 일이 있었는지 우진에게 물어봐야겠다.

"이 자식…… 설마, 누나한테 벌써 치근거린 건 아니겠지?"

"딱 불어. 좋은 말로 할 때."

"앞뒤 맥락 없이 뭘?"

수인은 오징어다리를 입에 물고 씹으며 우진을 바라보았다. 두 사람 모두 간단하게 샤워한 후 거실에서 맥주를 마시던 중이었다. 수인은 한쪽 팔꿈치를 자신의 허벅지에 올린 채 건들건들 다리까지 떨고 있었다. 그런 수인을 보던 우진이 코웃음을 쳤다.

"양아치 코스프레 하냐?

"너라면 내가 감안하고 들을 테니까 이 자리에서 다 불어."

"그니까 뭘 불라고. 듣고 싶은 말이 뭔데?"

우진이 수인의 입에 물린 오징어다리를 확 잡아당겼다. 힘없이 우진에게 딸려 오느라 건들거리던 수인의 몸짓이 한 순간에 무너졌다.

"야, 이 부러지면 어쩌려고."

자세를 고쳐 앉으며 수인이 투덜거렸다.

"그니까 무슨 말이 듣고 싶어서 그러는 건데?"

"낮에 우리 누나랑 무슨 일 있었냐?"

캔 맥주를 입으로 가져가던 우진의 움직임이 멈췄다. 흘깃 옆으로 수인을 바라봤지만 무슨 생각을 하는지 알 수 없는 얼굴로 자신을 보았다.

"아무 일도 없었는데?"

"진짜?"

"왜. 누나가 뭐라고 해?"

"아니. 별말 안 했어."

"근데?"

두 사람은 서로의 말이 끝나자마자 서로 질문을 던졌다. 우진은 이마에 땀이 맺히는 것 같았다. 아무리 절친이라지만 자기가 해인을 좋아한다고 하면 수인은 반대하고 나설지도 모른다는 생각이 들었다. 수인이 해인을 어떻게 생각하고 대하는지 고등학교 때부터 질리도록 봐왔었다.

"별일 없었어. 아침은 누나가 깨워도 안 일어나서 못 먹였고 점심이랑 저녁은 챙겨 먹였는데? 그게 다야."

"싸운 건 아니고?"

"우리가 애냐?"

우진은 수인에게 다 말해 버릴까 순간 고심했다. 내가 네 누나를 사랑하고 있다고, 고1 때부터 지금까지 변함없이 짝사랑 해왔다고. 이제 네 누나를 내 여자로 만들고 싶다고 한다면 수인은 자기에게 주먹을 날릴까? 당장 이 집에서 꺼지라고 할까?

"왜. 너 없이 누나랑 나랑 둘만 두려니 불안하냐?"

"불안하지. 늑대를 내 손으로 누나 옆에다 풀어놨으니까."

"뭐라는 거냐. 내가 해인 누나 잡아먹기라도 할까 봐?"

"당연하지. 만약 그렇게 되면 나보다 우리 아버지가 더 기함할걸?"

기현의 얘기가 나오자 우진은 맥주가 목에 걸리는 기분이었다. 이 집안 남자들은 너무 해인을 아낀단 말이지. 그래놓고 결혼은 어떻게 시키려고 했을까? 그것도 그런 자식이랑. 차라리 나한테 주지.

우진은 목구멍까지 올라온 말을 속으로 삼키며 테이블에 있던 담배를 들고 일어섰다. 거실 유리문을 열고 막 담배에 불을 붙이려는데 수인의 목소리가 날아와 꽂혔다.

"우리 누난 담배 피는 남자 싫어해."

우진은 그 말에 결국 사레가 걸려 연신 콜록대느라 얼굴이 새빨갛게 달아올랐다. 겨우 진정하며 돌아보는 우진을 향해 수인은 씨익 웃으며 기분 좋다는 듯 맥주를 마셨다.

해인은 어려서부터 자신의 일이라면 만사를 제쳐 두고 달려오는 기현의 극심한 보살핌 속에서 자라왔다. 두 살 터울인 동생 수인조차 해인의 일이라면 너무한다 싶을 정도로 과보호하는 게 일상이었다. 하지만 수인이 처음부터 그랬던 건 아니었다.

해인이 일곱 살, 수인이 다섯 살일 무렵 소꿉장난을 하다가 사소한 일로 툭탁거린 적이 있었다. 그때 수인이 들고 있던 장난감에 해인이 머리를 맞으면서 세상 서럽게 울었었다. 수인도 일부러 그랬던 건 아니었던 터라 해인이 울음을 터뜨리자 함께 울었었다. 그 모습을 보고 있던 기현이 두 사람을 무릎에 앉히고선 차근차근 달래주었다.

"수인아, 엄마와 누나는 너와 아빠가 보호해 줘야 할 연약한 존재들이야."

그때부터였다. 기현이 수인에게 이 말을 입에 달고 살기 시작했던 게. 해인이 열두 살 때 엄마가 위암으로 세상을 떠나면서 해인에 대한 기현과 수인의 보호본능 게이지는 급속도로 올라갔다.

초·중·고를 같이 다닌 수인은 학교에서 해인에게 남학생들이 말을 걸라치면 경계부터 했다. '감히 우리 누나한테……'란 말을 입에 달고 살았다. 아무래도 수인에겐 해인이 천상의 존재처럼 고귀해 보였나 보다. 주변엔 해인에게 어울릴 만한 녀석이 없다고 항상 구시렁댔으니까.

저녁 식사 자리에선 그날 어떤 녀석이 해인에게 말을 걸었고, 어떤 녀석이 해인에게 편지를 주고 갔고, 어떤 녀석이 해인을 괴롭혔는지가 주된 대화 내용이었다. 기현은 수인이 해인의 일과를 얘기하는 동안 웃었다가 화냈다가 깜짝 놀랐다가를 반복하며 열중하며 들었다. 그럴 때마다 해인은 두 사람을 어이없어 하며 바라볼 뿐이었다. 코미디가 따로 없었으니까.

수인이 이렇게 해인의 일과를 빠삭하게 파악할 수 있는 건 그

녀석이 쉬는 시간이나 점심시간 등 틈만 나면 해인의 교실로 쫓아왔기 때문이었다. 해인이 고2, 수인이 중2일 때에도 운동장을 같이 쓰는 사립 중고를 다녔던 터라 수인의 감시는 멈추지 않았다. 덕분에 두 사람은 학교에서 유명인사였고 수인은 시스콘이라고 놀림을 받으면서도 아랑곳하지 않았다.

이런 과보호 속에서도 해인은 어리광쟁이가 되기는커녕 성격만 더 드세졌다. 자신이 약해지면 안 될 것 같았다. 밖에서는 일처리 깔끔하고 똑똑하고 샤프한 멋진 커리어우먼이었지만 집에서는 왈가닥 말괄량이가 따로 없었다. 기현에겐 딸이 아니라 아들처럼 굴었고 수인에겐 누나가 아니라 형처럼 굴었다.

자신에 대한 걱정이 조금이라도 줄어들기를 바랐다. 그리고 조금씩 나아지는 듯했다. 기현과 수인도 일 자체가 바빴고 해인에게는 도연이 새로운 보호자로 자리하고 있었으니까.

하지만 해인에 대한 두 사람의 과보호가 정점을 찍게 된 사건이 생겨 버렸다. 도연과의 파혼이었다. 파혼은 단순한 해프닝으로 끝나지 않았다. 해인과 도연의 파혼은 단순히 남녀 간의 이별이 아닌 치정이었고 구설이었고 좋은 안주거리였다.

시발은 기현이 채서라와 재혼한 지 삼 개월 만에 이혼한 게 알려지면서부터였다. 기자들은 단기간에 끝나 버린 톱 탤런트의 이혼 사유를 궁금해했다. 성격차이라는 말을 믿지 않았다. 숨겨진 이유가 있을 것이라고 생각했고 수소문했고 파고들었고 사실을 알아냈다.

채서라의 이혼 사실보다 이혼 사유를 알게 되자 사람들은 개떼처럼 가십에 뛰어들었다. 채서라의 딸인 서현이 새아버지의 딸, 의붓 언니의 약혼자와 바람을 피웠다는 내용은 충격과 함께 거대한 호기심을 불러일으켰다.

[치명적인 아름다움을 가진 채서현…… 결국 치정으로 자신의 아름다움을 증명!]

[톱 탤런트 채서라, 미혼모로 보석처럼 키운 딸…… 결과는 남의 집에 던진 돌멩이?]

[3개월 만에 한 집안의 남자 둘을 유혹한 매력적인 모녀]

입에 올리기도 민망한 기사 제목들이 나돌았다. 시간이 지날수록 말도 안 되는 내용의 기사들이, 사실 확인도 하지 않은 추측성 기사들이 끊이질 않았다.

결국에는 법원에서 재판을 끝내고 나오는 해인에게까지 기자들이 끊이지 않고 따라붙었다. 핸드폰으로 걸려오는 전화를 받지 않자 로펌으로 무턱대고 전화를 걸어오는 통에 다른 사람들까지 업무에 지장이 생겼다. 해인의 학창시절부터 대학시절, 변호사로서의 모습까지 낱낱이 까발려졌다. 해인이 입고 걸친 옷과 가방의 브랜드, 가격대까지 기삿거리가 되었다.

해인의 사생활은 물론 기현과 수인이 근무하는 백강종합병원까지 아수라장이 될 뻔했다. 기현에게 인터뷰 요청이 이어졌고 백강종합병원, 백강그룹에 대해서까지 다루기 시작했다. 백강그룹의 전신이 깡패조직이라는, 호랑이 담배 피던 시절 얘기까지 나왔다.

언론의 관심 대상에는 물론 도연도 있었다. 병원을 나서는 도연의 사진을 서현과 해인의 사진 사이에 편집해 놓고는 '두 여자 사이에 끼인 불운의 남자? 행운의 남자?'라는 헤드라인을 단 기사가 인터넷을 달궜다.

그 와중에 서현의 외모를 추종하는 무리들이 SNS와 댓글을 장악했다. 이런 외모라면 빠지지 않을 남자가 누가 있겠냐는 내용이 주를 이뤘다. 물론 이를 비난하는 내용도 있었다. 그러다 자기들끼리 루저니 김치녀니 들먹거리며 싸움을 해댔다.

가십을 다루는 모든 매체에서 한참 이들의 이야기를 다루는 동안 해인은 의외로 담담했다. 아니 담담하게 행동했다. 기현과 수인을 걱정시키고 싶지 않았다. 도연에게 처량하게 보이고 싶지 않았다. 이런 상황 속에서 비련의 여주인공처럼 울고 싶지 않았다. 자존심이 허락하지 않았다.

두 달이 넘도록 가십이 가라앉질 않아 해인은 마지못해 별장이 있는 이곳으로 도피 아닌 도피를 왔다. 로펌이나 의뢰인들에게까지 피해를 끼칠 수는 없었다. 휴직계를 내는 해인에게 킹덤의 최 대표는 기다리고 있겠다고 했다. 안쓰러운 표정으로 자신을 배웅하는 동료들을 뒤로 두고 로펌을 나왔다. 주차장까지 따라 나온 지석은 해인의 머리를 헝클어뜨렸다.

"기운 내라. 내가 아는 이해인은 이런 일로 주저앉을 녀석 아니다."

그 말이 어찌나 위로가 되던지. 무겁게 가라앉아 있던 마음이 펑하며 떠오르는 기분이었다. 크리스마스를 이틀 앞둔 날이었다.

해인은 멍하니 밤하늘을 올려다보고 있었다. 3층 다락방 천장 한쪽은 급경사로 떨어지는 지붕 형태였다. 그곳에 하늘로 향하는 두 쪽짜리 창문이 나 있었다. 창문 바로 아래에 프레임 없이 매트리스를 바닥에 바로 깔고 침대로 꾸며놓았다.

그곳에 누워 있으면 밤에는 하늘에 쏟아질 듯 뜬 별을 마음껏 볼 수 있었고 비오는 날이면 빗방울이 유리창을 때리며 쪼르르 굴러 떨어지는 소리를 듣고 즐길 수 있었다.

눈이 많이 내렸던 지난 겨울밤에는 창문 앞에 바짝 다가선 채 눈송이의 결정을 멍하니 바라봤다. 조금씩 창문을 가득 덮어오는 눈송이를 보다가 달빛이 완벽히 가려지자 창문을 열어 눈을 털어냈다. 그리고 같은 과정을 서너 번 반복하다 보니 날이 새어 있었다.

해인은 잠이 오지 않는 날이면 다락방에 올라와 멍하니 창문으로 밤하늘을 올려다봤다. 검었다가 푸르렀다가 달빛이 환했다가 하얀 구름에 가렸다가. 쉬지 않고 변화하는 밤하늘은 너무나 매력적이었다. 그 모습을 보고 있노라면 아무 생각도 들지 않았고 그러다 어느새 잠들기도 했다.

그런데 아무리 생각을 지우려 해도, 잠이 들려 해도 마음처럼 되지 않는 날이 있었다. 바로 오늘처럼.

아무리 누구보다 가깝게 지내는 동생이지만 낮의 일을 얘기할 순 없었다. 자신의 누나가 자신의 친구에게 묘한 느낌을 받았다는 말을 수인이 이해할 수 있을까? 더군다나 아직까지도 도연이 해인의 삶에서 완벽하게 사라지지 않은 이 상황에서? 가족들은 물론 자신의 직장이나 병원까지 아수라장을 만들어놓고? 스스로도 이해되지 않는 느낌을 뭐라고 설명할 수 있을까?

해인은 누워 있는 것조차 답답해 자리에 일어나 앉았다. 어이없게도 우진에게 어색한 떨림을 느낄수록 도연이 떠올랐다. 아무렇지 않은 척 지낼 뿐 절대 아무렇지 않을 수가 없었다. 가정교사로 도연을 처음 만났던 날부터 짝사랑하던 매일, 그에게 고백하고 사귀기 시작했던 날, 그에게 프러포즈 받았던 날, 그에게 처음 안겼던 날까지. 그 수많은 시간과 기억들을 어떻게 잊을 수 있을까?

신혼의 단꿈을 꿨던 그곳에서, 자신과 도연이 누워 있었어야 할 그 침대에서 도연과 서현의 몸이 뒤섞여 있던 걸 보게 될 줄 누가 알았을까? 그날 이후로 도연은 끊임없이 해인에게 연락을 해왔지만 받지 않았다. 집으로 찾아왔지만 대문조차 열어주지 않았었다. 사랑하는 남자가 눈앞에서 배신한 모습을 봐놓고도, 분노로 갈아 마셔도 시원찮을 만큼 화가 나는데도 한편으론 도연을 만나고 싶어 하는 자신을 용서할 수가 없었다.

해인은 멍하니 앉아 있다가 다시 자리에 누웠다. 창문을 통해 비쳐 들어오는 달빛을 취한 듯 바라보기를 한참. 이마에 한 팔을 올려 눈을 가렸다. 이대로 잠들고 싶었다. 이미 자정을 넘어 새벽 1, 2시 정도 됐을 터였다. 가끔 수면제를 먹지만 최대한 약에 의지하지 않고 자연스럽게 잠들고 싶었다. 어제 약을 먹었으니 오늘은 그냥 자자 싶었는데 눈만 말똥거렸다. 그러다 보니 잡생각만 더 밀려오는 것 같았다.

옆으로 누웠다가 엎드렸다가 반듯이 누웠다를 반복하며 몸부림을 치다가 결국 벌떡 일어나 앉았다. 오늘은 여기서도 잠들기는 틀렸나 보다. 이럴 거면 아침에 해 뜰 때 빛을 가려줄 수 있는 제 방으로 가야겠다 싶었다.

문 옆의 스탠드 스위치를 내려 불을 껐다. 이내 방 안이 어두워지고 창문에서 비쳐 들어오는 달빛이 사선으로 쏟아져 들어왔다. 어둠 속에서 그나마 저렇게라도 빛을 비추던 삶이 새로운 소용돌이에 휘말릴 것 같은 기분이 들었다.

해인은 아무 생각 없이 방문을 열었다가 하마터면 소리를 지를 뻔했다. 우진이 눈을 감은 채 어둠 속에서 벽에 기대 서 있었기 때문이었다. 생각지 못한 장소에서 생각지 못한 사람을 마주하니 당황스러움에 몸이 부르르 떨렸다. 속으로 삼키는 해인의 비명 소리에 우진이 눈을 뜨고 그녀를 바라봤다.

"여기서…… 뭐 해?"

우진은 대답 없이 해인을 향해 한 발짝 다가왔다. 다시 한 발짝 다가오자 해인이 본능적으로 한 발 뒤로 물러났다.

"서우진."

"누나."

해인의 뇌에서 붉은 등이 깜박거리는 것 같았다. 위험 신호를 보내고 있었다. 피해야 한다고, 빨리 이 자리를 벗어나라고 온몸의 세포가 아우성쳤다.

"궁금한 게 있어요."

"이 시간에? 내일 물어보면 되잖아."

"누나, 첫 키스가 누구였어요?"

"뭐? 그거 물어보려고 있었던 거야?"

어이가 없었다. 무턱대고 앞뒤 맥락 없이 지금 무슨 말을 하는 건지 이해할 수가 없었다.

"누구였어요?"

우진의 등 뒤로 방문이 닫혔다. 어둠 속에서 우진의 눈빛이 반짝거렸다. 해인은 문 앞에 우두커니 서 있는 우진을 바라보면서 두어 발짝 더 뒤로 물러났다. 몸이 떨려왔다. 두려움과는 다른 떨림이었다.

"그건 왜? 알아서 뭐 하려고."

"누구…… 였냐구요."

대답을 하면 안 될 것 같았다. 아니, 대답을 해야만 할 것 같았다.

"그거야 도연 오빠……. 읍-."

맹수에게 잡히듯 해인의 몸이 우진에게 한 품에 잡혀 들어갔다. 우진의 입술이 거칠게 해인의 입술을 덮쳤다. 해인은 우진의 가슴을 밀어내며 입술을 꾹 다물었다. 한순간에 우진에게 잡혀 입술을 빼앗겼지만 마지막 자존심처럼 입술을 열지 않았다.

우진은 해인이 밀어낼수록 더 세게 품에 끌어안았고 더 거칠게 입술을 빨아들였다. 해인은 발로 그의 다리를 차려다가 순간 망설였다. 재활 중인 다리가 어느 쪽인지 알지 못했다. 우진이 아무리 억지로 자신에게 키스를 퍼붓고 있다 하더라도 무작정 다리를 찰 수는 없었다.

순간 멈칫거리는 걸 느꼈는지 우진은 해인의 입술을 더 강하게 요구해 왔다. 해인의 입술은 꾹 다물어져 있는데 우진의 입술이 한 치도 떨어지지 않으니 점점 호흡이 가빠왔다. 해인은 머리가 멍해지고 눈앞이 흐려지는 것 같았다. 계속되면 숨이 막혀 죽을 것 같았다. 그때 우진의 얼굴이 멀어졌다. 여전히 우진의 한 손에 해인의 가녀린 목덜미가 잡혀 있는 채였다.

"하악하악……."

해인이 숨 가쁘게 산소를 들이마시는 동안 우진도 빠르게 호흡을 하고 있었다. 심장이 튀어나올 것처럼 뛰었다. 해인은 겨우 진정하며 우진을 올려다봤다. 이미 온몸의 기운이 빠져 그의 팔에 온전히 의지한 채였다.

"하아하아, 너…… 왜……?"

마른침을 꿀꺽 삼키는데 예상치 못한 우진의 대답이 들려왔다.

"나였어요. 누나의 첫 키스는 나였다구요."

순간 정지한 듯 눈 깜박거림도 호흡도 멈춘 해인의 얼굴 위로 우진의 얼굴이 내려왔다. 이내 입술을 덮고 놀라 벌어졌던 입술 사이로 우진의 혀가 파고들었다. 해인이 우진을 밀쳐 내자 이번에는 부드럽게 떨어져 나갔다.

"무슨 말도 안 되는 소리야?"

해인이 씩씩거리며 바라보자 우진의 눈빛이 슬픈 듯 일그러졌다.

"정말 기억 안 나요?"

"그런 거짓말을 왜 하는 거야?"

"이런 거짓말을 해서 뭐 한다고요. 사실이니까요."

"너…… 어제부터 왜?"

"기억 안 나면 나게 해줄게요."

해인의 입술이 우진에게 덮쳐지는 건 순식간이었다. 우진은 소리 없이 빨랐다. 해인이 눈 깜박이는 사이 이미 자신의 입안으로 우진의 불처럼 뜨거운 혀가 들어와 있었다. 술래잡기를 하듯 물러나는 해인의 혀를 이내 잡아 자신의 혀로 옭아매었다.

거부하던 해인의 몸짓이 조금씩 잦아들었다. 이미 우진과 맞닿아 있는 모든 곳이 불에 덴 듯 뜨거웠다. 우진이 말한 그와의 첫 키스 기억은 나지 않았다. 하지만 어제 우진에게 처음 안긴 순간부터 자신에게 찾아온 낯선 두근거림은 지금 그를 밀어내지 못하게 하고 있었다.

우진이 해인을 안은 팔에 힘을 주더니 엉덩이를 안아 들고는 침대로 걸어갔다. 무릎을 굽혀 천천히 해인을 눕히고는 그 위로 자신의 몸을 겹쳐 누웠다. 두 사람의 입술은 계속 떨어질 줄 몰랐다.

"하아…… 누나."

탄식하듯 그녀를 부르는 우진의 숨결이 해인의 입안으로 쏟아져 들어왔다. 해인은 아무 생각도 할 수 없었다. 단지 우진의 입술이 자신의 입술을 힘주어 핥고 빨아들일수록 더 그의 입술을 원하게 되었다. 우진의 혀가 자신의 혀를 옭아맬수록 그의 입안으로 자신의 혀를 밀어 넣었다.

"하아…… 하아……."

"누나. 누나……."

해인이 우진의 목을 감싸 안자 두 사람의 몸은 더 빈틈없이 밀착되었다.

"누나, 입 조금만 더 벌려봐요."

우진이 입술에 대고 속삭이자 해인의 입이 조금 더 벌어졌다. 우진의 입술이 좌우로 더 거칠게 해인의 입술을 빨고 비벼왔다. 이내 그의 혀가 해인의 입속 깊이 밀고 들어왔다. 해인의 호흡이 더 거칠어지고 동공이 확장되었다. 우진은 숨 쉴 틈을 주지 않고 해인의 입술을 탐했다. 해인이 버둥거리며 고개를 옆으로 돌렸다. 겨우 우진의 입술에서 벗어나 숨을 들이쉬는데 그의 입술은 해인의 목덜미를 타고 내려가고 있었다.

"아음…… 아앗."

목덜미에 뜨겁게 키스를 퍼부으며 해인의 가슴을 움켜쥐었다.

갑작스러운 우진의 손길에 해인이 깜짝 놀라 몸을 움찔거렸다.

"우진아……."

우진의 입술은 여전히 해인의 목덜미 곳곳을 입술과 혀로 핥고 있었다. 해인은 자신의 가슴을 쥐었다 폈다 하며 애무하는 우진의 손을 잡으며 제지시키려 했다. 눈앞이 아찔해졌다. 우진의 손길에 따라 자신의 몸이 경기하듯 반응하자 숨도 못 쉴 지경이었다.

해인이 가슴을 애무하는 손을 저지하자 우진은 포기한 듯 가슴에서 손을 떼었다. 하지만 이내 해인의 등과 옆구리를 따라 엉덩이와 허벅지까지 쓰다듬어 내렸다.

"으음…… 우진아. 그만……."

"하아, 누나. 누나……."

우진의 손이 해인의 원피스 아랫단을 허벅지 위로 밀어 올리면서 골짜기 사이로 다가왔다.

"흐읏. 안 돼."

우진은 해인의 팬티 위를 손바닥으로 감싸며 부드럽게 골짜기 중심을 쓰다듬었다. 해인이 다급하게 우진의 손목을 잡아당기자 힘없이 따라오는 듯하더니 이내 팬티 속으로 손을 밀어 넣었다.

"아앗. 안 돼. 안 돼. 그만."

정신이 번쩍 드는 것 같았다. 자신이 지금 무슨 짓을 하고 있는 건지. 순간의 욕망에 눈이 멀어서 동생의 친구와 뒹굴고 있다니. 잘못하면 오래된 이 관계가 끝날 수도 있는데.

해인은 급하게 상체를 일으키며 우진의 품 안에서 빠져나왔다. 해인이 우진의 손목을 잡고 안간힘을 썼지만 여전히 그의 손은 그녀의 골짜기를 뒤덮은 채 쓰다듬고 있었다.

"하아……. 누나."

"안 돼. 그만. 정말 그만."

우진의 손에서 벗어나려 해인이 몸을 옆으로 뒤틀었다. 하지만 우진의 손바닥은 해인에게 압착된 듯 더 강하게 달라붙었다.

"이렇게 젖어 있는데? 누나도 원하잖아."

"아니야. 아니야."

"거짓말."

"거짓말 아니야. 그러니까 그만……."

우진은 해인의 등 뒤로 바짝 달라붙으며 끌어안았다. 여전히 해인의 골짜기를 쓰다듬고 있는 채였다.

"지금이라도 소리 질러요. 수인이가 바로 달려올 테니까."

"그럴 수 있을 리 없잖아. 제발 이러지 마."

"하아……."

우진이 해인의 등에 자신의 얼굴을 짓이기듯 비벼왔다. 깊은 한숨과 끙, 앓는 소리가 해인의 등에 쏟아졌다. 해인을 끌어안은 팔에 순간 강하게 힘이 들어가더니 우진은 손을 빼며 몸을 일으켰다. 해인이 일어나려 하자 우진은 그녀의 어깨를 부드럽게 눌렀다.

"이 이상 안 한다고 약속할 테니까 움직이지 말아요."

우진은 이미 어둠 속에 익숙해진 눈을 들어 방 안을 둘러보더니 어딘가로 향했다. 방 안에 있던 욕실로 들어간 우진은 손을 씻고는 타월에 물을 묻혀 나왔다. 일어나 앉은 해인은 다가오는 우진을 보면서 뭔지 모를 불안함을 느꼈다. 더 이상 안 하겠다고 했는데 또 다른 불안함이 몰려왔다.

천천히 다가온 우진은 해인 앞에 한쪽 무릎을 꿇고 앉았다. 해인과 시선을 마주친 채로 원피스 안으로 양손이 천천히 들어왔다. 해인의 허벅지를 손끝으로 쓰다듬고 있었다. 해인이 놀라 우진의 손을 잡았다.

"안 한다며……."

"안 할 거예요. 아래 닦아주기만 할게요."

"아니야. 싫어. 내려가서 씻으면 돼."

"누난 오늘 여기서 잘 거예요. 나랑."

"뭐?"

"나 겨우 멈췄어요. 난 한 번 시작하면 절대 안 멈추는데 그런데 멈췄어요."

"너……."

우진의 손이 해인의 골반 옆 팬티 윗부분에 손가락을 걸어 당기는 게 느껴졌다. 해인은 여전히 우진의 팔뚝에 손을 올린 채 힘을 주었다.

"이 이상 안 할 거예요. 그러니까…… 오늘 여기서 나랑 자요. 잠만 자. 다른 것 없이."

해인의 눈동자가 불안한 듯 흔들렸다.

"누워요."

우진은 무릎을 세우며 팔을 뻗어 해인의 상체를 끌어안듯 감싸고는 침대에 눕혔다. 해인은 말없이 우진의 팔에 체중을 맡긴 채 누웠다. 자신의 원피스 자락 아래로 천천히 파고들어 오는 그의 손길에 두 눈을 꼭 감았다. 왜 더 이상 거부할 수 없는 걸까? 우진의 말처럼 지금이라도 소리를 지른다면 수인이 뛰어올라올 테고 자신은 이 상황에서 벗어날 수 있을 텐데.

우진은 해인의 엉덩이를 가볍게 들어 올리더니 팬티를 끌어내려 벗겼다. 한 팔로 해인의 허리와 엉덩이를 가볍게 받쳐 올렸다. 이내 따뜻한 물에 적셔진 타월이 해인의 골짜기에 와 닿았다. 아래를 꼼꼼하게 닦고 또 닦아주었다. 그 손길이 느리고 부드러워서 해인은 다시 자신의 아래가 젖어드는 게 느껴졌다. 우진은 몇 번을 더 해인의 골짜기를 닦아주고는 옷매무새를 고쳐 주었다.

해인이 꼼짝 않고 누워 있는 동안 우진은 다시 욕실로 가 세면대에서 타월을 빨았다. 해인은 미처 알지 못했지만 그때 우진은 그녀의 팬티까지 같이 빨고 있었다. 우진이 그러는 동안 해인은 이불을 끌어당겨 덮고는 눈을 감고 옆으로 누워 있었다.

잠시 후 등 뒤에서 물소리가 그쳤다. 욕실 문이 닫히고 스위치가 딸깍거리는 소리가 들려왔다. 해인은 자신에게로 다가오는 우진의 발소리가 점점 가까워져 오는 것을 또 듣고 있었다. 우진의 발소리가 가까워질수록 해인의 몸에 긴장감이 더해져 갔다.

그가 욕실에 있는 동안에라도 뛰어 내려갔다면 2층 자신의 방까지 충분히 갈 수도 있었을 텐데. 제 몸 하나 제대로 움직이지 못하고 굳은 채 누워 있었던 걸 믿을 수 없었다.

등 뒤로 이불이 걷히더니 베개와 목덜미 사이로 그의 건장한 팔이 파고들어 왔다. 우진이 해인의 몸을 빈틈없이 끌어안으며 누웠다.

“누나.”

“…….”

“잘 자요.”

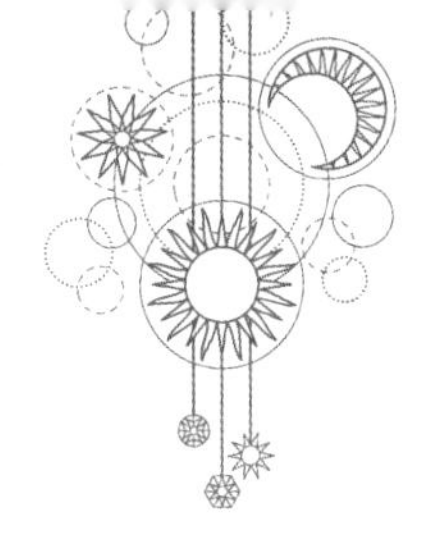

03. 각인

거의 뜬 눈으로 날을 샌 해인은 아침 일찍 1층으로 내려갔다. 주방에서 달그락거리는 식기 부딪치는 소리가 들리고 토스트와 커피향이 나고 있었다. 수인이 출근 전에 밥 대신 빵으로 아침 식사를 때우려나 보다.

“뭐야. 빵이야? 밥 먹고 가.”

수인이 동그랗게 뜬 눈으로 주방과 거실 중간 즈음에 서 있는 해인을 바라보았다. 갈색빛이 도는 토스트 한 조각을 이제 막 베어 물려던 찰나였다.

“밥이나 한번 차려줘 보든가.”

“그냥 빵이나 먹어라. 너는 그걸로 족하다, 동생아.”

해인은 수인의 옆자리에 삐딱하게 앉아선 식탁에 한쪽 팔을 올려 머리를 괴었다. 다른 팔은 식탁 의자에 귀찮은 듯 툭 걸쳐 놓은 상태였다. 수인은 그런 해인을 어이없다는 듯이 한 번 흘겨

보고는 접시에 있던 토스트를 들어 그녀의 입에 물려주었다.

"웬일로 아침 일찍 일어나서는……. 혹시 안 잤어?"

"……자다 깨다 해서. 음, 이거 맛있네. 그냥 일어났어."

"커피 마실래?"

"이거 마시면 되지."

해인은 수인이 마시던 잔을 들어 후후 불며 커피를 한 모금 마셨다.

"누난 꼭 남의 거 뺏어먹더라. 그럼 더 맛있어?"

"왜 아까워? 다시 뱉어?"

"윽, 진짜. 아침부터."

수인은 짜증난다는 듯 투덜거리면서도 얼굴은 즐겁다는 듯 웃고 있었다. 그런 수인을 보면서 해인은 마음속으로 바보 같은 녀석이라며 해실거렸다. 해인은 잔소리 대마왕 동생이 귀찮을 때도 많았지만 고마울 때가 더 많았다. 지금도 자신 때문에 시골까지 내려와 있으니.

"아, 왜. 아침에 손질한 거란 말이야."

해인이 수인의 앞머리를 헝클어뜨리자 이번엔 제대로 짜증을 부렸다.

"동생이 귀여워서 그러지요."

해인은 연신 토스트를 오물거리면서 수인의 볼까지 꼬집어댔다.

"이 누나가 아침부터 약 먹었나. 왜 이래? 혹시 잠 덜 깼어? 몽유병이야? 가서 더 자."

"이 자식."

해인이 수인의 볼을 또 잡아당기려 하자 이번엔 수인이 해인의 양 볼을 잡아당겼다.

"아바바."

"뭐? 못 알아듣겠는데?"

해인이 수인의 머리를 툭 치자 그제야 손을 치웠다.

"아오, 아파. 이 자식……."

해인은 양 볼을 손바닥으로 감싸 쥐고 울상이었고 수인은 만족스럽게 커피를 마셨다.

"아침부터 사이좋은 남매네. 나도 좀 끼워주지?"

등 뒤로 우진의 목소리가 들리자 해인의 몸에 긴장감이 돌았다. 밤새 우진은 해인을 품에 안은 채 깊은 잠에 들어 있었다. 거의 뜬 눈으로 날을 샌 해인은 하늘이 서서히 밝아지는 것을 보고는 다락방을 조용히 빠져나왔다. 샤워를 하고 바로 1층으로 내려온 참이었다.

"너도 일찍 일어났네. 두 사람 오늘 뭐 있어?"

"아니."

"없어."

수인의 물음에 우진과 해인이 즉답을 했다. 수인은 피식 웃으면서도 더 이상 별말이 없었다. 우진이 커피를 따라 수인의 맞은편 의자에 앉았다.

"누나, 잘 잤어요?"

"어? 으응. ……넌?"

"나도 뭐."

"아, 맞다. 누나, 오늘 관리인 아저씨랑 아주머니 오실 거야. 오늘 수영장 청소한다고 인부들도 데리고 올 거니까 집 비우지 말고."

"벌써 금요일이구나."

해인은 머릿속으로 요일 계산을 하고 있었다. 한량처럼 시골 별장에 처박혀 있다 보니 날짜 가는 걸 모르겠다.

"아, 난 출근해야겠다. 늦겠네."

수인이 자리에서 일어서며 커피를 한 모금 더 마셨다. 서둘러 나가려다 해인의 머리를 마구 헝클어뜨렸다.

"야아."

"누나도 내 머리 헝클어뜨렸잖아."

허공에 주먹을 날리는 해인을 향해 약 올리듯 웃고는 수인이 현관으로 향했다. 해인은 우진이 수인을 따라 나가는 걸 보면서 커피를 홀짝거렸다. 해인은 우진이 마시던 커피 잔에 초점을 맞춘 채 멍하니 있다가 머리카락에 닿는 손길에 화들짝 놀라 돌아보았다. 수인이 헝클어뜨려놓고 간 해인의 머리카락을 우진이 부드럽게 매만지고 있었다.

"뭐…… 하니?"

"부러워서요."

"……?"

"수인이가 부러워서……."

"부러울 것도 많다."

수인이 앉았던 자리에 우진이 앉았다. 옆으로 걸터앉아 있던 해인의 다리를 감쌀 듯 우진의 다리가 가까웠다.

"난 외동이라 언제나 수인이랑 누나 보면서 부러웠어요. 수인이가 누나한테 유난하기도 하고."

"그 녀석 때문에 내가 얼마나 고달픈데."

"그래도……."

우진의 손이 다시 해인의 머리카락을 매만졌다. 뚫어질 듯 바라보는 우진의 눈빛에 어딘가로 숨고 싶어지는 기분이 들었다.

"나는 이렇게 누나 한번 만지려면 수십 번을 생각하고 고민한 후에 겨우 손을 뻗는데…… 수인이는 이런 고민 안 할 테니까요."

해인이 고개를 돌렸다. 우진과 더 이상 마주 볼 수 없을 정도로 그의 눈빛이 뜨거웠다. 수십 번을 생각한다지만 요 며칠 동안 우진의 행동은 전혀 그렇게 보이지 않았다. 해인의 몸을 거침없이, 당당하게 안으려 했었다. 마치 해인이 자기의 것이라도 되는 것처럼.

해인은 몸을 틀어 의자에 제대로 앉으려 했지만 우진의 다리 사이에 자신의 다리가 갇혀 있다시피 해 포기했다. 해인이 조금만 몸을 움직여도 바로 닿을 거리였고 이미 우진의 체온이 전해져 올 만큼 충분히 가까웠다.

"우진이 너 이러는 거 이상해. 전엔 이러지 않았잖아."

"누난, 정말 나에 대해 전혀 신경을 안 썼었나 봐요. 난 언제나 누나한테 일직선으로 달려갔었는데."

"도대체 무슨 말을……. 좀 이해가 가게 해줄래?"

우진의 손길이 해인의 귓가를 거쳐 목덜미로 내려왔다. 나비가 꽃잎에 앉듯 손끝으로 닿을 듯 말듯 위 아래로 쓰다듬었다.

흐읍-. 해인의 입에서 절로 마른 신음이 새어나왔다. 우진은 그 소리에 자극을 받았는지 손끝이 더 대담해졌다. 쇄골 라인을 따라 쓰다듬던 손길이 가슴골을 향해 천천히 내려오고 있었다.

"그때보단 어른이 됐으니까 그에 맞게 대시하는 중이에요."

해인이 다급하게 우진의 손을 잡았다. 이번에는 정면으로 그와 시선을 맞추었다.

"그만해. 이거 명백히 성추행이야."

"……누나 나쁘네."

"뭐?"

"성추행은 상대가 원하지 않는데 일방적으로 하는 거잖아요. 우린 해당되지 않을 텐데요. 아무리 자기보호를 위해서라지만 거짓말은 안 되죠."

"무슨 자신감이야?"

우진은 해인에게 잡혀 있는 자신의 손을 내려다봤다. 그 손을 잡아 자신의 얼굴 앞으로 당겨왔다. 우진의 손을 잡고 있던 해인의 손은 그의 양손 사이에 끼어 옴짝달싹 할 수 없는 상태였다. 우진은 해인의 하얗고 긴 손가락에 입을 맞추었다. 해인의 몸이 파르르 떨렸다.

"이봐요. 느끼고 있잖아요."

"싫어하는 거야."

"확인해 볼까요? 싫어하는 건지 아니면 느끼는 건지."

우진은 해인의 허리를 낚아채듯 한 팔로 안아 끌어당겼다. 해인의 얼굴이 부딪칠 듯 우진의 얼굴 바로 앞까지 닿았다.

"발정 났어? 여자만 보면 이렇게 다 덤벼드니?"

"그 예쁜 입에서 어떻게 그리 어울리지 않는 말을 내뱉는 거예요."

"네가 하는 짓이……."

"말했었잖아요. 누나한테 일직선이었다고. 나 고1 때부터 계속 누나한테 좋아한다고 고백했었잖아요. 누나가 매번 날 애 취급하면서 듣는 시늉도 안 했을 뿐이지."

"좀 놔봐."

해인은 머릿속이 복잡했다. 그렇지 않아도 정리되지 않은 일들이 한가득이었다. 그런데 우진이 나타나면서부터 더 복잡하고 더 꼬여 버렸다. 명확하지는 않지만 사실 우진이 하는 말들이 무슨 말인지 어렴풋이 알 것도 같았다. 어젯밤 첫 키스가 도연이 아닌 자기였다고 하는 건 아무리 생각해도 모르겠지만.

해인은 지금 눈앞에서 자신을 곧 잡아먹을 듯 바라보고 있는 우진을 어떻게 해야 할지 난감해졌다. 누나로서 혼내야 하나? 아니면 달래서 나중에 얘기하자고 해야 하나? 그것도 아니면 네 마음이 진심인지 증거를 대보라고? 갑자기 헛웃음이 나왔다. 감정이란 게 꺼내서 눈앞에 보여줄 수 있는 것이었다면 자신이 도연과 서현에게 뒤통수 맞을 일도 없었겠지.

이런 저런 생각에 빠져 있느라 흔들리던 해인의 눈동자가 순간 정지하는 것 같더니 멍한 얼굴이 됐다.

"누나?"

"네가 진심이라면. 아니 진심이라고 치자. 그런데 그게 뭐?"

"네?"

"나에 대한 네 감정이 진짜 사랑이라 해도 내가 그걸 꼭 받아들여야 하는 건 아니잖아. 우리가 서로 못보고 산 동안에도 넌 잘 살아왔었고 앞으로도 마찬가지일 거야. 특별히 내가 네 인생에 끼어들지 않아도 넌 예전과 다름없이 살아갈 수 있을 거라고."

"정말 그렇게 생각해요?"

"사랑이라는 거…… 시간이 지나가는 것만큼 변하더라. 그것도 서로가 다른 속도로, 다른 방식으로. 난 이제 사랑이니 뭐니 그런 거 안 믿어."

우진의 표정이 잔뜩 일그러졌다. 해인은 그런 우진의 시선을 피하지 않고 계속 마주 봤다.

"십년이나 한 사람만 좋아했던 누나가 할 얘기는 아닌 것 같은데요."

"그래. 그래서 지금 내가 이 모양이잖아."

"누나가 뭐라고 해도 난 변하지 않았어요. 그동안 단 한 번도. 누나가 말한 우리가 만나지 않았던 시간 동안에도. 그리고 전혀 잘 살아오지 못했고……."

"그건…… 네가 아직 나를 갖지 못했었기 때문이야. 손에 갖지 못한 건 더 탐나게 마련이니까."

"말 함부로 하지 마요."

우진의 목소리가 격양되었다. 해인의 허리를 안은 팔에도 힘이 잔뜩 들어갔다. 금방이라도 부러뜨릴 것처럼.

"날 가지면 너도 변할 거야. 그게 사랑이란 거더라고."

"누나한텐 연애의 표본이 그 자식 하나뿐이잖아요. 단정 짓지 말아요. 난 달라."

"자신 있나 보네."

"자신 있어요."

"그래? 그렇다면, ……날 가져 봐."

우진은 충혈된 눈으로 해인의 움직임을 좇았다. 해인은 주방에서 수영장 청소를 하고 있는 사람들에게 내갈 음료를 준비하고 있었다. 1.5리터 주스 병을 두 손으로 든 채 유리잔을 하나하나 채웠다. 어깨 한쪽이 올라간 채 고개까지 기울어진 상태였다. 헝클어진 긴 머리카락이 한쪽으로 흘러내렸다.

그 모습에 우진의 몸이 근질거리기 시작했다. 당장에라도 뛰어가 그녀를 안고 싶었다. 우진은 아침에 해인에게 들은 제안 때문에 심장이 제대로 뛰지 못할 지경이 된 것 같았다.

'후읍-.'

"과호흡인가. 머리까지 빙빙 도는 것 같네."

해인은 우진에게 자기를 가져 보라고 했다. 하지만 해인의 그 말은 그 자리에서 자신을 허락한 것이 아니었다. 그 말을 예스로 이해한 우진이 해인을 안으려 하자 그녀는 거칠게 그를 밀어냈다.

해인은 자기가 스스로 우진에게 안기고 싶은 마음이 들도록 마음을 다해보라는 뜻이었다고 했다. 과도한 스킨십으로 자신을 몰아붙이지 말라는 말도 덧붙였다. 이 녀석이라면 몸과 마음을 줘도 괜찮겠다는 안심이 들게 해보라고 했다.

우진은 그 말에 실망했지만 동시에 승부욕도 일어났다. 다락방에 무작정 밀고 쳐들어갔을 때부터 해인의 거부는 예상했었다. 어찌됐든 물러설 생각도 없었다. 지금은 자신이 해인에게 밀려나고 있었지만 끝까지 이런 상태일 리는 없다고 자신했다.

자신이 매번 승패를 가르는 스포츠 선수라는 것을 떠올렸다. 경기는 끝날 때까지 결과를 알 수 없으니까. 그리고 마지막 휘슬이 울릴 때까지 전력을 다하면 1점이라도 더 따낼 수 있으니까. 해인과의 승부에서 매너 있는 경기는 포기했다. 무슨 수를 써서라도 해인을 차지할 생각이었다. 내가 질까 보냐.

❁

우진이 해인을 처음 만난 건 고등학교에 입학한 지 얼마 지나지 않아서였다.

우진이 입학한 학교는 체육명문고이면서 SKY 진학률이 전국 TOP3에 드는 사립 고등학교였다. 농구 특기생으로 입학한 우진의 눈에 같은 반이었던 수인은 학년 1위로 입학한 수재, 별종으로 보였다. 공부 잘하는 녀석들 특유의 오만함이 가득한 녀석일 거라 생각했지만 그 편견은 얼마 지나지 않아 깨져 버렸다.

키 크고 잘생긴 데다 공부도 잘하고 성격도 좋은 사기캐릭터가 바로 이수인이었다. 그 녀석의 단점이라면 지독한 시스콘이라는 소문이었다. 그게 소문이 아닌 지독한 사실이란 건 얼마 지나지 않아 알게 되었다.

수인은 성적에 상관없이 모든 이들과 어울렸고 친절했다. 가식일 거라 생각했지만 그런 쪽으로는 요령이 없는 녀석이었다. 스포츠를 좋아했고 특히 농구를 좋아했던 수인은 학교 농구부였던 우진에게 점심시간이면 1on1을 요청했다. 처음엔 가볍게 몸 풀기 식으로 시작한 게임이었지만 둘은 날이 갈수록 서로 이기려고 안간힘을 썼다. 우진의 완승이 대부분이었지만 악착같이 따라붙는 수인의 실력도 만만치 않았다.

'이 자식은 공부도 잘하는 게 농구도 잘하네.'

서로 땀 흘리며 몸을 부딪치다 보니 두 사람은 급속도로 친해졌다. 점심시간에 같이 농구를 해주는 대신 수인은 우진에게 공부를 가르쳐 주었다. 그 생활이 습관처럼 자리 잡을 무렵 해인이 우진의 눈앞에 나타났다.

"야, 이수인. 해인 누나 양호실로 업혀갔대. 3학년 선배가 밀쳐서 넘어졌다던데?"

민규의 말이 떨어지자마자 수인이 번개처럼 교실을 빠져나갔다. 같이 농구를 하면서 수인의 몸놀림이 가볍고 빠른 편이란 건 알고 있었지만 지금처럼 빠른 줄은 몰랐다. 우진은 순식간에 시야에서 사라진 수인을 쫓아 양호실로 뛰어갔다. 무슨 영문인지는 모르지만 따라가 봐야 할 것 같았다.

양호실에 들어선 우진의 시선에 쭈그려 앉아 있는 수인의 앞에 침대에 걸터앉은 한 여학생의 모습이 들어왔다. 원래는 깔끔하게 하나로 올려 묶었을 머리가 여기저기 잔 머리카락이 빠진 채였다. 창백한 얼굴빛이었지만 연신 웃으며 수인을 내려다보았다. 수인은 붕대가 감긴 여학생의 발목을 조심스럽게 양손으로 잡고 들여다보고 있었다.

그 여학생이 수인의 머리를 손바닥으로 톡톡 두드렸다.

"괜찮아. 그냥 발목만 접질린 거래. 근육이 놀라서 그런 거라니까."

"……."

"수인아."

우진의 목소리에 여학생이 올려다보았다. 수인은 그대로 여학생 앞에 앉아 있는 채였다.

"누구?"

우진은 그녀와 눈이 마주치는 순간 심장이 멎는 것 같았다. 급속도로 손바닥에 땀이 나는 게 느껴졌다. 경기 때보다 지금 이 순간이 더 떨리는 것 같았다. 그녀에게서 한 순간도 시선을 뗄 수가 없었다.

"저, 서우진이라고…… 수인이 친굽니다."

"아, 얘기 들은 적 있어. 다들 나 때문에 온 거야?"

빙그레 웃는 그녀의 모습이 햇살처럼 눈부셨다.

'심장아, 나대지 마라.'

우진이 수인을 다시 한 번 부르려던 순간 수인이 벌떡 일어나더니 그녀의 옆에 걸터앉았다. 이내 그녀의 머리끈을 풀어서는 손으로 잔 머리카락을 정리하고 하나로 묶어 올려주었다. 수인의 손놀림은 한두 번 해본 게 아닌 것처럼 너무나 자연스러웠다. 그녀도 익숙한 듯 수인에게 머리손질을 맡기고 있었다.

우진은 중간 중간 자신에게 눈을 맞추며 웃는 그녀의 모습이 슬로우모션처럼 보였다. 수인에게 소식을 전한 민규가 땀을 뻘뻘 흘리며 그제야 양호실로 뛰어 들어왔다. 우진은 민규에게만 들리도록 속삭였다.

"누구야? 수인이 여자친구야?"

"에? 아니. 수인이 누나야. 해인 누나. 이해인."

"누나?"

우진은 순간 다행이라 생각했다. 친구와 라이벌 관계가 되지 않아도 된다는 안도감이라고 할까. 당황스럽게도 자신의 심장이 해인을 향해 미친 듯이 뛰고 있는 것을 깨달았으니까.

"이따 가방 챙겨올 테니까 누워 있어. 먼저 움직이지 말고."

"알았어."

해인을 침대에 눕힌 수인이 양호실을 나서는데 해인의 당부가 뒤따랐다.

"이수인, 나 혼자 넘어진 거니까…… 사고 치지 마."

"……."

"수인아. 야아."

해인이 다급하게 불렀지만 수인은 뒤돌아보지 않고 어딘가로 곧장 향했다.

"저기, 우진이랬지? 미안한데 좀 따라가 줄래? 수인이 아무래도 사고 칠 것 같아. 빨리."

우진은 해인에게 고개를 끄덕이고는 수인의 뒤를 쫓았다. 수인이 걱정돼 따라가면서도 오늘 처음 본 해인에게 자꾸만 시선이 닿아 그 자리를 뜨고 싶지 않았다. 민규도 우진의 뒤에서 헐떡거리며 따라오고 있었다.

양호실을 나선 수인은 3학년 교실로 올라갔다. 자신이 찾던 상대를 발견하자 망설이지 않고 뒷덜미를 낚아채 바닥에 내던졌다. 책상과 의자가 여기저기 나뒹굴었고 학생들의 비명이 이어졌다.

"으윽……."

"선배, 나 알죠?"

바닥에 웅크리고 있던 남학생이 수인을 보고는 얼굴이 잿빛이 됐다.

"내가 지난번에 말 안 했나? 우리 누나한테 집적거리지 말라고. 선배 여친한테나 신경 쓰라고."

"너 이 새끼. 1학년이 어디서……."

선배의 말에 수인은 아랑곳하지 않았고 그대로 멱살을 잡아 일으켜서는 다시 한 번 내동댕이쳤다. 억 소리를 내며 바닥에 뒹구는 선배를 내려다보는 수인은 평소에 보던 선한 얼굴이 아니었다.

"웃으면서 말했더니 못 알아들었나 봅니다."

수인이 쓰러져 있는 선배의 발목을 공을 차듯 세게 걷어찼고 교실엔 비명이 이어졌다.

"또 우리 누나 따라다니면서 괴롭히면 이걸로 안 끝나요. 아셨어요, 선배?"

아무 일 없었다는 듯 돌아서 나오는 수인을 교실에 있던 학생들과 민규는 겁에 질린 듯 쳐다봤다. 하지만 우진은 낯선 수인의 모습에 놀라면서도 더 호감을 느꼈다.

"하아, 자식 매력 터지네."

문 앞에 서 있던 우진의 말에 수인이 피식 웃으며 어깨를 툭 치고 지나쳐 갔다.

"가자. 우리 누나한테."

❂

"우앗."

해인을 처음 만났던 날이 바로 어제처럼 선명하게 떠올라 멍하니 생각에 빠져 있던 우진은 비명 소리에 현실로 돌아왔다.

해인은 주스가 담긴 유리잔들을 쟁반에 들고 주방을 막 벗어나려던 참이었다. 무게가 나가는 유리잔에 주스가 가득 담겨 있으니 제법 무거울 것 같았다. 해인이 걸을 때마다 유리잔이 서로 부딪쳐 달그락거리는 소리가 났다. 해인은 한걸음 내딛었다가 멈추기를 반복하고 있었다.

"그러다 엎지르겠어요."

우진은 해인에게서 쟁반을 받아들며 혀를 찼다. 해인은 우진을 흘겨보면서도 자신의 손이 가벼워졌다는 사실이 기쁜 듯 보였다.

"좀 일찍 도와주든가."

"종이컵에 따르지 왜 유리잔에……."

"종이컵이 없단 말이야. 잔소리 그만하고 빨리 가."

해인이 우진의 뒤를 졸졸 따라와 뒷마당으로 이어지는 문을 열어주었다.

"누나 같으면 이거 들고 빨리 가겠어요? 들고 갈래요?"

"아유 정말. 왜 내 주변에는 잔소리쟁이만 있나 몰라."

"주변이 다 공통적이면 누나가 잔소리의 주범인 거죠."

우진은 어이없다는 표정으로 자신을 바라보는 해인의 얼굴이 마냥 좋았다. 삐져서 씰룩거리고 있는 입술에 입 맞추고 싶어졌다.

뒷마당에선 관리인인 정씨가 인부 다섯 명을 데리고 수영장을 청소하고 있었다. 수영장의 물을 다 뺀 후 벽면과 바닥에 낀 물때와 곰팡이를 제거했다. 고압호스에서 뿜어져 나오는 물줄기가 수영장 벽면에 닿을 때마다 사방으로 물방울이 튀어 올라 무지개가 만들어졌다.

"이것 좀 마시고 하세요."

우진이 목소리를 높여 사람들을 불렀다. 해인은 삐진 채 집 안으로 다시 들어가 버린 후였다. 우진은 자꾸만 입술을 비집고 나오려는 웃음을 참느라 힘들 지경이었다. 빨리 인부들에게 음료를 전해주고 집 안으로 뛰어 들어가고 싶었다.

한편으로는 어젯밤을 떠올리며 당분간은 해인 앞에서 반바지를 입지 말자고 다짐했다. 그녀가 언제 발길질을 할지 모르니.

시골 병원은 오전 진료 시간이 가장 바빴다. 나이가 들면 아침잠이 줄어든다고 했던가. 지역 주민들 대부분이 연령대가 높아서인지 병원은 이른 아침부터 붐볐다. 점심시간이 지나고 나면 오후 진료시간은 한산하게 흘러갔다. 오후 진료까지 끝난 후 수인은 당직실 침대에 누워 있었다.

점심시간에 걸려온 전화 두 통이 영 마음에 걸렸다. 첫 번째는 우진이었다. 당분간 해인에게 자신이 다친 다리가 어느 쪽인지 알려주지 말란 내용이었다. 둘이 같이 있으면서 도대체 무슨 일을 벌이고 있는 건지.

두 번째는 관리인 아주머니였다. 우진의 방 쓰레기통에 해인의 청첩장이 찢어진 채 버려져 있었다는 내용이었다. 짐작이 확신이 되었다고 해야 할까? 집에 갈 때 우진에게 선물이라도 사다줘야 할 것 같았다. 자신의 선택이 옳은 것인지에 대해서는 아직 확신이 없는 상태였지만.

우진이 연산에 온 지 이제 사흘째인데 해인의 행동거지가 확연히 달라졌다. 우진도 평소와는 무언가가 달랐다. 둘 사이에 무슨 일이 있었던 게 분명하지만 더 깊게 캐고 싶진 않았다. 예전이었다면, 아니 상대가 다른 사람이었다면 눈에 불을 켜고 무슨 일인지 알아내려 했겠지만 우진이라면 말이 달랐다.

수인은 우진이 고등학교 때부터 해인을 좋아해 왔다는 걸 알고 있었다. 농구도 잘하고 키도 크고 잘생긴 우진은 여학생은 물론이고 남학생들 사이에서도 인기가 높았다. 하지만 잘생긴 외모와는 달리 곁에 사람이 다가오는 걸 꺼린다는 게 문제였다. 말수도 없었고 농구부를 빼고는 특별히 어울리는 친구도 없었다. 왜였는지는 모르겠지만 수인은 그런 우진에게 호기심을 느꼈다.

일부러 일대일 농구시합을 요청했고 공부를 가르쳐 주겠다고 꼬였다. 안 넘어올 줄 알았는데 녀석은 순순히 수인의 제안을 받아들였다. 우진은 타인에게 관심이 없었지만 어려움에 처한 사람을 외면하지는 않았다. 십대 특유의 거칠고 가벼운 행동도 하지 않았다. 운동부라 더 조심하는 것도 있었겠지만 녀석의 본성이 그렇다는 걸 알게 된 지 얼마 지나지 않아서부터 알 수 있었다. 시간이 지날수록 수인은 우진이 마음에 들었다.

그러다 까칠한 그 녀석이 순한 양처럼 행동하는 건 딱 한 사람 앞에서 뿐이란 걸 알게 됐다. 그 모습이 처음엔 어이없었고 웃겼고 약 올리고 싶어졌었다. 일부러 모른 척하면서 그 사람과 함께 할 수 있는 시간들을 만들어주었다. 용기내서 고백해라. 차이고 나면 내가 위로해 줄게.

그런데 상황은 어이없이 하루하루 지나갔다. 우진은 끊이지 않고 그 사람에게 호감을 드러냈고 좋아한다고 고백했다. 상대는 수인의 예상대로 우진의 마음을 거절했다. 진심으로 여기지 않는 것 같았다. 좌절하고 자기에게 도움을 요청할 줄 알았지만 우진 그 녀석은 포기하지 않았다. 또 고백하고 또 고백했다. 상대가 부동으로 있는데도.

수인은 윙윙거리는 핸드폰 진동 소리에 생각에서 벗어나 자리에 일어나 앉았다. 기현이었다. 수인과 해인이 연산으로 내려온 뒤로 하루에 한 번씩은 전화를 걸어오고 있다. 초반엔 해인에게 하루에 몇 번씩 전화를 걸어와 해인이 기현에게 노발대발한 적도 있었다.

"애정이 지나치시다니까……."

수인은 자기 모습은 생각지도 않고 기현을 나무랐다.

"네."

[누나는 밥 잘 먹고 있어?]

기현의 전화는 역시나 해인에 대한 안부로 시작했다.

"아버지, 그게 궁금하면 누나한테 전화를 거셨어야죠."

[……일주일에 딱 두 번만 전화하래. 월요일, 목요일. 그 이상 전화하면 잠수 탄다고.]

전화 너머로 기현의 한숨 소리가 들려왔다. 그렇다고 해인에게는 차마 못하고 대신 자신에게 날마다 전화를 해선 누나의 안부를 묻다니.

[내일 김 비서 내려 보낼 건데. 음…… 김 비서가 해인이한테 도연이 얘기할 거야.]

"왜요. 무슨 일 있어요?"

[오늘 도연이 면담 요청 와서 만났는데 병원을 그만두겠다는구나.]

"오래 버텼네요. 병원 분위기는 여전하죠?"

[그렇지, 뭐. 일부러 잠재울 생각도 없고.]

"누나한테 결정권 넘기시는 거예요?"

[당연하지. 그런 녀석 당장에 내쫓고 싶지만 해인이가 말려서 놔둔 거야. 망할 자식.]

"……내일 저 쉬니까 누나랑 김 비서님 같이 만나볼게요."

[그래라. 그리고…… 해인인 아직 올라올 생각 없다든?]

"아직까진 그런 것 같아요. 그것도 차근차근 얘기해 볼게요."

기현이 잊고 있었다는 듯 우진의 안부를 물었다. 서울에서 치료받는 것보다 못할 텐데 걱정이라고 했다. 선수로 복귀할 수 있겠느냐고도 물었다. 신경외과인 수인이 사후를 예측할 순 없었다. 재활의학과 김 과장님에게 맡길 수밖에. 옆에서 더 신경 쓰겠다며 기현의 전화를 끊었다.

기현은 우진을 또 한 명의 아들쯤으로 여겼다. 수인이 특별하게 아끼는 친구라는 걸 알고 있는 데다 우진도 기현에게 아들처럼 살갑게 굴었다. 까칠한 그 녀석이 말이다.

수인은 서둘러 퇴근 준비를 했다. 시내 마트에 들렀다 가야겠다. 내일은 마당에서 바비큐 파티나 해볼까? 둘보단 셋이니 고기도 더 맛있겠지.

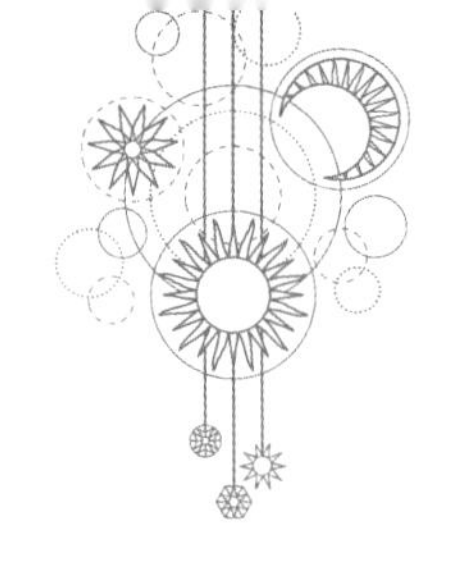

04. 원한다고 말해요

간만에 늦잠을 자는 수인을 집에 둔 채 우진과 해인은 자전거를 타고 밖으로 나왔다. 해인이 바람 쐬러 자주 간다는 강에 갈 계획이었다. 처음 우진이 그곳에 가자는 제안을 했을 때 해인은 떨떠름한 표정이었다. 또 무슨 꿍꿍이냐는 속마음을 표정에 여실히 드러냈다.

“운동도 하고 바람도 쐬고 누나가 좋아하는 자전거도 타고 일석삼조잖아요. 누나 혼자 자전거 타고 나가면 수인이 녀석 분명 난리칠 테고.”

해인이 덥석 미끼를 무는 모습을 우진은 흐뭇하게 바라보았다. 겉으로 내색을 안 할뿐 하늘로 붕붕 뜨는 기분이었다.

“그런데…… 자전거가 한 대뿐인데?”

“가는 동안 누나 자전거 타는 거 봐줄게요. 왜 자꾸 넘어지는지.”

예상했던 질문이었기에 바로 답을 했다. 해인은 여전히 망설이는 표정이었지만 이미 자신을 따라나설 거라는 걸 우진은 알고 있었다.

"좋아. 가자."

사유지라는 표지판을 기점으로 오른쪽은 별장, 왼쪽으로 가면 강으로 이어지는 길이었다. 좁은 비포장도로라 곳곳에 돌멩이와 풀이 무성했다. 그나마 차가 지나다닐 수 있는 길이라는 건 길에 두 줄로 난 자국으로 알 수 있었다. 그 부분에만 풀이 자라지 않아 해인이 그중 한 곳을 따라 자전거를 몰았다. 천천히 가고 있었지만 뒤에서 언뜻 보기에도 핸들이 좌우로 많이 흔들렸다.

"진짜 못타네."

저 정도면 포장도로에서 타는 것도 겁내 할 것 같은데 이런 길에서 막무가내로 전진하는 해인을 보고 있자니 절로 고개가 저어졌다.

"겁도 없고, 대책도 없고."

해인의 자전거를 따라가려면 뛰어야 하나 고민했던 게 어리석게 여겨졌다.

"누나, 팔에 힘이 너무 들어갔어요. 그러니까 핸들이 흔들리잖아요."

"으으…… 알아, 아는데. 길이 좁잖아. 일자로 가기 힘들다구."

"페달도 한 번에 쭈우욱 굴려야죠. 굴리다 말고 굴리다 말고 하니까 자전거 자체가 흔들린 다구요."

"야잇…… 나도 안다고."

"알면 아는 대로 해야죠."

해인이 브레이크를 밟아선 한쪽 발을 바닥에 내린 채 자전거를 멈춰 세웠다.

"몸이 마음대로 안 따라오는 걸 어떡해. 나도 이론은 안다고."

"자전거를 도대체 누구한테 배운 거예요?"

갑자기 해인의 입이 꾹 다물어졌다. 해인은 한껏 우진을 흘겨보더니 바구니에 들어 있던 커다란 생수병을 그에게 던졌다.

"이게 바구니에서 굴러다니니까 중심 잡기가 더 힘들어. 네가 들고 와."

해인은 페달을 밟으며 다시 자전거를 출발시켰다. 우진은 빠른 걸음으로 해인의 자전거를 따라갔다. 해인은 아까보다 속도를 높였다. 여전히 이리저리 흔들리는 채였지만.

"대학 입학 기념으로 도연 오빠한테 배웠어. 이 자전거도 그때 오빠가 사준 거야."

앞서 가던 해인이 무심한 듯 입을 열었다. 빠르게 걷던 우진의 걸음이 느려졌다. 우진의 발소리가 들리지 않자 해인이 자전거를 멈추고 뒤를 돌아보았다.

"대학 들어간 뒤로는 계속 바빠서 자전거 탈 일이 없었어. 여기 내려온 뒤로 몇 번 탄 게 다야."

"……."

"미련이 남아서 이거 가지고 있는 거 아니야. 뭐…… 아예 아니라고는 할 수 없겠지만."

우진은 해인에게로 가까이 다가섰다. 한 손으로 핸들을 잡은 채 해인을 자전거에서 내리도록 했다.

"뒤에 타요."

"왜?"

"자전거는 다음에 평지에 나가서 내가 다시 가르쳐 줄게요. 누나가 이런 길에서 타는 건 수인이 말처럼 위험하겠어요."

우진은 해인을 뒤에 앉힌 후 출발했다. 중간중간 굵은 돌멩이가 튀어나와 우진이 몰기에도 쉬운 길은 아니었다.

해인이 도연에게 자전거를 배웠다며, 이 자전거도 그에게 선물로 받은 거라는 말을 듣는 게 쉽지 않았다. 속이 뒤틀렸다. 순간 질투로 눈이 멀 것 같았다. 큰 소리로 욕지거리를 내뱉을 뻔했다.

해인은 도연과 얼마나 많은 처음을 가지고 있을까? 첫사랑, 첫 키스, 첫 섹스. 해인에게 첫 키스가 누구냐고 물었을 때 도연이라고 대답했었다. 그동안 자신과의 추억까지도 빼앗긴 채였다는 게 억울했다. 다른 건 몰라도 첫 키스만은 빼앗기고 싶지 않았다.

돌멩이 하나가 자전거 바퀴에 부딪치며 튕겨나갔다. 그 충격에 자전거가 흔들리자 해인이 우진의 셔츠를 움켜쥐었다.

"꽉 잡아요."

"응."

해인은 웬일로 별말 없이 우진의 허리를 잡았다. 단순히 옷자락을 잡은 것뿐이었지만 그렇게나마 해인과 이어져 있는 것 같아 마음이 조금 풀어졌다.

강가에 도착할 때까지 우진과 해인은 말이 없었다. 단지 바구니에서 동그랗게 말린 돗자리와 생수병이 이리저리 굴러다니는 소리만 들릴 뿐이었다. 우진은 나무 데크로 만들어진 선착장 앞에 자전거를 세웠다. 예전에는 이장 아저씨의 민물낚시용 낡은 보트가 이곳에 매어져 있었지만 지금은 데크만 덩그러니 자리하고 있었다.

"여기도 그대로네요."

"그렇지. 따로 개발되진 않았으니까."

우진과 해인은 데크 끝에 자리를 잡고 앉았다. 별장에서 챙겨 온 돗자리까지 펼쳐 놓으니 꼭 소풍 나온 기분이었다. 데크에 길게 드리운 나무 그늘과 선선한 바람이 기분 좋게 두 사람의 몸을 휘감았다.

"우리 여름방학에 여기 왔던 거 기억나요?"

"응. 별장 와서 2주 정도 있다가 갔잖아. 난 고3 수험생이었는데 공부도 못 하게 하고."

그때가 떠올랐는지 해인이 미간에 주름을 잡으며 심통 난 얼굴을 했다.

"그런 분이 K 법대를 수시 합격하셨나요?"

"아빠가 너희랑 억지로 내려 보냈잖아. 뭐 덕분에 기분전환 돼서 공부가 더 잘되긴 했지만."

"아버님이 선견지명이 있으셨나 보죠."

뜨겁지 않은 햇살 아래에서 물결 잔잔한 강가에 앉아 있다 보니 스르르 잠이 올 것 같았다. 우진은 펼쳐 놓은 돗자리 위로 누웠다. 구름 한 점 없는 푸른 하늘보다 조용히 강을 바라보며 앉아 있는 해인의 뒷모습이 더 아름답게 보였다.

해인은 무릎을 양팔로 감싼 채 턱을 괴고 앉아 있었다. 둥글게 말린 등이 우진의 눈에는 자기를 유혹하는 것처럼 보였다. 저 등을 쓰다듬어 내리고 싶었다. 자신의 손길에 동그랗게 굽혀 있는 저 등이 부르르 떨며 반대로 휘어지는 모습을 상상했다. 생각만으로도 가슴 속에 불길이 일어났다.

"그때, 누나 여기서 강에 빠졌었잖아요. 이장 아저씨가 잡아

놓은 물고기 어망에 든 거 구경하다가….”

의지와 상관없이 해인을 향해 팔을 뻗을 것만 같아 우진은 재빨리 얘기를 돌렸다. 해인이 잘못 알고 있는 것도 알려줘야 하니까. 그래서 오늘 여기로 해인을 데리고 온 거니까.

“아, 맞아. 그땐 수영도 못했는데 죽다 살았잖아.”

“맞아요. 진짜 아찔했었어요.”

예전 기억을 떠올리는 듯 우진의 눈이 가늘어지며 먼 곳을 향했다.

“그런데, 그때 너랑 나밖에 없었잖아. 수인이는 튜브 가져온다고 중간에 되돌아갔었고. 이장 아저씬 어디 있다 나타난 거야?”

“무슨 말이에요?”

우진이 의아하다는 표정으로 해인을 바라봤다. 그런 우진을 해인 또한 무슨 말을 하냐는 듯 뒤돌아봤다.

“나 구해준 거 이장 아저씨잖아. 병원에도 데려다주고. 그때 의사 쌤이 그랬는데?”

뭔가 복잡해 보이던 우진의 얼굴이 한순간 답을 찾았다는 듯 일순 정지했다.

“누나…….”

“응.”

“내가 엊그제 물어본 거 있죠. 첫 키스 누구냐고.”

“그 얘긴 또 왜 꺼내는 건데.”

“그때 누나 구한 거 나예요. 인공호흡도 내가 했고.”

“뭐?”

“이장 아저씨는 수인이가 오는 중간에 만나서 같이 왔다가 우리 발견하고 병원으로 데려갔던 거고.”

"음……."

해인은 입술이 얇아지도록 꾹 다물었다. 눈만 끔벅거리며 우진을 바라보았다.

"거짓말 아니에요. 수인이한테 확인해 보든가."

"그렇다면…… 늦었지만 고마워. 여태 잘못 알고 있었던 거네."

"뭐 생색내려고 얘기한 건 아니에요."

"그런데……. 혹시 지금 얘기한 게 그거야? 내 첫 키스가 너라는?"

"맞아요."

"푸하하……. 우진이 너, 너무 순진한 거 아냐?"

해인이 눈물까지 글썽여가며 웃음을 터뜨렸다. 상체만 우진 쪽으로 돌린 채 웃느라 정신이 없었다.

"어느 포인트가 그렇게 웃긴 건가요?"

"인공호흡이랑 키스는 엄연히 다른 거 아니야? 아무리 고등학생이었다지만 너 정말 어렸……."

해인의 말은 끝을 맺지 못했다. 우진이 해인의 몸을 자신의 옆으로 끌어당겨 눕혔기 때문이었다. 우진은 한쪽 팔과 다리로 해인의 몸이 움직이지 못하도록 눌렀다. 해인은 더 이상 웃지 못했다. 너무 놀라 몸이 굳은 채 우진의 아래 깔려 있을 뿐이었다.

"무슨 짓이야?"

"아무리 인공호흡이었다지만 난 그때 누나의 입술을 그대로 느꼈었다구요."

"너 지금 발언이 얼마나 어이없는 줄이나 알아? 그렇게 치면 인공호흡으로 인명 구조하는 사람들 다 치한 취급 받을 수도 있어."

해인이 우진의 팔을 밀치며 상체를 일으켰다. 하지만 그게 잘못이었다. 다시 끌어당겨진 해인의 몸이 이번엔 완전히 우진의 품에 안긴 꼴이 되어버렸다.

"너 진짜."

"말 그대로 정신없었어요. 건져 올렸을 땐 이미 호흡이 거의 없었으니까. 죽을까 봐 얼마나 겁났었는데."

"아무리 그래도……."

"처음엔 인공호흡이었어요. 숨이 돌아왔을 땐 너무 기뻤죠. 다시 정신을 잃긴 했었지만."

"알겠으니까 좀 비켜줘."

"그러면 안 되는 거 알고 있었지만 참을 수가 없었어요. ……지금처럼."

우진의 입술이 해인의 입술을 거칠게 덮쳤다. 꽉 다물어진 해인의 입술 사이를 우진의 혀가 비집듯 파고들어 갔다. 도톰한 해인의 입술을 달콤한 막대사탕을 빨아먹듯 자신의 입술로 비비며 빨아댔다. 여전히 해인은 입을 꾹 다문 채였다. 그렇게 우진을 거부하고 있었다.

"입 열어요."

우진은 입술을 떼고 해인을 내려다봤다. 해인은 여전히 입을 다문 채 그를 단단히 노려보았다.

"난 누나를 가질 거예요. 예전처럼 순진하게는 하지 않을 거야. 더 이상 소년이 아니니까."

우진의 손이 옷 위로 해인의 가슴을 쓸어내리더니 이내 허리로 내려갔다. 티셔츠가 밀려 올라간 좁은 틈새로 우진의 손이 파고들었다. 거칠고 커다란 손이 맨살에 닿자 해인이 훅 숨을 들이마시며 허리를 움찔거렸다.
“대신 누나가 원하지 않으면 억지로 하진 않을 거야.”
우진은 손가락을 넓게 펼친 채 해인의 허리와 배꼽 주위를 부드럽게 어루만졌다. 해인의 숨결이 점점 거칠어졌다. 우진과 해인의 시선이 서로에게 고정된 채 불꽃을 튀겼다. 우진의 손가락이 해인의 바지 버클을 풀었다.
“그만, 그만해. 이런 식으로 밀어붙이지 말랬잖아.”
해인이 다급하게 우진의 손을 잡았다. 화를 내던 표정이 당혹스러움으로 변했다. 우진은 겉으로 내색할 순 없었지만 그런 해인의 얼굴을 보는 게 좋았다. 자신 때문에 시시각각 감정을 드러낼 때마다 짜릿한 전율이 일었다.
“누나의 그만하란 말은 믿을 수가 없어요. 내가 직접 확인할 거예요.”
“뭘 확인하겠다는 거야. 억지로는 안 한다며.”
“억지로는 안 해요. 대신 여길 확인한 후에…….”
우진이 살짝 손에 힘을 주며 옆으로 빼자 해인의 손이 부질없이 공중으로 떨어져 나갔다. 이내 해인의 바지 지퍼를 내리고는 팬티 안으로 손을 밀어 넣었다.
“하읏-.”
우진의 커다란 손이 해인의 수풀을 가득 덮은 채 부드럽게 쓰다듬자 그녀의 입술이 순간 파르르 떨렸다.
“무슨 짓이야. 하지 마.”
해인의 상체는 우진의 품에, 하체는 우진의 다리에 눌려 있어 버둥거림은 부질없을 뿐이었다. 자신의 아래를 파고든 우진의 손을 잡아 빼보려 했지만 꼼짝을 하지 않았다. 오히려 수풀과 골짜기 주변을 쓰다듬기만 하던 우진의 손길이 더 대담해졌다.

"봐요. 누나 몸은 벌써 다른 말을 하고 있는데."

우진은 자신의 길고 거친 손가락을 망설임 없이 해인의 골짜기 깊은 곳으로 밀고 들어갔다. 촉촉하게 젖어 있던 곳을 탐험하듯 손가락을 부드럽게 휘저었다.

"하으읏…… 하지 마. 그만."

해인의 눈이 파르르 떨리며 감겼다. 해인이 다급하게 자신의 안을 헤집고 있는 우진의 팔뚝을 움켜쥐었다. 손가락 끝에 힘이 잔뜩 들어갔다.

"키스도 제대로 못하고…… 잠깐 맨살을 만졌을 뿐인데 이렇게 젖어 있네요."

우진의 손가락이 해인의 골짜기 안을 넓히려는 듯 더 크게 원을 그리며 질 벽을 쓰다듬었다. 해인의 허리가 활처럼 휘어지며 다리 사이를 꽉 오므렸다. 우진의 손길이 이어질수록 해인의 엉덩이가 들썩거렸다. 우진의 다리에 눌려 있으면서도 연신 해인의 다리가 이리저리 꼼지락거렸다.

우진은 서두르지 않았다. 해인의 옷을 벗기지도 않았다. 애무도 하지 않았다. 부드럽게 열린 채 겨우 참던 신음을 한 번씩 내뱉고 있는 도톰한 입술에도 키스하지 않았다. 오로지 아래만 집중 공략하고 있었다.

우진은 이를 악물었다. 지금 당장에라도 해인의 옷을 다 벗겨 내고 따뜻한 안으로 들어가고 싶었다. 하지만 해인이 스스로 원하도록 만들어야 했다. 자신의 몸을 받아들이고 싶어서 정신이 나갈 정도로 원하도록 만들어야 했다. 점점 쾌감에 빠져들고 있는 해인의 몸을 보면서도 참고 또 참았다.

"누나의 몸과 마음이…… 내가 아니면 안 되게 만들어줄게요."

"으읏."

우진이 손가락 끝으로 내벽 앞쪽을 따라 부드럽게 훑어 내리자 해인의 고개가 순간 뒤로 홱 젖혀졌다. 손가락이 움직일 때마다 해인의 안쪽이 부드럽게 쫓아와 감쌌다. 쫓고 쫓기는 싸움처럼 쉬지 않고 실랑이를 벌였다.

"손가락…… 늘릴게요."

해인의 안을 빠져나온 것도 잠시 우진은 손가락 하나를 더해 바로 밀고 들어갔다.

아악-. 비명 같은 신음을 뱉어내며 해인이 우진의 목을 두 팔로 끌어안았다. 우진의 목에 해인의 뜨거운 숨결이 마구 쏟아졌다. 해인이 스스로 자신의 가슴을 우진에게 밀착시켜 왔다. 허리와 엉덩이가 동시에 공중으로 치솟았다.

우진의 몸에 닿는 해인의 몸은 이미 불덩이처럼 뜨거워져 있었다. 아파서가 아니었다. 쾌감에 몸 둘 바를 모르고 온몸에 열을 올리고 있었다. 해인의 안에서는 급격히 빠르게 우진의 손가락을 감싸며 움찔거렸다.

"누나…… 날 원한다고 말해요."

해인이 고개를 거세게 가로저었다. 그러면서도 우진의 목을 더 거세게 끌어안았다.

"훗. 거짓말쟁이. 그럼 더…… 괴롭혀 줄게요."

우진의 손가락이 더 짓궂게 움직이기 시작했다. 손가락 두 개를 벌려서 해인의 안 곳곳을 휘저었다. 손가락 끝을 번갈아가며 해인의 질 벽을 톡톡 찌르며 훑어냈다. 우진의 손가락이 분주하게 움직일수록 흥건하게 흘러나온 애액이 찌꺽거리는 소리를 냈다.

"흐응. 하아…… 그만. 그만해."

열에 들뜬 해인은 앓듯이 그만하라고 했다. 우진의 귓가에 속삭이지 않았다면 절대 들리지 않았을 만큼 작은 목소리였다.

"거짓말."

우진은 손가락을 빼내고는 해인의 바지와 팬티를 무릎까지 끌어내렸다. 우진의 손도 해인의 속옷도 애액으로 흥건히 젖어 있었다. 찐득하고 투명한 액체가 해인의 안에서부터 길게 이어졌다.

"아아……."

"크읏."

우진의 입에서도 참았던 신음이 터져 나왔다. 당장 해인의 안으로 들어가고 싶었다.

해인의 바지를 벗기느라 포박하듯 안고 있던 팔을 풀었지만 그녀는 도망치지 않았다. 오히려 우진의 양쪽 어깨를 힘을 주어 꽉 움켜쥐며 자신의 몸을 더 밀착시켜 왔다.

우진의 입술이 가로로 길게 늘어지며 미소가 온 얼굴로 번졌다. 해인은 이미 이성을 잃은 상태였다. 쾌감에 잔뜩 일그러진 얼굴로, 꿈틀거리는 몸으로 우진의 손길을 미친 듯이 갈구할 뿐이었다.

"누나. 누나…… 키스해 줘요."

우진은 손가락 두 개를 딱 붙인 채 해인의 깊숙한 곳을 찌르고 들어갔다. 다시 해인의 어깨를 끌어안으며 얼굴을 가까이 가져갔다. 조금만 더 고개를 내리면 해인의 입술이 있었지만 우진은 그 이상 움직이지 않았다. 해인이 내뱉은 신음을 얼굴로 다 받으며 자신의 신음을 해인의 얼굴로 토해내고 있을 뿐이었다.

"빨리요. 키스해 줘요."

우진의 손가락이 조금씩 속도를 높였다.

"빨리……. 누나."

해인이 자신의 아랫입술을 깨물더니 꼭 감고 있던 눈을 떴다. 약에 취한 사람처럼 해인의 눈동자가 초점을 잃은 채 묘하게 반짝거렸다.

"떠올려 봐요. 그날 누나의 입술에 닿았을 내 입술의 감촉을. 머릿속 기억에 없다면 몸은 기억할지도 모르잖아요."

해인이 우진의 목덜미를 감싸 안더니 이내 입을 맞춰왔다. 부드럽고 도톰한 해인의 입술이 우진의 입술을 비비다가 빨아들였다. 입술이 형체를 잃을 듯 잔뜩 일그러지며 서로의 입술을 탐했다.

해인의 아래에서는 여전히 우진의 손가락이 제 것인 양 빠르게 들락거리고 있었다. 우진의 입안으로 밀고 들어왔던 해인의 혀가 순간 빠져나갔다. 우진의 입안이 순간 허전해졌다. 그 느낌이 싫어 곧바로 해인의 혀를 쫓아 그녀의 입안으로 자신의 혀를 밀어 넣었다.

"하아하아하아……."

해인의 혀가 우진의 혀를 피해 이리저리 도망치더니 결국 거친 신음을 토해내며 우진에게서 고개를 돌렸다.

우진의 손이 더 거칠어지고 있었다. 애액이 찌꺽거리며 찰진 소리를 냈다.

"누나한테 들어가게 해줘요."

우진은 해인의 귓불을 혀로 애무하며 애원했다. 손가락만으로 해인을 보내고 싶었지만 자신의 아래가 미친 듯 성내고 있었다.

이대로 해인이 거부한다면 자신의 물건을 떼어내 없애 버리지 않으면 안 될 것처럼 모든 피가 그곳에 몰려 있었다.

우진은 해인의 돌려진 고개를 따라가 입술을 찾아냈다. 벌려진 입술 사이로 혀를 밀어 넣으며 다시 한 번 해인에게 애원했다.

"누나, 넣게 해줘. 원한다고 말해요."

우진의 입술을 따라 해인의 고개가 따라왔다.

"으응. 원해. 지금…… 흐읏…… 넣어줘."

우진은 몸을 일으켜 급하게 자신의 바지와 팬티를 벗었다. 해인의 무릎에 걸쳐져 있던 바지와 팬티도 마저 벗겨냈다. 해인의 수풀과 골짜기가 아름다운 자태를 드러냈다.

"아악-."

"크윽."

해인의 다리 사이로 자리를 잡은 우진은 곧바로 자신의 남성을 그녀의 중심에 찔러 넣었다. 한 번에 밀고 들어간 끝이 해인의 깊은 곳에 바로 닿았다. 자신의 남성을 본 해인이 움찔거리며 몸을 움츠렸던 것을 봤지만 그는 개의치 않았다. 망설일 이유가 없었다. 여유도 없었다.

"흐읍."

"우진아…… 너무 깊어."

해인이 곧 호흡이 끊어질 듯 숨을 들이마셨다. 자신의 허리를 잡고 있는 우진의 손을 강하게 움켜쥐었다.

"으윽. 내 게 다 들어갔어요."

해인의 안이 우진의 남성을 쥐어짜듯 감쌌다. 그 느낌이 충격일 정도로 강렬했고 짜릿했다. 우진의 몸이 부르르 떨렸다. 사정하지 않으려 이를 악물며 참았다. 해인의 안으로 들어간 뒤로 아직 움직이지도 못했다. 우진은 피가 나도록 아랫입술을 깨물었다. 붉게 달아오르는 해인의 몸에서 우진에게 잡힌 허리 부분만 피가 통하지 않는 것처럼 하얘져 있었다.

우진은 조금 후회했다. 해인의 안에 들어가기 전에 손가락으로 너무 자극시켜 놨나 보다. 자신의 남성이 한 입에 먹힐 것처럼 해인의 안으로 빨려 들어가는 것 같았다.

"으윽. 누나. 누나아……."

우진이 조금이라도 열을 내려보려 애써 참고 있는데 해인이 움직이기 시작했다. 우진의 허벅지를 움켜쥔 채 허리를 돌리고 있었다.

"악. 누나."

우진은 해인의 허리를 움켜쥔 손에 힘을 주어 그녀가 더 크고 빨리 움직일 수 있도록 했다. 그러자 해인의 허리놀림이 더 격렬해졌다.

우진은 해인과 맞닿아 있는 곳을 내려다보았다. 해인의 상의가 가슴께까지 말려 올라가 매끈한 복부와 잘록한 허리가 드러났다. 그 아래로 두 사람의 수풀이 서로 뒤엉켰고 애액으로 흥건히 젖어 있었다. 해인이 우진의 남성을 품고 허리를 돌리는 동안 한 치의 틈도 없이 딱 붙어 있는 그곳이 햇빛에 반짝거렸다.

"흐응…… 으응……."

"하악. 하아…… 누나. 누나."

우진은 해인의 양 다리 아래로 팔을 넣어 자신의 어깨로 끌어올렸다. 해인 쪽으로 상체를 기울이자 그녀의 몸이 거의 반으로 접혀졌다. 우진은 전력을 다해 달릴 준비를 했다.

"우진아……."

"으응."

이번엔 우진의 허리가 격렬하게 움직이기 시작했다. 우진의 남성이 해인의 깊은 곳을 찌르고 밖으로 나왔다가 다시 들어가 깊은 곳을 찌르기를 반복했다. 해인의 몸이 우진의 아래에서 거세게 위아래로 흔들렸다. 우진이 안으로 치고 들어갈 때마다 살이 부딪치는 소리와 애액이 찔꺽거리는 소리가 크게 울렸다.

해인의 안을 뚫을 기세로 우진의 몸이 거세게 파고들었다.

"아흑. 아아아…… 우진아."

해인이 절정에 다다르고 있는 것이 느껴졌다. 우진은 손가락만으로도 해인이 이미 몇 번 절정을 맛봤던 것을 알고 있었다.

"크읏."

해인의 쾌감지수가 솟구칠수록 우진의 남성을 미친 듯이 옭아맸다가 풀어냈다. 우진은 더 이상 견딜 수가 없었다. 더 이상 버틸 수가 없었다. 온몸의 피가 머리와 아래로 몰리는 기분이었다. 뒷골이 무겁고 정신이 아득해지는데 아래는 활화산이 용암을 토해내듯 터질 것 같았다.

"누나. 누나. 해인 누나."

"아흑."

해인이 거친 신음을 뱉으며 축 처지는 순간 우진은 그녀의 안에서 빠져나왔다. 하지만 멀리 가진 않았다. 해인의 골짜기 입구에서 불과 몇 센티 떨어지지 않은 곳에 불 같은 물줄기를 쏟아내었다. 그곳은 이미 우진과 해인의 애액으로 흥건히 젖어 있었다.

우진은 한참을 비워낸 후에야 쓰러지듯 해인의 옆으로 누우며 그녀를 품에 끌어안았다.

우진은 벌건 대낮에 야외에서 하반신을 드러낸 채 누워 있다는 것에는 개의치 않았다. 누군가 나타날지도 모른다는 불안함도 들지 않았다. 상관없었다. 차라리 보여주고 싶었다. 이 여자를 내가 안았다고. 이 여자가 나를 품고 열정적으로 허리를 돌렸다고.

거칠게 몰아쉬던 호흡이 잔잔해진 지 한참 후 우진이 조용히 입을 열었다.

"누나가 이렇게 열정적인지 몰랐어요. 이제야 누나를 안았다는 게 아쉬워요."

우진은 해인의 등을 부드럽게 쓰다듬어 내리며 조금 더 힘을 주며 끌어안았다. 그때까지 아무 말 없이 안겨 있던 해인이 일어나 앉으며 우진의 품에서 벗어나려 했다. 우진이 따라 일어나 앉으며 해인을 다시 품에 안았다. 해인은 마주 안겨오지도 않았지만 거부하지도 않았다.

우진은 해인의 얼굴을 자신에게로 끌어당기며 쪽, 소리가 나도록 입을 맞췄다.

"후회하는 거 아니죠?"

해인이 시선을 피하지 않고 우진을 마주 바라보았다.

"잘…… 모르겠어."

해인의 대답에 우진은 심장이 덜컹 내려앉는 기분이었지만 내색하지 않았다. 해인에게 이보다 더한 거절도 수없이 당해왔다. 아무리 마음을 표현해도 웃으며 넘겼었다. 다시 만나 적극적으로 몰아붙여도 밀어내기만 했었다.

하지만 오늘은 달랐다. 오늘은 결국 해인을 품에 안았고 그녀의 안을 맛볼 수 있었다. 이제와 기죽고 포기할까 보냐. 우진은 다시 해인의 입술에 키스했다. 이번에는 부드럽고 느리게 빨아들였다. 해인은 피하지 않고 가만히 자신의 입술을 맡기고 있었다.

"드디어 오늘 누나를 가졌어요."

"이건……."

해인이 말을 잇기 전 우진이 다음 말을 이어갔다.

"그리고 누나의 모든 걸 온전히 가질 때까지 계속 누나를 가질 거예요."

"너도 참…… 답이 없구나."

우진은 해인이 정확히 무슨 생각을 하는지 알 수 없었다. 표정에서도 눈동자에서도 속마음을 조금도 내비치지 않았다. 하지만 전처럼 무작정 거부하지도 않았다. 처음에는 부정했었지만 나중에는 자신을 격렬하게 원하지 않았던가.

해인이 자신에게 육체적으로 끌린 것뿐이라 해도 상관없었다. 그것부터라도 시작하면 된다. 우진은 이제 한 보 내디딘 것이라 생각했다. 백 보든 천 보든 만 보든, 평생이 걸리더라도 해인에게 가는 걸음을 멈추지 않을 작정이었다.

우진의 입술이 다시 해인의 입술을 찾았다. 이번에는 더 길게, 더 깊게 입술을 빨고 혀를 뒤섞었다. 해인이 우진의 입술을 받아들이며 두 사람의 키스는 끝을 모르고 이어졌다.

해인의 팔이 우진의 허리에 둘러져 있었다. 별장으로 돌아가는 길, 우진이 자전거를 몰았고 뒤에 앉은 해인은 그의 등에 기대었다. 처음부터 이랬던 건 아니었다.

우진은 호수로 올 때처럼 뻣뻣하게 앉아 있던 해인의 손을 잡아끌어 자신의 허리에 두르게 했다. 한 번의 섹스만으로도 이미 기운이 다 빠진 해인은 얌전하게 우진에게 기대왔다. 우진은 등에 전해지는 해인의 따뜻한 체온에 취할 것 같았다. 비포장길에 자전거가 덜컹거릴 때마다 힘없이 흔들리는 해인의 뺨이 그대로 느껴져 그것 또한 행복했다.

커다란 돌멩이를 피하려다 자전거가 흔들렸다. 해인이 우진의 허리를 더 세게 끌어안았다. 문제는 뒤이어 들려온 해인의 신음이었다. 우진은 자전거를 세우고 해인을 돌아보았다.

"왜. 엉덩이 아파요?"

"아니. 그게 아니고……."

말을 못하고 쭈뼛거리는 해인이 신경 쓰였다. 우진은 해인을 앉힌 채 자전거에서 내려섰다.

"아니면 어디 불편해요?"

해인의 볼이 홍조를 띠고 있었다. 아무래도 이상했다.

"응? 왜 그래요?"

"저기…… 속옷을 안 입었잖아. 청바지에 자꾸 닿으니까……."

그제야 눈치챈 우진의 표정이 묘하게 일그러졌다. 곤란해하는 해인을 보고 있으려니 심장이 간질간질해졌다.

해인과 우진의 속옷은 이미 흥분의 흔적을 잔뜩 묻힌 채라 다시 입을 수 있는 상황이 아니었다. 그나마 두 사람 모두 겉옷은 청바지라 상태는 양호한 편이었다.

우진은 가지고 갔던 생수로 해인의 아래를 씻어주고는 자신의 티를 벗어 닦아주었다. 자신의 아래도 마찬가지로 생수로 씻어냈다. 마시려고 가져왔던 물이 용도를 변경해 제대로 쓰였다.

"누나, 지금 엄청 귀여워 보이는 거 알아요?"

뒷자리에 앉아 꼼지락거리던 해인은 언제 부끄러워했냐 싶게 우진을 향해 눈을 흘겼다. 그 모습이 또 너무 사랑스러워 보여 우진은 참지 못하고 해인을 끌어안았다.

"하아. 누나…… 나를 좋아해 줘요. 나를 사랑해 줘요."

우진이 키스하려 하자 해인이 고개를 돌렸다.

"그만. ……더 이상은 곤란해."

자신을 밀어낸다 생각했는데 해인의 얼굴이 붉어진 것을 보니 아래 사정 때문이라는 것을 알 수 있었다.

"빨리 가자. 수인이 일어났을 텐데. 이상하게 생각하면 어떡해."

"알겠어요. 대신에……."

우진의 손이 아쉬움을 가득 담고 해인의 볼을 쓰다듬었다.

"이따 밤에 계속할 거예요."

"너어……."

짜증 섞인 해인의 목소리를 무시한 채 자전거에 다시 올라탄 우진은 그녀의 팔을 끌어와 자신의 허리를 안게 했다. 돌아가는 길의 풍경이 그제야 눈에 들어왔고 너무나 아름다워 보였다. 아직까지 군데군데 젖어 있는 셔츠도 만족스러웠다. 한 손으로 핸들을 잡고 한 손으로 해인의 손을 잡았다. 해인이 손을 피하지 않자 그녀의 손가락 사이로 자신의 손가락을 깍지 끼었다. 콧노래가 절로 나왔다.

별장에 도착하면 수인의 따가운 눈총을 어떻게 견딜까 싶었다. 하지만 의외의 인물이 두 사람을 기다리고 있어 수인의 취조를 벗어날 수 있었다. 그것도 잠시뿐이었지만.

해인은 거실에서 수인과 마주 앉아 있는 김 비서를 발견하고는 우뚝 멈춰 섰다.

"김 비서님? 웬일이세요?"

"해인 양, 잘 지냈어요? 우진 군도 오랜만입니다."

"안녕하셨어요."

김 비서는 기현이 병원장으로 취임할 때부터 함께였던 수족 같은 직원이었다. 우진과도 오래전부터 안면이 있던 터라 서로 반갑게 인사를 나누었다.

수인은 우진과 해인을 번갈아가며 눈으로 레이저를 쏘고 있었다. 그 시선을 못 본 척 해인은 더 반갑게 김 비서에게 인사를 건넸다. 해인은 뒤따라 들어오던 우진이 뒤에 바짝 붙어서며 자신의 허리에 손을 올리는 바람에 움찔 놀랐다.

'얘가 정말.'

우진을 한 번 흘겨보고는 김 비서의 맞은편 소파에 자리를 잡고 앉았다. 당장 올라가서 샤워하고 옷을 갈아입고 싶었다. 아직도 온몸에 우진과의 일이 흔적을 남기고 있는 것 같았다. 그럴리는 없겠지만 행여나 수인과 김 비서가 눈치채지 않을까 혼자 조바심이 났다.

우진은 그런 해인의 속도 모르고 싱글거리며 그녀의 옆에 바짝 붙어 앉았다. 수인이 가늘게 실눈을 뜨며 두 사람을 바라보았다. 궁금한 게 무척이나 많은 표정이었다.

"웬일이세요? 오늘 주말인데 안 쉬세요? 혹시 아빠도 왔어요?"

"아니요. 아니요."

김 비서가 사람 좋은 웃음을 터뜨리며 손사래를 쳤다.

"원장님 심부름으로 저 혼자 왔어요."

"아빠 심부름을 왜 굳이 쉬는 날 시키신대요. 노동청에 신고하세요."

해인이 심통 맞은 표정을 짓자 김 비서가 또 다시 호탕하게 웃었다.

"아버지가 누나 좋아하는 열무김치 보내셨어."

"파주 댁한테 특별히 부탁해서 담그셨답니다."

"지금 그거 가져다주러 오신 거예요? 이 노인네가 정말 안 되겠네."

해인이 핸드폰을 찾느라 자신의 몸 여기저기를 더듬었다.

"안 가지고 나가지 않았어요? 아까 없었는데……."

우진이 해인에게 낮게 속삭였다. 우진이 하는 말의 속뜻을 해인은 바로 알아차렸다. 자신의 온몸을 더듬었던 그가 모를 리 없었다. 해인은 그제야 아침에 나갈 때 핸드폰을 방에 두고 나왔음을 떠올렸다.

"핸드폰 좀 줘봐."

애써 평온을 유지하며 수인에게 손을 내밀었다. 빨리 내놓으라며 손바닥을 위아래로 흔들었다. 그 모습을 우두커니 보고만 있는 수인이 알 만하다는 듯 인상을 썼다. 기현에게 전화해서 퍼부으려는 것임을.

"해인 양이랑 의논할 것도 있구요."

김 비서가 재빨리 끼어들었다. 그 말에 해인이 동작을 멈춘 채 김 비서를 돌아보았다. 김 비서가 저와 의논하기 위해 일부러 내려올 일이라면 한 가지밖에 없었다. 분명 도연과 관련된 일일 터였다.

"김 비서님, 저랑 산책하실래요?"

수인까지는 상관없었다. 하지만 우진이 있는 곳에서 도연의 얘기를 나누는 것은 꺼려졌다. 수인에게 이미 들어 알고 있겠지만 도연과의 일을 우진에게 다 알리고 싶지 않았다. 자신의 치부를 그대로 드러내는 것 같아 자존심이 허락하지 않았다. 김 비서가 무슨 얘기를 하려는지 확실치 않은 상황에서는 더 그랬다.

한편으론 우진의 마음이 상하지 않을까 걱정되는 것도 있었다. 왜 그런 것까지 자신이 신경 쓰고 있는 것인지 제대로 생각을 정리할 겨를이 없었다. 우선은 김 비서와의 대화가 먼저였다.

수인이 해인의 생각을 읽은 건지 김 비서에게 고개를 끄덕여 보였다. 우진은 말없이 계속 해인에게 시선을 둔 채였다. 김 비서와 현관을 나서는데 문이 닫히기 전 들려온 수인의 목소리에 해인의 몸이 순간 경직되었다.

"우진이 넌 나랑 얘기 좀 하자."

수인의 취조를 우진이 대신 받게 되어 다행이다 싶으면서도 불안했다. 우진이 어떤 식으로 말할지 걱정스러웠다. 자신과 있었던 일을 곧이곧대로 말하지는 않겠지? 그 정도로 대책 없지는 않겠지?

해인은 뒤통수가 가려운 것 같았다. 온 신경이 멀어지고 있는 집 쪽으로 향해 있기 때문이었다.

"병원장님께는 너무 뭐라고 하지 말아요. 내가 오겠다고 말씀드린 거니까요."

해인은 옆에서 건넌 김 비서의 목소리에 현실로 돌아오면서 새삼 자신에게 놀랐다. 도연과의 일이 아니라 우진과의 일에 온 신경을 쏟고 있었기 때문이었다.

"열무김치는 핑계인 건가요?"

"그건 병원장님의 핑계구요. 제가 온다고 안 했으면 직접 오셨을걸요."

두 사람은 마당에서 연결된 편백나무 숲으로 향했다. 나무 데크로 잘 정비된 산책로가 눈앞에 펼쳐졌다. 숲에 들어서자 공기가 더 서늘해지며 맑아지는 것 같았다.

"그럼 오늘 오신 진짜 목적은요?"

김 비서가 뒷짐을 진 채 해인의 옆에서 천천히 걸음을 옮겼다. 오십대 중반인 김 비서는 평생토록 인상 한번 써보지 않았을 것 같은 선한 얼굴이었다. 구레나룻에 흰머리가 자리를 잡아 부드러운 인상을 더 포근하게 강조하는 역할을 했다.

"윤 과장이 사표를 냈습니다."

해인은 숨을 삼켰다. 역시 도연에 관한 얘기였다. 사표를 냈다는 말에도 그리 놀랍지 않았다. 예상보다 오래 걸렸다는 생각뿐이었다. 처음엔 일이 터졌을 때 바로 그만둘지도 모른다고 생각했었으니까.

"수리된 건가요?"

"아직이요. 병원장님도 회장님도 해인 양의 선택에 맡기겠다고 하십니다."

해인이 걸음을 멈추자 김 비서도 따라 멈춰 섰다.

"어떡하면 좋을까요?"

"해인 양은 어떻게 하길 원하나요?"

해인의 물음에 김 비서가 다시 되물었다. 선택은 오롯이 해인의 몫이라는 뜻이었다. 해인이 선택하는 대로 무조건 해줄 것임을 말하는 것이었다.

도연이 사표를 내는 상황에 대해서는 전부터 생각했었다. 처음에는 차라리 도연이 빨리 자신의 삶에서 사라져 버리길 바랐었다. 자신과 관련된 모든 곳에서, 자신과 관련된 모든 사람들과의 인연이 끊어지길 바랐다.

도연이 도망치지 않고 버티자 오기가 생겼다. 남에게 해코지 한번 해본 적 없던 해인은 살면서 처음으로 독이 올랐다. 악이 가득 찬 독이었다. 법정에서 자신과 의뢰인을 몰아붙이는 악랄한 상대 변호사에게도 가져 본 적 없던 것이었다.

기현을 만나기 위해 병원에 갔던 어느 날 비서실에 들른 원무과 여직원과 마주쳤다. 평소에도 입이 가볍기로 소문난 직원이었다. 문득 해인의 머릿속을 파고드는 생각이 있었다. 그 여직원에게 도연과의 일을 흘렸다. 해인은 세상의 모든 상처와 슬픔을 짊어진 비련의 여자가 되었다. 안타까워하는 그녀의 앞에서 자신을 애처롭고 보호해 줘야 하는 존재로 꾸몄다. 반대로 도연은 세상에서 가장 몹쓸 쓰레기가 되었다.

시간은 오래 걸리지 않았다. 병원 내에 도연과 해인의 파혼에 관한 얘기는 날개를 달고 퍼져 나갔다. 서현은 언니의 남자를 홀린 꼬리 아홉 달린 여우가 되었다. 착하디착한 해인에게 상처를 준 도연은 낯 두껍게 병원을 계속 다니는 파렴치한이었다.

병원에서 떠돌던 구설수는 누군가에 의해 기자들의 귀에 들어갔다. 그것이 기사가 됐고 사람들의 입에 끊임없이 오르내리는 가십이 되었다. 도연과 해인 두 사람의 문제가 새롭게 구성되었던 가족을 해체시켰고 병원을 뒤덮었고 사회를 들썩거리게 했다.

그 모든 과정에서 기현과 수인은 해인을 원망하지 않았다. 오히려 해인을 위로하고 감싸 안았다. 어떤 일에도 상처받지 말라며 보호하고 또 보호하려 했었다.

해인이 다시 걸음을 떼자 김 비서가 따랐다.

"김 비서님, 그때 아빠 많이 힘드셨죠?"

아내를 잃고 십육 년 만에 재혼했던 기현이었다. 기현은 그동안 한 번도 여자에 대한 관심을 나타내지 않았었다. 오로지 해인과 수인에게 올인 했었고 그런 자신의 삶에 진심으로 행복해했었다.

그런 기현이 처음으로 재혼하고 싶다고 말했을 때, 해인은 충격이었지만 반갑기도 했었다. 기현도 함께 늙어갈 노년의 단짝을 만나 다행이라 생각했다. 자신도 곧 결혼할 테고 그러면 기현은 더 외로워질 테니 재혼하는 게 맞다고 생각했다. 진심으로 축복했었다.

그랬는데 서현으로 인해 해인이 파혼하고 상처받은 걸 알게 되었을 때 기현은 망설이지 않고 이혼을 선택했다. 재혼한 지 삼 개월이 채 되지 않았을 때였다. 매달리는 서라에게 눈길 한 번 주지 않았다. 도연과 서현에게는 어떤 말도 들으려 하지 않았고 얼굴조차 보려 하지 않았었다. 오로지 해인에게만 집중했었다.

"아빠는 그분…… 진심으로 좋아하셨을 텐데."

"해인 양보단 못하셨겠죠. 아시잖아요. 병원장님께 해인 양이나 수인 군이 어떤 존재인지."

"……."

"속으론 힘드셨을 수도 있어요. 하지만 저한테도 그런 내색 한 번 없으셨습니다. 처음부터 끝까지 해인 양 얘기만 하셨어요. 지금도 하루가 25시간인 것처럼 해인 양만 생각하십니다."

김 비서의 말에 코끝이 찡해졌다. 기현의 유난함은 어느 누구보다 해인 자신이 익히 잘 알고 있는 사실이었다. 그런데 남의 입을 통해 들으니 또 마음 한편이 아려왔다.

"회장님도 아빠랑 같은 의견이신 거죠? 제 선택에……."

"네."

"그럼, 한 번 더 부탁드릴게요. 사표 수리하지 말아주세요. 만약 그래도 그만두겠다고 한다면……."

"말씀하세요."

"다른 병원에 페이 닥터로 가는 것을 막겠다고 해주세요. 실제로도 그렇게 해주시구요."

"개원을 생각하고 있다면요? 스캔들이 있었다지만 저희 병원 흉부외과 과장이었다는 프로필은 개인병원에 무시 못 할 타이틀일 텐데요. 윤 과장은 실력도 있으니까요."

"개원은 못할 거예요. 흉부외과는 개원해도 힘들잖아요."

해인의 목소리에는 확신이 있었다. 도연을 알고 지내온 세월만큼이나 그에 대해 너무나 잘 알고 있었다.

"만약의 경우 개원하게 된다면…… 그땐 생각해 놓은 게 따로 있어요."

"그럼, 병원장님과 회장님께 그렇게 전하겠습니다. 그리고 채서현은 그대로 두실 건지 병원장님께서 물으시더라구요. 그쪽도 해인 양이 원하는 대로 하라고 하셨어요."

"아빠가요?"

"네."

해인은 망설였다. 해인에게 가장 증오스러운 대상이 서현이었다. 그날 서현은 전혀 당황하지 않고 그 상황을 즐기고 있는 듯 보였다. 집으로 오라고 문자를 보냈던 도연이 오히려 사색이 되어서 해인을 보았었다. 그렇다면 그 문자는 도연이 아닌 서현이 보냈을 터였다.

하지만 선뜻 서현에게 손을 대지 못하고 있던 건 기현 때문이었다. 아무리 미워도 아빠가 사랑한 여자의 딸이 아닌가. 그 이유 하나로 서현에 대한 계획만 세워놓은 채 제대로 시작하지 못하고 있었다. 어떻게 진행할지에 대한 내용도 기현에게 차마 말하지 못했다.

"아빤 아직 모르시는 거죠? 조만간 말씀 드려야겠네요."

"제가 말씀드릴까요?"

"아니요. 제가 직접 하는 게 나을 것 같아요."

"알겠습니다."

"윤상진 씨 쪽도 진행되고 있는 거죠?"

"네. 유 회장님께서 사람 붙이셨습니다. 계속 보고하겠습니다."

김 비서가 싱긋 웃어 보였다. 해인은 김 비서가 빈틈없이 자신의 말을 전하고 실행에 옮길 사람이라는 것을 알았다. 기현과 해인, 수인, 김 비서는 서로에게 뿌리 깊은 신뢰를 가지고 있었다.

"그나저나 병원장님도 그렇지만 회장님도 많이 기다리고 계십니다. 빨리 돌아오라고 하시더군요. 할 일이 많다구요."

"회장님은 은희 언니가 말 상대를 안 해줘서 외로우신 거겠죠."

해인의 대답에 그 이유가 맞을 거라며 김 비서가 웃음을 터뜨렸다. 용건이 끝났음에도 해인과 김 비서는 한동안 산책을 즐겼다.

두 사람은 오후 2시가 지나서야 별장으로 돌아왔다. 어느새 마당에는 바비큐 웨버와 피크닉 테이블이 설치되어 있었다. 수인이 고기를 굽는 동안 우진은 테이블을 세팅했다.

한껏 기분이 좋아진 해인이 폴짝폴짝 뛰어가 수인의 팔에 매달렸다. 그 모습에 수인의 눈이 반달처럼 휘어지며 웃음을 띠었다.

"우와. 고기다 고기. 소시지도 있네. 어? 저거 내가 좋아하는 매운커리맛 소시지다. 맞지?"

"그렇게 좋아? 완전 수다쟁이 됐네."

해인은 초롱초롱해진 눈으로 맛있게 익어가는 고기와 수인의 얼굴을 번갈아 바라보았다. 해인의 뒤를 따라온 김 비서가 두 사람 주위로 다가왔다.

"김 비서님도 같이 식사해요."

"그러세요. 어차피 점심 식사 하셔야 하잖아요. 같이 드시고 가세요."

"그럴까요?"

"그럼 두 분은 들어가서 손 씻고 나오세요."

수인이 해인을 밀어냈다.

"빨리 갔다 와. 아버지가 보내주신, 누나가 좋아하는 열무김치도 우진이가 빼왔으니까."

수인이 '아버지가 보내주신, 누나가 좋아하는'을 강조하는데도 해인은 순간 우진에게 온 신경을 빼앗겼다.

해인은 김 비서와 숲을 빠져나오기 전부터 우진의 시선을 느끼고 있었다. 언제 돌아오나 싶어 계속 숲 입구 쪽을 바라보고 있었던 것 같았다. 수인에게 달려가 아양을 부리는 동안에도 우진의 시선은 오로지 해인에게 향해 있었다. 다 느끼면서도 모르는 척 무시하려니 더 신경이 쓰였다.

수인의 말을 기다렸다는 듯 우진이 해인에게 다가와 팔을 잡아끌었다. 해인은 수인과 김 비서의 시선이 신경 쓰여 팔을 빼내려 했지만 우진의 손아귀 힘을 이길 자신은 없었다. 우진은 해인을 마당 한쪽에 있던 수돗가로 데려갔다. 우진이 여기 오던 첫날 넘어져 흙투성이였던 해인의 다리를 수인이 씻어주던 곳이었다.

"들어가서 옷 갈아입고 나올 건데."

해인은 목소리를 최대한 줄였다. 살짝 돌아보니 김 비서는 수인과 얘기를 나누는 중이었다. 해인과 나눴던 얘기를 전달하는 중일 터였다.

"그냥 여기서 간단하게 손만 씻어요. 이따 샤워하고."

"신경 쓰인단 말이야."

우진이 음흉한 표정을 흘리며 웃었다.

"여태 김 비서님이랑 산책하고 왔잖아요. 한두 시간 더 그 상태로 있는 거 괜찮잖아요."

우진의 시선이 해인의 아래쪽으로 향했다. 김 비서와 도연의 일을 의논하는 동안에는 잊고 있었지만 우진의 얼굴을 본 순간 다시 떠올랐다. 자신이 지금 속옷을 입고 있지 않다는 것을. 우진의 시선에 배꼽 아래가 간질거리는 느낌이 들기 시작했다.

"같이 목욕하고 싶은데……."

수도를 잠그며 일어서던 우진이 해인의 귓가에 속삭였다. 갑자기 뜨거운 입김이 닿은 것도 놀랐지만 그가 한 말에 해인의 얼굴이 빨갛게 달아올랐다.

"미쳤어?"

해인의 시선이 급하게 수인과 김 비서 쪽으로 향했다. 다행히 아직도 대화 중이었다.

"정도껏 해."

"할 수 있어야 하죠. 지금도 누나 느낌이 그대로 남아 있어서 미칠 것 같다구요."

해인도 마찬가지였지만 절대 내색할 수는 없었다. 만약 해인이 조금이라도 틈을 보인다면 우진은 지금이라도 자신의 안으로 파고들려 할지도 모른다. 해인은 우진을 노려보고선 빠른 걸음으로 수인에게로 향했다.

해인은 좋아하는 고기와 소시지가 잔뜩 차려져 있었지만 오늘은 제 맛을 느낄 수가 없었다. 고기가 아닌 고무를 씹는 기분이었다. 우진이 해인의 옆자리에 앉아 식사를 하는 동안 계속 테이블 아래에서 집적거리고 있었기 때문이었다. 해인의 오른쪽에 앉은 우진은 왼손으로 해인의 허벅지를 쓰다듬었다. 해인은 맞은편에 앉은 두 사람이 눈치챌까 봐 우진을 노려보는 것조차 못하고 노심초사할 뿐이었다.

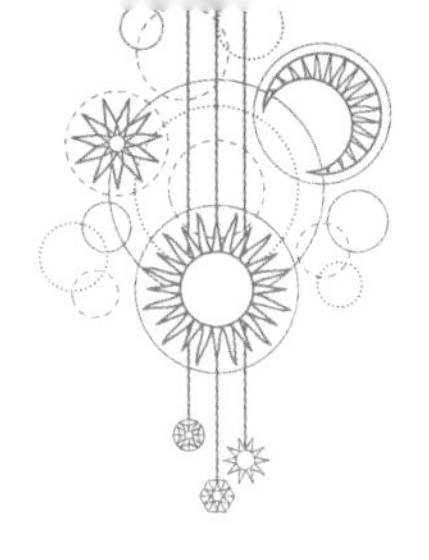

05. 비틀린 관계

토요일 늦은 오후 적막을 깨는 핸드폰 벨소리에 무겁게 가라앉아 있던 몸을 겨우 일으켜 세웠다. 며칠 잠잠하더니 그사이를 못 참고 전화를 걸어왔다. 죽어라 숨통을 조이는구나.

도연은 성북동에 도착한 지 한참이 지난 후에도 차에서 내리지 않고 있었다. 이곳에 오기 전부터 가슴이 답답해져 왔었다. 떠올리는 것만으로도 숨통이 막히는 곳이었다.

자신의 오피스텔에 틀어박혀 하루 종일 자고 싶었다. 어차피 자려고 누워도 잠은 들지 못하겠지만 아무데도 안 가고 아무도 만나고 싶지 않았다. 특히 이곳은 더더욱 오고 싶지 않았었다.

도연은 쓸데없이 크기만 한 이 집이 싫었다. 사치스럽게 꾸며 놓은 실내는 진절머리가 났다. 분수에 맞지 않는 삶을 어떻게든 이어가려고 발버둥치는 사람들의 썩은 내가 진동했다.

"전화 끊고 바로 오라니까 왜 이제 오니?"

카랑카랑한 목소리가 집 안에 들어선 도연에게 날아와 꽂혔다. 반가운 기색은 전혀 없고 질책하는 말이 먼저 들려왔다.

"무슨 일로 오라고 하신 거예요."

"우선 앉아라. 며칠 동안 연락도 안 주고 얼마나 기다렸는지 아니?"

도연은 순간 피식 웃음을 터뜨릴 뻔했다. 모르는 사람이 들으면 냉정한 아들을 보고 싶어 하는 애타는 모정에서 나온 말인 줄 알겠다.

"저녁에 당직이라 병원 들어가야 해요. 빨리 얘기하세요."

당직은 내일이었지만 이렇게라도 해야 이 집에서 조금이라도 빨리 나갈 수 있었다.

"매정한 놈. 그게 한 달 만에 보는 어미한테 할 소리니?"

"하실 말씀 없으면 저 가요."

도연이 소파에서 몸을 일으켰다. 지나치게 호화로운 이 소파는 안정감을 주기는커녕 정신착란을 일으킬 것 같았다. 이런 곳에 앉아 제대로 대화를 나눈다는 것 자체가 어렵지 않을까? 어머니 성격이 저 모양인 건 혹시 이 소파 때문인가?

도연이 머릿속으로 쓸데없는 의문을 품으며 일어서는 사이 혜자가 다급하게 그의 이름을 불렀다.

"저번에 말한 거 어떻게 됐어? 네 형이 급하다잖니. 이번에는 확실하대."

"형이 급하다고 확실하다고 말했던 일이 한두 가지였나요?"

"이번에 제주도에 중국인들이 투자하는 거대 리조트가 세워진대. 중국 관광객들이 얼마나 많이 들어오니? 리조트 건설하는 회사를 한국 회사에서도 뽑는다잖아."

도연도 혜자가 말한 리조트에 대해선 기사를 본 적이 있었다. 하지만 그게 확정이었는지 추진 중이었는지는 기억이 확실치 않았다.

"그거랑 형이랑 무슨 상관인데요. 형이 건설 쪽으로는 전혀 문외한이라는 거 모르세요? 갑자기 회사라도 차린대요?"

"문외한이면 어때. 입찰한다지만 뒤로는 상진이가 투자하기로 한 회사로 정해졌다더라. 그쪽 회사에 투자금 내고 이사로 등재되는 거라는데. 수익이 생기면 투자한 건 금방 몇 배로 벌 수 있다잖아."

도연은 기가 찼다. 어쩌면 이렇게 쉽게 생각하고 쉽게 말할 수 있는 걸까? 자신의 어머니고 형이지만 도저히 이해가 안 되는 사람들이었다.

"그렇게 쉽게 돈을 벌 수 있다는 말을 어떻게 믿어요. 그리고 어머닌 형이 회사 이사를 할 만한 인물이라고 생각하세요? 왜 포기를 못하시는 거예요. 사지육신 멀쩡하면서 땀 흘려 일할 생각은 안 하고 왜 일확천금만 노리는 건데요."

"네가 할 소리니? 네 형이랑 내가 너 뒷바라지하느라 얼마나 뼛골 빠지게 일한 줄 모르는 거야?"

또 시작했다. 다람쥐 쳇바퀴 돌듯 멈추지 않는 하소연. 피해자, 약자, 불쌍한 자 코스프레. 곧이어 도연은 은혜도 모르는, 혼자 잘난, 패륜 아들이 될 차례였다. 말이 통하지 않았다.

"형이 얼마나 뒷바라지를 했게요. 처음 등록금 빼놓고는 학자금 대출 받고 알바해서 학교 다녔어요. 학자금 대출도 제가 다 갚았구요."

"네가 해인이랑 파혼만 하지 않았어도…… 걔가 네 형 사업자금 대준다고 했었는데 다 물거품 돼버렸잖니."

"어머니."

그런 얘기는 귀가 따갑도록 들어왔다. 웬만하면 오늘도 그냥 한 귀로 듣고 한 귀로 흘려보낼 요량으로 꾹 눌러 참고 있었다. 언제나 반복되는 패턴에 도연은 언젠가부터 목소리를 높이는 수고조차 하지 않았었다. 하지만 뒤이어 혜자의 입에서 튀어나온 이름에 참고 있던 것들이 일시에 터져 버렸다.

"그 사업자금이란 거 어머니랑 형이 해인이한테 반 강제로 요구했던 거잖아요."

"얘가 지금 뭘 잘했다고. 어디서 소리를 지르는 거니? 네 형이 너 대학 보내고 얼마나 뒷바라지를 했는데 그게 아까워? 네가 종합병원 의사 되도록 뒷바라지한 게 누구 덕인데. 너랑 결혼할 거면 해인이가 그 정도는 했어야 해. 아니, 더하고도 남았어야지."

혜자는 한참을 퍼붓고도 성에 차지 않았나 보다.

"어려서부터 아버지처럼 키워준 게 네 형이야. 은혜도 모르는 녀석."

"그래서 여태껏 갚아줬잖아요. 어머니나 형이 저한테 해준 거 몇 배로 제가 해드렸잖아요. 그래도 부족하세요?"

"생색내는 거니? 아무튼 네 형 사업자금 어떻게든 만들어봐. 병원에서 직원 대출을 받든 가불을 하든."

"저 병원 그만뒀어요."

"뭐?"

혜자의 얼굴이 순간 새파랗게 질렸다. 도연이 집안의 돈 줄인데 그 돈이 나오는 직장을 그만뒀다는 말에 아연실색하는 것이었다.

"어제 사표 냈다구요."

"너 미쳤니? 개원할 돈도 없으면서……. 아니 그 정도 돈은 갖고 있었던 거니? 그러면서 돈 없다고 그랬던 거야? 넌 네 살길만 궁리하는구나?"

"어머니."

도연이 벌떡 일어서며 소리를 지르자 혜자가 순간 위축되며 소파에 등을 묻었다.

"저 돈 없어요. 신혼집도 해인이네 집에서 한 거였잖아요. 매번 형이 사고 친 것들 막아주느라 제 주머니에 돈이 있던 적이 없었어요."

"그럼 어쩌려고 그만두는 거야? 혹시 그 서현인가 뭔가, 네가 바람피웠던 애랑 사귀기라도 하게?"

겉만 봐선 혜자가 쓰러질 것 같은 모습이었지만 실상은 도연이 그 직전이었다. 도연은 차라리 이대로 죽어버리기라도 했으면 좋겠다고 생각했다.

"아니에요."

겨우 마음을 가라앉히고 목소리를 죽이는데 혜자는 꺼져 가는 불씨에 기름을 들이붓고 있었다.

"아니다. 차라리 그게 나을지도 모르겠구나. 걔네 엄마가 유명한 탤런트잖아. 돈이 없지는 않을 거 아니야."

돈, 돈, 돈. 왜 이런 사람이 제 어미인지 하늘이 원망스러웠다.

"어머닌…… 제가 돈 줄로 보이세요? 저를 팔아서라도 돈만 들어오면 좋으시겠어요?"

"누가 그렇대? 무슨 말을 그렇게 하니?"

"어머니가 자꾸 이러시니까. 저한테도 해인이한테도 매번 돈돈 이러니까. 저 해인이 앞에서 떳떳하지 못했어요. 그 녀석의 감정을 빌미로 저를 팔아넘기는 같아서 싫었다구요."

도연은 머리가 아팠다. 심장이 아려왔다. 차라리 어머니 앞에서 온몸이 터져 버린다면 자신에게 돈돈 거리는 것을 멈춰줄까?

"내가 없는 애한테 달라고 했니? 있는 애한테 좀 보태라고 한 거잖아. 해인이도 지가 좋아서 너랑 결혼하려던 거였잖아. 뭐가 문제니? 병원장 딸이랑 결혼하면 그 병원 물려받을 수 있을지도 모르고, 너한테도 좋은 일이잖아."

"문제였어요. 제가 해인이에게 진심이었던 게 문제였다구요. 진심이 아니었다면 자존심도 안 상했겠죠. 내 가족들 때문에 부끄러움에 치를 떨지도 않았겠죠."

혜자의 되지도 않는 말들이 등 뒤로 쏟아지는데도 도연은 다 무시하고 집을 나왔다. 어머니나 형과 마주하면 왜 이런 얘기들만 반복하게 되는지 이해할 수 없었다. 연을 끊고 남처럼 살고 싶었다. 하지만 핏줄이란 게 또 제 마음대로 끊어낼 수 있는 게 아니었다. 남보다 못한 존재. 도연에겐 어머니와 형이 딱 그런 존재였다.

부끄러움을 모르는 사람들과 가족이라는 것이 부끄러웠다. 사랑하게 된 여자에게 자꾸만 자신의 치부가 드러날수록 쥐구멍에라도 숨고 싶었다. 하지만 그런 마음은 온전히 자신만의 몫이었다. 어머니와 형은 도연에게 요구하던 것들을 해인에게 당당히 요구해 댔으니까.

그럴 때마다 해인은 곤란할 텐데도 내색하지 않고 웃어 넘겼다. 어떻게든 요구에 응해주려 노력했었다. 나중에 알았지만 도연이 미처 알지 못하고 넘어간 상황들도 여러 번이었다.

그런데도 해인이 올곧이 자신만을 바라볼수록 도연은 삐뚤어지고 싶어졌다. 자신을 돈줄로만 보는 제 피붙이들한테는 제대로 해대지도 못하면서 자신을 진심으로 사랑하는 여자에게는 상처를 주고 싶어졌다. 자기가 어떻게 하더라도 자신만을 사랑해 주길 원했다.

'난 이런 놈이니 네가 선택해.'

마음속에 항상 품고 있었다. 그러면서도 양심에 가책을 느꼈었다. 그럴수록 해인을 더 사랑했었다. 해인이 자신을 떠나 버리지는 않을까 두려웠었다. 사랑이 커지고 두려움이 부풀어 오를수록 도연의 안에서는 비틀어진 욕망이 똬리를 틀었다.

꼭꼭 숨기고 있던 그 똬리를 끄집어낸 것이 서현이었다. 그 예쁜 얼굴로, 그 말간 표정으로 도연의 깊은 곳으로 파고들어 왔다. 생각이 거기까지 미치자 욕지기가 밀려올라 왔다. 도연은 집으로 향하던 차를 돌렸다. 시커멓게 썩은 욕망을 분출해 낼 곳이 필요했다.

쮸읍. 쭙. 쭙…….

조용한 밀실에 살갗을 핥고 빨아대는 소리만 울려 퍼졌다. ㄷ자로 이어진 소파와 그 가운데 자리한 넓은 테이블, 그 위에는 손도 대지 않은 술병과 안주들이 자리를 차지했다.

도연은 룸살롱 밀실 문을 정면으로 바라보는 가운데 소파에 앉아 있었다. 양팔을 소파 등받이 위로 길게 뻗은 채 고개를 뒤로 젖히고 천장을 올려다보았다.

"하아하아…… 오빠, 좋아?"

"그렇게 부르지 마."

"아잉, 왜에……."

여자의 애교 가득한 콧소리에도 도연은 여전히 천장을 올려다

볼 뿐이었다. 여자가 도연의 한쪽 손을 끌어다 자신의 가슴에 올려놓았다. 여자는 허리까지 옷을 끌어내려 가슴을 그대로 드러내고 있었다.

"뭐 하는 거야."

여자는 도연의 손등을 덮은 채 자신의 가슴을 주물렀다. 손바닥에 여자의 풍만한 가슴과 딱딱하게 솟은 유두가 느껴졌지만 만지고 싶은 느낌은 들지 않았다. 도연이 이 여자에게 원하는 건 이런 게 아니었다.

"아이잉. 오빠가 나를 만져 주면 내 서비스가 더 좋아지지 않겠어?"

"그렇게 부르지 말랬지. 하던 거나 제대로 해."

도연이 여자의 손을 뿌리치고는 원래 있던 곳으로 팔을 올렸다. 여자는 입을 삐죽거리고서는 고개를 숙였다. 그곳엔 도연의 남성이 민낯을 그대로 드러내고 있었다.

여자는 쭙쭙 소리가 나도록 도연의 남성을 입술과 혀로 핥았다. 한 손으로 기둥 아랫부분을 감싸 쥐고는 위 아래로 훑으며 나머지 한 손으로는 고환을 손 안에서 부드럽게 굴렸다. 귀두 끝을 입안으로 빨아들이다가 갈라진 부분을 혀끝으로 강하게 자극했다. 이내 아이스크림을 빨아먹듯 혓바닥을 댄 채 입안으로 삼켜들이자 도연의 몸이 움찔거렸다.

"흐읏……."

도연은 한쪽 손으로 자신의 양쪽 관자놀이를 눌렀다. 아래에서부터 쾌감이 올라올수록 두통도 함께 몰려드는 것 같았다.

도연의 기둥을 타고 쿠퍼액과 여자의 타액이 흘러내렸다. 기둥을 움켜쥔 여자의 손이 흥건히 젖어들며 위아래로 훑을 때마다 찰진 소리를 냈다. 여자의 입술이 기둥을 타고 내려오다가 고환을 입안에 가득 머금고는 혀로 이리저리 굴리기 시작했다. 여전히 손을 빠르게 움직이며 도연의 남성을 위아래로 훑었다.

"흐읏……. 흣."

도연의 신음에 여자가 고환을 머금었던 입을 떼며 슬쩍 올려다보았다. 도연의 귀두를 쪽쪽 빨면서 계속 그를 올려다보았다. 한 손으로 얼굴을 가린 채여서 도연의 표정은 겉으로 드러나지 않았지만 턱 끝에 힘이 잔뜩 들어가 있어 쾌감을 느끼고 있다는 것을 알 수 있었다.

"오빠 물건 대박이다. 여자친구가 좋아하겠……."

"시끄러워."

여자는 말을 끝맺지 못했다. 도연이 입안으로 욕설을 삼키며 여자의 머리채를 움켜쥐었다. 머뭇거림 없이 여자의 머리를 잡은 손에 힘을 주어 아래로 내리눌렀다.

"읍…… 우읍. 우읍……."

눈 깜짝할 사이에 도연의 남성이 여자의 목구멍으로 깊숙이 들어갔다 빠지더니 다시 깊숙이 찔러댔다. 여자는 도연의 허벅지를 잡고 밀어내며 몸을 일으키려 했다. 하지만 머리채를 잡고 있는 도연의 손아귀에서 벗어날 수 없었다. 도연은 여자가 발버둥 칠수록 자신의 남성을 더 사정없이 여자의 목구멍 안으로 밀어넣기를 반복했다. 두 손으로 여자의 머리를 잡고 공을 튀기듯 위아래로 가지고 놀았다.

여자는 도연의 몸을 주먹으로 치다가 와이셔츠를 움켜쥐며 버둥거렸다. 폭군처럼 움켜쥐고 놔주지 않던 도연은 돌연 여자의 머리를 잡아채 들어 올렸다. 여자의 얼굴은 눈물과 침으로 범벅

되어 있었다. 눈물에 한쪽 속눈썹이 거의 떨어져 달랑거렸다.

"우웩. 웩……."

여자가 테이블을 한쪽 팔로 짚은 채 연신 구역질을 했다. 온몸을 부들부들 떨어가며 거의 바닥으로 쓰러지기 직전처럼 보였다.

도연은 그런 여자를 냉소적인 시선으로 바라보았다. 미안하다거나 안쓰럽다는 감정은 단 0.1퍼센트도 찾아볼 수 없는 무미건조한 눈빛이었다.

여자의 구역질이 줄어들 때쯤 도연은 몸을 일으켰다. 여자가 움찔 놀라며 도연에게로 고개를 돌렸다. 잔뜩 겁에 질린 얼굴이었다. 손님 중에 오럴을 요구하는 사람은 부지기수였지만 도연처럼 죽일 듯 쑤셔 넣는 인간은 없었다.

"그…… 그만. 오빠 너무 심하잖아."

"망할. 그렇게 부르지 말랬지."

도연은 테이블에 있던 술병과 안주를 한쪽으로 밀어버리고 여자의 몸을 테이블 위에 끌어올렸다. 상체를 엎드리게 한 후 여자의 스커트를 허리까지 걷어 올리자 이내 매끈한 엉덩이에 검정색 레이스 팬티가 눈앞에 드러났다.

도연은 바지 주머니에서 콘돔을 꺼내 자신의 남성에 끼워 넣었다. 여자는 못내 불안한 시선으로 도연을 돌아보았다. 뒤에 자리를 잡고 선 도연은 여자의 팬티를 끌어내리고는 바로 남성을 밀어 넣었다.

"아흣……."

"흐읏……."

여자의 안이 기다렸다는 듯 꿈틀거렸다. 엉덩이가 씰룩거리는 게 보였다.

"일부러 움직이지 마."

도연은 상체를 숙여 한 손으로 여자의 어깨를 잡고 다른 손으로는 테이블을 짚었다. 그때부터 도연의 허릿짓이 시작됐다. 여자의 안을 거칠게 치고 들어갔다 빠져나왔다. 상대의 쾌감을 끌어올리려는 어떤 행위도 없었다. 단지 여자의 안을 뚫기라도 할 듯 거침없이 피스톤 운동만 할 뿐이었다.

"아악. 아파……. 천천히. 아악."

도연이 거칠게 여자의 안을 칠수록 비명 소리도 커졌다. 여자는 쾌감이 아니라 고통으로 몸부림쳤다. 여자의 얼굴이 뭉개지듯 닿아 있는 테이블에 땀과 눈물이 고여 들었다.

"아파. 아파요. 앗…… 아파."

도연이 숙이고 있던 상체를 일으키며 더 강하게 여자의 안을 파고들었다. 도연의 와이셔츠가 땀으로 범벅이 돼 피부에 달라붙었다. 도연의 바지와 팬티는 그의 발목까지 내려져 있는 상태였다. 어두운 조명에도 땀에 젖은 도연의 몸이 반짝거렸다.

도연의 귀에는 여자의 비명이 들리지 않았다. 단지 자신의 욕구를 푸는 데만 집중했다. 양쪽 관자놀이가 욱신거리고 정신이 몽롱해졌지만 아래에 몰려 있는 분출 욕구는 줄어들지 않았다.

얼마나 허리를 놀렸을까 엉덩이에 힘이 들어가며 남성으로 감각이 몰려들었다. 도연은 여자의 몸을 사이에 두고 테이블을 양손으로 짚은 채 모든 걸 쏟아내었다. 울컥거리며 정액을 배출하는 동안 눈을 질끈 감았다. 두통이 점점 심해지고 있었다.

여자의 몸에서 빠져 나온 도연은 콘돔을 벗겨내 바닥으로 던져 버렸다. 손에 묻은 진득한 느낌에 잔뜩 인상을 찡그리다가 아이스버킷에 손을 집어넣어 얼음을 한 움큼 쥐었다. 물수건으로 남성을 닦아내고는 옆에 있던 생수병을 따서 양손에 부어가며 씻어내었다. 테이블 위로 속절없이 물방울들이 튀었다. 죽은 듯 테이블 위에 늘어져 있던 여자가 비틀거리며 몸을 일으키다가 소파에 털썩 주저앉았다.

도연은 여자에게 눈길 한 번 주지 않고 옷매무새를 가다듬었다. 양복 재킷에서 지갑을 꺼내들고는 안에 든 현금을 전부 꺼내 여자 쪽으로 던졌다. 5만 원권 수십 장이 후드득 여자의 허벅지와 소파 위로 흩어져 떨어졌다. 어머니와 형에게 줄 바에야 이런 곳에 버리고 말겠다는 심정이었다.

도연은 곧 죽어갈 것처럼 늘어져 있던 여자가 손을 뻗어 돈을 끌어 모으는 모습을 비아냥거리는 시선으로 바라보다 밀실을 나섰다.

'오늘 무슨 날인가?'

도연은 룸살롱을 나와 곧바로 자신의 오피스텔로 향했다. 자신에게 배어 있을 정액 냄새와 여자의 향수 냄새를 씻어내고 싶었다. 한시라도 빨리 자신을 깨끗한 상태로 돌려놓은 후 침대에 눕고 싶었다.

하지만 오피스텔 현관 앞에서 자신을 기다리고 있는 불청객을 발견하고는 깊은 한숨을 토해냈다. 머릿속에 바위라도 들어 있는 것처럼 무거웠다.

"다시는 여기 오지 말라고 했잖아."

"오빠가 연락을 안 받으니까 그렇잖아요."

"오빠라고 부르지 마."

"왜요. 오빠라는 호칭은 그 사람만 부를 수 있는 거예요?"

서현이 도연의 품으로 파고들었다. 보호본능을 일으키는 여리고 작은 몸이었다. 자신의 가슴에 파묻고 있는 고개를 든다면 어디에서도 보기 힘든 아름다운 얼굴과 마주할 것이었다. 처음 서현을 보는 사람이라면 순간 숨이 멎을 것 같다는 게 어떤 느낌인지 경험하게 될 것이었다. 자신이 그랬던 것처럼.

하지만, 지금은 아무런 감정이 들지 않았다. 더 이상 이 아이를 보고 아름답다 여겨지지 않았다. 안고 싶어지지도 않았다.

'내 인생을 망쳐 버린 여자.'

도연에게 서현이 딱 그랬다. 제 안에 감춰두었던 어두움을 밖으로 끄집어낸 여자. 자신의 욕망을 위해서 저를 이용한 여자.

도연이 품에서 서현을 떼어냈다. 오늘은 더러운 것들이 제게 들러붙는 날인가 보다 생각했다. 아니면 자신이 가장 더럽기 때문에 이런 것들이 알아서 달려드는 건가?

"보고 싶었어요."

밀어내는 도연에게 서현이 다시 파고들었다.

"날 안고 싶지 않아요? 그동안…… 많이 쌓였을 텐데."

서현이 도연의 가슴을 쓰다듬어 내리며 아래로 향했다. 버클을 지나 도연의 남성에 다다를 때쯤 서현의 손을 움켜잡았다.

"실망시켜서 미안한데…… 난 방금 하고 왔거든."

도연은 서현의 손을 털어내듯 떨쳐 냈다. 그 반동에 서현의 몸이 한쪽으로 휘청거릴 정도였다.

"거짓말."

서현이 믿을 수 없다는 듯 도연을 노려보았다. 그런 그녀의 반응이 도연은 의외였고 우스웠다.

"하. 모르는 사람이 보면 질투하는 줄 알겠다. 나 피곤하니까 빨리 가."

"다른 여자랑 하고 왔다고? 그 말을 나더러 믿으라는 거예요?"

도연이 도어록 비밀번호를 누르는데 그 사이로 서현이 끼어들었다.

"거짓말."

"거짓말?"

도연이 서현의 얼굴 아래를 한손으로 틀어쥐고 문으로 밀어붙였다. 잔뜩 성난 얼굴이 서현을 잡아먹을 듯 노려보았다.

"거짓말이라고 했어? 너한테 거짓말 한 적은 없어. 해인이한테는 했어도……."

"그럼 당신한텐 내가 더 중요한 존재인 거 아네요?"

서현의 아름다운 얼굴이 도연의 손 안에서 잔뜩 일그러졌다.

"무슨 미친 소리야."

"나한테는 거짓말을 안 한다고……."

"너 바보야? 딴 여자랑 섹스한 일을 숨기지 않고 그대로 말하는데 그게 널 소중히 여겨서라고 생각하는 거야?"

"그게……."

"거짓말을 해서라도 지키고 싶은 게 소중한 거야."

도연이 서현을 다시 한 번 옆으로 밀쳐 냈다. 이 꼬맹이는 왜 자꾸만 자신을 붙잡고 늘어지는 걸까. 현관문을 열고 안으로 들어서려는데 서현이 다시 한 번 도연을 불러 세웠다.

"그럼 나도, 나도 당신을 소중히 여기는 거라는 걸 알아야죠."

"무슨 말이 하고 싶은 거야?"

도연은 이미 현관 안으로 들어선 상태였다. 서현이 안으로 들어오려는 걸 도연은 손을 들어 제지시켰다.

“할 말은 거기서 하고 돌아가. 너랑 더 이상 엮이고 싶지 않아.”

“그날 그 여자 부른 거 나예요. 당신인 것처럼 문자 보내서…… 집으로 오라고…….”

도연이 서현의 멱살을 잡아끌어 당겼다. 현관 신발장에 쿵 소리가 나도록 서현의 몸이 밀어젖혀졌다. 도연이 자신의 몸을 우악스럽게 잡아 밀어붙이는데도 서현은 기쁘다는 듯이 웃었다.

“당신을 놓치고 싶지 않았으니까. 뺏어오고 싶었으니까.”

“너…….”

“내가 갖고 싶은 걸 위해서라면 난 무슨 짓이든 할 수 있어요.”

“너 도대체 나한테 왜 이래?”

서현이 도연의 허리를 끌어안았다.

“말했잖아요. 오빠를 갖고 싶다고.”

비틀렸다. 이 아이도 자신처럼 마음이 심하게 비틀려 있었다. 남에게 상처를 주어서라도 자신이 행복해지길 바라고 있었다. 불쌍했다. 애처로웠다. 그리고 더러웠다.

도연은 집에 오자마자 더러운 걸 씻어내려 했는데 하나를 더 묻혀 버렸다는 것을 깨달았다. 더 일찍 버렸어야 했는데 그러질 못했다. 그래서 지금 가장 더럽고 가장 악취가 나는 오물을 자신에게 묻히도록 방치하고 있었다.

서현이 도연의 바지 버클을 풀고 와이셔츠 자락을 빼냈다. 맨살로 파고드는 서현의 손을 도연은 더 이상 뿌리치지 않았다. 감정이라곤 하나 없는 표정으로 서현이 하는 짓을 내려다보고 있을 뿐이었다.

서현은 비틀거리며 쓰러지듯 자신의 침대에 누웠다. 가정부에게 서현이 들어왔다는 얘기를 들은 서라가 나이트가운 차림으로 들어왔다. 서현이 방으로 들어가는 걸 보고 급하게 따라 들어섰는데 술 냄새가 진동을 했다.

"술 마셨니? 촬영은 일찍 끝났다며 도대체 이 시간까지 어디 있다 온 거니?"

"……."

"또 그 녀석한테 갔던 거야?"

서라가 침대에 내동댕이쳐진 가방을 한쪽으로 내려놓고 그녀의 재킷을 벗기려 하자 서현은 탁 소리가 나도록 서라의 손목을 쳐냈다.

"내버려 둬."

코가 꽉 막힌 목소리였다. 누가 들어도 한바탕 울고 난 후라는 걸 알 수 있었다. 서라가 다시 서현의 재킷에 손을 가까이 하자 몸을 돌려 누웠다.

"어떻게 내버려 두니?"

서현은 이제 아예 엎드려 버렸다. 손대지 말라는 확실한 몸짓이었다.

"나가. 혼자 있고 싶어."

답답한 듯 서현을 내려다보고 있던 서라가 돌아서서 나가려다 다시 그녀에게로 다가왔다.

"행여 그 남자 만나러 가지 마. 그러다 사람들 눈에 띄기라도 하면 어쩌려고 그래. 겨우 잠잠해졌잖니. 화보 일도 다시 들어오고 있고……."

등 뒤로 문이 닫히는 소리가 들리자 그제야 서현은 참고 있던 울음을 터뜨렸다. 시트를 주먹으로 말아 쥐고 비틀다 주먹으로 매트리스를 내려쳤다.

억지로 도연의 품에 안겼다. 아니 자신이 억지로 도연을 품었다고 하는 게 맞을 것 같았다. 자신을 쓰레기처럼 내려다보는 도연에게 무작정 매달렸고 그를 자신의 안으로 받아들였다. 아니 자신이 받아들이도록 그는 방관했다고 하는 게 맞을 것 같았다. 도연의 집에서 도연과 관계를 가졌지만 그의 집 거실도 들어가 보지 못했다. 현관에서 신발도 벗지 못한 상태로 그를 받아들였고 끝나자마자 바로 밖으로 내쳐졌다.

"개자식. 개자식. 빌어먹을 자식."

아침 일찍부터 진행한 화보촬영장에서도 서현은 모멸감에 시달려야 했다. 하고 싶지 않았지만 서라가 계약을 해버린 일이라 어쩔 수 없이 현장에 나갔었다. 사람들은 서현 앞에서는 예쁘다, 인형이다, 역시 옷발이 산다, 라며 온갖 미사여구로 칭찬을 해대더니 등만 돌리면 수군거렸다. 더럽다고 했다. 언니의 남자를 건드렸으니 창녀보다 못하다 했다. 무슨 낯짝으로 돌아다니는지 모르겠다고 했다.

도연은 계속 전화를 걸어도, 문자를 보내도 받지도 답을 주지도 않았다. 그날 이후로 철저하게 서현을 외면했고 무시해 왔다. 벌써 몇 달째 자신을 없는 사람 취급해 왔다. 겨우 용기를 내 찾아갔는데 자신을 길 잃은 짐승보다 못한 존재처럼 취급했다.

위로받고 싶었다. 지금 이 세상에서 자신을 가장 잘 이해해 줄 사람은 도연밖에 없었다. 사람들에게 욕먹고 멸시당하고 외면당하는 자신을 가장 잘 알아야 할 사람이 도연이어야 했다. 자신이 먼저 유혹했지만 그 유혹에 넘어온 건 바로 도연이었으니까. 그런데 그런 도연이 자신을 가장 더러운 물건처럼 쫓아냈다.

"아직도, 아직도 그 여자뿐이야? 그렇게 몸을 굴려놓고?"

서현은 베개에 얼굴을 파묻고 악악대며 소리를 질렀다. 참을 수 없었다. 수치스러웠다. 자존심이 상했다. 약이 올랐다. 왜 네가 갖는 것들을 나는 갖지 못하는 건데. 왜?

*

"네. 보고 있어요. ……여전히 예쁘네요."

[제 보기엔 해인 양이 더 예쁩니다.]

"김 비서님도 참…… 너무 팔이 안으로 굽으시네요."

전화기 너머로 김 비서의 호탕한 웃음소리가 들렸다. 해인은 서재에서 김 비서가 메일로 보내준 사진들을 보고 있는 중이었다. 오늘 오전 화보촬영을 하던 서현의 모습이었다. 서현이 촬영한 브랜드는 작년 파리컬렉션에서부터 주목받기 시작한 한국인 신인 디자이너 제니 홍의 가을 신상이었다. 이 디자이너는 신작을 한국보다 파리에서 먼저 발표한 후 국내에 그랜드 론칭을 앞두고 화보촬영을 진행하고 있었다. 그리고 전속모델로 선택된 게 채서현이었다.

[그런데, 이 디자이너는 어떻게……. 회장님 말씀이 해인 양이 찾아낸 사람이라고 하던데.]

"지석 선배가 이 사람 파리에 브랜드 론칭할 때 법률자문 해줬었나 봐요. 비공식적으로 해준 거라 차후에도 저랑 연결될 일도 없을 거예요. 조건이 딱 맞춤이더라구요."

[다행이네요. 시기적으로도 그렇고.]

"네. 일이 너무 늘어지면 안 되니까요. 윤상진 씨 쪽은요?"

[아직 확실하게 넘어오질 않아요. 아무래도 금전적으로 부담이 크겠죠.]

"가진 건 없는데 욕심은 많은 사람이라 결국은 미끼를 물 거예요. 물 수밖에 없도록 만드는 게 저희 쪽 능력이겠죠?"

모니터 속 사진을 한 장씩 넘기던 해인의 얼굴이 싸늘하게 굳어져 있었다.

"마지막 압축파일로 보내신 사진들 오늘 찍은 거 맞죠?"

[네.]

"그렇군요. 오늘 다녀가시느라 고생하셨어요."

[괜찮습니다. 드라이브 삼아 잘 다녀왔는걸요. 내일 또 연락하겠습니다.]

"그리고, 오늘처럼 오시게 되면 미리 연락주세요."

[하하하. 알겠습니다. 기습 방문은 자제할게요.]

해인은 전화를 끊은 후에도 한참 동안 모니터를 노려보고 있었다. 서현이 도연의 오피스텔 앞에서 실랑이를 하다가 그의 집으로 들어가는 모습이 찍혀 있었다. 시간차를 두고 옷차림새가 흐트러진 채 도연의 집에서 나오는 모습도 함께였다.

심장이 차갑게 식어가는 것 같았다. 주먹을 어찌나 꽉 쥐었는지 손톱이 손바닥을 파고들고 있었다. 목구멍에 돌멩이라도 걸린 것처럼 침을 삼키기가 힘들었다. 울컥하며 욕지기가 치밀어 올라와 두 눈을 질끈 감았다. 피하지 않고 마주 보려 했지만 이런 사진은 해인에게 여전히 힘들었다.

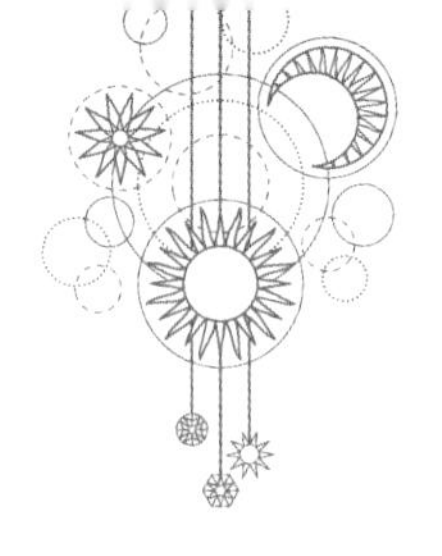

06. 손가락의 열기

첨벙. ……첨벙.

해인은 오랜만에 혼자 있는 시간을 즐기고 있었다. 날마다 김 비서에게 오는 메일에서도 별다른 문제없이 순탄하게 일이 진행되고 있다는 보고뿐이었다. 해인의 심장을 얼어붙게 할 만한 사진도 더 이상은 없었다.

문제는 해인 자신에게 있었다. 우진을 다시 만나게 된 단 며칠 사이 해인에게 너무 많은 변화가 생겨 버렸다는 것이었다. 씻거나 자거나 볼일을 보는 시간을 제외하고는 우진의 눈초리에서 벗어나기가 힘들었었다.

더 큰 문제는 강가에서 우진과 섹스를 하고 난 후부터 그 정도가 심해졌다는 점이었다. 그날부터 밤만 되면 우진은 당연한 듯 해인의 방으로 왔고 그녀를 안으려 했다. 문을 잠가도 소용없었다. 어찌나 당당하게 노크를 하는지 수인에게 들킬까 봐 노심초사하는 해인과 달리 우진은 상관없다는 듯 행동했다. 수인이 집에 있는 동안에도 해인을 향해 시선이 고정되어 있었고 틈만 나면 해인의 몸을 안고 만지려 했다.

수인은 평소에 강아지처럼 해인을 따라다니며 온갖 참견을 하는 통에 짜증날 지경이었다. 의아한 건 그랬던 수인이 우진을 내버려 둔다는 점이었다. 다른 남자들이 해인에게 그렇게 행동했다면 수인은 벌써 그 사람을 내쫓았거나 위협을 가하고도 남았을 텐데. 단순히 절친이라 내버려 둔다고 하기엔 평소 수인의 성격과는 맞지 않는 행동이었다.

그나마 우진이 지난주부터 재활치료를 받느라 병원에 다니면서 오전은 온전히 해인만의 시간으로 쓸 수 있었다. 지금도 느긋하게 욕조에 몸을 담근 채 콧노래를 흥얼거릴 수 있다는 게 행복했다. 평소엔 당연했던 일상이 이렇게 절실하게 여겨진다니.

문득 어린 시절 우진과 있었던 일들이 떠올랐다. 특별히 신경 쓰지 않았었기에 잊고 지냈었는데 최근 며칠간 우진이 틈만 나면 옛날 얘기를 꺼내는 통에 기억이 조금씩 떠오르고 있었다.

해인이 수능을 끝낸 후 고교 시절 마지막 겨울방학을 보내던 때였다. 기현은 졸업 전에 여행을 다녀오라고 했지만 해인은 아르바이트를 해보고 싶었던 터라 집 근처 카페에서 일을 시작했었다. 크리스마스가 얼마 남지 않았던 그날도 카페 아르바이트를 가기 위해 아침 일찍 집을 나섰었다. 오픈조라 새벽녘에 집을 나서는데 대문 앞에 우진이 서 있었다. 추위에 새파래진 얼굴에 코와 볼이 빨갛게 얼어 있었다.

여기서 뭐 하냐고 묻자 우진은 해인을 기다리고 있었노라고 했었다. 얼마나 오래 기다리고 있었는지 입이 얼어 발음도 제대로 안 되는 상태였다. 당황 반, 황당 반으로 바라보는 해인에게 우진은 원정훈련 가는 길이라며 커다란 초콜릿을 손에 쥐어주었다.

해인의 빨간색 목도리를 더 단단히 둘러주던 우진은 그녀의 이마에 재빨리 입맞춤을 하고는 뛰어가 버렸었다. 손에 쥐어진 초콜릿도, 목도리를 둘러주며 살짝 볼에 닿던 우진의 차가운 손가락도, 이마에 닿은 얼음장처럼 차갑던 입술도 해인에게는 황당할 뿐이었다.

우진은 원정훈련을 간 첫날부터 돌아올 때까지 날마다 해인에게 전화를 걸어왔다. 항상 오후 6시가 좀 넘으면 전화를 걸어와선 '누나, 보고 싶어요' 한마디를 남긴 채 해인의 대답도 듣지 않고 전화를 끊었다.

나중에 수인에게 들어 안 사실이었지만 우진의 농구팀이 간 훈련 장소는 차도 잘 다니지 않는 산 중턱에 있는 폐건물이었다고 했었다. 훈련 중 선수들은 핸드폰을 압수당했었고 우진은 한 통의 전화를 하기 위해 훈련이 끝나면 산 아래 작은 슈퍼까지 뛰어 내려왔었다고 했다. 공중전화로 상대에게 전화를 걸어 잠깐 통화를 하고선 다시 눈 쌓인 산길을 뛰어올라 갔다고.

결국 우진은 훈련 중 이탈로 걸려 호되게 얼차려를 당했다고도 했었다. 그 얘기를 해인에게 들려주던 수인은 그 상대가 제 누나인 줄도 모르고 제정신이 아닌 녀석이라며 고개를 설레설레 저었었다.

"그러고 보니 별일이 다 있었네."

그때 해인은 이미 도연에 대한 짝사랑으로 머릿속이 가득 차 있을 때였다. 아침에 눈 떠서부터 밤에 잠들 때까지 도연에 대한 생각으로 하루를 보냈었다. 어떤 때는 꿈에까지 도연이 나올 정도였으니 우진의 대시에 신경을 쓸 겨를이 없었다. 오히려 무시했다는 표현이 더 어울릴 만큼 우진이 좋아한다 표현할 때마다 해인은 늘 황당해하며 곧바로 잊어버리곤 했었다.

해인의 눈에 우진은 어린아이 같았고 도연은 성숙한 남자로 보였었다. 도연은 진중했고 목소리 톤이 무거웠고 잘 웃진 않았지만 부드러운 미소를 가지고 있었다. 해인에게 도연은 멋있었고 의지하고 싶었고 함께 길을 걷고 싶은 남자였다. 영화를 보고 손을 잡고 키스도 하고 싶었었다.

이렇게 온 신경이 도연에게 가 있다 보니 우진이 아무리 또래보다 키가 크고 연예인만큼 잘생긴 외모를 가졌다 해도 남자로 인식할 수 없었다. 아니, 그럴 겨를이 없었다.

그랬던 녀석이 키가 더 커지고 골격도 단단해졌다. 얼굴도 단순히 잘생긴 얼굴에서 어른 남자로서의 멋짐을 가지게 되었다. 그리고 우진의 손은, 손은…….

우진의 손을 떠올리자 해인의 몸이 순간 달아올랐다. 농구공을 한 손으로 자유자재로 움직일 만큼 커다랬다. 넓은 손바닥과 마디가 굵은 긴 손가락, 단단하면서 여기저기 굳은살이 박여 거칠었다.

그 단단한 손이 자신의 몸을 구석구석 쓰다듬었다. 굳은살이 박인 거친 손가락이 해인의 안을 깊숙이 파고들었다.

"흐읏……."

해인은 욕실에 울리는 신음에 깜짝 놀랐다. 자신도 모르게 흘러나온 소리에 제대로 당황한 것이다. 재빨리 양손에 물을 떠올려 얼굴을 씻어냈다. 아직은 따뜻한 욕조의 물이 열을 식혀주기는커녕 체온을 더 올리는 것 같았다.

똑똑-. 갑자기 들려온 노크 소리에 순간 심장이 내려앉았다. 설마 벌써 온 건가?

"누나, 여기 있어요?"

"어? 어…… 엇."

당황해서 혀까지 씹었다.

"씻는 거예요?"

저 녀석. 욕실에 있는 줄 알면 그냥 가면 될 텐데 왜 자꾸 묻는 걸까?

"어. 왜?"

딸깍-. 천천히 욕실 문이 열리며 우진이 안으로 들어섰다. 놀란 해인이 손으로 몸을 가리며 욕조를 가름막 삼아 몸을 내렸다.

"뭐야. 왜 들어오는 거야?"

우진은 욕실 문을 닫으며 셔츠를 머리 위로 벗어 올렸다. 이내 단단하게 근육이 잡힌 상체가 그대로 드러났다.

"서우진. 뭐 하는 거야? 빨리 나가."

우진은 해인에게 시선을 고정한 채 바지를 벗었다.

"누나랑 같이 씻으려구요."

"무슨……. 나가라니까."

우진은 이제 팬티마저 벗어 내리고 있었다. 완벽히 전라가 된 우진은 망설임 없이 욕조로 걸어와 해인 앞에 섰다.

군살 하나 없었다. 운동선수들은 쉬는 동안에 활동량이 떨어지면 급격하게 살이 오른다고 들었던 것 같은데 우진은 아니었다. 요즘에도 아침 일찍 일어나 가볍게 운동을 한다는 건 알고 있었지만 이렇게 완벽한 몸을 가질 수 있다는 것이 새삼 놀라웠다. 오른쪽 무릎에 난 수술 자국마저 섹시해 보였다.

완벽한 몸매에 당당하게 위용을 드러내고 있는 남성까지 눈앞에 떡 버티고 서 있으니 동상이 되어버린 것처럼 해인은 꼼짝도 할 수 없었다.

"나…… 나가."

우진이 고개를 한쪽으로 갸웃 기울였다. 양손을 허리에 올린 채 짓궂게 해인을 내려다보았다. 점점 붉게 달아오르고 있는 해인의 몸을 이곳저곳 훑어보면서 즐기고 있었다.

"앞으로 조금만 가봐요."

해인은 고개를 돌린 채 자신의 몸을 가리려 소용없는 몸짓을 하고 있었다. 이대로는 해인이 꿈쩍도 안 할 거란 것을 알았는지 우진이 갑자기 욕조 안으로 발을 들였다. 해인의 발치에 자리를 잡고 몸을 담갔다. 우진이 욕조 안으로 들어오자 해인은 재빨리 자신의 다리를 당겨 팔로 끌어안았다.

"서우진. 너 진짜……."

우진은 아랑곳없이 해인 쪽으로 발을 뻗었다. 긴 다리를 다 펴지 못하고 무릎을 세운 채였다. 우진의 발이 엉덩이 옆에 와 닿자 해인은 움찔 놀라 몸을 더 웅크렸다. 우진은 그런 해인을 재미있다는 듯 바라보더니 이내 그녀의 다리를 자신 쪽으로 끌어당겼다.

"아앗."

해인은 갑자기 다리가 끌어당겨지자 엉덩이가 미끄러지며 물속으로 상체가 잠길 뻔했다. 급하게 욕조 가장자리를 붙잡으며 몸을 바로 잡는데 발바닥에 단단한 감촉이 느껴졌다. 우진이 해인의 발목을 잡은 채 자신의 남성에 맞대고 있었다. 해인이 움찔 놀라 발을 당기려 하자 발목을 잡은 우진의 손에 더 힘이 들어갔다.

"갑자기 그렇게 움직이다 이 녀석이 부러지기라도 하면…… 어쩌려구요."

어쩌면 저렇게 음흉하게 웃을 수 있을까? 더 이상 어린 시절 훈훈하던 우진이 아니었다. 알고 있었지만 다시 한 번 새삼 느끼고 있었다.

"누난 발바닥도 섹시하네요."

해인의 발바닥이 우진의 남성을 부드럽게 쓰다듬었다. 그러다 발가락 끝으로 간질이듯 남성을 위아래로 쓰다듬었다. 하지만 이 모든 건 우진에 의해서였다. 해인의 발목을 잡은 채 해인의 발로 자신의 남성을 애무하고 있었다.

"그만해. 이상하잖아."

"이상하다뇨. 미친 듯이 흥분되는데요."

그 말을 증명이라도 하듯 처음보다 더 단단해진 남성이 해인의 발바닥을 찔러왔다. 해인이 마른침을 꿀꺽 삼키는 동안 우진은 해인의 한쪽 다리를 들어 올렸다. 물방울이 해인의 종아리와 우진의 팔뚝을 타고 흐르다 똑똑 떨어져 내렸다.

우진은 해인을 뚫어질 듯 바라보면서 자신이 잡고 있는 그녀의 발목에 입을 맞췄다.

"흐읏."

짜릿한 쾌감에 해인의 발끝이 오그라들었다. 그걸 놓치지 않고 본 우진은 발뒤꿈치에서 발가락까지 입술로 애무하며 입 맞추었다. 우진이 발가락을 삼키듯 입에 물고 빨아들일 때, 해인의 호흡은 더 이상 숨길 수 없을 만큼 거칠어지고 있었다. 우진의 입술이 발목을 거쳐 종아리로 올라올 때는 숨이 멎을 것만 같았다.

우진은 해인의 무릎을 세워 가지런히 가운데로 모았다. 우진이 몸을 해인 쪽으로 기울여 오자 욕조의 물이 해인에게로 파도처럼 밀려왔다. 우진이 몸을 기울여 해인의 무릎에 입 맞추었다. 해인의 발목이 단단한 우진의 허벅지 사이에 끼어 있었고 가녀린 그녀의 발목 사이로 우진의 단단한 남성이 제자리인 듯 끼어들었다.

해인의 종아리를 쓰다듬던 우진의 커다란 손이 허벅지를 쓰다듬어 내리더니 아래를 향했다. 이내 목적지가 분명한 듯 한곳을 향해 거침없이 돌진했다.

"아앗."

해인의 골짜기에 우진의 손가락이 한 번에 파고들어 왔다. 우진의 놀란 눈이 해인을 바라보았다.

"물속인데 이렇게까지 안이 젖어 있다니……. 너무 자극적이었나?"

해인은 대답할 엄두도 못낸 채 신음을 삼켰다. 자신의 안에 파고들어 온 우진의 손가락 감촉에 정신을 차릴 수가 없었다.

우진이 욕실로 쳐들어오기 바로 직전, 바로 이 거친 손가락의 감촉을 떠올리며 흥분했었다. 그런데 그 실물이 지금 자신의 안에 들어와 부드러운 질 벽을 쓰다듬고 있었다. 거친 것과 부드러움의 만남은 상상 이상으로 자극적이었다.

"왜 이렇게 많이 젖었을까? 혹시…… 전부터 내 생각하고 있었어요?"

"흐읏."

욕조 가장자리를 틀어쥔 해인의 손등에 푸른 핏줄이 성내며 튀어 올라왔다. 볼록한 뼈마디와 손톱은 하얗게 질려가고 있었다.

"맞구나? 내 생각하고 있었던 거네요."

우진의 손가락이 해인의 안을 천천히 이곳저곳 탐험했다.

"다리를 오므리고 있어서 그런가? ……안이 더 좁아진 것 같아요. 누나, 지금 느낌 어때요?"

해인이 고개를 가로저었다. 아무 말도 할 수 없었다. 오로지 욕조에 머리를 기댄 채 두 눈을 질끈 감을 뿐이었다. 온몸을 뚫는 강한 쾌감에 몸이 부들부들 떨리는데 다리가 그의 허벅지와 팔 사이에 갇혀 있으니 가슴과 어깨가 더 들썩거렸다.

시간이 지날수록 해인의 허리가 비틀리고 엉덩이가 심하게 들썩거렸다. 우진은 해인의 다리 사이를 벌리고는 자신의 허벅지 위로 안아 올렸다. 욕조를 잡고 있던 해인의 팔을 자신의 목에 두르게 하자 얌전히 그에게 따랐다. 해인은 지금 다른 생각을 할 수가 없었다. 자세를 바꾸느라 자신의 안에서 빠져나간 우진의 손가락 감촉에 굶주려 할 뿐이었다.

"넣어줘."

"벌써요?"

"아니 아니. 손…… 네 손가락 넣어줘."

"하아."

우진이 해인의 입술을 거칠게 빨아들였다. 입술 사이로 혀를 밀어 넣으며 뜨거운 숨을 함께 불어넣었다.

"이 여자 정말 야하네."

우진은 해인의 입술을 탐하며 그녀의 허리를 한 팔로 끌어안았다. 이내 해인의 골짜기 안으로 손가락을 밀어 넣었다.

"흐읍."

우진의 입술이 해인에게서 떨어지며 그녀의 목덜미를 입술과 혀로 빨아들였다.

"어떻게 해줄까요? 쓰다듬어 줄까요? 아니면 깊이 넣어줄까요?"

목덜미에 우진의 키스를 받으며 한껏 목이 꺾인 해인이 고양이처럼 갸르릉거렸다.

"다……. 다. 네가 원하는 대로 아무렇게나 다 해줘."

"읏. 누나."

부드럽던 우진의 손길이 이성을 잃은 것처럼 거칠어졌다. 해인의 안을 거침없이 헤집고 쓰다듬다가 깊이 찌르며 들어왔다. 안쪽 끝까지 닿을 기세로 파고들어 왔다.

"하읏. 우진아. 우진아."

해인의 손가락이 우진의 머리카락 사이를 거칠게 비집고 들어갔다. 해인의 몸이 활처럼 뒤로 휘어지자 우진의 입술이 기다렸다는 듯 그녀의 가슴을 한 입에 머금었다. 유두를 입술로 빨아대다가 혀로 이리저리 굴리자 해인이 우진의 머리를 자신의 가슴에 짓누르듯 끌어당겼다.

우진의 손가락이 다시 밖으로 나오더니 이내 하나를 더해 해인의 안으로 들어왔다.

"아흑. 아아…… 아아앗."

"크흑. 누나."

우진이 해인의 유두를 이로 물어 잘근 씹더니 튕겨냈다.

"아악."

통증과 쾌감이 동시에 몰려왔다. 위아래에서 휘몰아지는 감각에 정신이 혼미할 지경이었다. 물결이 거칠게 두 사람의 몸을 휘감아 돌았다. 해인의 허리를 끌어안고 있던 우진의 팔이 아래로 내려가더니 이내 그녀의 엉덩이를 움켜쥐었다.

"내 손가락이…… 그렇게 좋아요?"

해인의 아래를 깊이 찌르며 우진이 물었다.

"어어. 좋아."

해인은 우진의 얼굴을 끌어올려 입 맞추고는 그의 아랫입술을 깨물었다.

"그럼 이 녀석은 안 넣어야겠네?"

우진은 남성을 해인의 배에 찔러대며 대답을 재촉했다.

"아니야, 아니야. 둘 다 좋아. ……넣어줘."

해인은 우진의 얼굴을 양손으로 부여잡고는 깊은 입맞춤을 이어갔다.

"그 말 안 했으면 섭섭할 뻔했어요."

우진은 기다렸다는 듯 손가락을 빼내고 그 자리에 자신의 남성을 밀어 넣었다.

"아흣. 아아…… 깊어. 너무……."

해인의 몸이 한껏 뒤로 휘어졌다. 우진에게 잡힌 해인의 엉덩이가 앞뒤로 위아래로 빠르게 움직였다. 한손은 우진의 어깨를, 한손은 욕조 가장자리를 부여잡은 채 그의 남성을 강하게 품었다 내보내기를 반복했다.

"크흑. 누나. 누나아."

폭풍 속에 거친 파도가 치는 것처럼 욕조의 물이 거칠게 출렁거렸다. 그 파고가 높아 욕조 밖으로 흘러넘치는 물의 양이 상당했다. 두 사람이 참지 못하고 뱉어내는 신음과 출렁거리는 물결 소리가 욕실 안을 가득 울렸다.

얼마나 잠들어 있었을까? 눈을 떠보니 창밖은 이미 해가 저물어가고 있었다.

해인이 몸을 일으키려다 멈칫거렸다. 온몸이 뻐근했다. 평소 운동과는 거리가 먼 해인에게 우진과 나누는 섹스는 너무 격렬했다.

해인은 옆으로 시선을 옮겼다. 우진은 해인에게 팔베개를 해준 채 곤히 잠들어 있었다. 한 팔과 다리는 해인의 몸 위에 포박하듯 올려져 있었다.

"이 여자 정말 야하네."

욕실에서 우진이 했던 말이 떠올랐다. 해인도 자기 입에서 그런 말과 행동이 나올 줄 몰랐었다. 섹스는 원초적 본능적이라더니 그래서 자신이 이렇게 된 걸까 곱씹어보았다. 하지만 도연과 섹스를 할 때는 이 정도로 이성을 잃진 않았었다.

도연과의 섹스는 부드러웠고 따뜻했고 기뻤었다. 섹스라는 말보다 사랑이라는 말이 먼저 떠오른다고 해야 할까. 도연을 너무 사랑했기에 그에게 안겨 있는 그 시간들이 너무나 달콤했었다.

그런데 우진에게는 자신을 컨트롤 할 수 없을 정도로 모든 걸 내려놓고 달려들었다. 우진을 다시 만난 순간부터 자신의 깊은 곳에 있는 본능이 아우성치고 있었다. 우진을 거부해야 한다고 머리로는 알고 있는데 몸은 이성을 밀어내 버렸다.

해인이 손을 뻗어 우진의 볼을 조심스럽게 쓰다듬었다. 턱선을 따라 까칠한 수염이 만져졌다.

'정말 어른 남자구나.'

해인은 잠들어 있는 우진을 한동안 넋 놓고 바라보다가 문득 정신을 차렸다. 곧 있으면 수인이 돌아올 시간이었다. 이런 모습을 보인다는 건 말도 안 되는 일이었다. 조용히 몸을 일으켜 침대를 내려서는데 발바닥에 물컹한 것이 밟혔다. 사용한 콘돔들이 여기저기 바닥에 떨어져 있었다.

욕실에서 나누던 격렬한 섹스는 우진이 사정하기 직전 멈췄다. 곧바로 우진이 해인을 안아들고 그의 방으로 왔고 그제야 콘돔을 끼우고 다시 해인의 안으로 들어왔었다. 우진은 해인을 놓아주려 하지 않았고 절정에 올라 녹초가 되어 있다가도 다시 해인의 안으로 파고들었다. 그 흔적들이 지금 바닥에 널브러져 있었다. 해인은 근처에 있던 티슈를 몇 장 뽑아 콘돔들을 감싸 주워들었다.

"그런 건 놔둬요. 내가 치울 거니까."

언제 일어났는지 우진이 해인의 손에서 콘돔 뭉치를 가져가선 책상 옆 휴지통에 버리고 왔다. 알몸으로 당당하게 다니는 우진을 보고 있자니 해인은 자신의 알몸이 더 창피하게 여겨졌다. 아무리 몇 번씩이나 섹스를 했다지만 그에게 알몸을 보이는 건 여전히 부끄러웠다.

침대 시트를 끌어당겨 몸에 두르는데 어느새 다가온 우진이 해인의 몸을 양팔로 안아들고는 침대로 던지듯 눕혔다. 해인의 위에 올라타서는 시트를 벗겨내려 했다.

"안 돼. 수인이 올 때 됐어."

"조금만. 조금만요."

우진의 손이 간단히 시트를 걷어내고는 그곳에 숨겨져 있던 해인의 가슴에 얼굴을 묻었다. 가슴을 그러모아 애무하며 유두를 입안 가득 물고 빨아들였다. 해인은 몰려드는 전율을 애써 외면하며 우진을 밀어냈다.

"수인이 올 때 됐다니까? 이러다 들키면……."

"난 상관없는데."

"난 있어."

시트로 가슴을 여미며 일어나 앉는 해인을 우진이 뒤에서 끌어안았다.

"알겠어요. 그럼, 오늘밤은 3층으로 가요. 날씨도 좋으니까 별도 잘 보일 것 같은데."

이젠 하다하다 별로 자기를 낚으려고 하다니. 우진의 속에 든 게 늑대인지 여우인지 짐작이 안 되었다.

"오늘은 안 돼. 나 힘들어."

바닥으로 내려서려는 해인을 우진이 다시 끌어당겨 안았다.

"그럼 잠만 자요. 그 이상은 안 할게."

"그냥 따로 자."

"싫어요."

"이러다 진짜 수인이 오겠어. 좀 놔."

"내가 약속 어긴 적 있어요? 같이 잠만 잘 거예요. 그 이상은 안 한다니까요?"

우진이 이런 식으로 고집을 부릴 때면 해인은 어찌할 바를 몰랐다. 막무가내식 고집불통을 보고 있자면 갑자기 그가 어린아이처럼 보였다. 그 모습이 금방 사라지고 늑대 같은 남자로 돌아오는 것도 순식간이라 종잡을 수가 없었다. 이 상태라면 정말 수인이 이 방으로 들어선다 해도 우진이 놔주지 않을 것 같았다.

"알겠어."

"진짜죠?"

"응. 그러니까 이제 좀 놓으라구."

우진이 팔을 풀자 벌떡 일어선 해인은 그의 어깨를 힘껏 밀어냈다. 뒤로 넘어가는 시늉을 하던 우진은 자신의 아랫입술을 엄지손가락으로 쓰다듬으며 웃었다. 그런 우진을 한번 째려보고는 시트를 질질 끌며 방을 나서는데 해인의 몸이 홱 돌려세워졌다.

우진의 입술이 해인의 입술을 거칠게 빨아들였다. 쪽쪽 소리가 나도록 해인의 입술을 탐하더니 못내 아쉬운 듯 천천히 멀어졌다.

"이따 봐요, 누나."

잠깐 사이에 해인은 또 다시 우진의 입술에 홀려 있었다.

"너, 그거 벌써 쓴 거 아니지?"

수인의 말에 우진은 마시던 맥주를 뿜어냈다.

"에잇, 뭐야. 다 튀었잖아."

수인이 자신의 팔을 손끝으로 툭툭 털어내며 벌떡 일어섰다.

"너 때문이잖아. 갑자기 무슨……."

우진이 입가를 손등으로 쓰윽 닦아내고는 마당에 있는 수돗가로 걸어갔다. 저녁을 먹은 후 수인과 앞마당에 나와 맥주를 마시던 중이었다. 수도를 틀어 얼굴과 손을 씻으면서 우진은 바쁘게 머리를 굴렸다. 저 자식, 갑자기 그걸 왜 묻지?

"야, 비켜봐."

등 뒤로 들려온 수인의 목소리에 화들짝 놀라 일어섰다. 그 바람에 손에 들고 있던 호스가 수인을 향했다.

"야앗. 너 왜 그래?"

수인이 펄쩍 뛰며 한 발짝 뒤로 물러섰다. 그나마 수인이 반바지를 입고 있던 터라 옷은 젖지 않고 종아리 아래쪽만 흠뻑 적셔버렸다. 멍하니 서 있는 우진을 수인이 이상하다는 듯 바라보더니 돌연 눈빛이 차갑게 변했다.
"손부터 씻어."
우진은 수인의 팔을 잡아당겨 호스를 대주었다. 수인이 미적거리며 팔을 씻어내자 우진은 수도를 잠그고 두 사람이 앉아 있던 테이블로 먼저 성큼성큼 걸어갔다. 우진은 맞은편 의자에 수인이 앉자 심호흡을 크게 했다.
"썼어."
"뭐?"
"그게, 뭐. 왜? 쓰라고 네가 먼저 가져다준 거잖아."
"야아. 그렇다고 그걸 벌써 쓰냐? 이거 진짜 미친놈일세."
"그게 왜 미친 거냐? 그럼 쓰지 말고 할까?"
"너 이 자식, 죽을래?"
수인은 당장에라도 주먹을 날릴 태세였다. 우진은 해인과의 사이를 들켜도 상관없었다. 아니 먼저 말하려고 했었다. 하지만 수인이 예상보다 일찍 물어오자 당황하지 않을 수가 없었다.
한편으론 수인이 자기를 놀리는 게 아닌가 하는 마음도 들었다. 그도 그럴 것이 수인이 자신에게 선물이라며 주고서는 그걸 썼다고 하니 저런 반응을 하는 건 앞뒤가 안 맞는 행동 아닌가?
"언제야?"
"뭐가?"
수인이 퉁명스럽게 묻자 우진도 퉁명스럽게 되물었다. 마당에 조명이 환하게 켜져 있었지만 수인의 이글거리는 눈빛이 더 밝아 보이는 것 같았다. 수인의 성격을 워낙 잘 아는 우진이기에 지금 이 순간을 잘 넘겨야 앞으로가 평탄할 것을 예감하고 있었다. 적어도 수인이 파놓은 함정에 자신이 빠진 게 아니라면 말이다. 함정치고는 너무 달콤해서 탈이었지만.

"언제 처음 썼냐고."

"야, 네가 줬다고 물어보는 거면 그거 안 쓰고 말겠다."

"이 자식……."

"술이나 마셔."

"……그럼 하나만 더 묻자. 그거 쓸 때가 처음이었어?"

"아무리 너라도 뭐 그런 걸 물어보냐? 프라이버시라는 게 있지."

"으아아악."

수인이 머리를 쥐어뜯으며 테이블에 이마를 쿵쿵 찍어댔다. 그 모습을 싱긋 웃으며 보던 우진은 안심하는 자신을 발견했다. 해인에게 수인이 알아도 상관없다며 그렇게 큰소리 떵떵 쳐 놓고 막상 닥치자 순간 기가 죽을 뻔한 자신이 어이가 없었다. 하긴, 수인이 이 자식이 워낙 극성이어야 말이지.

"내가 호랑이 새끼를 들였어. 호랑이 새끼르으으으을……."

"쯧쯧쯧. 불쌍한 녀석. 어쩌겠냐. 이미 늦어버린걸."

우진은 손을 뻗어 테이블에 쿵쿵거리고 있는 수인의 머리를 쓰다듬어 주었다. 그 손길에 수인이 고개를 홱 치켜들며 우진을 노려보았다.

"너어……. 아우 증말."

"미안. 하지만 난 진심이야. 너도 그걸 아니까 준 거 아니었어?"

우진은 웃음기를 거두고 수인을 똑바로 바라보았다. 짜증 가득하던 수인의 표정이 조금씩 누그러졌다.

"아니까 너도 그걸 준 거잖아. 친히 선물이라며."

"그런 거 몰라."

우진은 피식 웃음을 터뜨렸다. 그날을 생각하면 황당함과 동시에 웃음이 터져 나왔다.

"아무리 오누이 사이가 각별해도 그렇지. 제 누나한테 미쳐 있는 남자한테 콘돔을 선물해 주는 녀석이 세상 어디 있냐?"

그랬다. 강가에서 해인을 안았던 그날 오후, 해인이 김 비서와 얘기를 나누느라 자리를 비운 사이 수인은 우진에게 둘이서 어딜 다녀오는 거냐고 물었다. 왜 이렇게 오래 걸렸냐고도 했었다. 자전거 타는 법을 알려주러 강가까지 다녀왔다는 답을 하는 우진을 보면서도 영 마땅찮은 얼굴을 하고 있었던 그는 뭔가 하나라도 걸려보라는 표정으로 우진을 노려보았었다.

계속되는 물음에도 우진이 능청스럽기만 하자 포기한 듯 방에 선물을 가져다놨다고 했었다. 그 자리를 벗어날 수 있다는 생각에 안도의 한숨을 쉬며 자신의 방에 들어선 우진은 침대 위에 놓여 있는 작은 박스를 발견했다. 각 티슈 크기만 한 박스를 열어본 순간 우진은 자신의 눈을 의심했다. 그 안에 콘돔이 가득 들어 있었기 때문이었다.

그날을 생각하느라 피식거리며 웃기만 하는 우진을 수인은 계속 노려보는 중이었다.

"그만 노려봐. 몸에 뻥뻥 구멍 나 죽겠네."

"이 정도로 죽을 것 같음 넌 진작 저세상으로 갔어. 하아……."

수인이 한숨을 쉬며 한손으로 마른세수를 했다.

"고맙다, 친구야."

"에잇. 술이나 마셔."

한동안 말없이 술잔을 기울이던 우진의 시선이 집 안으로 향했다. 거실 소파에 앉아 TV를 보던 해인이 누군가로부터 걸려온 전화를 받고 있었다. 이 시간에 누굴까 궁금하기도 했고 해인을 보자 같이 있고 싶단 마음에 조바심이 일었다.

우진의 시선을 좇던 수인의 표정이 잔뜩 일그러졌다. 한숨을 쉬며 고개를 절레절레 저었다. 한동안 통화를 하던 해인이 소파에서 일어서는 걸 본 우진은 자신도 모르게 따라 일어섰다. 그녀에게 가고 싶다는 마음에 본능적으로 일어선 것이었다.

"가라, 가. 안 잡을 테니."

수인이 귀찮다는 듯 손을 휘휘 저어 보였다.

"잘 자라."

스치듯 인사말을 던지며 급하게 현관으로 걸어가는 우진을 향해 수인의 마지막 말이 들려왔다.

"내일 읍내 5일장이야."

"응?"

"누나 시장에서 파는 도토리묵 좋아해."

"……아! 땡큐."

수인의 말뜻을 이해한 우진은 그제야 서둘러 현관으로 달려갔다. 수인은 그런 우진의 뒷모습을 보면서 벌컥거리며 술을 마셨다. 문득 밤하늘을 올려다보았다.

"별이 참…… 많네. 누나가 좋아하겠다."

수인의 복잡한 마음은 알지 못한 채 우진은 서둘러 집 안으로 들어섰다. 해인은 이미 2층으로 올라갔는지 모습이 보이질 않았다. 서둘러 계단을 올라가는데 다시 연락하겠다는 해인의 말소리가 들려왔다. 우진은 방으로 들어가려는 해인을 발견했다.

"누나, 거기 아니에요."

우진은 해인이 돌아볼 틈도 없이 양팔로 안아들었다.

"뭐 하는 거야?"
우진은 해인의 입술에 쪽 소리가 나도록 입을 맞췄다. 어안이 벙벙한 해인을 안아들고 곧장 3층 다락방으로 올라갔다.
"서우진."
"오늘 우리 잠자리는 여기잖아요."
우진은 바보처럼 싱글거리며 다락방 매트리스에 해인을 눕혔다. 어둠 속에서도 바로 위치를 알 수 있을 만큼 이제는 이곳이 익숙했다. 급하게 옷을 벗겨내는데 해인이 버둥거리며 우진을 밀쳐 냈다.
"뭐야, 너. 오늘 안 하기로 했잖아."
"맞아. 안 할 거예요."
해인이 믿을 수 없다는 표정으로 우진을 노려보았다. 어둠 속에서도 해인의 눈빛이 반짝거렸다.
'어쩌면 노려보는 표정도 이리 똑같은지. 남매 아니랄까 봐.'
우진은 오늘밤, 해인도 수인도 너무 사랑스럽게 보였다. 서로 닮은 얼굴의 두 사람이 자신을 똑같이 노려보는데 왜 그 모습에 이렇게 심장이 쿵쾅거릴까. 해인의 마음을 100퍼센트 얻진 못했지만 그녀와 닮은 동생 수인의 마음은 얻었으니 천군만마를 얻은 것이나 다름없었다. 수인처럼 완벽한 아군이 또 있을까?
"그런데 옷은 왜 벗기려는 거야?"
"만지고 싶으니까요."
"뭐?"
"자면서 누나의 맨살을 만지고 싶으니까. 그 이상은 안 할게요. 약속."
해인은 얼굴 앞에 새끼손가락을 내밀며 흔드는 우진을 어이없어 하며 바라보았다. 주먹 쥔 손은 해인의 얼굴만 한데 표정은 순진한 다섯 살 꼬맹이 같았다.

"응? 약속한다니까요? 손가락 걸어요."

"약속 안 지키면? 그땐 뭘 걸 건데?"

"생각 안 해봤는데요. 나 원래 신뢰성 갑인 인물이라……."

"한 달 동안 나한테 손끝 하나 대지 않기."

우진의 표정이 잔뜩 일그러졌다. 미간에 주름이 가득 잡힐 정도였다.

"무슨 그런 말도 안 되는."

"왜, 신뢰성 갑인 분께서. 자신 없나 봐?"

"쳇. 일주일."

"뭐어?"

"일주일로 해요. 나한텐 하루도 힘든데 일주일이면 피 말라 죽을걸요. 누나도 일주일이나 날 못 만지면 힘들 텐데."

"진짜 어디서 그런 근자감이 나오는 거니?"

"누나한테서요."

더 이상 말이 필요 없었다. 우진은 서둘러 해인의 옷을 벗겨냈다. 작은 천 조각 하나도 싫다는 듯 온전히 벗겨내고선 부드럽게 해인을 눕혔다. 우진은 해인의 옷을 급하게 벗겨낼 때와는 반대로 자신의 옷은 천천히 벗었다. 누워 있는 해인의 허리쯤에 서서 내려다보며 아주 천천히 옷을 벗었다.

해인이 결국 시선을 피하자 싱긋 웃고는 나머지 옷을 벗어던졌다. 해인에게 팔베개를 하며 옆에 나란히 누워선 그녀를 품 안으로 끌어당겼다. 맨살에 닿는 해인의 피부 감촉이 너무나 짜릿했다. 해인의 몸이 긴장으로 굳어 있는 게 느껴졌지만 내색하지 않았다. 해인의 부드러운 등을 손바닥으로 쓸어내리자 그녀는 움찔하며 그의 가슴으로 파고들었다. 해인의 유두가 딱딱하게 발딱 서는 게 그대로 느껴졌다.

이렇게 예민하게 반응할 거면서 하지 말라고 큰소리치다니. 옷을 벗겨내지 못하게 했던 게 해인 자신이 더 참지 못할 것 같아서였던 게 아닐까 싶어 우진은 흐뭇해졌다.

해인의 엉덩이를 부드럽게 움켜쥐어 자신의 몸 쪽으로 더 끌어당겼다. 그녀의 부드러운 수풀이 자신의 아랫배에 닿자 아래에 피가 몰려들었다. 해인이 허벅지에 우진의 단단한 남성을 느꼈는지 감았던 눈을 번쩍 뜨며 노려보았다.

"너, 진짜."

"이건 어쩔 수 없잖아요. 본능적인 건데. 그래도 약속은 지킬 거니까 걱정 마요. 누나나 먼저 덮치지 말구."

우진은 해인의 팔을 자신에게 두르게 하고는 힘주어 끌어안았다. 당장에라도 해인의 안으로 들어가고 싶었지만 참아야 했다. 약속을 깬다면 해인은 정말 자신의 근처에도 못 오게 할지도 모를 일이었다. 우진은 시간을 되돌리고 싶었다. 해인에게 호기롭게 잠만 자겠다며 약속했던 지난 오후로.

"긴긴 밤이 되겠네요."

"입 다물어."

한숨처럼 내뱉는 우진의 말을 해인이 단칼에 일갈했다.

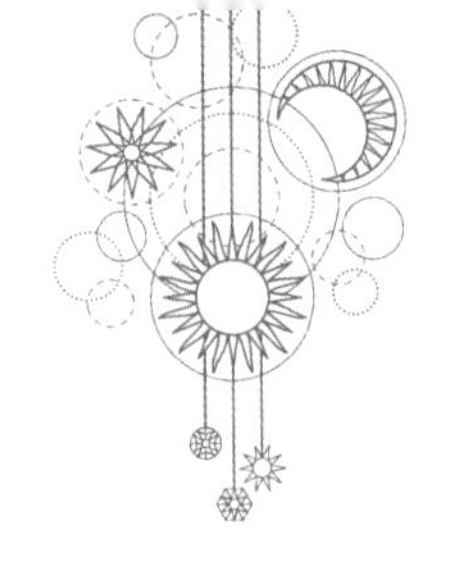

07. 흔들리는 눈빛

우진은 오전 일찍 병원에 가서 재활치료를 받았다. 햄스트링과 종아리와 대퇴사두근 강화훈련을 매일 반복적으로 진행했다.

우진은 재활치료실에 설치된 의자에 앉아 오른쪽 발목에 스포츠 밴드를 건 채 천천히 앞으로 발을 뻗었다. 무릎이 뻐근하고 제대로 힘이 들어가진 않았지만 그래도 처음 재활치료를 받을 때에 비하면 상당히 수월해진 상태였다. 치료실에 에어컨이 가동되고 있었지만 온몸이 땀으로 흠뻑 젖었다.

"무릎이 좀 부어 있어요. 다리 무리하는 거 아니에요?"

재활치료사가 우진의 운동량을 체크하는 모니터를 들여다보며 걱정스러운 목소리로 물었다.

"바닥에 오래 무릎 꿇고 앉는다거나 하는 건 피하는 게 좋아요. 조깅할 때도 무릎에 무리가 간다 싶으면 바로 멈추시구요."

"네. 조심할게요."

"그래도 컨디션은 좋아 보이네요."

우진은 몇 주간 해인을 안느라 다리에 무리가 갔다고는 말할 수 없었다. 해인을 안으면서도 순간순간 무릎에 통증을 느낄 때도 있었지만 그 시간을 포기할 수는 없었기 때문이었다. 자신의 다리보다 해인을 갖는 게 더 중요하게 여겨졌다. 다리에 무리가 가는 만큼 치료를 더 열심히 받으면 된다며 스스로를 위안했었다.

재활치료 후 간단하게 샤워를 하고 별장으로 향했다. 수인이 알려준 대로 읍내는 5일장이 서서 분주한 모습이었다. 우진은 빨리 가서 해인을 데리고 나올 생각에 신이 났다.

오전에 나올 때 해인은 정신없이 잠들어 있었다. 두 사람 모두 예민해진 상태로 거의 뜬 눈으로 밤을 새웠다. 서로의 맨살이 닿은 상태에서 아무 것도 하지 않고 누워 있기만 한다는 것은 말 그대로 고문이었다. 결국 하늘이 푸른빛을 띠며 조금씩 밝아오기 시작할 때쯤 우진이 먼저 해인을 덮쳤다.

겨우 선잠이 들었던 해인은 약속을 어기는 거냐며 짜증을 냈다. 그런 해인에게 우진은 이미 날이 밝고 있으니 밤새 아무 것도 하지 않겠다는 약속은 지킨 거라며 속삭거렸다. 결국 해인이 녹다운이 될 때까지 마음껏 그녀의 안으로 파고들은 후에야 잠깐 잠에 들 수 있었다.

병원에서 치료를 받는 동안에도 우진이 어찌나 싱글벙글거렸는지 재활의학과 김 과장과 치료사가 무슨 좋은 일이 있느냐며 연신 물어왔었다. 대답은 하지 않으면서도 컨디션은 최상인 우진을 김 과장은 만족스럽게 바라보았다. 단지 병원을 나서는 우진을 따라 나오던 수인만 그를 죽일 듯 노려볼 뿐이었다.

"나온 김에 같이 점심 먹고 갈래? 도토리묵도 사가고."

우진이 한시라도 빨리 해인에게로 가고 싶어 하는 걸 알면서 발목을 잡으려는 심산인 게 눈에 뻔히 보였다.

"아니. 집에 가서 해인 누나 데리고 다시 나올 거야."

"뭐? 왜?"

"그런 게 있어. 저녁에 보자."

쿨하게 손을 흔들며 주차장을 빠져나오는데 뒤통수가 따끔거렸다. 수인의 레이저를 쏘는 듯한 눈빛이 차를 뚫고 자신에게 와 꽂히는 기분이었다. 여기서는 데이트할 곳이 마땅치 않으니 해인을 데리고 시장 데이트라도 하고 싶었다. 이 좋은 기회를 수인에게 빼앗길 수는 없었다.

별장에 도착해 보니 관리인 부부가 와 있었다. 잔디를 정리하고 있던 아저씨에게 인사를 하고 안으로 들어서니 빨래바구니를 들고 세탁실에서 나오던 아주머니와 마주쳤다. 아주머니는 고개를 숙여 인사하는 우진을 묘한 시선으로 바라보며 어정쩡하게 웃어 보였다.

"해인 누나는요?"

"2층 서재에 있어요. 지금 바로 식사하실 건가요?"

계단에 막 발을 내딛는 우진에게 물어왔다.

"아니요. 누나랑 나가서 먹을 거예요. 가실 때 문단속만 잘 부탁드려요."

또 다시 묘한 표정이 우진에게 되돌아 왔다. 2층으로 올라가면서도 석연찮은 기분이 들었지만 그냥 떨쳐 버렸다.

해인은 수인의 방 맞은편에 있는 서재에 있었다. 오래는 아니었지만 가끔씩 서재에서 컴퓨터로 작업 중인 해인을 볼 수 있었다. 오늘 해인은 검정색 뿔테 안경을 쓴 채 헐렁한 흰색 셔츠에 아무렇게나 틀어 올린 머리스타일을 하고 있었다. 우진은 그 모습에 바짝 침이 말라왔다.

"뭐 해요?"

"빨리 왔네. 사무실에서 연락 와서 자료 좀 보고 있었어."

모니터에서 시선을 떼지 않는 해인에게로 다가가 입술에 쪽 소리가 나도록 입 맞췄다. 해인이 빠른 시선으로 열린 문 쪽을 바라보고는 우진을 올려다보았다.

"조심 좀 하지? 오늘은 다른 사람들도 있는데……."

"몇 번 말해요. 난 상관없다니까."

"몇 번 말하니. 난 상관있다고."

해인은 또다시 입술부터 밀고 들어오는 우진의 얼굴을 한 손으로 막은 채 밀어냈다.

"나 하던 일 있으니까 나가 있어."

"일? 사건 맡게 된 거예요?"

우진이 모니터로 고개를 돌리자 해인이 재빨리 화면 전원 버튼을 눌러 꺼버렸다.

"뭐야. 왜 꺼요. 보여줄 수 없는 내용인 거예요?"

"아니야. 로펌 선배한테 연락 와서 그냥 단순 서포트. 과거 판결문이나 관련 법령 뒤지던 중이야."

개운치 않은 느낌이 들었지만 더 이상 묻지 않았다. 해인이 하는 일 자체가 의뢰인의 정보나 사건 내용을 외부에 발설하면 안 되는 것들이란 걸 알기 때문이었다. 단지…….

"로펌 복귀하는 거예요?"

"……아직 몰라."

우진은 해인이 한 템포 쉬어 대답하는 게 마음에 들지 않았다. 다시 만난 지 얼마 되지도 않았는데 이러다 해인이 서울로 다시 간다고 할까 봐 덜컥 겁이 났다.

"오늘은 아주머니 오셨으니 맛있는 거 해달라고 하자."

분위기를 바꾸려는 듯 해인이 웃으며 우진을 올려다보았다. 자신에게는 항상 째려보거나 인상 쓰는 게 일상이었는데 웬일로 먼저 웃어 보이나 싶어 넋을 잃고 내려다보았다.

"하아. 이런 거 반칙이에요."

새가 물고기를 낚아채듯 우진의 입술이 해인의 입술을 낚아챘다. 빈틈없이 정확하게 해인의 입안으로 혀부터 밀어 넣었다. 우진의 커다란 양손에 해인의 작은 얼굴이 힘없이 잡혔다. 우진의 혀는 거칠었고 입술은 탐욕스러웠다.

해인은 우진의 손목을 잡고 떼어내려 했다. 이미 그의 힘을 알아 부질없다는 걸 알면서도 최대한 벗어나려 노력했다. 버둥거리던 해인의 다리가 우진의 왼쪽 정강이를 걷어차자 움찔 놀라면서도 떨어지지 않았다. 오히려 더 거칠게 해인의 입술을 탐했다. 우진의 몰아붙임에 해인이 앉은 의자가 뒤로 밀려나며 책장에 쿵 소리가 나도록 세게 부딪쳤다.

해인은 내내 문 쪽으로 시선을 두고 있었다. 문이 활짝 열려 있으니 관리인 부부가 그 앞을 지나가다 볼지도 모른다는 불안함 때문이었다. 하지만 계속 그곳에 시선을 두기에는 우진의 키스가 너무 진지했고 강렬했다.

어느 순간 해인의 두 눈이 감기며 우진의 목에 팔을 둘렀다. 이번에는 반대로 해인이 우진의 입술로 파고들었다.

우진은 해인의 허리와 허벅지를 끌어당겨 안으며 바닥으로 내려앉았다. 양반다리를 한 우진의 허리에 해인의 다리가 둘러지고 그의 목을 끌어안으며 서로의 입술을 빨아들였다. 커다란 마호가니 책상이 두 사람의 모습을 완벽히 가려주었다.

"저분들…… 언제 가신대요?"

"하아하아…… 몰라."

우진의 입술이 해인의 목덜미를 따라 연신 키스를 퍼부었다. 틀어 올린 머리카락 사이로 빠져나온 잔 머리카락이 우진의 입안으로 들어오며 간질였다.

"시간도 없는데…… 하아. 나가지 말까?"

우진의 손이 셔츠 속으로 들어와 해인의 옆구리와 등을 동시에 쓰다듬어 올렸다.

"하읏……. 시간?"

이내 브래지어 후크를 풀어내곤 해인의 가슴을 움켜쥐었다.

"어딜?"

우진의 손길에 온전히 자신을 맡기고 있던 해인이 재차 물어왔다.

"누나랑…… 시장 가려고 했죠."

시장이란 말에 해인이 우진의 어깨를 밀어내며 몸을 떼었다.

"혹시 5일장? 갈래갈래. 빨리 가자."

"누나."

"빨리 안 가면 다 팔린단 말이야. 나 옷 갈아입고 올게. 조금만 기다려."

순식간에 바뀌어 버린 분위기는 둘째 치고 우진이 말릴 사이도 없이 해인은 서재를 빠져 나가 버렸다. 우진은 버려진 강아지처럼 넋 놓고 앉아 있는 것 말고는 할 수 있는 게 없었다.

"저 여자가 정말……."

우진과 해인은 병원 주차장에 차를 세워두고 읍내로 걸어갔다. 평소에는 한산한 편인 거리가 5일장 때문인지 차도 많고 사람도 많아 분주했다. 뭔가 시끌벅적한 분위기가 생동감이 흘러넘쳤다.

우진은 옆에서 생글거리며 걷고 있는 해인을 내려다보았다. 5일장에 자신이 밀렸다는 사실에 기가 막힐 노릇이었다.

"누난 나보다 시장이 더 좋아요?"

"미안해. 수인이 쉬는 날만 가다 보니 몇 번 못 가봤단 말이야. 그리고 할머니 도토리묵은 인기가 많아서 완전 빨리 동나기도 하고."

우진은 연신 툴툴거리고 있는데 해인은 입맛까지 다셔가며 신나 있었다. 엄마 따라 마트 가는 어린아이처럼 너무 좋아하니 섭섭한 마음에 계속 삐쳐 있기가 미안할 지경이었다.

"그 할머니네 건 뭐가 달라요?"

"으응. 묵 만들 때 도토리 엄청 많이 넣나 봐. 묵이 탱탱한 것보다 쫄깃거려. 너도 먹어보면 반할걸."

"칫. 맛만 없어봐요. 나보다 여기 오는 걸 우선시한 걸 후회하게 해주겠어요."

"아유우. 그렇게나 섭섭하셨어요?"

해인이 아이 달래듯 우진의 엉덩이를 토닥거렸다. 우진의 눈빛이 변하는 건 순식간이었다.

"누나, 지금 완전 위험한 행동한 거 알아요?"

"쯧. 넌 머릿속에 든 게 그것뿐이야?"

해인이 우진에게서 몇 발 옆으로 멀어졌다. 둘 사이로 시장에 온 사람들이 오고갔다. 사람들 사이로 우진을 바라보는 해인은 한쪽 입꼬리를 올린 채 어이없다는 표정이었다. 우진은 해인 특유의 나이키 입매를 보자 아랫배가 간질거렸다. 슬금슬금 해인에게로 다가가자 이번엔 앞쪽으로 몇 발 앞서갔다.

'도망가겠다 이거지?'

사람이 많아도 상관없었다. 한두 걸음 만에 해인을 따라잡아 손을 잡고 깍지 끼었더니 주위를 두리번거리기 바빴다.

"뭐야. 놔."

"사람들 많아졌잖아요. 누나 놓치면 어떡해요. 조그마해 가지고 사람들 속에 섞이면 보이지도 않겠네."

"왜 이래? 내 키가 167이야. 절대 작은 키 아니거든?"

"아, 예."

"놔아. 누가 알아보기라도 하면……."

"이런 시골에서 누가 알아본다고."

해인이 퉁퉁거리며 손을 잡아 빼려 했다.

"시골이라고 무시해? 여기도 사람 사는 동네고 TV도 다 나와. 너 유명한 농구선수라며. 그리고…… 너 어엄청 눈에 띄거든?"

"왜요. 내가 멋있게 생겨서?"

해인이 우뚝 걸음을 멈추고는 세상 어이없다는 듯이 우진을 올려다보았다.

"너 진짜 재수 없는 거 알아?"

"누나도 재수 없는 거 알아요?"

"뭐어?"

싸우자는 거냐며 해인이 우진을 쏘아봤다. 시장통 한가운데에

서서 한 명은 노려보고 한 명은 싱글벙글 웃는 모습에 지나던 사람들이 흘깃거렸다.

"이렇게 멋진 남자가 죽자 사자 좋다고 매달리는데 계속 튕기다니. 다른 여자들이 알면 어엄청 재수 없어 할걸요?"

"하. 재수 없는 자식."

해인이 씩씩대며 걸음을 옮기려는데 우진이 꼼짝도 안 하고 서 있으니 다시 제자리로 튕기듯 맥없이 돌아왔다. 깍지 낀 채 우진에게 잡혀 있는 손을 노려보더니 다시 우진을 노려보았다.

"도토리묵 다 팔려 버렸으면 다 네 탓이니까 알아서 해."

"알았어요. 빨리 가요."

우진은 크큭 웃으며 해인의 이마에 입 맞추었다. 얼굴이 새빨갛게 달아오른 해인의 손을 잡아끌며 북적거리는 시장통을 헤쳐 나갔다.

다행히 해인이 그토록 노래 부르던 도토리묵은 남아 있었다. 한 모도 제법 크기가 컸는데 해인은 세 모나 사오면서도 미련이 남은 듯 자꾸만 뒤를 돌아봤다. 우진은 그런 해인을 거의 끌다시피 근처 국밥집에 데리고 들어갔다. 오래되고 허름한 국밥집에도 사람들은 가득 차 있었다. 구석에 겨우 자리를 잡고 앉아 우진은 소머리국밥을, 해인은 선지해장국을 주문했다.

"누나는 이미지랑 다르게 이런 거 잘 먹더라."

"외모랑 먹는 거랑 무슨 상관이야. 좋아하니까 잘 먹을 뿐이지."

"안 가리고 잘 먹는 거 보면 진짜 예뻐."

"고맙구나."

식사를 하는 동안에도 계속 손님들이 들어오고 나가기를 반복했다. 역시 붐비는 걸 보니 장날은 장날인가 보다.

"옛말에 '가는 날이 장날이다'라는 말이 있잖아요. 오늘 딱 그 말뜻을 실감하겠어요."

"응? 왜?"

"맘먹고 갔더니 장날이라서 제대로 일보기 힘들었다, 뭐 그런 뜻이잖아요. 정신이 하나도 없어요. 사람도 많고 구경거리도 많고 살 것도 많고. 그 와중에 내 여자 안 잃어버리려고 필사적이 되니까 더 정신없고."

별생각 없이 우진의 얘기를 듣던 해인이 그의 마지막 말에 사레가 걸렸다. 콜록대는 해인에게 물 잔을 건네면서 우진은 혼자 기분 좋아 만면에 미소가 가득했다.

"누가 네 여자야? 정신 차려."

"누난 내 여자니까요. 부정하지 말아요. 여기서 노래라도 부를까요?"

"실없는 소리하지 말고 밥이나 먹어."

우진은 해인을 놀렸다 달랬다 하며 주고받는 얘기들이 너무 기분 좋았다. 어려서는 제대로 말대답도 안 해주더니 지금은 툭탁거리면서도 제대로 자신을 마주 보고 얘기를 해주니 이보다 좋을 수가 없었다. 이런 시간을 갖게끔 힌트를 준 수인에게 뽀뽀라도 하고 싶은 심정이었다.

우진이 흐뭇해하는 동안 핸드폰을 들여다보던 해인의 표정이 일순 어두워졌다.

"왜 그래요?"

"아무것도 아니야."

"또 일 때문에 연락 왔어요? 아니면……."

"먹고 가자. 오랜만에 너무 돌아다녔나 봐. 다리도 아프고 피곤해."

분명히 말을 돌리고 있었다. 서재에서도 우진이 보지 못하도록 컴퓨터 모니터를 끄더니 지금도 누군가에게 문자를 받은 것 같은데 말을 안 한다. 궁금하고 걱정된다고 해서 무턱대고 알려달라 강요할 수는 없으니 답답할 노릇이었다.

병원 주차장으로 가는 길에 몇 가지 더 반찬거리를 샀다. 우진이 손을 잡는데도 해인은 올 때와 달리 거부를 하지 않았다. 오히려 아무 말 없이 우진이 이끄는 대로 따라올 뿐이었다. 짜증내거나 놀리지도 않았다. 그저 우진이 하는 말에 고분고분 답을 했다. 몸은 자신의 옆에 있는데 마음은 다른 곳에 가 있는 사람 같았다.

퇴근해서 돌아온 수인은 도토리묵을 발견하고는 우진을 한껏 째려봤다. 빨리 양념장이나 만들라며 너스레를 떠는 우진은 그런 수인의 표정이 아무렇지도 않은 것 같았다. 아니 왠지 즐기고 있다는 느낌이 강하게 들었다.

해인은 소파 등받이에 올린 팔에 턱을 괸 상태로 우진과 수인이 주방에서 툭탁거리고 있는 모습을 보고 있었다. 두 사람과 눈이 마주칠 때마다 한껏 웃었지만 머릿속으로는 다른 생각에 사로잡혀 있었다.

오후에 우진과 국밥집에 있을 때 문자를 받았었다. 그 문자 한 통에 순간 심장이 내려앉았고 뒤이어 심하게 쿵쾅거렸고 마음이 무거워졌다. 말수가 확연히 줄어든 자신을 우진이 신경 쓰고 있다는 걸 알고 있었지만 그의 걱정을 줄이는 데 노력을 기울일 기분이 나질 않았다.

해인은 몇 번이나 확인하고 또 확인했던 그 문자를 다시 한 번 확인했다.

〈잘 지내니?〉

단 네 글자에 평온했던 마음이 한순간에 흔들렸다. 도연은 무슨 마음으로 문자를 보냈을까? 이제 와서 미안한 걸까? 아직도 할 말이 남은 걸까? 아니면 미련이 남은 걸까?

도연을 마지막으로 봤던 게 신혼집으로 구했던 침실에서 서현과 뒹굴고 있던 날이었다. 그 이후로 전화통화만 두 번을 했었고 얼굴을 마주칠 일도 없었다. 마지막 전화통화 내용이 너무 가관이었던지라 그 당시에는 도연에 대한 배신감만 더 강해지던 시기였었다.

"이번 일 그냥 넘어가면 결혼은 너랑 할 텐데 꼭 이렇게까지 해야겠니?"

기현을 통해 파혼 통보를 전한 날이었다. 전화 너머로 들려온 도연의 목소리가 너무나 낯설게 들리던 순간이었다. 자신이 무척이나 좋아했던 낮고 따뜻한 목소리가 해서는 안 될 말을 당연한 듯이 하고 있었다. 충격이 컸던 해인은 전화를 끊은 후 몇날 며칠을 물 한 모금 마시지 못하고 방에만 틀어박혀 있었다.

답장을 보내지 말아야 한다는 건 알고 있다. 알고 있지만 자꾸만 핸드폰을 들여다보면서 안절부절못하고 있느니 차라리 왜 문자를 보냈는지 단도직입적으로 듣고 싶기도 했다. 이러니저러니 해도 도연과 연락하고 싶다는 열망이 더 컸는지도 모르겠다.

해인은 몇 번을 망설이다가 도연에게 답장을 보냈다.

〈잘 지내고 있어요.〉

떨리는 심장을 부여잡고 겨우 보낸 내용이 고작 이것뿐이었다. 자신이 바보처럼 여겨졌다. 혼자 똑똑한 척 잘난 척은 다 하며 살았는데 왜 도연에 대해서는 그게 해당이 안 되는 건지 이해할 수 없었다.

"뭐 하고 있어요?"

어느새 다가왔는지 우진이 해인을 내려다보았다. 걱정이 가득한 표정이었다.

"그냥 있어. 왜?"

"……저녁 먹으라구요. 수인이랑 나랑 몇 번씩 불렀는데 누나가 답이 없어서."

우진을 비껴 주방 쪽을 보니 수인도 해인을 걱정스럽게 바라보고 있었다. 생각에 빠져 있느라 부르는 소리도 못 듣고 있었다니. 괜히 다른 사람들까지 신경 쓰이게 만든 것 같아 애써 웃으며 소파에서 일어섰다.

"배고프다. 양념장 만들었어? 할머니 묵 먹는 거지?"

한껏 쾌활하게 말하며 식탁에 가 앉는데 우진과 수인이 서로 눈짓을 주고받았다. 해인은 못 본 척, 오로지 도토리묵에만 관심이 있는 척하며 밥을 먹기 시작했다. 신경 쓰이지 않게 하려 맛있게 열심히 먹는 모습이 오히려 두 사람의 걱정을 높이고 있다는 것도 애써 모르는 척했다. 아니 스스로 생각하기에도 자신의 표정이나 행동이 과하다는 것을 알고 있었지만 컨트롤이 되지 않았다.

저녁을 다 먹고 맥주를 마시는 두 사람 옆에 앉아 차를 마시는 동안에도 도연에게는 답장이 없었다. 순간의 감정에 그냥 보낸 문자일 수도 있는데 거기에 어이없이 답장을 보냈다니 자신이 바보 같았다. 제 문자를 받고 도연이 그럴 줄 알았다며 흐뭇해하는 건 아닐까 생각하니 자존심이 상했다.

쓸데없는 데 자신을 소모하지 말자 생각하며 포기할 때쯤 문자 알림음이 울렸다. 겉으로는 아무렇지 않은 척 핸드폰을 꺼냈지만 문자를 확인하기까지 속이 울렁거릴 정도로 긴장하고 있었다. 도연 오빠일까? 다른 사람인 건 아닐까?

〈계속 생각났었어. 한번 만날 수 있을까?〉

해인은 핸드폰 화면을 뚫어질 듯 바라보았다. 도연에게 온 문자를 읽고 또 읽었다. 한국어 두 문장을 이해하는 데 법전을 읽고 이해하는 것보다 더 어렵게 느껴졌다.

"누나?"

"누나, 왜 그래요?"

우진과 수인이 부르는 소리에 해인이 겨우 고개를 들었다. 멍한 눈빛이 두 사람을 마주 보고 있었다.

"누나."

수인이 다가왔다. 해인의 손에 든 핸드폰을 가져가려는 순간 벌떡 자리에서 일어났다.

"미안해. 나 먼저 잘게."

"누나."

아무것도 생각할 수 없었고 아무것도 할 수가 없었다. 뒤에서 자신을 부르는 소리에 돌아볼 겨를도 없이 서둘러 2층으로 올라왔다. 방에 막 들어서려는 순간 우진에게 팔이 잡혀 돌려세워졌다.

"왜 그래요. 무슨 일인데요. 누나 오늘 오후 내내 이상했어요."

"아니야. 그냥 피곤해서 그래."

"혹시 그 사람한테 연락 온 거예요?"

"……아니야."

거짓말이었다. 도연에게 받은 문자 한 통 때문에 이상했던 게 맞았다. 무모하게 흔들리고 있었다. 그런 모습을 우진에게 보여주고 싶지 않았다.

예전이었다면 자신의 감정에 취해서 우진의 마음을 돌아볼 겨를이 없었겠지만 지금은 아니었다. 아무렇지 않은 척 웃으며 얘기할 순 없었지만 도연에게 온 연락 때문에 힘들다는 것을 우진에게 알릴 수가 없었다. 상처를 줄 수가 없었다. 주고 싶지 않았다.

"나 정말 피곤해서 그래. 걱정하지 마."

"그럼 먼저 자고 있어요. 내려가서 수인이 정리하는 거 도와주고 올게요."

우진이 해인을 품에 안았다. 머리를 쓰다듬고 등을 쓰다듬었다. 오늘따라 우진의 품이 더 따뜻하게 느껴졌다. 해인은 애써 아무렇지 않은 표정으로 그의 품에서 벗어났다.

"오늘은 혼자 잘게."

"누나."

우진이 해인에게 한 발 다가섰다.

"미안."

해인은 고개를 가로저으며 조용히 방문을 닫았다. 안타까운 시선으로 자신을 바라보는 우진의 시선을 애써 외면하며 혼자만의 공간으로 들어갔다.

◌

[연산에는 언제까지 있을 생각이야?]

이곳에 온 지 이제 3주가 지났는데 강 코치는 심심하면 한 번씩 전화해서는 서울로 올라오라고 재촉 중이었다. 우진은 아침 일찍부터 걸려온 강 코치의 전화를 받느라 병원에 도착해서도 십 분이 넘도록 안에 들어가지 못하고 주차장에서 서성거리고 있었다.

[아무리 분원이라도 시설 자체가 다를 텐데 지방에서 재활치료 받는다는 건 좀 그렇지 않아?]

"여기도 시설 좋아요."

강 코치가 무슨 걱정을 하는지 우진도 알고 있었다. 하루 빨리 상태가 좋아져서 현역으로 복귀하길 바란다는 걸 알고 있었다. 매번 전화할 때마다 같은 얘기를 반복하고 있었으니까.

"여기 공기도 좋고, 사람도 좋고. 잘 지내고 있으니 몸 상태도 더 빨리 좋아지는 것 같아요."

[네가 무슨 요양하러 갔냐? 한량 같은 소리하고 자빠졌네. 시즌 준비해야 할 것 아니야.]

꿈 같은 얘기 아닌가? 선수 생활 못할 수도 있다는 진단을 받았었는데 시즌 복귀라는 건 우진에겐 먼 나라 얘기 같았다. 그리고 왜인지 요즘 들어서는 다시 프로로 복귀하지 않아도 상관없다는 생각까지 들고 있었다.

[감독님이 조만간 너 테스트 해보자고 하시더라. 나도 몰랐는

데 이 박사님한테 가끔 연락해서 네 상태 체크했었나 봐. 완벽히는 아니지만 많이 좋아졌다고 했다던데?]

"시즌 오픈까지 몇 달 안 남았잖아요. 제가 어떻게……."

[너 욕심도 크다. 바로 1군으로 들어오려고? 2군 리그부터 시작한다 생각하는 게 속 편하지. 그래야 네 몸에 무리도 덜하고. 올해 안 되면 내년 리그도 있고.]

"생각해 볼게요."

[생각하고 말고 할 게 뭐 있어. 조만간 시간 내서 올라와. 와서 테스트라도 받아보면 될 것 아니야. 감독님이 부를 때 오란 말이다.]

"네. 연락드릴게요."

전화를 끊은 후에도 우진은 병원 안으로 들어가지 않았다. 건물 중앙을 가로질러 앞마당에 있는 벤치에 털썩 주저앉았다. 여러 가지 생각으로 속이 탔다. 프로로 복귀하고 싶긴 하지만 반대로 하고 싶지 않기도 했다. 꼭 현역이 아니어도 되지 않을까란 생각이 자꾸만 마음 한편에 자리 잡고 있었다. 지금은 그저 이렇게 해인의 옆에 있는 게 좋았다.

언젠가는 해인도 로펌에 복귀할 테고 그러면 지금처럼 지내지 못할 거란 걸 알지만 우진 자신이 먼저 그 시간을 앞당기고 싶지는 않았다. 이제 겨우 해인과 함께 있게 됐는데, 이제 겨우 해인을 안았는데. 옆에 찰싹 붙어 있는데도 해인의 마음이 온전히 자신에게 넘어오지 않았는데 떨어져 있게 되면 다시 물거품이 되어 버리지는 않을까 겁이 났다.

문득 며칠 전 해인의 모습이 떠올라 마음이 편치 않았다. 수인은 도연에게서 온 연락 같다고 했고 우진도 같은 생각이었다. 해인은 아닌 척했지만 문자 하나에 그렇게까지 동요할 만큼 그녀에게 파급력이 있는 사람은 도연 하나일 터였다. 도연이 아니었다면 적어도 도연과 관련된 일이었을 게 분명했다.

그날 이후로 해인은 우진이 자신을 만지려는 걸 거부하고 있었다. 우진의 손길에 반응을 보이다가도 끝까지 가려 하지 않았다. 조르고 졸라 겨우 해인을 안고 자는 것만 허락을 받았고 며칠째 그 상태였다.

우진은 그래서 더 서울로 갈 수가 없었다. 어찌됐든 해인의 옆에 머무르고 싶었다. 해인의 마음이 자신에게 확실하게 향하게 될 때까지 만이라도 변함없이 함께 있고 싶었다. 떨어져 있더라도 서로 흔들리지 않을 때까지. 서로 불안하지 않을 때까지.

주섬주섬 주머니를 뒤지는데 찾는 물건이 없다는 걸 깨달았다. 부상당한 이후로 답답할 때마다 가끔씩 피기 시작했던 담배였다. 해인이 담배 피는 남자를 싫어한다는 수인의 말을 들었던 날 밤 바로 버렸었는데 이 순간 니코틴이 절실하게 필요했다. 그렇다고 다시 담배를 피울 생각은 없었다. 해인이 싫어한다고 했으니.

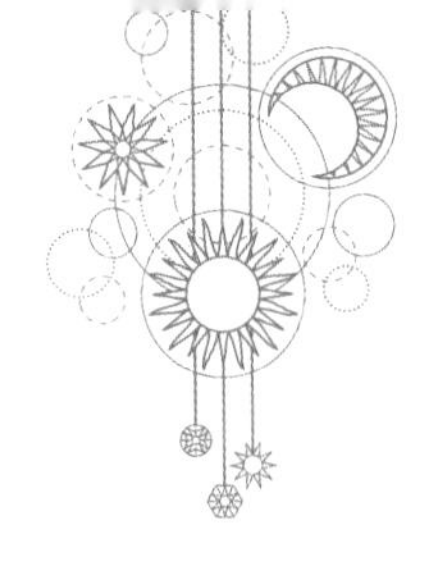

08. 빼기지 않아

해인은 연산버스터미널 대합실에 멍하니 앉아 있었다. 서울행 버스는 앞으로 십분 후면 출발이었다. 계속 고민했었고 결정을 내렸다. 도연을 만나볼 생각이었다.

이번에 올라가면 유 회장도 만나야 하고 킹덤의 지석 선배도 만나야 한다. 당연히 기현과도. 하지만 해인이 몇 달 만에 서울에 올라가는 목적은 도연과의 만남이었다.

일주일 전 도연에게 문자를 받은 후로 냉정했던 이성이 와장창 깨졌다. 조각난 이성들을 다시 끼워 맞춰 원래로 돌리는 데 예상보다 시간이 걸렸다. 만나면 무슨 말을 해야 할지 아직까지는 아무 생각도 들지 않았다. 직접 부딪쳐 보는 수밖에 없었다.

해인은 손목시계를 들여다보았다. 출발 2분 전 서울행 버스에 올랐다. 이제 수인에게 연락할 차례였다. 얼마나 난리를 칠지 생각만으로도 그려지는 모습에 피식 웃음이 나왔다. 앞뒤 생각 안

하고 서울로 쫓아올지도 모르겠단 생각도 들었지만 알리긴 해야 했다. 집에 왔다가 해인이 없는 걸 알면 그때는 정말 감당 안 될 정도로 폭발해 버릴 테니.

한참 신호가 간 후에야 전화기 너머로 수인의 목소리가 들려왔다.

[어, 누나. 이 시간에 웬일이야?]

"바빠?"

[안 바빠. 근데 어디야? 소리가 좀 울린다.]

"나 지금 서울 가는 길이야."

[뭐?]

이명이 생길 정도로 수인이 소리를 질렀다. 화낼 거라는 건 예상하고 있었지만 이렇게 버럭질을 해대면 수인 주변에 있을 사람들이 더 놀랐겠다 싶었다.

[갑자기 무슨 서울? 아침까지도 말 없었잖아. 왜 가는 거야? 무슨 일 생겼어?]

"성질은. 하나씩 물어봐."

[하나씩 묻게 생겼어? 왜 가냐고?]

버스 안에는 해인을 비롯해 겨우 일곱 명이 타고 있을 뿐이었다. 조용한 차 안에서 통화하려니 해인의 목소리가 더 작게 줄어들었다. 차창으로 연산 시내를 벗어나는 모습을 멍하니 바라보았다.

"서울에서 일 볼 게 좀 몇 가지 있어서. 회장님도 만나고 로펌에도 들러야 해. 며칠만 다녀올게."

[미리 얘기했으면 내가 일정 조정했을 거 아니야. 같이 가면 되지 왜 혼자 가냐고.]

"혼자 가면 안 돼? 내가 애도 아니고."

[누나.]

"소리 좀 지르지 마. 귀 아파 죽겠네."

목소리만으로도 수인이 얼마나 화가 났는지 절절히 전해졌다. 이 녀석한테 미리 얘기해서 서울에 같이 갔다면 다니는 곳마다 따라다녀서 제대로 일도 못 볼 게 분명했다.

[우진이도 알아?]

"아니. 말 안 했어."

[왜?]

"……왜 말해야 하는데?"

[누나…….]

수인의 깊은 한숨이 들려왔다. 그 소리에 해인은 큰 죄라도 짓는 기분이었다. 못내 개운치 않은 부분을 수인이 건드렸다.

[우진이한테 전화해.]

"……."

[응? 전화해 줘. 꼭.]

"왜?"

[해라 쫌. 하라면 그냥 해. 안 그러면 진짜 오늘 저녁에라도 서울로 쫓아간다.]

해인은 알겠다고 대답하며 전화를 끊었지만 결국 우진에게 연락을 하지 못했다. 수인이 왜 이렇게까지 우진을 생각하는지 이제는 알 수 있었다.

해인에 대한 우진의 일편단심을 수인은 이미 알고 있었다. 도연에게 상처받은 해인에게 가장 필요한 사람이 우진일 것이라 판단했을 터였다. 그래서 연산으로 우진을 불러 내렸다는 걸 알 수 있었다. 정작 우진 본인은 아무것도 모르고 내려온 것 같았지만.

그리고 지금은 해인도 알고 있었다. 껄렁대듯 자신에게 좋아한다고 말하고 있지만 우진의 마음은 진심이라는 것을. 그 진심이 너무 깊고 너무 오래된 것이라 해인은 선뜻 그 마음을 받아들이기가 겁이 났다. 우진의 마음에 맞춰 응답해 주기엔 지금 자신의 마음에 확신이 없었다.

아직 도연과의 일이 남아 있고 마음도 제대로 정리되지 않은 상황에서 우진을 받아들일 수는 없었다. 우진의 마음은 온전히 받아들이지 못하면서 매번 그에게 안길 때마다 감정을 농락하는 기분이 들었다. 우진의 마음을 무시했고 잊었고 자각했고 이제는 알면서도 외면했다.

세 시간에 걸쳐 서울터미널에 도착하는 동안 해인은 도연과 우진에 대한 생각으로 머리가 터질 지경이었다. 머리를 쥐어짜다 결국은 우선 급한 것부터 처리하자고 생각했다. 며칠간 서울에서 처리해야 할 일이 산더미였다.

◌

"윤 이사님. 어서 와요."

최병일 대표가 환하게 웃으며 상진을 맞아들였다.

"아, 손님이 계셨군요. 제가 좀 이따 올까요?"

비서의 안내에 따라 대표실에 들어서던 상진이 최 대표와 얘기를 나누고 있던 남자를 보며 머뭇거렸다. 오십대 후반 정도로 보이는 남자는 깔끔하게 올백을 한 머리와 늘씬한 몸에 피트 되는 네이비 톤의 슈트를 입고 있었다. 은색의 행커치프가 포인트를 살려주었다.

“아닙니다. 아니에요. 윤 이사님 만나게 해드리려고 일부러 자리 마련한 거니 어서 와 앉으세요.”

최 대표는 상진이 남자의 맞은편 소파에 앉자 입구에 서 있던 비서에게 차를 주문하고는 방해하지 말라고 했다.

“윤 이사님, 이분은 저희 회사에 투자하고 계시는 TK파이낸셜 박완서 대표님이세요. 박 대표님, 이분이 제가 말씀드렸던 윤 이사님입니다.”

박 대표가 상진에게 명함을 내밀었다. 반짝거리는 골드빛의 카드형 명함이었다. 상진은 이런 부티 나는 명함은 처음 보는지라 한참을 뚫어지게 내려다보다가 박 대표가 내민 손을 보고 정신을 차렸다.

“명함이 독특해서 그만……. 죄송합니다. 전 아직 명함이 없습니다.”

상진이 쑥스럽게 웃자 박 대표가 고개를 끄덕이며 악수를 청해왔다. 그의 손목에서 필기체의 ‘WS’ 문양의 커프스 버튼이 은색으로 빛을 발했다. 자신의 이름을 따 특별히 제작한 것처럼 보였다.

“박 대표님 명함 처음 보는 사람들은 다 그래요. 그 명함은 박 대표님이 특별히 여기는 분들께만 드리는 거랍니다. 박 대표님, 그거 24K죠?”

“하도 최 대표님이 윤 이사님 얘기를 많이 하셔서 특별히 이걸로 드렸습니다. 그리고 윤 이사님도 곧 명함 만드셔야지요. 이제 성산건설 이사님 되실 텐데.”

“아, 네. 그래야죠.”

박 대표는 홍콩에 본사를 둔 투자 전문 회사를 운영 중이라고 했다. 중소기업의 재무 상태를 파악해서 성장 가치가 있다고 판단되는 곳에 투자를 한 후 이익을 챙기는 스타일로 자신의 회사를 키워왔다며 자신을 소개했다. 최 대표의 회사에도 초기부터 투자를 해온 상태로 이번 제주도 리조트 진행에도 막대한 관심을 가지고 있다며 눈을 빛냈다.

비서가 상진에게 차를 가져다주고 나간 후에도 얘기는 이어졌다.

"처음 최 대표한테 저희 외에 투자자가 또 있다는 얘기를 듣고 얼마나 실망했게요. 저희만 투자해도 충분하지 않냐고 했더니 최 대표가 일보다 인간적으로 끌리는 분이라 꼭 같이 일하고 싶다고 하셔서 참 난감했습니다."

"하하하. 박 대표님도 참. 그런 말씀을 하시면 제가 민망하잖습니까."

최 대표가 상진의 어깨를 톡톡 두들기면서 껄껄거리며 웃었다. 그가 웃을 때마다 눈가에 잔주름이 깊게 패였다. 평소의 날카로운 인상을 주름이 완화시켜 주었다.

"뭐 어때요. 오늘 만나보니 제 보기에도 윤 이사님 인상도 좋으시고……. 아참, 동생분이 백강종합병원 흉부외과 과장이라면서요? 역시 형제가 다 훌륭하시네요."

"그렇게 말씀하시니 저도 참 민망합니다."

상진은 쑥스러운 듯 웃으면서도 어깨가 으쓱해졌다. 처음엔 낯선 사람에 대한 경계로 잔뜩 긴장해 있었지만 자신을 자꾸 추켜세우는 최 대표 덕에 조금씩 자신감을 되찾고 있었다.

"제가 그 녀석 어려서부터 아버지 역할 대신 하느라 신경 많이

셨죠. 의대 졸업하고 백강에 들어갔을 때는 정말 눈물이 다 나더라구요. 그동안 고생한 걸 다 보상받는 기분이었죠."

"동생 뒷바라지까지 하신 겁니까? 역시 대단하십니다."

"제가 말씀 드렸잖습니까. 우리 윤 이사님 보통 분이 아니라고."

두 사람의 칭찬에 상진의 기분이 더 한층 끓어올랐다. 기업을 운영하는 두 대표들이 자신을 향해 칭찬과 부러움의 시선을 던지고 있으니 자신이 뭔가 대단한 사람이 된 것만 같은 생각이 들었다.

"윤 이사님도 동생이 자랑스러우시겠지만 동생분도 마찬가지시겠어요. 부모도 아니고 어디 이런 형님이 주변에 쉽게 있답니까?"

"거의 없지요."

상진은 기분이 씁쓸해졌다. 정작 자신에게 고마워해야 할 도연은 자신을 무시하고 멸시했다. 사업이 몇 차례 실패하면서부터 동생은 자신을 벌레만도 못하게 쳐다보았다. 그동안 도연에게 쏟아 부은 시간과 돈이 아까울 지경이었다. 일전에도 집에 와선 어머니에게 사업 자금을 보태주지도 않으면서 잔소리만 하고 갔다고 들었다.

"그나저나 저희 쪽에서 자금이 다 준비가 됐습니다만…… 윤 이사님은 언제쯤 가능하신지?"

박 대표가 얼굴에서 웃음을 거두고는 상진에게로 상체를 기울였다. 방금 전까지 사람 좋던 인상은 온데간데없고 냉철한 사업가의 카리스마를 뿜어냈다.

"입찰 들어가려면 저희 쪽 재무가 든든하다는 걸 알려야 합니다. 규모가 큰 만큼 공사 기간이 길기 때문에 그 사이 도산할 가능성이 있는 약체 기업은 제외시키겠다는 거죠. 재무 상태만 좋으면 중소건설회사도 선정 가능성이 높아요."

"네, 알고 있습니다."

"공개 입찰로 진행할 거지만…… 아시잖습니까. 이쪽 일은 거의 뒤에서 거래서 이뤄지는 거. 저희 TK가 투자하는 회사로 성산을 밀고 있고 저 위에 높은 분들도 관심을 보이고 있으니 입찰에서 최종 선택은 저희가 될 겁니다. 이번 건이 성공하면 한국에서도 제대로 자리를 잡겠지만 중국 시장으로도 진출할 수 있는 기회가 됩니다. 중국 시장이 얼마나 큽니까? 그래서 저희 TK에서는 이번 입찰에 거는 기대가 큽니다. 단독 투자를 결정할 만큼요. 그래서…… 윤 이사님은 어느 정도나 투자가 가능하신 건지."

"아, 그게……."

상진은 얼굴이 새빨갛게 달아오르는 걸 느꼈다. 이마와 인중에도 땀이 송골송골 맺혔다. 자신이 당황하고 있다는 건 상대에게도 빤히 보일 터였다. 해인이 자금을 대주기로 했었는데 도연과 파혼하면서 홀랑 거액이 날아가 버렸다. 도연에게 사업 자금을 보태달라고 부탁을 해봤지만 몇 달째 묵묵부답인 상태였다. 상진은 이 기회를 놓치고 싶지 않았다. 여태껏 자신이 해왔던 일과는 규모 자체가 어마무시하게 틀린 일이었다.

'이것만 성공하면 내 인생은 완전 달라지는 건데. 너한테도 좋은 일일 텐데.'

상진은 무심한 도연을 속으로 원망했다. 진작 자신에게 자금을 대줬다면 이 자리에서 이런 수모를 당하지 않아도 됐을 텐데. 키워주고 뒷받침해 준 내게 이 정도밖에 못하는 건가 싶어 짜증이 몰려왔다.

"윤 이사, 내가 계속 얘기했지만 중국 기업은 한 가지를 선택하더라도 오래 걸려요. 신중에 신중을 기하죠. 대륙이라 그런지 느긋하다는 것도 한몫하는 것 같아요. 그런 곳에서 우리에게 주목을 하고 있다는 건 보통 일이 아니죠."

"네, 알고 있습니다."

최 대표의 말에 고개를 끄덕거렸다. 몇 달 동안 여러 차례 들었던 얘기였다. 점점 몸에 열이 올라오고 앉은 자리가 불편해졌다.

"윤 이사님이 투자하기로 하신 금액이 10억 맞죠? 소액이긴 하지만 투자 의사가 있다 해서 기다리고는 있었습니다만 너무 딜레이 되고 있어서요. 약속만 믿고 회사에 이사로 등재하는 것도 맞지 않고……."

"당연히 그러시겠죠."

상진이 안절부절못하며 박 대표의 시선을 피했다. 가난한 자신이 너무나 부끄럽게 느껴졌다.

"다음 주까지는 투자 여부를 확답해 주셔야 합니다. 저희가 이건 말고도 추가로 투자해야 할 일이 있거든요. 그것도 윤 이사님이 함께할 의사가 있다면 정보를 드리겠습니다."

"네? 정말입니까?"

최 대표가 큰 기침을 하며 박 대표를 바라보았다. 그는 웃는 얼굴이었지만 적잖이 당황한 듯 넥타이를 고쳐 맸다.

"아, 제가 성급했군요. 최 대표님이 하도 믿고 아끼시는 분 같기에."

상진이 두 대표를 번갈아 바라보았다. 이 둘 사이에 이질감 없이 자신이 끼어들려면 어떻게 해야 할지 머리를 굴렸다. 동등한 위치에서 저들처럼 반짝거리고 싶었다.

'투자금, 그래 투자금만 있으면…….'

◌

해인은 터미널에 마중 나온 김 비서와 함께 기현에게로 향했다. 기현이 직접 나오려 했지만 회의에 들어가느라 미처 오지 못했다는 김 비서의 말에 해인은 안도의 한숨을 내쉬었다. 기현이 왔었다면 터미널에서부터 한바탕 난리가 났을지도 모른다. 어쩌면 자신을 보고 엉엉 울었을지도 모르겠다.

병원에 도착한 후 삼십여 분을 더 기다려서야 기현이 병원장실로 들어섰다. 마지막으로 염색한 게 언제인지 머리카락의 반을 흰머리가 덮고 있었다. 그렇지 않아도 선한 인상이 더 부드러워 보였다. 해인은 그 모습에 마음이 좋지 않았다. 자식들이 둘 다 지방에 내려가 있느라 홀아버지 혼자 그 큰 집에 덩그러니 있게 두었다는 데 생각이 미치자 죄책감이 몰려왔다.

"우리 딸."

해인이 가슴 뭉클한 감정에 제대로 빠질 사이도 없이 기현이 양팔을 크게 벌리며 뛰어오더니 발이 공중에 둥둥 뜨도록 그녀를 품에 안아 올렸다.

"으악. 아빠, 내려놔요. 좀."

"우리 딸. 우리 딸. 아빠가 얼마나 보고 싶었는지 알아? 전화도 못하게 하고."

"어휴 진짜."

눈에 눈물이 그렁그렁 맺히고 코끝이 빨개지도록 혼자 감격해서 자신을 안고 방방 뛰다시피 하는 기현을 보니 해인은 웃음이

나면서도 가슴이 찡하게 울려왔다. 그래도 내색하면 안 된다는 걸 알고 있었다. 이런 걸 받아주면 기현의 애정표현은 더 심해질 게 분명할 테니.

"웬 일로 왔어. 아예 올라오려고?"

해인은 기현의 기대에 찬 눈빛을 애써 외면했다. 고민 중이었지만 아직 일정이 미정인 만큼 희망고문을 하고 싶진 않았다. 무엇보다 해인 자신이 가장 피곤해질 터였다.

"아니야. 일 볼 게 좀 있어서 왔어요. 회장님 만나서 의논할 것도 있고."

"그 녀석 때문이겠지?"

기현은 어김없이 웃는 얼굴이었지만 방금 전과는 다른 분위기로 바뀌었다. 해인의 뜻에 따르고 있었지만 결과적으로 그녀가 상처를 받게 되지는 않을까 걱정하고 있는 것이다.

"네. 제가 없어도 알아서 다 진행해 주고 계시더라구요. 인사는 드려야죠. 그리고……."

"……."

"도연 오빠도 만나보려구요."

"그 녀석은 왜? 설마 다시 시작하려는 거야?"

"아빠도 참……. 그럴 거면 회장님을 뭐 하러 만나겠어요."

푹신한 가죽 소파에 앉으니 몇 시간 동안 버스 안에서 웅크려 있던 근육이 쭈욱 펴지는 것 같았다. 기현이 해인의 옆에 나란히 앉으며 그녀의 손을 연신 쓰다듬었다.

"네가 잘 알아서 하겠지만…… 아빠 그래도 걱정이야. 네가 다치는 일이 없어야 해. 누가 뭐래도 아빠한테 가장 소중한 건 너니까. 너한테 무슨 일 생기면 아빠 못 견딜 거야."

"으이그. 내 걱정은 안 해도 되요. 아빠한테나 좀 신경 쓰시지? 머리가 이게 뭐야. 아빠가 아니라 할아버지 같잖아."

"네가 없으니까 염색해 줄 사람도 없고. 그렇다고 파주 댁한테 해달랠 수도 없잖아."

해인이 혀를 끌끌 찼다. 미용실을 가도 매번 커트만 하지 염색은 항상 해인한테 해달라고 조르는 기현이었다. 기현이 해인에게 대놓고 부리는 어리광이야 여러 종류가 있었고 그때마다 짜증이 날 때도 있었지만 해인이 별 타박 없이 들어주는 것이 바로 염색이었다.

"이따 집에 가서 해줄게."

"진짜? 염색 안 하고 버티길 잘했네?"

기현이 어린아이처럼 천진난만하게 웃으며 해인을 바라보았다.

"점심은 먹었어? 밥 먹으러 갈까?"

"아빤 먹었을 거 아냐. 회장님 만나러 가면서 중간에 먹을게. 이따 저녁에 봐요."

"그럼 저녁에 파주 댁한테 너 좋아하는 매운 갈비찜 해달라고 할 테니까 일찍 와."

병원장실을 나와 엘리베이터 앞에까지 기현이 따라 나섰다. 잠깐 얼굴만 본 채 해인을 보내기가 못내 아쉬운 것 같았다. 해인의 한 손을 잡은 채 연신 그녀의 머리를 쓰다듬었다.

"아유 참. 밖에서 애정표현은 좀 삼가주시죠, 아버지? 과년한 딸한테 너무 애정이 넘치셔."

"딸 바보, 그게 병원장님 전매특허 아닙니까."

언제 따라 나왔는지 김 비서가 두 사람 뒤에서 서 있었다.

"김 비서도 우리 해인이 같은 딸 있으면 나처럼 될 거야. 어디 이런 애가 흔한가? 안 그래?"

"이 할아버지가 진짜 해도 해도 너무하시네."

해인이 기현의 손등을 툭 쳐 내며 얼굴을 찡그렸다. 둘만 있을 때야 어찌됐든 참아보겠지만 다른 사람들 앞에서 기현이 이럴 때마다 쥐구멍에라도 숨고 싶은 심정이었다.

'과해. 과해. 과해도 너어어어무 과해.'

해인을 1층까지 배웅한다며 김 비서가 함께 엘리베이터에 탔다. 기현은 엘리베이터 문이 닫히는 사이로 연신 손을 흔들고 있었다.

"죄송해요."

문이 닫히자마자 해인이 김 비서에게 사과를 했다. 얼굴에 불이 난 듯 뜨거웠다.

"저야 이제 익숙해져서요."

김 비서는 껄껄 웃으며 신경 쓰지 말라고 했지만 해인은 양손에 얼굴을 묻고 싶었다.

'이 노친네, 집에 가서 보자. 머리를 확 보라색으로 염색해 버릴까 보다.'

해인과 김 비서는 병원 로비에 있는 카페에서 한동안 얘기를 나눴다. 김 비서가 들고 내려온 태블릿으로 서현의 그날 찍힌 사진들을 확인하고 진행시키고 있는 일에 대해 보고를 받았다. 기현에게도 똑같이 보고가 들어가고 있을 터였지만 이런 일을 함께 의논하고 싶지는 않았다.

"이번 주 중에 컨택 들어갈 예정입니다. 미끼를 잘 물어야 할 텐데요."

"물겠죠. 기회라고 생각할 테니까요. 회장님은 연락 왔어요?"

"네. 오늘 내일은 아무래도 일정이 어려우시다는군요. 경제인 연합회 회의 끝나면 바로 조용환 의원과 저녁 약속이 있으시다는군요. 아무래도 그 건 때문인 것 같습니다. 대신 모레 점심 일정 비워두신다고 같이 하시잡니다."

조용환 의원이라면 제주가 지역구인 4선 의원이었다. 해인은 유 회장이 거기까지 영역을 넓힐 생각을 했다는 데에 혀를 내두르면서도 한편으로 걱정이 되기도 했다. 일이 너무 커지는 게 아닌가 싶기도 하고 개인사에 너무 많은 이들을 엮어 들어간다 싶기도 했다.

"그래요. 그럼 전 집에 가서 좀 자야겠어요. 오랜만에 장거리 이동했더니 피곤하네요."

택시 정류장까지 배웅 나온 김 비서와 헤어진 해인은 차가 출발하자 등받이에 머리를 기댔다. 오늘 유 회장과 만나 얘기를 나누려 했던 계획이 틀어졌으니 며칠 동안 자신이 해야 할 일정을 다시 머릿속으로 정리했다.

우진은 자신이 무슨 정신으로 운전을 하고 있는지 인식하지 못했다. 앞을 주시하면서 운전을 하고 있지만 정신 차려보면 어느새 여기까지 왔는지 중간 과정이 기억나지 않았다. 계속 머릿속으로 불안함과 짜증이 반복되고 있었다.

점심 무렵 물리치료실에 있던 우진에게 수인이 찾아왔었다. 또 집에 가는 시간을 늦추게 만들려고 왔나 싶었지만 사색에 가까운 수인의 얼굴을 보자 왠지 모를 불안함으로 심장이 덜컹 내려앉는 기분이었다.

"뭐야. 너 왜 왔어? 해인 누나한테 무슨 일 생긴 거야?"

"너 전화 못 받았어?"
"무슨 전화? 누구한테?"
수인이 이럴 줄 알았다며 머리카락을 쥐어뜯었다. 작은 소란에 물리치료실에 있던 치료사와 환자들의 시선이 집중되자 수인이 우진을 끌고 복도로 나왔다.
"누나 서울 가는 길이래."
"뭐? 갑자기 왜?"
"누나 말로는 회장님도 만나고 로펌도 가야 한다고 하는데…… 아무래도 도연 형 만나러 가는 것 같아."
수인의 팔을 잡고 있던 우진의 손이 허공으로 툭 떨어졌다.
"왜?"
"왜인지는 나도 모르지. 며칠 전에 온 문자 그거 도연 형 맞았던 것 같아. 아무리 아니라고 해도 내가 누나를 모르냐?"
우진은 머리가 빙빙 도는 것 같았다. 사고 능력이 정지된 사람처럼 멍하니 맞은편 벽만 바라보았다. 하얀색이 동공을 가득 채워 머릿속까지 더 하얗게 되어버리는 것 같았다.
"야, 서우진. 괜찮냐?"
"……나 서울 가야겠다."
"뭐?"
"연락할게."
우진은 그대로 병원을 뛰쳐나왔고 차를 몰고 서울로 향했다. 해인에게 전화를 했지만 계속 연결될 수 없다는 안내음성으로만 넘어갈 뿐이었다.
[나다.]
"어."

서울톨게이트를 막 통과할 때 수인에게서 전화가 걸려왔다.
[누나 통화 됐어?]
"아니. 계속 안 받아."
[김 비서님이랑 통화했는데 아버지 만나고 방금 집으로 갔대.]
"알겠어. 집으로 가볼게."
[하아. 야, 서우진.]
"어."
[너무 폭주하지 마. 네가 그러면 누나 성격에 더 튕겨나갈 수도 있어.]
"지금 기분으로는 장담 못하겠다. 도대체 그런 자식을 왜 만나러 가는 거야? 아직도 미련이 남은 거야?"
[누나 마음이야 누나밖에 더 알겠냐? 대신 부탁 하나 하자.]
"뭔데."
수인의 부탁이라는 내용을 들은 우진은 실소를 금치 못했다. 이 와중에도 웃음이 나다니 놀라울 따름이었다. 해인의 집에 도착해 초인종을 누르면서 길게 심호흡을 했다. 초인종을 누른 지 한참이 지났는데도 답이 없었다.
'집에 아무도 없나. 분명히 집으로 갔다고 했고 가정부 아주머니도 웬만해선 계실 텐데.'
해인의 집은 눈 감고도 집 구조를 떠올릴 수 있을 만큼 한때는 제집처럼 드나들던 곳이었다. 밖에서는 절대 안을 들여다볼 수 없는 높은 담과 대문. 이 문을 열고 들어가면 돌계단이 있고 그 위를 오르면 넓은 잔디밭과 노송이 우거진 연못이 있었다. 2층으로 지어진 주택은 곳곳에 전면 유리창으로 이루어져 마당에서도 집 안을 볼 수 있을 정도였다.

겉으로는 외부와의 소통을 단절한 사람들이 사는 것 같은 느낌이 드는 집이었지만 실상 그곳에 살고 있는 해인의 가족들은 누구보다 따뜻하고 다정한 사람들이었다. 우진은 옛 기억을 떠올리다가 다시 한 번 초인종을 눌렀다. 이번에도 답이 없으면 차 안에서 무작정 기다릴 생각이었다.

[너 어떻게…….]

스피커 너머로 들리는 목소리는 분명 해인이었다. 대문 앞에 서 있는 우진을 보고 놀란 게 틀림없었다.

"문 열어줘요."

[…….]

"누나."

삑- 소리와 함께 대문이 천천히 안으로 열렸다. 익숙한 풍경을 마주하며 마당을 가로질러 천천히 집 안으로 들어섰다. 해인은 현관 앞에 어정쩡한 자세로 서 있었다. 가슴 앞으로 팔짱을 끼고 있었지만 갑작스러운 우진의 방문에 당황한 기색이 역력했다.

"어떻게 온 거야?"

"어떻게 왔는지가 아니라 왜 왔는지를 궁금해해야 하잖아요?"

"왜 왔는데?"

"몰라서 물어요?"

우진은 버럭 고함을 지르면서 자신이 그동안 숨을 제대로 쉬지 못하고 있었다는 걸 깨달았다. 해인이 서울로 올라갔다는 얘기를 들은 순간부터 제정신이 아니었었다. 그랬는데 해인의 얼굴을 본 순간 그제야 제대로 숨이 쉬어졌다.

"어…… 우진 군도 와 있었네요?"

파주 댁이 양손에 한가득 짐을 들고 현관에 들어서고 있었다.

"아, 안녕하셨어요. 어디 다녀오세요?"

갑작스러운 파주 댁의 등장으로 해인과 우진 모두 어색한 분위기를 풍기며 거실 한가운데에 서 있었다.

"원장님이 해인 양 왔다고 저녁 반찬 신경 좀 써달라고 하셔서요. 장 좀 봐왔어요. 우진 군도 같이 식사하는 거죠?"

파주 댁이 해인과 우진을 번갈아보며 물었다. 둘 중 누군가가 대답해 주기를 바라는 눈치였다.

"아, 네."

파주 댁은 두 사람의 어색한 분위기를 눈치채지 못한 건지 우진의 대답을 듣고는 서둘러 주방으로 들어갔다. 아마 알아챘어도 모른 척 넘어갔을 게 분명했지만.

우진은 소파에 앉으려던 해인의 손목을 잡고 2층으로 올라갔다. 곧장 해인의 방으로 들어서 문을 잠그고는 해인을 품에 끌어안았다.

"뭐 하는 거야. 이거 놔."

"왜 말하지 않았어요. 이렇게 가면 걱정할 거라는 거 몰랐어요?"

"잠깐 일 보러 온 거야. 별것 아닌 걸로 수선떨지 마."

"누나한테는 별것 아니겠지만 나한텐 아니에요. 수인이한테도 마찬가지구요."

우진은 해인의 담담한 말투에 화가 치밀어 올랐다. 해인의 양어깨를 잡은 채 내려다보는 우진의 얼굴이 화를 참느라 입가에 경련이 일 정도였다.

"그 사람 만나러 온 거예요?"

"……."

"그런 거예요? 왜? 다시 시작이라도 하게?"

"……도연 오빠 만나러 온 거 맞아. 하지만 다시 시작하려는 건 아니야. 그러니까 예민하게 굴 필요 없어."

"누나 정말 잔인하네요."

우진의 입술이 짓이기듯 해인의 입술을 거칠게 덮쳤다. 등 뒤로 둘러진 우진의 팔이 해인의 목덜미와 허리를 옥죄듯 끌어안았다. 한껏 고개가 뒤로 꺾인 채 우진의 입술 아래에서 해인의 입술이 힘없이 빨려 들어왔다.

"하아하아…… 이러지 마."

겨우 고개를 옆으로 돌린 해인의 입술 사이로 거친 숨이 쏟아져 나왔다. 우진의 입술이 해인의 턱 선을 따라 목덜미로 내려왔다. 이내 해인의 부드러운 살결을 입안으로 빨아들였다.

"앗. 아파."

"잊었나 본데…… 누난 이제 내 거예요."

우진은 해인의 움푹 들어간 쇄골 라인을 혀끝으로 핥다가 가슴으로 이어지는 부분까지 계속 깊게 빨아들이며 키스마크를 만들었다. 목덜미에서 가슴까지 곳곳에 붉은 자국이 늘어갔다. 해인의 몸이 자신의 입술 아래서 움찔거릴수록 더 강하게 그녀의 피부를 괴롭혔다.

"아흣. 우진아."

"그 사람 만나지 말아요."

우진은 감정이 격해질 대로 격해져 있었다. 해인의 가슴에 고개를 묻으며 더 힘껏 그녀의 몸을 끌어안았다. 겨우 발끝으로 버티며 서 있던 해인의 다리는 우진이 몸을 옥죄어 안아 올리자 바닥에 닿을 듯 말듯 허공으로 떠올랐다.

"누나를 그 사람한테 보내면 난 죽을지도 몰라요. 내 심장이 못 버틸 거라구요."

"읏…… 나는 지금 너한테 답해줄 수가 없어."

"상관없어요. 언제가 되든 기다릴 수 있어요. 그러니까 그 사람한테는 가지 말아요. 아니, 아무한테도 가지 말아요."

해인의 허리를 안고 있던 팔이 엉덩이를 감싸 안아 올렸다. 해인을 안고 성큼성큼 침대로 걸어온 우진은 던지듯 침대에 그녀를 눕히고는 자신의 몸을 겹쳐 누웠다. 우진은 해인의 입술을 삼켜버릴 듯 거칠게 몰아붙였고 한 치의 틈도 없이 입술과 입술이 맞닿으며 뒤틀렸다.

"뺏기지 않아. ……누난 내 거야."

우진의 키스는 질투였고 집착이었고 광기였고 고통이었다. 우진의 입술을 통해 그 감정들이 고스란히 해인에게 전달되었다.

"하아…… 우진아, 잠깐만. 잠깐만 멈춰봐."

우진은 해인의 입을 틀어막듯 입술을 비비며 깊숙이 혀를 밀어 넣었다. 해인의 말을 더 이상 듣고 싶지 않았다. 멈추고 싶지 않았고 그만두고 싶지 않았다. 해인이 뜨거운 신음을 토해내며 자신의 손길 아래서 쾌감에 몸부림치게 만들고 싶었다. 다른 어떤 것도 떠올리지 못하도록, 자신 외에 다른 어떤 것에도 집중하지 못하도록 만들고 싶었다.

"멈춰. 그만……. 하아하아……."

해인이 우진의 어깨를 잡고 세게 밀어냈다. 겨우 입술 사이에 틈이 생기자 재빨리 고개를 돌리고는 헐떡이며 호흡을 뱉어냈다. 우진의 입술이 다시 다가가려 하자 해인이 그의 입술을 손바닥으로 막으며 세차게 고개를 가로저었다. 붉게 상기된 얼굴이 우진의 얼굴을 올려다보았다.

"날 상처 입히려는 거야?"

우진은 해인의 말에 뭔가로 한 대 얻어맞은 기분이 들었다. 불안하고 성급한 마음에 또다시 해인을 몰아붙였다. 폭주하지 말라던 수인의 말이 떠올라 해인을 내려다보는 우진의 눈빛이 흐려졌다.

"미안. 미안해요."

우진은 해인의 목덜미에 고개를 묻었다. 볼이 닿은 해인의 목덜미에서 빠르게 뛰는 맥박이 느껴졌다. 우진은 해인의 몸을 감싸 안으며 더 깊숙이 그녀의 목덜미에 자신의 얼굴을 묻었다. 해인이 부드러운 손길로 우진의 등을 쓰다듬어 내렸다.

"넌…… 내가 왜 좋아?"

서로의 호흡이 조금씩 진정되자 해인이 조용히 입을 열었다. 우진이 고개를 들어 내려다보자 해인은 등을 쓰다듬던 한 손을 들어 그의 볼을 부드럽게 어루만졌다. 원망이나 거부의 눈빛이 아니라 따뜻한 해인의 눈빛이 우진에게 향하고 있었다.

"모르겠어요. 양호실에서 누나를 처음 본 날 각인된 것처럼 내 마음에 들어왔어요. 그때부터 계속 나한텐 누나뿐이었어요."

"아무 이유 없이?"

"네."

"……너는 변하지 않을까?"

우진은 해인의 눈가에 입을 맞췄다. 우진의 기억 속 해인은 언제나 맑게 반짝거리며 웃던 사람이었다. 수인에게 짜증을 낼 때조차 마찬가지였었다. 그랬던 그녀의 눈빛이 어둡게 흔들리고 있는 모습을 보니 우진은 도연을 만나면 주먹부터 날려줘야겠단 마음이 들었다.

“변하지 않을 거예요. 매 순간순간 누나를 가장 사랑할 거니까. 누나를 지키도록 최선을 다할 거니까. 절대 아무한테도 누나를 빼앗기지 않을 거예요.”

해인이 몸을 일으켜 침대 헤드에 등을 기대며 앉자 우진은 그녀의 허리에 팔을 두르며 허벅지에 얼굴을 파묻었다. 해인은 그런 우진을 내려다보며 머리카락을 쓰다듬었다.

“언제 만날 거예요?”

“내일.”

“몇 시?”

“아직 몰라. 오후 중에 만나겠지. 내일이 아닐 수도 있고.”

우진은 머리카락 사이로 부드럽게 파고들었다가 쓸어내리는 해인의 손길에 취한 듯 눈을 감았다. 겉으로는 차분해 보였지만 실상 우진의 마음속에는 폭풍이 일고 있었다. 가지 말라고, 만나지 말라고 말하고 싶었지만 더 이상 말려봤자 해인의 고집을 꺾을 수 없다는 것을 알고 있었다.

“어디서?”

“……왜, 오려고?”

“네.”

“거길 네가 왜 와.”

“내 여자 지키러 가야죠.”

우진의 팔에 바짝 힘이 들어갔다. 고저 없는 목소리였지만 속타는 제 마음을 알아달라는 듯 해인을 안은 팔에 더 힘을 주었다. 우진은 해인에게 고개를 묻고 있느라 그녀의 눈빛이 흐려지는 걸 보지 못했다. 복잡한 심정을 고스란히 담고 있는 그 눈빛이 자신을 망연자실 내려다보고 있는 것도 알지 못했다.

"만나고 나서 연락할게."

"불안해하면서 무작정 기다리고 싶지 않아요."

"……너한테 보여주고 싶지 않아서 그래. 그 정도 예의는 지키게 해줘."

우진은 끝까지 아무 대답도 하지 않았다. 다만 하염없이 해인을 안고 있을 뿐이었다.

퇴근 후 집에 돌아온 기현은 해인과 함께 자신을 맞이하는 우진을 보고 적잖이 놀란 눈치였다. 갑자기 서울로 올라온 해인을 따라 올라온 게 수인이 아닌 우진이란 점에 당황한 것 같았다.

"우진이 넌 어떻게 된 거야? 완전히 올라온 거야?"

"아니요. 해인 누나 따라왔어요."

우진의 당연하다는 말투에 해인의 얼굴이 붉게 달아올랐다. 우진은 해인과 예전부터 그래왔던 사이처럼 너무나 아무렇지 않게 행동하고 있었다. 워낙 어려서부터 이곳을 제집 드나들 듯 다녔던 그였지만 기현 앞에서 특별히 해인과 친밀한 사이처럼 굴었던 적은 없었다. 지금이야 자신을 보기 위해 그동안 들락거렸던 것이라는 걸 알게 됐지만 기현은 전혀 짐작도 못하고 있을 터였다.

반가움과 의아함이 섞여 어색하게 웃는 기현의 팔에 매달려 분위기를 푸는 건 오로지 해인의 몫이었다. 그 옆에서 능청스럽게 아들처럼 구는 우진을 한껏 흘겨보고선 기현을 안방으로 밀어 넣었다.

"너 혹시나 해서 말하는데 아빠한테 이상한 말 하지 마."

"이상한 말이라뇨. 어떤 말?"

"……."

"이상한 말은 잘 모르겠고 원장님 부르는 호칭을 바꿀까 봐요."

"뭐?"

"아버님이 좋을 것 같아요. 누나 생각은 어때요?"

우진은 예전부터 기현을 아버지나 원장님으로 부르며 잘 따랐다. 기현도 수인과 단짝인 우진을 예뻐했기 때문에 자신을 원장님보다 아버지로 불러줄 때 더 좋아하곤 했었다.

"무슨 말도 안 되는 소릴 하는 거야?"

"왜요? 내 여자 아버지한테 아버님이라고 부르는 건 당연하죠. 아니면 장인어른?"

해인은 자신의 얼굴이 새하얗게 질려가는 것이 느껴졌다. 대책 없이 달려드는 우진에게 덜컥 겁이 날 지경이었다. 말 그대로 제대로 코가 꿰인 느낌이라고 해야 할까.

"그랬단 봐. 다시는 내 얼굴 못 볼 줄 알아."

정색을 하는 해인에게 우진은 능글맞게 웃어 보였다.

옷을 갈아입고 나온 기현과 함께 파주 댁이 차려준 저녁을 먹었다. 평소보다 더 말이 많고 잘 웃는 우진 덕에 그의 출현을 의아해하던 기현은 어느새 우진이 만들어내는 분위기에 넘어가 버린 상태였다.

우진이 말을 꺼낼 때마다 행여 농담으로라도 기현에게 장인어른이라고 할까 봐 해인만 혼자 속이 새까맣게 탔다. 평소 좋아하던 매운 갈비찜도 제대로 먹지 못하고 입안에서 밥알을 굴렸다.

식사 후 해인은 약속대로 기현의 머리를 염색해 주었다. 집에 오는 길에 평소 기현이 쓰는 염색약을 미리 사왔었다. 1층 안방에 딸린 욕실에 식탁 의자를 가져다놓고 기현이 앉았다. 해인이 염색해 주는 동안 우진은 수인에게 영상통화를 걸어 그 모습들을 보여주었다.

목에 비닐을 두르고 머리에 염색약을 바른 채 해맑게 손을 흔드는 기현의 모습은 어린아이처럼 마냥 즐거워 보였다. 우진이 화면에 자신들을 다 담으면서 연신 상황을 설명하며 떠들어댔다.

“아, 진짜. 고개 좀 가만히 두라구요. 이대로 두고 그냥 가버릴까 보다.”

기현이 수인을 보느라 자꾸만 핸드폰 화면으로 고개를 돌리자 해인이 비닐장갑을 낀 손으로 기현의 머리를 돌려놓기를 반복하다 결국 잔소리를 퍼부었다. 그 모습에 기현과 우진은 또 웃음을 터뜨렸고 화면 넘어 수인은 눈물까지 찔끔거리며 웃기 바빴다.

수인은 처음 우진이 전화를 걸자 해인을 향해 잔소리를 하려다가 우진이 하도 설레발을 치는 덕에 타이밍을 놓쳤다. 몇 번을 시도하다가 결국 나중에는 포기한 듯 보였다.

해인은 문득 도연과 사귀는 동안에는 이런 분위기가 없었던 것을 떠올렸다. 도연은 항상 해인을 향해 미소를 지었지만 소리 내어 웃는 것을 본 적이 없었다. 기현이나 수인도 도연과 함께 있을 때는 평소보다 차분하고 진중해지곤 했다. 그런데 우진 한 사람으로 인해 집 안 분위기가 확 바뀌는 모습이 낯설면서도 행복하게 느껴졌다. 옆 눈으로 흘깃 우진을 보니 눈가에 잔뜩 주름이 갈 정도로 웃으며 떠들고 있었다.

서울에 있는 동안 기현이 자신의 집에서 머물라고 하자 우진은 기다렸다는 듯 알겠다고 대답했다.

“아빠, 재 원래 집이 서울인데 왜 여기서 지내?”

해인이 아무리 징징거리고 짜증을 내도 두 사람은 아랑곳없이 욕실로 들어가 버렸다. 우진과 사이좋은 부자지간처럼 굴며 웬일로 자신을 왕따 시키고 있는 기현이었다.

우진이 욕실에서 기현의 머리를 감겨주는 동안 해인은 파주댁과 함께 2층 게스트룸을 정리했다.

"이게 말이 돼요?"

해인이 계속 투덜거리자 침구 정리를 하던 파주 댁이 그녀의 어깨를 토닥거리며 싱긋 웃어보였다.

"원장님 저렇게 웃으시는 거 오랜만에 봬요. 좋은 게 좋은 거잖아요."

"아, 뭐…… 그렇긴 하지만."

"흐음……. 그리고 내 보기에도 우진 군이 이 집이랑 더 잘 어울려 보이구요."

놀라서 말도 나오지 않았다. 아무것도 모르는 것처럼 굴던 파주 댁의 입에서 나온 말이라 더 놀랄 수밖에 없었다. 설마 우진과의 사이를 들킨 건가? 그렇게 테가 나나?

"아줌마, 무슨……?"

"좋은 게 좋은 거라니깐요."

파주 댁은 침대에서 걷어낸 침구를 품에 끌어안고 방을 나갔다. 해인은 눈만 껌벅거리며 그 모습을 멍하니 바라보고 서 있었다. 해인은 자신이 갈수록 우진이 쳐 놓은 거미줄에 제대로 걸려가고 있는 기분이었다. 사방이 다 거미줄 같았다.

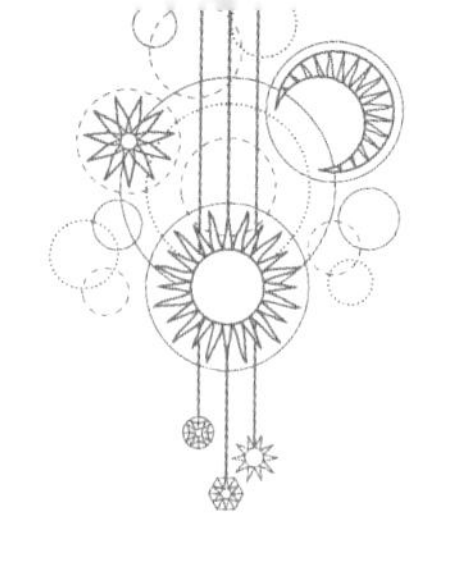

09. 욕망 그리고 사랑

모두가 잠든, 쥐 죽은 듯이 고요한 밤. 시간은 이미 자정을 넘었다. 해인은 컴퓨터 모니터를 바라보면서 손에 쥔 핸드폰을 만지작거렸다. 미룰 일이 아니라는 것을 알고 있었지만 선뜻 손가락이 움직여지지 않았다.

며칠 전 도연과 서현의 모습이 찍혔던 사진 이외에는 두 사람이 만나는 모습은 더 이상 잡히지 않았다. 양쪽에 24시간 사람을 붙여놨으니 놓칠 리 만무했다. 거기에 생각이 미치자 안도하는 자신을 발견하곤 한숨이 새어나왔다. 지지리도 모자라게 미련을 뚝뚝 흘리고 있었다.

〈오늘 오후에 시간 돼요?〉

망설이던 것도 잠시 결국 도연에게 문자를 보냈다. 서울에 올라온 목적이 이것이었으니 꼭 해야만 하는 일이었다. 오늘 올라온 보고에 의하면 도연은 아직 병원에 있었다. 답이 없는 문자 전

송창을 보고 또 보는데 갑자기 노크 소리가 들려와 깜짝 놀랐다.
"누나, 자요?"
어찌나 당당하게 노크를 하며 자신을 부르는지 해인은 심장이 덜컥 내려앉는 줄 알았다. 부리나케 뛰어가 방문을 열자 기다렸다는 듯 우진이 방으로 들어서며 문을 닫았다.
"문은 왜 잠갔어요? 나 못 들어오게 하려고?"
"뭐 하는 거야?"
안으로 들어선 우진은 해인을 품에 안고 연신 입맞춤을 해왔다. 해인이 고개를 돌리면 집요하게 따라와 다시 그녀의 입술을 덮쳐왔다.
"뭐긴. 누나 안으려고 왔죠."
"미쳤어? 아빠도 계신데……."
우진의 힘에 한 걸음씩 뒤로 밀려나다 보니 발뒤꿈치에 침대 프레임이 닿는 게 느껴졌다. 풀썩 침대 위로 두 사람의 몸이 겹쳐진 채 쓰러졌다.
"하지 마. 너 진짜."
"이런 입으나마나한 옷을 입고 자면서…… 내 생각 안 날 것 같아요?"
면 소재로 된 얇은 이너웨어와 핫팬츠를 입은 해인의 옷차림을 내려다보는 우진의 눈빛이 광채를 내며 번뜩거렸다.
"봐요. 이 녀석은 벌써 내 손에 반응하잖아요."
해인의 가슴을 부드럽게 움켜쥐고 주무르는 우진의 손가락 사이로 딱딱하게 곧추선 유두가 옷 위로 선명하게 드러났다.
"하아…… 누나."
가슴을 연신 주무르며 질척한 우진의 혀가 해인의 입안으로 밀고 들어왔다. 길면서도 두껍고 부드러운 혀가 입안 곳곳을 핥으며 삼킬 듯 해인의 혀를 쫓아왔다. 우진의 따뜻한 타액이 혀와 입술을 타고 해인의 입안으로 흘러들어 왔고 그의 거친 숨결이 쉴 새 없이 쏟아져 들어왔다.

해인은 우진을 더 이상 거부하지 않았다. 몸은 이미 본능적으로 우진에게 반응했고 그를 더없이 원하고 있었다. 해인은 벗어나려 버둥거리던 것을 멈추고 우진의 얼굴을 양손으로 감싸 안았다. 해인의 부드러운 몸 위에서 우진의 단단한 몸이 물결치듯 요동쳤다. 해인과 우진은 서로의 입안으로 거친 호흡을 뱉었고 들이마셨다.

"누나 안에 들어간 지 너무 오래됐어요. 오늘은 꼭 들어갈 거야."

우진의 한 팔에 갇히듯 잡혀 있던 해인의 고개가 옆으로 기울어졌다. 우진이 해인의 머리를 움켜쥐며 목덜미를 따라 입술을 부비며 내려갔다.

"너 어떻게 그런 말을 아무렇지 않게……."

"다른 사람한텐 못 하지. 누나를 원하고 갖고 싶으니까…… 누나한테만 하는 거죠. 누나도 있는 그대로 얘기해 줬으면 좋겠어요. 내가 이렇게 만지면 어떤 느낌인지……."

우진이 손가락으로 해인의 유두를 잡아 빙글빙글 돌렸다.

"흐읏."

"내가 이렇게 빨아주면 어떤 기분이 드는지."

우진은 해인의 옷을 가슴 위로 걷어 올리더니 유두를 한입에 물고는 쪽쪽 소리가 나도록 입안으로 빨아들였다.

"아으응."

우진은 양손으로 해인의 가슴을 움켜쥐더니 손바닥으로 문지르며 사방으로 비벼댔다. 혀끝으로 유두를 톡톡 건드리더니 원을 그리며 가슴을 핥았다. 우진의 뜨거운 숨결이 해인의 출렁이는 가슴 위로 쏟아져 내렸다. 타액으로 번들거리는 해인의 가슴을 우진은 입술을 댄 채 강하게 빨아들였다.

"아흣. 아파."

해인의 목덜미와 앞쪽 가슴에는 이미 우진이 오후에 새겨놓은 키스마크가 검붉게 올라와 있었다. 그걸 가리느라 오후 내내 해인은 셔츠 단추를 끝까지 채운 채 머리카락을 앞으로 길게 내려뜨리고 있었다.

"아프기만?"

우진은 손가락으로 유두를 이리저리 괴롭히며 흘깃 해인을 올려다보았다. 해인은 양손으로 우진의 머리와 어깨를 부여잡은 채 열에 들뜬 신음을 흘렸다. 눈을 질끈 감은 채 미간을 잔뜩 찡그린 그녀의 이마와 콧방울에 송골송골 맺힌 땀방울이 형광등 불빛에 반짝거렸다.

가슴 아래에 새로운 키스마크를 만든 우진의 입술이 거칠게 위아래로 들썩거리는 해인의 복부를 타고 조금씩 아래로 내려왔다. 우진의 입술과 혀끝이 닿을 듯 말 듯 피부를 간질이자 오돌토돌 피부에 소름이 돋아나왔다.

"으읍."

우진의 혀가 배꼽을 혀끝으로 찌를 듯 애무하다가 아랫배로 핥으며 내려올 때 해인은 참지 못하고 거친 신음을 쏟아냈다.

"쉬잇. 그렇게 소리 내면 아래에 들릴지도 모르는데."

달래는 건지 괴롭히는 건지 알 수 없는 우진의 애무가 이어지자 해인의 온몸이 땀으로 흠뻑 젖어들었다. 우진의 손길과 입술이 주는 쾌감에 온몸이 뜨거워지고 더 해달라고 아우성치는 것만 같았다. 쉴 새 없이 흘러나오는 신음을 막아보려 아랫입술을 깨물어봤지만 좁은 틈새를 뚫고 소리가 흘러나왔다. 해인의 부드러운 피부가 우진의 달뜬 입술 아래서 파르르 떨렸다.

“하아하아…… 으으음.”

우진의 양손이 해인의 골반을 따라 부드럽게 쓰다듬어 내렸다가 다시 올라왔다. 커다란 그의 손바닥 아래에서 해인의 가냘픈 허리와 엉덩이가 부질없이 들썩거렸다. 핫팬츠 앞쪽에 손가락을 걸어 아래로 끌어내리자 골반에 바지가 걸쳐진 채 앞부분만 허리밴드가 늘어나며 힘없이 내려졌다.

“여기 있었네.”

검은 수풀이 눈앞에 그대로 드러나자 우진은 망설이 없이 고개를 내려 그 사이로 입술을 묻었다.

“하읏. 우진아…….”

우진의 혀끝에 도톰한 돌기가 잡히자 해인은 우진의 머리카락을 움켜쥐었다. 해인의 클리토리스는 우진의 혀끝에서 이리저리 휘돌리며 농락당했다. 우진은 클리토리스를 입술로 물어 쪽쪽 소리가 나도록 빨아대더니 이로 자근자근 씹기까지 했다.

“하읏. 그만 그만. 이상해.”

“뭐가. 어떻게 이상한데요?”

해인에게 질문을 던져 두고 우진은 다시 클리토리스를 한가득 입에 물고 빨아들였다.

“흐으으응.”

“말해야 놔줄 거예요.”

우진의 입술이 더 과격하게 공격하자 해인은 울 것처럼 흐느끼며 신음을 토해냈다. 팬츠에 걸려 있는 손가락 하나가 해인의 골짜기 앞쪽을 부드럽게 좌우로 쓰다듬었다. 우진이 아래를 괴롭힐수록 해인의 이성은 멀리 날아갔다. 그만하라면서도 우진의 머리를 더 강하게 자신에게 밀착시켰다.

"아래가 저릿거리고 싸…… 쌀 것 같아."

"응? ……다시 말해봐요."

"쌀 것 같다구. 느낌이 이상해."

말하면 놔줄 거라더니 우진은 더 심하게 해인의 클리토리스를 빨아 당겼다. 짜릿한 쾌감과 함께 떨어져 나갈 듯 아파오기 시작했다.

"아파. ……아래가 떨어져 나갈 것 같아."

"그럼 안 되지. 다음에 또 맛보려면 남겨둘게요."

해인의 골반에 걸려 있던 얇은 핫팬츠가 우진의 손끝을 따라 힘없이 벗겨져 나갔다.

"이 여자 참 야하네. 브라는 그렇다 치고 팬티도 안 입고 있었네요. 봐요. 바지가 다 젖었잖아요."

우진은 몸을 일으키며 해인의 벗겨낸 팬츠를 그녀의 얼굴 가까이 들어 보였다. 민트색의 면 팬츠 중심이 질척한 애액으로 흠뻑 젖어 있었다. 해인은 몽롱한 시선에도 그 부분이 너무나 적나라하게 보여 온몸이 불에 덴 듯 붉게 달아오르는 게 느껴졌다.

"하아, 우진이 너……."

"이런 거 보면 더 흥분되지 않아요? 난 그런데……."

우진은 팬츠에 얼굴을 묻고는 킁킁거리며 냄새를 맡았다.

"하지 마."

해인이 우진의 손목을 잡아채며 만류하자 한껏 상기된 그는 얼굴에 만족스럽다는 표정을 드러내며 고개를 들었다.

"누나는 이 향기가 참 좋아요. 끈적하고 질척하고…… 성숙한 여자의 향기가 나."

"너 진짜……."

해인이 우진의 손에 들려 있는 팬츠를 낚아채 침대 아래로 던져 버리자 우진은 음흉한 웃음을 한껏 날리며 몸 위로 덮쳐 왔다. 한 팔을 해인의 어깨 아래로 넣어 끌어안고는 그녀의 도톰한 아랫입술을 이로 자근거리며 우진의 혀가 입안으로 파고들어 왔다.

우진이 해인의 수풀을 손바닥으로 덮고는 손끝으로 골짜기 주변을 배회하며 부드럽게 쓰다듬었다. 해인은 허벅지에 힘을 주어 오므리며 다리 사이에 끼인 우진의 손을 옥죄었다. 우진은 해인의 허벅지 사이에서 손가락을 이리저리 움직이며 손에 묻어나는 애액을 해인의 수풀에 닦아내더니 손바닥으로 원을 그리며 문질렀다.

"엄청 젖었네요."

"하아……."

"내 손 전체가 누나 안에 들어갔다 나온 것 같아. 봐요, 흥건하게 젖었잖아요."

우진은 해인의 고개를 들어 올려 아래를 바라보게 했다. 우진의 손등과 손바닥은 물론 손목까지 애액이 범벅되어 있었다.

"아흣. 너 정말."

"부끄러워하면서도 원하잖아요. 이렇게 질척하게 젖어선……."

우진의 손가락이 해인의 안으로 거침없이 밀고 들어왔다. 해인은 숨을 훅 몰아쉬며 우진의 가슴에 고개를 묻었다. 우진의 티셔츠를 손으로 움켜쥐는데 부르르 몸이 떨렸다. 우진의 손가락에 왜 이렇게 약한지 해인 스스로도 알 수가 없었다. 거칠고 마디가 두꺼운 우진의 손가락이 안을 더듬어오자 전기가 통하는 듯 짜릿한 쾌감이 온몸을 관통했다.

"이렇게 손가락을 넣으면 어떤 기분이 드는지 알려……. 흐읏. 미친 듯이 조여오는데? 내 손가락을 삼킬 것처럼……. 아흑."

우진의 입술이 자신의 가슴에 고개를 묻고 있는 해인의 입술을 찾아내 거칠게 비벼왔다. 뜨거운 혀가 해인의 혀를 찾아내 얽혀들고 옭아매었다.

"누나 정말 내 손가락을 좋아하는구나? 여기가 너무 부드러워서 그런가?"

우진은 달뜬 목소리를 뱉어내며 손가락을 곧추 세운 채 해인의 질 벽을 이리저리 휘젓다가 손끝으로 훑어 내렸다.

"흐읍. 으으음……."

입술을 맞댄 채로 뜨거운 숨결이 해인의 입안으로 쏟아져 들어왔다. 우진의 거친 손가락이 해인의 부드러운 질 벽을 쓰다듬으며 오르락내리락 움직였다. 해인은 우진의 손가락이 닿는 곳마다 화염이 지나가는 것처럼 뜨거움을 느꼈다.

"네 손가락…… 거칠어서 좋아. 느낌이……. 하읏."

"내 손가락이 거칠어서…… 그래서 더 느끼는구나? 그래요? 더 말해줘요."

해인의 안에서 우진의 손가락이 크게 원을 그리며 휘저었다.

"으으앗. 더…… 더 거칠게 만져 줘. 더……."

해인의 다리가 우진의 몸을 옭아매듯 감쌌다. 우진의 셔츠 안으로 손을 밀어 넣어 단단한 그의 복근과 등을 쓰다듬는 손길이 빠르고 거칠었다. 해인이 우진의 셔츠를 머리 위로 끌어올려 벗겨내려 하자 재빨리 해인의 안에서 빠져나와 소매에서 팔을 빼고는 다시 그녀의 안으로 파고들었다.

"하윽."

"개수 늘렸어요. 어때요?"

"좋아. 좋아. 우진아……."

해인의 손가락이 우진의 팔뚝과 등의 살을 뜯어낼 듯 파고들었다.

"으읏."

피부를 파고드는 짜릿한 통증에 우진의 등이 활처럼 휘더니 해인의 이마에 입술을 비비며 혀로 핥았다.

"누나…… 손가락만으로 보내줄까요?"

"흐으응……."

신음인지 대답인지 알 수 없는 웅얼거림이 해인의 입에서 쏟아져 나왔다. 열에 들뜨면 간혹 알 수 없는 소리를 내는 해인이었다.

"응? 손가락으로 보내줘요? 내 손가락 좋아하잖아."

"……으응. 응."

우진이 해인에게서 몸을 일으키더니 바지와 팬티를 벗어 내렸다. 우진이 옷을 벗는 잠깐 사이에도 해인은 못내 아쉬워 그를 향해 팔을 뻗었다. 어서 오라고, 어서 와서 안아달라고, 어서 안으로 들어와 달라고.

우진은 침대 헤드에 등을 대고 양반다리를 하고 앉으며 해인을 자신의 허벅지 위로 안아 올렸다. 해인의 다리를 자신의 허리를 감싸도록 하고는 그녀의 허리를 한 팔로 받치듯 안았다.

"그럼 내 것도 누나 손으로 보내줘요."

성내듯 바짝 일어서 있는 우진의 남성이 그와 해인의 사이에서 위용을 드러내고 있었다. 해인은 우진의 손이 이끄는 대로 그의 남성을 양손으로 움켜쥐었다. 뜨거운 불기둥이 해인의 양 손바닥에 닿자 불끈거리며 움찔거렸다. 잔주름 하나 없이 빳빳하게 부풀어 오른 곳곳에 핏줄이 튀어나와 있어 금방이라도 터질 것처럼 보였다. 귀두의 갈라진 사이로 쿠퍼액이 방울지며 흘러내렸다.

"뜨거워."

해인은 입안이 바짝 마르고 절로 침이 꿀꺽 삼켜졌다.

"누나 때문이니까 책임져요."

우진의 남성은 해인이 양손을 위아래로 쥐어도 다 가려지지 않을 만큼 길었고 손 안에 다 움켜잡히지 않을 정도로 굵었다. 그동안 이런 게 자신의 안에 들어왔었다는 생각에 해인의 몸이 부르르 떨리며 울컥 애액이 흘러나왔다. 자신의 종아리로 똑똑 떨어져 내리는 해인의 애액을 바라보는 우진의 표정이 사악한 악마처럼 음흉하게 반짝거렸다.

우진이 자신의 양손으로 해인의 양손을 부드럽게 감싸 쥐고는 옆으로 조금씩 돌려가며 위 아래로 움직였다. 해인의 손바닥 아래에서 자신의 남성이 숨을 쉬듯 벌떡거리는 게 느껴졌다.

"크읏."

거친 숨을 토해내는 우진과 시선을 마주하는 해인은 마른침을 삼킬 뿐이었다. 손등이 따뜻해지는 느낌에 시선을 내려 보니 빳빳한 남성이 움찔거리더니 귀두의 갈라진 틈에서 울컥 액체가 흘러나오고 있었다. 아래로 흘러내린 액체는 우진과 해인의 손가락 사이로 스며들 듯 흘러들었다. 해인의 손이 움직일 때마다 질척거리는 소리가 방 안을 울렸다.

"흐윽. 누나……."

우진은 해인의 손을 잡고 있던 자신의 손을 떼어내고는 한 팔로 해인의 엉덩이를 감싸듯 쥐었다. 다른 한 손으로는 해인의 뒤편에서 골짜기 안으로 망설이 없이 밀고 들어왔다.

"하앗."

해인의 허리가 활처럼 한껏 뒤로 젖혀지자 우진은 더 강하게 그녀의 엉덩이를 감싸 쥐며 가슴에 고개를 묻었다. 해인의 안을 헤집는 손가락은 더 빠르고 거칠게 움직였다. 해인은 몸을 휘감는 쾌감에 어쩔 줄 몰라 하며 우진의 어깨를 움켜쥐었다.

"누나, 누나……. 멈추지 말아요. 더 빨리. 빨리."

해인은 한 손으로 남성의 아랫부분을 잡고 쓰다듬으며 나머지 한 손으로 위아래로 훑어냈다. 귀두를 움켜쥐었다가 손바닥으로 감싸 쥐고는 동그랗게 굴리자 쿠퍼액이 울컥거리며 쏟아져 나왔다. 해인의 손이 움직일 때마다 커다란 남성이 더 검붉어지며 부풀어 올랐다.

"으아악. 누나. 누나……."

해인의 가슴을 입에 가득 담은 우진이 유두를 세게 이로 물었다가 튕겨냈다.

"아악."

가슴에서 전해지는 짜릿한 통증과 아래에서 몰려드는 격렬한 쾌감에 해인의 몸이 우진의 팔 안에서 들썩거렸다.

더 이상 다른 누군가에게 신음이 들릴 것을 걱정할 여유가 없었다. 아버지나 파주 댁이 지금 당장에라도 문을 열고 들어선다 해도 멈출 수 없을 것만 같았다. 눈앞이 아찔하고 온몸이 산산이 부서져 허공으로 사라져 버릴 것 같은 극심한 쾌락 말고는 생각할 수가 없었다.

"아흑. 누나…… 나 쌀 것 같아. 같이 가요. 같이……."

"아응, 아아아. 아앗…… 아. 앗."

해인의 손 안에서 우진의 남성이, 우진의 손가락들에 농락당하던 해인의 질 안이 요동치듯 울컥거리며 투명하고 걸쭉한 액체들을 쏟아냈다. 왈칵거리며 흘러나와 서로의 손을 흠뻑 적시는 것을 바라보며 해인과 우진은 서로의 입술을 찾았다. 서로의 호흡에서마저 진득한 숨결이 느껴질 만큼 해인과 우진은 절정에 올랐다.

해인의 입술에 끊임없이 키스를 퍼붓던 우진의 입술이 그녀의 목덜미로 내려와 깊게 빨아들였다. 해인이 짧은 신음을 토해내며 품으로 파고들자 우진은 기분 좋은 웃음을 터뜨리며 그녀를 품에 꼬옥 끌어안았다.

"이러니 누나를 안지 않고 어떻게 참겠어요."

"치잇……."

해인은 수줍은 듯 혀를 차며 우진의 품에 더 바짝 파고들었다.

"묻어도 상관없으니까 꽉 안아줘요."

해인이 우진의 정액이 묻은 양손을 엉거주춤 들고 있던 것을 알고 하는 말이었다.

"나도 누나 몸에 묻히고 있으니까."

우진은 해인의 안을 헤집었던 손으로 그녀의 등을 쓰다듬어 내렸다. 해인은 자신의 등에 우진의 거친 손길과 함께 따뜻한 액체가 느껴지자 피식 웃음을 터뜨렸다. 이내 우진의 몸에 팔을 두르며 끌어안자 그는 으으 앓는 소리를 내며 해인의 몸을 부러뜨릴 듯 감싸 안았다.

"결국…… 오늘도 안에 못 들어왔네?"

해인이 우진의 목덜미에 입술을 묻으며 속삭이자 목 안 깊숙한 곳에서부터 쿡쿡대는 웃음이 그대로 전해져 왔다.

"걱정 말아요. 밤은 기니까."

우진은 자신의 말을 증명이라도 하듯 해인의 몸을 침대에 눕히고는 콘돔을 꺼내들었다.

"그건 어디서 나온 거야?"

해인은 우진이 마술이라도 부리는 건가 싶었다. 두 사람 다 알몸인데 콘돔을 들고 있다니. 해인의 말에 싱긋 웃던 우진이 이불 속을 뒤적거려선 콘돔들을 꺼내 보였다.

"아까 누나 쓰러뜨릴 때 침대에 던져 놨었거든요."

우진은 말하는 동안 자신의 남성에 콘돔을 끼우더니 망설임 없이 해인의 안으로 파고들어 왔다. 방금 전까지 해인의 손 안에서 불끈거리던 남성이 그녀의 안 깊숙한 곳을 찌르며 자신의 존재를 여과 없이 드러냈다.

"하읏……."

"읏……. 오늘밤 몇 번…… 보내줄까요? 열 번? 아님 백 번?"

"과장이…… 너무 심해. 흐읏. 아으으응."

해인은 자신의 안을 들락거리는 우진의 남성을 느끼는 것과 동시에 눈에 보이는 것 같았다. 곧 터질 듯 검붉게 부풀어 올라 있던 그것이, 곳곳에 힘줄이 불끈 솟아 있던 그것의 느낌이 고스란히 손바닥 안에서 느껴져 전보다 몇 배의 쾌감이 몰려드는 것 같았다.

우진은 한 번은 부드럽게 한 번은 거칠게 해인의 안으로 들어왔다. 한 번은 빠르게 한 번은 시간이 멈춘 듯 느리고 또 느리게 해인의 안으로 들어왔다. 밤새 몇 번을 보내줄까, 라고 묻던 자신감을 몸짓 하나하나로 손길 하나하나로 숨결 하나하나로 고스란히 보여주고 있었다.

해인은 새벽녘 아랫배가 쿡쿡 쑤시는 통증에 잠에서 깨어났다. 잠든 지 불과 한 시간도 지나지 않은 것 같았다. 몇 시간 동안 계속 우진에게 시달리다 보니 아래가 얼얼하다 못해 뱃속 깊은 곳까지 욱신거리는 것 같았다. 오늘따라 우진의 남성이 새삼스레 더 커 보였기 때문인지 다른 날보다 쾌감도 컸고 몸의 부담도 더 큰 것 같았다.

해인은 어둠에 눈이 익숙해지자 옷장에서 파자마 셔츠를 꺼내 입었다. 책상에 올려두었던 핸드폰을 집어 들고 침대에 눕자 우진이 잠결에 해인에게 바짝 다가와 끌어안았다. 해인은 우진의 어깨에 살짝 입을 맞췄다. 앞머리가 잔뜩 헝클어진 채 아이처럼 새근거리며 잠들어 있는 모습이 마냥 사랑스러워 보였다.

우진을 이런 시선으로 바라보게 될 줄 누가 알았을까. 소년에서 남자가 되어 나타난 우진의 모습에 당황했었다. 불도저처럼 밀어붙여 오는 바람에 해인은 자신의 감정을 제대로 알아차릴 수가 없었다. 조금씩 우진에게 마음이 기울어져 가고 있다는 것을. 몸이 강렬하게 우진을 원하는 것처럼 마음으로도 그를 원하고 있다는 것을.

해인은 자신의 몸에 두른 우진의 팔을 부드럽게 쓰다듬으며 다시 한 번 그의 어깨에 입을 맞췄다. 손에 쥐고 있던 핸드폰을 침대 옆 탁자 위에 올리려다가 문득 생각나는 게 있어 화면을 들여다보았다. 우진이 방에 들어오기 직전 도연에게 문자를 보냈던 게 그제야 생각났다.

해인이 문자를 보낸 지 십여 분도 지나지 않아 도연에게 답장이 연달아 와 있었다. 알림음도 듣지 못할 정도로 우진에게 빠져 있었다니.

〈서울 온 거니?〉

〈4시 이후라면 시간 괜찮아.〉

〈5시에 그랑에서 볼까?〉

그랑은 가로수 길에 위치한 플라워카페로 도연과 해인이 자주 가던 곳이었다. 커피를 마시러 갈 때마다 도연이 예쁜 꽃다발을 사 안겨주었던 곳이었다. 두 사람의 아름다운 추억이 잔뜩 배어 있는 곳에서 보자고 하다니. 그런 곳에서 봐도 당신은 아무렇지도 않은 걸까?

우진이 잠꼬대를 하는지 해인을 품 안으로 끌어당겨 안았다. 해인은 급하게 핸드폰을 탁자에 내려놓고 우진의 품으로 파고들었다.

우진의 단단한 가슴 근육이 손바닥 아래에 만져졌다. 해인은 우진의 가슴에 볼을 부비며 손바닥으로 천천히 쓰다듬었다. 딱딱하게 일어선 우진의 유두가 유난히 유혹적으로 느껴져 손끝으로 살살 건드려 보았다. 해인은 자신도 모르게 그것을 입안에 머금고 빨아들이다가 혀끝으로 핥았다.

그 순간 해인을 안은 우진의 양팔에 힘이 들어가며 자신의 몸을 바짝 밀착시켰다.

"부족했나 봐요?"

잔뜩 잠긴 우진의 목소리가 머리 위에서 들려오더니 이내 해인의 고개가 들어 올려지며 입술이 덮쳐졌다. 우진은 해인의 손을 끌어다 자신의 유두를 계속 애무하도록 했다.

"누나……. 또 하고 싶어요?"

"아니야. 그냥 어쩌다 보니까……."

"뭐야. 무책임하잖아요. 자는 사람 깨워놓고……."

해인의 고개가 뒤로 한껏 꺾이도록 우진의 입술이 그녀의 입술을 짓이기듯 비벼왔다.

"누나, 빨아줄래요?"

"응?"

"내 가슴…… 아까처럼 빨아줘요."

우진은 해인의 몸을 아래로 밀어 내리고는 자신의 몸을 그녀에게로 기울였다. 해인의 머리를 한 팔로 받치면서 양팔로 끌어안았다. 해인은 망설이다 곧 우진의 가슴을 입에 물었다.

"흐으음."

부드럽게 입술로 물었다 놓았다를 반복하다 이로 자근거리며 깨물었다. 혓바닥으로 가슴과 유두를 한 번에 핥아 올렸다가 혀끝으로 빙글빙글 원을 그리며 간질였다. 해인은 우진이 자신의 가슴을 애무했던 기억을 떠올려 그대로 그의 가슴을 애무했다. 도연에게도 해본 적이 없던 거라 어색하기만 했다.

"하아…… 누나 이런 느낌 처음이에요. 온몸이 짜릿해져. 누나도…… 누나도 내가 빨아주면 이런 느낌이었을까?"

해인은 우진의 등을 끌어안으며 더 빠르게 그의 가슴을 빨았다. 우진은 해인의 머리를 부둥켜안은 채 어찌할 바를 모르며 신음을 토해냈다. 이내 해인의 몸을 자신의 단단한 다리 사이로 옮아매듯 감싸 안았다. 불뚝 선 우진의 남성이 고스란히 해인의 아랫배에 닿았다.

해인이 우진의 몸을 밀어내며 가슴에서 입술을 뗐다. 아랫배에 닿은 우진의 남성이 금방이라도 자신의 안으로 밀고 들어올까 봐 덜컥 겁이 났다.

“나 더 이상 못해. 아래가…… 아파.”

두 눈을 감은 채 해인의 입술이 주는 감촉에 취해 있던 우진의 눈이 멍하게 그녀를 내려다보았다. 어둠 속에서도 몽롱하게 반짝거리는 눈빛이 빛을 발하다가 거부하는 해인의 목소리를 듣자 잔뜩 흐려졌다.

“누나가 이렇게 만들어놓고.”

우진은 해인의 손을 잡아끌어 자신의 남성을 감싸 쥐었다. 심장이 그곳에 있는 듯 크게 뛰는 맥박이 느껴질 정도였다.

“진짜 못해. 안 그래도 아파서 깼단 말이야.”

“그럼 안 넣고 할게요.”

우진이 무엇을 하려는지 미처 알아차리기도 전에 해인의 양 다리가 공중으로 올라갔다. 눈 깜짝할 사이에 옆에 누워 있던 우진이 자신의 아래에 무릎을 꿇은 채 자리를 잡고 앉은 모습을 보니 그가 경기에서 얼마나 민첩하게 움직일지 예상될 지경이었다. 해인은 이 와중에 그런 걸 떠올리는 자신이 또 어이없었다.

그 틈에 우진은 해인의 양다리를 무릎에서 교차시켜 자신의 한쪽 어깨에 올리고는 그녀의 무릎과 허벅지를 양 팔로 끌어안았다.

“안 넣는다며.”

“응. 안 넣을 거예요. 대신 이렇게…….”

꽉 맞닿은 해인의 허벅지 사이로 우진의 단단한 남성이 파고들었다. 해인의 골짜기와 허벅지 사이골로 우진의 남성이 빠른 속도록 치고 들어왔다 나가기를 반복했다. 해인은 안으로 들어오지 않았지만 단단한 남성이 자신의 부드러운 허벅지 안쪽과 클리토리스를 자극하자 여태껏 경험해 보지 못한 짜릿한 쾌감이 등줄기를 타고 올라오는 걸 느꼈다.

"하읏. 이거 뭐야……."

"흐윽. 누나…… 누나."

철벅거리며 두 사람의 살이 부딪치는 소리가 어둠 속에 메아리를 만들어냈다. 우진의 남성이 허벅지 사이를 뚫고 앞으로 나올 때마다 해인의 몸이 위로 들썩거렸다. 우진의 몸이 해인에게로 한껏 기울어지면서 움직임이 더 격렬해지기 시작했다.

"아흣…… 아으응. 우진아 이거, 이거 느낌이 이상해."

"흣흣……."

우진은 대답할 겨를도 없이 해인의 허벅지 사이를 뚫을 듯 파고들기에 바빴다.

"크윽."

얼마나 시간이 흘렀을까. 해인의 허벅지 사이와 클리토리스가 얼얼하게 아파올 때쯤 배 위로 따뜻한 액체가 뿜어져 나왔다. 우진이 가쁜 숨을 몰아쉬며 해인의 배 위로 정액을 쏟아냈다. 부르르 떨리는 몸을 겨우 버티며 앉아 있던 우진은 자신이 끌어안고 있는 해인의 다리를 쓰다듬으며 연신 입을 맞추었다.

해인은 난생 처음 해보는 경험에 얼떨떨하면서도 여전히 몸에 남아 있는 절정의 여운에 늘어지듯 누워 있었다. 우진의 남성도, 손가락조차도 자신의 안에 들어오지 않았는데 절정을 맛봤다는 사실이 믿어지지 않았다.

우진이 티슈를 한 움큼 뽑아내 해인의 배 위에 쏟아놓은 정액을 닦아냈다. 정성스럽고 부드럽게 닦아내는 손길에서 애정이 듬뿍 묻어났다. 우진은 티슈를 몇 장 더 뽑아내 자신의 남성을 닦고는 해인의 아래도 꼼꼼히 닦아주었다.

"우진아."

"……."

"안아줘."

해인이 양팔을 벌리자 우진이 천천히 몸을 누이며 그녀를 감싸 안았다. 두 사람은 서로의 품 안에서 체온을 느끼고 심장박동을 느끼면서 안정을 찾아가고 있었다.

도연은 그늘 진 창가 쪽에 자리를 잡고 앉아 있었다. 한여름 내려쬐는 햇빛을 피하면서 바깥 풍경을 한눈에 담을 수 있는 이곳은 여름에 이곳에 올 때면 늘 앉던 자리였다. 커다란 화분에 가려 다른 자리와는 독립된 공간처럼 보이는 한적한 곳이었다.

도연은 맞은편에 비어 있는 의자를 멍하니 바라보았다. 예전이었다면 그곳에 해인이 앉아서 커피나 홍차를 홀짝이며 마시고 있을 터였다. 연신 도연을 바라보며 반달눈이 되도록 만면에 미소가 떠나지 않았을 터였다.

그러다 도연이 손을 내밀면 수줍은 듯 맞잡았고 그가 이끄는 대로 자신의 옆자리로 옮겨와 앉고는 했었다. 그럴 때마다 도연은 해인을 품에 안은 채 몇 시간이고 이곳에 앉아 있고는 했었다.

"해인아……."

작게 소리 내어 해인의 이름을 불러보았다. 돌아오지 않을 대답을 기대하면서 멍하니 맞은편 빈 의자만 바라보았다.

도연의 시선이 홀린 듯 밖으로 향했다. 골목 저 끝에서부터 천천히 걸어오는 해인의 모습이 보였다. 몸에 딱 달라붙는 스키니진에 헐렁한 긴팔 화이트셔츠를 입었고, 무늬 없는 베이지 톤의 단정한 구두를 신고 있었다. 어깨를 조금 넘던 단발머리는 제법 길어져 가슴 아래까지 구불거리며 흘러내렸다.

'군더더기 없이 아름답던 너는 지금도 그대로구나.'

도연은 해인이 카페 문을 열고 안으로 들어서 두리번거리다 자신을 발견하는 모습까지 하나도 놓치지 않고 바라보았다. 여름이면 언제나 함께 앉았던 이 자리를 해인은 잊고 있었던 걸까 싶어 섭섭함이 몰려들었다.

도연을 발견한 해인은 시선을 내린 채 천천히 걸어와 맞은편 의자에 앉았다. 도연이 한 시간이 넘도록 예전 해인의 모습을 떠올리며 멍하니 바라보고 있던 바로 그 자리였다.

"오랜만이다."

"네."

"차…… 뭐 마실래? 아메리카노? 얼그레이?"

해인이 즐겨 마시던 두 가지 메뉴를 대는 도연을 무심한 시선이 되받았다.

"레모네이드요."

카운터에 주문하러 가기 위해 일어서려던 도연이 멈칫하며 다시 앉았다. 당연히 둘 중 하나일 거라 생각했었는데 전혀 엉뚱한 답이 돌아오자 그것만으로도 당황스러웠다.

"전엔 레모네이드 안 마셨잖아. 신 것 싫다고 귤도 안 먹었……."

"입맛 바뀌는 거야 한순간이죠."

해인의 무미건조한 말투가 비수가 되어 도연에게 와 박혔다. 서현과 함께 있던 날을 제외하고 단 한 번도 자신에게 이런 말투로 말한 적이 없던 그녀였다. 주문한 음료를 기다렸다가 들고 자리로 돌아오면서도 도연은 안절부절못했다. 해인에게 오늘 만나자는 문자를 받으면서 일말의 기대도 하지 않았다고 한다면 거짓말이었다.

다시 관계를 회복할 수 있을지도 모른다는 생각에 하루 종일 속절없이 천천히 흘러가는 시간만 원망하고 있었다. 한시라도 빨리 해인을 만나고 싶었다. 해인을 품에 안고 부드러운 그녀의 볼을 쓰다듬고 싶었다. 그녀를 예전처럼 안을 수만 있다면 제 목숨이라도 아깝지 않았다.

그렇게 설레며 약속시간보다 한 시간이나 먼저 나와 기다렸는데. 겨우 마주한 해인에게서는 기대의 반도 미치지 못할 만큼 냉기가 흘렀다. 아니 아무 감정도 전해지질 않았다. 원망도 증오조차도 하지 않는 걸까? 너는 이제 그것조차 나에게 아까운 걸까?

자리에 돌아오자 해인은 의자 등받이에 온전히 몸을 의지한 채 눈을 감고 있었다. 테이블에 레모네이드를 내려놓을 때 얼음이 부딪치며 달그락거리는 소리가 나자 그제야 살며시 눈을 떴다.

"피곤해? 눈이 빨갛다."

"……어제 잠을 못 자서요."

해인이 상체를 앞으로 세우며 잔으로 손을 뻗었다. 길고 하얀 손가락이 물방울이 맺힌 유리잔을 잡자 손가락 사이로 물이 방울방울 흘러내렸다. 도연은 해인의 손에서 레모네이드 잔을 가져와 냅킨으로 겉면을 닦아냈다. 새로운 냅킨을 들어 해인의 손을 닦으려 내밀자 그녀가 주먹을 쥐며 테이블 아래로 손을 내렸다.

도연은 레모네이드를 해인의 앞으로 밀어주며 냅킨도 함께 밀어놓았다. 그제야 해인이 냅킨을 가져다 자신의 손을 닦아내었다.

"이젠…… 이런 것도 못하는구나."

도연이 씁쓸하게 웃었지만 해인은 무표정하게 그런 그를 바라볼 뿐이었다.

"욕심이 과하네요. 우리 이제 그런 사이 아니잖아요."

"……."

"왜 연락한 건지, 만나자고 한 이유가 뭐예요?"

"보고 싶었어. 우리 제대로 얘기도 못하고 헤어졌잖아. 그때 일도 설명하고 싶었고."

"이제 와서? 세 달 후면 벌써 일 년이 되는 일을?"

"이해 안 되겠지만, 아니 싫겠지만 들어줘. 꼭 한 번은 네게 하고 싶었던 이야기야."

도연은 절박하게 해인을 바라봤다. 이 자리에서 그녀가 뛰쳐나가지 않기만을 바랐다. 지금 당장 자신을 용서하지 못한다 하더라도 오늘 들은 이야기를 곱씹고 또 곱씹으며 자신을 떠올려 주기를 바랐다. 그렇게 조금씩 자신에게로 다시 돌아와 주기를 바랐다.

"나는 불신덩어리였고 자괴감덩어리였어. 어려서부터 뒷바라지 해준 형이랑 어머니한테 매여서 내 목소리를 내는 게 쉽지 않았고……. 너도 알겠지만 난 언제나 내 가족들한테서 벗어나고 싫어 했어. 그래서 이것저것 아르바이트까지 해가면서 미친 듯이 공부했어. 하루라도 빨리 돈을 벌어서 그들에게 갚고 싶었거든. 갚아버리고 온전히 내 삶을 살고 싶었어."

"그런 얘기 들으려고 나온 거 아니에요. 어머니나 형한테 그런 마음이라는 거 몰랐던 것도 아니었고. 그게 지금 우리 일이랑 무슨 상관인 건데요."

도연의 얘기가 길어지자 해인이 중간에 말을 잘랐다. 단답형으로만 묻고 대답하던 해인의 목소리가 제대로 들린다 싶으니 도연은 그것마저도 다행이다 싶었다.

"무조건 나만 사랑해 주는 너를 만나면서 내가 배가 불렀던 것 같아. 나한테 부끄러운 사람들까지도 너는 항상 웃으면서 대해줬지. 언제부턴가 너의 그 조건 없는 사랑마저 부담이 되기 시작했어. 숨이 막혔고 내 발목을 잡는 것만 같아서…… 도망치고 싶었던 것 같아."

해인의 표정이 묘하게 일그러졌다. 도연의 얘기를 들으면서 다른 생각을 떠올리고 있는 것처럼 보였다. 그 모습에 또 불안감이 일어 도연은 해인에게로 팔을 뻗었다. 본능적이었다. 해인을 놓치고 싶지 않다는 본능에서 자신도 모르게 그녀에게로 구원을 요청하는 손을 내밀고 있었다.

"해인아, 나 너 잃고 싶지 않아. 내가 사랑하는 건 너야. 내가 말도 안 되는 모진 말도 했지만 내가 원하는 건 너뿐이야."

도연의 두 눈 가득히 해인을 향한 애틋함이 담겨 있었다. 후회와 절망과 애원이 어우러진 감정이 질척거리며 해인에게로 흘러갔다.

"나를 왜 좋아했어요?"

먼 곳에 가 있던 해인의 시선이 올곧이 도연에게로 향했다. 도연이 뻗은 손을 마주 잡지 않은 채, 그 손이 눈에 보이지 않은 사람처럼 그의 눈만 바라보고 있었다.

"왜 좋아했냐니. 그야……."

도연은 바로 답을 할 수가 없었다. 해인을 처음 만난 날부터 하루도 빠짐없이 기억에 남아 있었다. 그녀가 자신을 향해 끊임없이 방긋 웃어주던 날들도, 자신을 좋아한다고 고백하던 날도, 그녀와 사귀게 된 날도, 그녀와 약혼했던 날도. 그리고 그녀를 품에 안았던 날들 모두를 기억에 담고 있었다.

따뜻했고 충만했고 기뻤던 하루하루가 온전히 자신의 기억 속에 있는데 왜 해인의 질문에 바로 답을 할 수가 없을까?

"사랑하는 데 이유가 필요해? 어느 날부터인지 이미 네가 내 인생으로 들어와 있었어."

"그러게요. 사람이 사람을 좋아하는 데 이유가 필요할 리 없죠. 어떤 식으로 시작했든 사랑이란 걸 했었는데…… 그런데 그 사랑이란 것도 다 부질없나 봐요. 우리 둘 다 욕망이 사랑을 이겨 버렸으니까."

해인이 슬프게 웃고 있었다. 만난 이후로 계속 무표정이던 얼굴이 드디어 표정을 드러냈는데 너무나 슬퍼 보였다.

"난 욕망이 아니었어. 실수였을 뿐이야."

"실수라고 하기엔 너무 큰 실수죠. 욕망이 불러일으킨 아주 큰 실수. 서현이랑 열심히 뒹굴 때는 그런 생각 못했나 봐요."

"해인아."

"현실로부터 도망치고 싶었고 자신을 부정하고 싶었던 것들? 아니면 한편으로 나를 잃고 싶지 않았던 것? 그런 자신이 너무 싫었던 것까지 그런 것들이 다 욕망이 아니었을까? 그 욕망이란 것들이 쌓여서 결국은 서현이에게서 돌파구를 찾고 싶었던 거겠죠."

"…… 우리 둘 다 욕망이 사랑을 이겨 버렸으니까."

도연은 문득 해인이 했던 말이 떠올랐다. 도연만을 가리킨 게 아니라 해인 자신도 포함한 말이었다. 싸늘한 한기가 온몸을 훑고 지나갔다. 해인에게 벌써 다른 남자가 생겼단 말인가? 해인이? 설마 저밖에 모르던 해인이?

"그럼 넌…… 너의 욕망은 뭐였는데?"

해인의 물기 가득한 커다란 눈망울이 도연을 슬프게 바라보았다. 입술을 달싹거리며 힘들게 얘기를 꺼내려 하는 해인을 바라보는 도연의 심장이 무너져 내렸다.

"……사랑! 맹목적으로 나만을 사랑해 주는 그런 사람. 그걸 갈구하는 내 마음……. 그게 내 욕망이었던 것 같아요."

도연이 테이블 위로 팔을 뻗어 해인의 팔목을 낚아챘다. 계속 해인에게 향해 있던 손을 그녀는 예전처럼 돌아봐 주지 않았다. 마주 보고 대화를 하고 있으면서도 해인의 시선은 도연을 향해 있지 않았다. 지금은 알 수 있었다. 언제나 자신만을 바라보던 해인의 시선이 멀어져 있다는 것을. 붙잡기엔 너무 멀리 가버렸다는 것을.

"해인아, 혹시…… 다른 남자 생겼어? 그런 거야?"

해인은 도연에게 잡힌 팔을 애써 빼내려 하지 않았다. 도연이 해인의 곁으로 다가와 앉으며 그녀의 머리카락을 어깨 너머로 넘기는데도 개의치 않았다. 도연의 시선이 해인의 목덜미에 난 자국을 확인하고 불꽃처럼 일렁이는데도 피하지 않았다.

"그 녀석이랑 나처럼 첫눈에 사랑에 빠져서 변하지 않는 사랑이 있는가 하면…… 우리처럼 언제 사랑에 빠진지도 모르게 상대방을 사랑하고 있는 경우도 있더라구요. 사랑을 시작하는 방식에 정답이란 건 없나 봐요."

"왜? 어째서 너는 두 가지 모두 해당되는데? 나한테 첫눈에 반했던 것 아니었어? 언제 빠진 지도 모르게 다른 사람을 사랑하게 된 거야? 그 녀석이라니 그게 누구야? 어떤 자식이냐고. 네 몸에 이런…… 이런 걸 만든 게 그 자식이야?"

"나 그 애랑 있으면 너무 기분이 좋아져서, 행복해져서 자꾸 이상해질 것만 같아요. 다 잊고 싶어져. 다시 웃고 싶어져."

도연의 손이 해인의 목덜미로 파고들었다. 벌어진 셔츠 사이로 새하얀 속살이 드러나고 선명하게 자리를 잡은 검붉은색의 키스마크들이 모습을 보였다.

"그런데…… 나 그 애를 사랑할 자격이 없어요."

"무슨……."

"아직 오빠를 너무 많이 미워해서…… 내가 너무 많이 미워해서. 그래서…… 용서가 안 돼. 무조건 오빠만 사랑했던 내 마음을 짓밟아 버린 게 너무 미워서…… 내 마음이 새카맣게 타버려서. 이런 마음으로 그 애한테 온전히 갈 수가 없어요."

해인의 볼을 타고 굵은 눈물방울이 흘러내렸다. 두 눈에 가득 차오르던 눈물이 커다란 해인의 눈에 다 담기지 못하고 흘러넘쳤다.

"왜 그랬어요. 나를 사랑한다면서 왜 나를 배신했어요. 왜 하필 그 애를 안았어. 왜?"

해인의 입에서 자신을 거부하는 말들을 듣고 싶지 않았다. 몇 번이고 시간을 되돌리고 싶었던 일을 해인의 입으로 듣고 싶지 않았다.

도연은 거친 숨을 뱉어내며 해인의 목덜미와 얼굴을 움켜쥐고 그녀의 입술을 빨아들였다. 이리저리 입술을 부비고 빨아들이다가 해인의 입안으로 혀를 밀어 넣었다. 해인의 눈물에서 나는 짭조름한 맛이 입안을 가득 채웠다.

해인은 도연의 입술을 거부하지 않았다. 거칠게 자신의 입술을 탐하는데도 고개를 돌리지 않았다. 그저 도연의 입술 아래에서 흐느끼며 울고 있을 뿐이었다.

도연도 울고 싶었다. 해인처럼 겉으로 눈물을 흘리고 싶었다. 속에 꾹꾹 눌러 담고 있던 화와 울분을 다 토해내고 싶었다. 엉엉 소리 지르며 울고 싶었다. 그러지 못해 답답했고 그러지 못해 화가 났다. 제 속에 있는 응어리 하나 풀어내지 못해 해인에게 상처를 입히고 스스로 망가뜨려 버렸다. 할 수만 있다면 시간을 되돌리고 싶었다. 있는 그대로 자신을 드러내고 사랑하고 사랑받고 싶었다.

"사랑해. 사랑해 해인아. 정말로 사랑해."

도연의 때를 놓쳐 버린 부질없는 고백이 해인의 입안으로 사라지고 있었다.

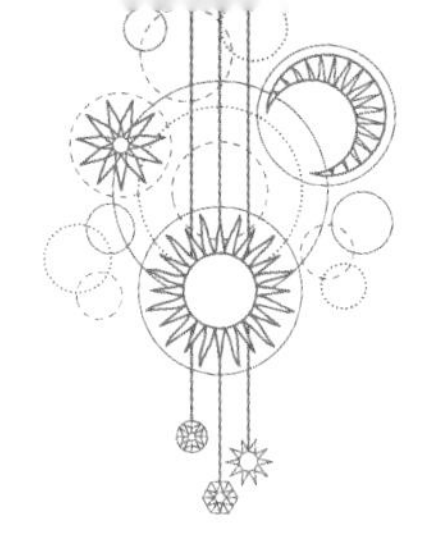

10. 내 품 안에만

해인은 도연과 헤어진 후 멍하니 거리를 걷고 있었다. 데려다준다는 도연을 뿌리친 채 거리를 걷고 또 걸었다. 퇴근 시간을 넘긴 늦은 오후 가로수길은 사람들로 붐볐다. 넘쳐나는 인파 속에서 해인의 심장에 구멍이라도 난 듯 공허함이 몰려들어와 크게 숨을 들이마셨다 내쉬기를 반복했다.

무작정 길을 걷던 해인을 지나가던 행인이 팔을 툭툭 쳐 왔다. 해인의 손에 든 핸드폰을 눈짓하고 있었다. 그제야 끊임없이 핸드폰 벨이 울리고 있다는 걸 자각할 수 있었다.

[누나.]

너는 왜 하필 이 타이밍에 전화를 해올까.

"응. 웬일이야?"

해인은 애써 태연한 척 목소리를 가다듬으며 우진의 전화를 받았다.

[막 나가려다 전화해 봤어요.]

"어디 가?"

[어디겠어요. 누나 만나러 누나 집에 가는 거죠. 어디예요? ……만났어요?]

오전에 해인이 나올 때 우진도 자신의 집에 들르겠다며 함께 나왔었다. 도연을 만나는 장소가 어디냐고 더 이상 묻지 않은 채 저녁에 보자는 말만 남겼던 우진이었다.

"응."

[혹시 같이 있어요?]

"아니. 아까 헤어졌어."

[데리러 갈게요. 어디예요?]

"아니야."

[갈게요. 어딘지 알려줘요.]

우진의 목소리가 뜻을 굽히지 않겠다는 듯 단호했다.

해인은 고개를 들어 자신이 어디쯤인지를 확인했다. 무작정 걷다 보니 건물들의 간판이 선뜻 눈에 들어오지 않았다. 세상이 빙빙 도는 기분이었다. 그러다 방금 전까지 도연과 있었던 카페가 눈에 들어왔다. 시선을 두지 않고 걷다 보니 그 카페 주변을 뱅뱅 돌기만 했었나 보다.

"신사동에 그랑이라는 카페에 있을게."

[알겠어요. 금방 갈 테니까 안에서 기다리고 있어요.]

"응."

우진의 전화를 끊고 그랑 안으로 들어서려던 해인은 발걸음을 돌렸다. 우진이 이곳에 오기까지는 적어도 삼십분 이상 걸릴 게 분명했다. 그 사이에 조금이라도 더 걷고 싶었다. 방금 전까지 도연과 마주 앉아 있던 곳에 다시 들어가고 싶지 않았다. 우진과 만날 장소를 바꿀까를 고민하며 돌아선 해인은 자신의 눈앞에서 있는 사람을 보고 아연실색할 수밖에 없었다.

"집이라며?"

"……."

"언제부터……. 나 미행했어?"

"아니요. 약속 시간 맞춰 근처에 와 있었어요."

우진은 들켰으니 어쩔 수 없다는 듯 성큼 해인에게로 다가와 섰다.

"어떻게 알고?"

"새벽에 문자 확인할 때 봤어요."

어둠 속에서 핸드폰 액정화면은 유난히 밝은 빛을 내며 제 속을 다 보였을 터였다.

"처음부터 봤어? 도연 오빠랑 만나는 거?"

"네."

해인의 낯빛이 창백해졌다.

"보여주고 싶지 않다고 했었잖아. 왜 왔어?"

"누나가 흔들릴까 봐. 흔들릴 것 같으면 끌고서라도 데리고 나오려구요."

해인은 두 눈을 꼭 감았다. 눈앞에서 빙빙 돌던 거리가 자신을 집어삼키려는 것 같았다.

"그럼 그것도 봤어? 도연 오빠랑 키스하는 것도?"

아니라고. 그건 못 봤다고 대답해 주길 바랐다. 정말 키스했느냐고 되물어주길 바랐다. 자신을 놀리려고 거짓말하는 거냐고 웃어주길 바랐다.

해인은 서현과 뒹굴던 도연을 봤을 때 자신의 기분이 어땠는지가 오버랩되면서 온몸이 부들부들 떨려오기 시작했다. 그런 모습을 우진에게 보여주고 싶지 않았다. 해인은 질끈 감은 두 눈으로 시야를 차단한 채 혼자만의 세상 속으로 고립되고 있었다.

"봤어요. 화나고 그 자식을 죽이고 싶고 당장에라도 쫓아 들어가서 누나한테서 떼어놓고 싶었지만 참았어요. 누나 스스로 결정하길 바랐으니까."

우진의 손이 해인의 어깨를 부드럽게 감아쥐었다. 손끝에 힘을 주며 해인이 눈을 뜨고 자신을 보기를 바란다는 말을 대신했다.

"그래서 내가 싫어졌어? 다른 남자랑 키스해서…… 더러워?"

"눈 뜨고 날 보면 대답해 줄게요."

우진의 손끝에 조금 더 힘이 들어가며 해인의 몸을 끌어당겼다. 이유를 알고 있었지만 어쩔 수 없는 두려움에 떨고 있는 해인의 몸이 우진의 커다란 손아래에서 연약하게 끌려갔다.

"그런 걸로 누나를 더럽다고 생각하지 않아요. 나보다 먼저 누나를 안았던 사람이고 누나의 첫 남자인 것도 알아요. 그래서 화가 나요. 질투도 해. 하지만 그건 내가 누나의 처음이 아니라는 것 때문이에요."

"……."

"만약 누나가 오늘 그 자식에게 몸을 허락했다 하더라도 누나를 더럽다고 생각하지 않았을 거예요. 누나를 완벽하게 내 것으로 만들지 못한 내 책임이니까. 더 미친 듯이 노력하고 더 분발해서 누나를 내 것으로 만들면 되니까."

"……."

"혹시 그 사람하고 다시 시작할 거예요?"

해인이 고개를 가로저었다. 그것만은 분명하게 답할 수 있었다.

"그럼 됐어요. 다시 시작한다고 해도 어떻게든 누나를 빼앗아 오겠지만 그런 걸로 내 사랑은 변하지 않아요. 나 꽤나 누나한테 일방통행하고 있다구요. 이 정도로 더 이상 물러나지 않아요."

"나는 변했었어. 도연 오빠가 다른 여자를 안은 걸 보는 순간 난 물러나 버렸다고."

우진은 해인을 품에 안았다. 애처로워 더 이상 두고 볼 수 없다는 듯 부드럽게 품에 안고 머리를 쓰다듬었다.

"누나는 짐작도 못했던 일이었잖아요. 바람피운 상대도 그렇고, 그만큼 충격이 컸을 테죠. 난…… 나는 워낙 어려서부터 누나가 그 사람만 바라보고 있던 걸 봐왔으니까 내성이 생겼나 봐요. 그런데 더는 안 물러설 거니까 이제 알아서 해요."

해인은 우진의 가슴에 얼굴을 묻으며 한참을 말없이 서 있었다. 지나가는 사람들이 두 사람을 쳐다보는데도 아랑곳없이 서로의 품에 기대어 있었다.

"누나, 팀에서 내 포지션이 뭔지 알아요?"

해인이 얼굴을 우진의 가슴에 묻은 채 고개를 가로저었다.

"에이. 이제 나한테 제대로 관심 좀 갖죠? 파워포워드예요. 파워포워드. 얼마나 빠르고 민첩하고 공격력이 높은 줄 알아요? 슈팅 득점도 꽤나 높다구요. 이런 내가 누나를 놓칠 것 같아요? 어떤 놈도 누나한테 눈독들이지 못하게 할 거예요. 지켜낼 거고 내 여자로서만 살게 만들 거예요. 그러니까 지금처럼 내 품 안에만 있으면 돼요."

해인은 그렇게 우진의 품에 안긴 채 투정처럼, 잔소리처럼, 하소연처럼 이어지는 그의 목소리에 귀 기울였다. 시간이 지날수록 거짓말처럼 마음이 안정되어 갔다. 넓고 큰 우진의 가슴이 듬직하게 자신이 기댈 수 있도록 해주었고 등에 둘러진 강인한 팔에서 안정감을 느낄 수 있었다. 부드럽게 머리카락을 쓸어내리는 감촉에 어지럼증도 점차 사라졌다.

◎

해인은 청담에 위치한 'bar ELLE'에 와 있었다. 지석과 나란히 바에 앉아 술잔을 기울이며 이런 저런 얘기를 나누는 중이었다.

"대표님 요즘 돈독이 올랐는지 웬 이혼소송을 자꾸 맡는지 모르겠다."

"그래도 선배한테는 안 주잖아요. 그런 건은 이 변이나 도 변한테 넘기지 않아요?"

"그렇긴 하지. 그래도 로펌 체면이 있지. 좀 굵직하고 큰 걸로 맡아야 수임료도 높고 승소했을 때도 더 알아주지."

"선배도 속물 다 됐네."

해인이 앱솔루트를 야금야금 한 모금씩 마시며 지석을 놀려댔다.

"이 자식이 선배한테 속물이라니. 다 서로 좋자고 하는 거지."

"그래서 지금 맡은 건 잘 돼요? 그거랬지? 연예인이랑 의사들 대상으로 사모펀드 투자하라고 사기 친 유명 스타일리스트 사건."

"어. 그 스타일리스트 변호사도 이쪽 업계에서 지저분하다고 소문난 양반이라 일이 지지부진하다. 이 일 하면서 매번 느끼는 거지만 진짜 속이려고 작정하고 달려들면 안 걸려드는 사람 없는 것 같아. 너나 나나 똑똑한 척은 다 하면서 뒤통수 맞는 일 어디 한두 가지야?"

"그러게. 사방에 눈과 귀를 두고 다닐 수도 없고. 어쩔 수 없죠."

해인이 잔을 든 채 계속 야금거리자 지석이 한껏 째려보았다.

"야, 이해인. 술 약해졌어? 앱솔루트를 스트레이트로 마셔야지 그렇게 한 모금씩……. 아껴 먹냐? 일 쉬더니 돈 다 떨어졌어?"

"아, 뭐래요. 자긴 위스키를 스트레이트로 마시더니 벌써 취했나? 내가 아무리 반년 이상 먹고 놀았기로서니 어디 돈 떨어질 집안 딸이야?"

"아이고, 그러셔요. 아주 자아아알 나셨습니다. 후배님아. 이 자식이……."

지석이 해인의 목에 헤드 락을 걸며 머리카락을 헝클어뜨렸다. 평소였다면 해인이 그런 지석의 팔목을 낚아채 비틀며 빠져나왔을 텐데 어찌된 일인지 그럴 겨를도 없이 지석의 팔이 떨어져 나갔다.

"에? 선배야말로 약해졌나 봐요. 팔 힘이 그것밖에 안 돼?"

"쯧. 나 새로운 진리를 깨달을 것 같아. 이게 실행된다면 전공 바꾸고 논문이라도 쓸까 봐. 노벨과학상? 아니면 노벨의학상? 뭐 이런 것 중에 대충 아무거나 하나라도 받게 되지 않을까?"

지석이 양복 재킷 앞을 양손으로 잡아채듯 내리더니 소매 끝의 커프스를 확인하며 옷매무새를 바로잡았다. 어느새 비장한 눈빛이 해인을 바라보고 있었다.

"뭐라는 거야 진짜. 술 마시다 말고 옷매무새는 왜 가다듬어요?"

해인은 이해할 수 없는 말과 제스처를 하는 지석을 보며 어이없다는 듯 코웃음을 치다가 술을 한 모금 들이켰다.

"사람이 눈빛만으로도 누군가를 죽일 수 있겠구나 싶어서."

"커헉……."

해인은 마시던 술이 목에 턱 걸리며 사레에 걸렸다. 컥컥거리며 연신 기침을 해대는 해인에게 얼음물 잔을 쓰윽 밀어주는 지석이 재미있다는 듯 킥킥거렸다.

"너 요즘 스토커 달고 다녀?"

지석이 해인의 뒤쪽, 어느 한곳을 향해 턱 끝을 들어 가리키자 해인이 한숨을 푹 내쉬었다. 돌아보지 않아도 우진을 말한다는 것을 알고 있었다.

우진은 오후에 가로수길에서 만난 이후로 지석을 만나는 곳까지 따라온 상태였다. 아무리 먼저 가라고 돌려보내도 망부석처럼 곁에서 떨어지려 하질 않아 어쩔 수 없이 함께 왔었다. 우진은 ELLE에 들어와서도 두 사람이 잘 보이는 곳에 자리를 잡고 앉아서는 술 한 모금 마시지 않은 상태로 해인을 바라보고 있었다.

"미안."

"스토커가 아니면 보디가드냐?"

"묻지 마. 말하려면 길고 복잡하고…… 좀 그래."

"너한테 해코지할 녀석만 아니면 그건 뭐 됐고. 그나저나 언제 복귀할 거야?"

지석이 우진에게서 시선을 거두더니 팔짱을 끼며 해인을 노려보았다.

“이 달 안에 정리하고 올라오려구요. 대표님께도 낮에 만나서 그렇게 말씀 드렸고.”

“안 그래도 아까 사무실 들어갔더니 지혜 씨한테 네 자리 정리해 놓으라고 지시하던데. 아주 신났더라. 그럼 다음 달부터 업무 시작하는 거야? 제니 홍도 본격적으로 일 시작했던데. 이번에 L홈쇼핑이랑 계약했더라고. 그것도 유 회장님이 진행시킨 거야?”

“그렇죠. 난 아이템만 주고 진행은 회장님 쪽에서 하고. 내일 뵙기로 했으니까 자세한 얘기는 들어봐야 알겠지만…… 채서현한테도 이번 주 중에 연락 들어갈 거예요.”

“너 그 좋은 머리를 꼭 그런데 써야겠냐?”

지석이 혀를 끌끌 차더니 해인의 머리를 톡톡 두드렸다. 지석은 해인이 이 일을 의논했을 때 누구보다 적극적으로 걱정하고 도움을 줬으면서도 초반에 너를 말리지 못한 게 한이라고 푸념을 늘어놓는 사람이었다. 지금도 같은 마음으로 하는 소리라는 것을 굳이 말로 표현하지 않아도 해인은 알고 있었다.

“서울 와도 일은 추석 지나고부터 하려구요. 10월 셋째 주쯤으로 생각 중이예요.”

“뭐? 왜 그렇게 미뤄? 이게 아주 뒷방늙은이처럼 나한테 일 다 떠넘겨 놓고. 놀다보니 완전 신나지? 마냥 좋지?”

지석은 방금 전까지 심각하게 찡그리고 있던 사람이 맞나 싶게 우스꽝스러운 표정이 되어버렸다. 적어도 해인의 눈에는.

“그러게 노는 게 딱 내 체질인가 봐.”

“이 자식이.”

이번에는 지석의 손에 한껏 힘이 들어간 채 해인에게 다시 헤드 락을 걸었다. 평소에도 엎치락뒤치락 툭탁거리며 싸우기 일쑤인 선후배 사이라 특별히 남의 시선을 신경 쓰는 행동이 아니었다. 하지만 이번에도 지석의 팔이 평소보다 빨리 해인의 몸에서 벗어났다.

"아, 진짜. 선배 보약 먹어야겠네. 힘이 그렇게……."

깔깔거리며 웃던 해인의 얼굴에서 웃음이 싹 사라졌다. 지석의 팔이 등 뒤로 꺾인 채 바에 얼굴이 짓눌려져 있는 상태였고 그를 그렇게 만들고 있는 게 바로 우진이었기 때문이었다. 바 안쪽에 있던 바텐더들도, 홀에 있던 손님들도 갑자기 일어난 소동에 시선이 이곳으로 쏠리고 있었다.

"너, 너 미쳤어? 놔. 놓으라니까?"

해인이 우진의 팔을 툭툭 치며 겨우 지석에게서 떼어놓았다. 지석이 다쳤을까도 걱정이었지만 누구 하나라도 우진을 알아보고 SNS에 올릴까 봐 노심초사했다. 그나마 이곳이 프라이빗 바라는 것이 다행이라면 다행이었다.

"미쳤어? 그러다 누가 알아보면 어쩌려고 그래?"

"야, 이해인. 넌 선배가 다친 건 걱정 안 되고 네 스토커 걱정뿐이냐?"

지석은 잔뜩 얼굴을 찡그린 채 등 뒤로 돌려졌던 팔을 연신 주무르며 구시렁거렸다.

"어두워서 잘 몰랐는데 가까이서 보니까 서우진 맞네. 농구선수 서우진. 그치?"

"선배, 미안."

해인이 지석의 팔을 주무르려고 하자 우진이 그녀의 팔을 막고는 자신이 지석의 팔을 주무르기 시작했다. 그 모습에 우진을 제외한 모든 사람이 놀란 얼굴로 그를 바라보았다.

"병 주고 약 주는 거야? 야, 진짜 이 녀석 정체가 뭐냐?"

"제 여자한테 함부로 손대지 마시죠. 쓰다듬는 것 안 됩니다. 어깨, 팔, 허리 등등 신체에 모든 접촉 안 됩니다. 머리카락 한 올도 안 됩니다. 집적거리는 건 더더욱 안 됩니다. 그리고 방금처럼 과격한 스킨십이 들어가는 헤드 락은 절대 금물입니다. 이 여자 연약해서 상처 날 수 있습니다."

"서우진, 스톱. 그만 그만. 너 지금 뭐 하는……."

"얘가 연약해? 지나가던 개가 웃겠…… 네."

지석은 어이없다는 듯 헛웃음을 짓다가 우진의 날카로운 시선을 의식하고는 입을 다물었다.

우진은 해인의 저지에도 아랑곳없이 자신의 할 말을 이어갔다. 여전히 지석의 팔을 주무르면서 시선은 올곧이 그의 눈을 향해 있었다. 낮게 가라앉은 목소리가 자신의 말에 반박이라도 하면 당장에라도 팔을 부러뜨리겠다는 듯 그르렁거리고 있었다.

"그나마 직장 선배라고 해서 이 정도로 끝난 겁니다."

지석이 눈을 동그랗게 뜬 채 질렸다는 표정을 지었다. 우진에 맞서 한껏 노려보다가 해인에게로 시선을 돌렸다.

"이해인. 어디서 이런 미친놈을 데려왔어? 젠장. 이봐, 친구. 내 팔 좀 그만 주물럭거리지? 그 정도론 안 아프거든?"

마지막 자존심을 긁어모으며 우진을 향해 인상을 쓰던 지석이 자신의 옆자리를 툭툭 쳤다.

"여기 앉아. 딱 보니 해인이 스토커는 아니고 보디가드 정도는 되는 것 같으니까 술 한잔 줄게."

여전히 어이없어 하는 해인을 제쳐 두고 지석과 우진은 나란히 앉아 어느새 사이좋게 술잔을 기울였다.

"해인이 이 녀석은 잘 지켜봐야 해. 나 말고도 노리는 놈들 많으니까."

"그쪽도 이 여자 노리는 겁니까?"

"이 자식이. 나보다 한참 어려 보이는구만. 그쪽이 뭐야 그쪽이. 말본새하고는…… 형이라고 불러."

"아놔, 진짜 이 양반들이."

해인이 지석이 앉은 스툴 아래를 발로 퍽 차자 그제야 그녀를 돌아보았다.

"앱솔루트 같은 걸 홀짝거리는 놈은 짜져 있어라."

지석이 손목을 휘휘 저어가며 해인을 놀렸다. 우진은 지석이 따라주는 위스키를 연달아 스트레이트로 들이켰다.

"아, 웬 술을 그렇게 먹어. 희석시켜 마시라고."

해인이 말리는데도 두 사람은 연달아 스트레이트로 달렸다. 서로 승부를 보려는 것처럼 한 사람이 마시면 다음 사람이 받아 마시는 식이었다. 팔이 꺾이고 눈빛으로 이어지던 남자들의 기싸움이 이번에는 술 대결로 이어지는 모양새였다.

"이런 한심한 인간들……."

지석과 우진 사이에서 전전긍긍하느라 해인은 오후에 도연을 만났던 일이 먼 옛날 기억 같기만 했다. 차라리 이렇게 조금씩 잊히면 좋으련만. 오늘처럼 기억을 저 멀리 보낼 수 있는 일들이 계속 자신에게 일어나 줄까 의문이 들었다.

생각에 잠겨 있던 해인은 따끔거리는 시선을 의식하고 고개를 들었다. 지석을 보면서도 계속 저를 주시하고 있는 우진의 눈빛을 마주 바라보며 해인은 자신의 심장이 빠르게 뛰는 것을 느꼈다.
'너라면, 너라면 내게 새로운 시간들을 만들어줄 수 있을까?'

✺

도연은 그랑에서 포장해 온 꽃다발을 거실 탁자 위로 던져 버렸다. 연그린 톤으로 물들인 수국과 연자방, 꽈리를 다발로 엮은, 이 시기에 해인이 좋아하던 꽃다발이었다. 예전처럼 그 카페를 나설 때 해인에게 주려고 미리 주문해 놨던 거였지만 결국 건네줄 수 없었다.

도연은 속이 바짝 타는 기분이 들어 냉장고 문을 열었다. 시원한 캔 맥주라도 마실 요량이었지만 몸에 열만 더 올라가는 꼴이 되어버렸다. 거의 텅 비어 있어야 할 냉장고 안에 못 보던 반찬통이 차곡차곡 들어 있었기 때문이었다.

순간 불쾌함과 짜증이 머리 꼭대기까지 올라왔다. 주방이 쿵하고 울릴 정도로 신경질적으로 냉장고 문을 닫아버렸다. 도대체 왜 날 내버려 두지 않는 걸까? 이런 날까지 꼭 내 혈압을 올려야 하나? 제 기분이 날카로운 날만을 골라 일부러 신경을 긁는 것만 같았다.

목소리조차 듣고 싶지 않았지만 도연은 지금 누군가에게 화풀이할 곳이 필요했다. 냉장고 안을 보지 않았다면 어떻게든 혼자 꾹꾹 누르며 참았겠지만 이미 손가락은 핸드폰을 들어 통화 목록을 뒤지고 있었다.

"저예요."

[넌 왜 이렇게 얼굴 보기가 힘드니? 전화도 안 받고.]

역시나 전화를 받자마자 하이톤의 날카로운 목소리가 타박부터 하기 시작했다. 언제나 이런 식이면서 뱃속을 채우라며 반찬을 가져다놓는 건 어떤 심보일까?

"집에 다녀가셨어요?"

[그래. 네가 하도 연락이 안 되니 네 형이랑 같이 다녀갔어. 집도 엉망이고 그게 뭐니?]

"저 없을 때 오지 말라고 말씀 드렸잖아요. 형은 또 왜 온 건데요."

상진이 함께 왔었다는 혜자의 말에 도연은 짜증 지수가 배로 치솟는 것 같았다. 그 인간이 내 집에 발을 들였다니 소름이 끼쳤다.

[우리가 못 갈 데 갔니? 무슨 말을 그렇게 해? 네 형도 걱정되니까 같이 간 거잖아. 너 좋아하는 반찬 해가자고 하도 성화를 부려서 억지로 갔더니 고맙단 말은 못할망정.]

상진이 자신을 걱정했다는 말에 도연은 실소를 금치 못했다. 돈 나올 구멍이 자기밖에 없으니 이렇게라도 잘 보이고 싶었나 보다. 가족만 아니라면 정말 인연을 끊고 싶은 사람들이었다. 자르고 잘라내도 끊어지지 않는 질긴 악연이 도연에게는 가족이라는 이름으로 연결된 어머니고 형이었다.

"집에서 거의 밥 안 먹어요. 그러니까 이런 거 해오지 마시라구요. 저 없을 때는 오지 마시구요."

혜자의 말을 더 이상 듣고 싶지 않아 그대로 전화를 끊어버렸다. 화풀이할 곳이 필요해 전화를 걸었지만 목소리를 듣는 순간 더 화가 치밀어오를 거라는 것을 예상 못한 자신에게 더 화가 났다. 매번 겪으면서도 왜 매번 그 올가미에 스스로 걸려드는 건지.

도연은 거실 소파에 드러누워 멍하니 테이블 위의 꽃다발을 바라보았다. 팔을 뻗어 수국 꽃잎을 조심스럽게 만지작거렸다. 손끝에서 부드럽게 미끄러지는 느낌이 해인의 입술 감촉과 닮아 있었다.

해인은 도연이 입술을 빼앗고 혀를 밀어붙여도 밀어내지 않을 뿐 아무런 반응을 하지 않았었다. 순간 질투에 눈이 멀어 키스를 했지만 오랜만에 닿는 해인의 입술은 여전히 부드럽고 달콤했다. 그녀가 흘리는 눈물의 짭조름함조차 도연에게는 달콤하게 여겨졌었다.

그러다 해인이 울먹이며 했던 말이 떠올랐다.

"…… 내 마음이 새카맣게 타버려서. 이런 마음으로 그 애한테 온전히 갈 수가 없어요."

그 말에 기대를 걸어야 하나. 자신에 대한 원망이라도 남아서 다른 사람에게 갈 수 없도록 그렇게라도 해인의 발목을 잡아야 하나.

"나 그 애랑 있으면 너무 기분이 좋아져서, 행복해져서 자꾸 이상해질 것만 같아요. 다 잊고 싶어져. 다시 웃고 싶어져."

해인의 목덜미에 나 있던 키스마크와 그 남자 때문에 행복하다는 말이 떠오르자 도연은 심장을 망치로 한 대 맞은 기분이었다.

얼굴도 모르는 남자가 해인을 안고 키스하고 목덜미에 고개를 파묻는 장면이 눈앞에서 아른거렸다. 그 남자의 손이 해인의 가슴을 애무하고 두 사람의 몸이 하나로 섞여 쉴 새 없이 탐하는 모습을 떠올리자 살기가 온몸을 타고 흘렀다.

"빌어먹을."

도연은 바로 누워 있는 것조차 숨이 막혀 자리에서 벌떡 일어났다. 속이 타들어갔다. 입고 있는 옷조차 갑갑해 와이셔츠 단추를 후드득 잡아챘다. 그대로 드러난 도연의 가슴이 거친 숨을 들이쉬고 내쉬느라 빠르게 오르락거렸다.

'해인아. 난 널 보내줄 수가 없어. 네가 더 이상 내게 오지 않겠다면 내가 갈게. 이제 내가 너를 쫓아갈게. 다시 나를 바라볼 수 있도록 너한테 갈게.'

며칠 전 기현은 도연이 낸 사표를 수리하지 않겠다며 다른 병원으로 가는 것도, 개원도 어려울 거라는 협박 아닌 협박을 했었다. 그 말을 들었을 때는 기분 나쁘고 자존심이 상했지만 지금은 차라리 잘된 일이었다. 백강에 있는 동안은 어찌되었든 해인과의 연결고리가 끊어지지 않을 수 있었다. 언젠가는 해인의 마음이 자신에게로 돌아오는 날이 오지 않을까?

❋

우진과 지석은 결국 술에 취해 녹다운이 되어버렸다. 바텐더 도움을 받아 대리운전을 불러 지석을 보낸 후에야 해인과 우진도 삼성동 집으로 올 수 있었다. 해인의 차 뒷좌석에 우진을 태우고 옆에 앉았더니 우진은 그녀의 무릎에 쓰러지듯 누워 잠이 들었다. 우진의 차는 추가로 부른 대리운전 기사가 몰면서 해인의 차를 따라왔다.

집에 도착해서도 우진 때문에 한바탕 난리가 났다. 기현과 파주 댁이 대문 앞까지 나와 함께 부축해서야 겨우 우진을 거실까지 데려다놓을 수 있었다. 문제는 그때부터였다. 우진은 기현을 보고는, "장인어른, 저 왔어요."라며 기현을 끌어안았다.

뜨악해하는 해인을 당황하며 바라보던 기현이 어색하게 호탕한 웃음을 터뜨렸다.

"그래그래. 우진이 너라면 내가 사윗감으로 언제든 환영이지."

"서우진, 너 미쳤어? 미치려면 곱게 미쳐."

해인이 우진의 등을 퍽퍽 치자 아프다고 앓는 소리를 내며 더 기현에게 매달렸다. 기현이 아무리 나이에 비해 건장한 체격이라고 하지만 평균치를 넘어서는 우진이 매달리자 휘청거릴 수밖에 없었다.

"아빠, 미안. 얘 좀 먼저 올려놓자."

우진의 팔을 한쪽씩 목에 두르고 부축한 채 해인과 기현이 2층으로 올라갔다. 게스트룸 침대에 우진을 겨우 눕혀놓고 이불을 덮어주는데 기현이 잠깐 얘기를 하자며 먼저 1층으로 내려갔다.

해인은 우진이 기현에게 장인어른이라고 부른 게 마음에 걸렸다. 무슨 사이냐고 물어보면 뭐라고 대답해야 하나 걱정했지만 기현이 하려던 얘기는 전혀 다른 것이었다.

"내일 유 회장님 만난다며?"

"네? 아, 네. 점심 식사 같이 하기로 했어요."

"김 비서 통해서 얘기는 듣고 있다만……."

웬일인지 기현이 말을 잇지 못했다. 언제나 해인에게만은 조금 모자란 사람처럼 웃어주던 기현이었다. 딸인 해인이 항상 아빠는 너무 실없다며 나무라도 변함없이 웃음을 돌려주던 기현이었다. 기현이 이렇게 심각한 얼굴을 하는 모습을 보는 건 평생에 세 번째였었다. 엄마가 돌아가셨을 때와 도연과 서현의 파혼 사실을 알았을 때 그리고 지금이었다.

"항상 말하지만 아빤 해인이 네가 원하는 대로 해줄 수 있어. 그래도 멈출 수 있을 때 멈추는 게 좋아."

"아빠."

"네가 못 멈출 것 같으면 내가 해줄게. 내가 회장님께도 다시 말씀드려서 없던 일로 해달라고 할게."

해인도 흔들리고 있었다. 멈추고 싶다는 생각도 들었다. 하지만 벌려놓은 일이 너무 많았다. 지금 멈추기에는 너무 멀리 와버렸고 너무 많은 사람들이 관계되었다. 누군가를 향해 적대감을 가지고 산다는 건 쉬운 일이 아니었다. 해인 자신의 성격과 맞는 일이 아니었다.

그럼에도 멈출 수 없는 건 하나뿐이었던 감정이 철저하게 배신당했다는 것 때문이었다. 도연을 사랑했던 감정이 컸던 만큼 배신으로 인한 상처도 컸다. 그리고 서현의 표정을 잊을 수가 없었다.

도연과 자신의 신혼집이었어야 할 곳에서, 도연과 자신이 누웠어야 할 침대에서 뒹굴고 있던 서현의 표정이 자꾸만 해인의 발목을 잡았다. 들키고 나서도 너무나 당당했다. 빼앗긴 자의 참담함을 빼앗은 자의 여유로 즐기고 있었다. 그날 서현의 표정이 떠오를 때마다 해인은 몸서리를 쳤다.

"아빠……. 그만둘 수 없어요. 미안해요."

해인은 울음을 터뜨렸다. 오늘따라 눈물샘에 고장이 난 건지 자꾸만 눈물이 차올랐다. 기현은 그런 해인을 품에 안고 말없이 등을 토닥여 주었다. 해인은 자신에게 의지할 수 있는 품이 있다는 데에 안도했다. 기현과 수인, 그리고 우진이 지금 자신의 곁에 있어 하루하루 숨을 쉴 수 있었다.

한참을 기현의 품에 안겨 울다가 2층으로 올라왔다. 자신의 방으로 가지 않고 우진이 잠들어 있는 게스트룸으로 들어갔다. 침대에 걸터앉아 잠든 우진을 내려다보았다. 나가기 전에 덮어주었던 이불은 잠결에 뒤척였는지 우진의 팔, 다리에 엉키듯 널브러져 있었다.

해인도 술을 마셨지만 우진이 숨을 내쉴 때마다 진한 알콜 냄새가 진동을 했다. 잘 마시지도 못하면서 지석과 술 대결을 하더니 결국 형님, 동생 하며 술자리가 끝났다. 남자들은 왜 엉뚱한 곳에서 자존심 대결을 하는 건지. 그깟 술 좀 못 마시면 어때서.

"그래도 친화력 하나는 정말 갑이다."

해인은 우진의 헝클어진 머리카락을 매만지며 혀를 내둘렀다. 우진이 가는 곳마다 활기를 띠는 것이 신기했다. 자신조차도 방금 전까지 기현의 품에서 울었었는데 우진의 얼굴을 보자마자 우울했던 기분이 사라져 버렸으니까.

해인은 잠든 우진의 얼굴을 손끝으로 부드럽게 어루만졌다. 숱이 풍성한 눈썹이 잘생긴 이마에 자리 잡고 있었다. 쌍꺼풀 없이 크고 긴 눈은 웃을 때마다 눈가에 기분 좋은 주름을 만들어 냈다. 꼭 감겨 있는 저 눈이 잠에서 깬다면 장난기 가득담은 눈빛으로 해인을 바라볼 것이었다.

높은 콧대와 쭉 뻗은 다부진 콧방울 아래로 선이 분명하게 골이 진 인중이 이어졌다. 고집스러움이 가득 담긴 입술은 적당히 도톰하고 적당히 길었다. 이 입술이 제게 얼마나 유혹적인지 우진은 누구보다 잘 알고 있었다.

해인은 우진의 입술을 좌우로 부드럽게 쓰다듬었다. 손끝에서 부드럽게 밀렸다가 제자리로 돌아가는 것을 보다가 몸을 숙여 살짝 입을 맞췄다.

우진 때문에 섹스의 즐거움에 눈을 뜨게 된 걸까? 그래서 이렇게 그와 몸을 섞을 때마다 이성을 잃고 몰두하게 되는 걸까? 육체적 욕망을 끌림이라고 착각하는 게 아닐까? 만약 그렇다면 도연과 다시 관계를 갖게 되어도 우진과 할 때 느끼는 것처럼 그런 절정을 느낄 수 있을까?

그랑에서 도연과의 키스가 떠올랐다. 거의 일 년 만에 나눈 키스였지만 도연의 단호하면서도 부드러운 입술의 감촉은 그대로였다. 하지만 그곳엔 전처럼 설레고 기분 좋은 느낌은 없었다. 대신 가슴이 아팠고 절망스러웠고 안타까움이 담겨 있었다. 도연에 대한 미련이 남아 있었지만 열망으로는 이어지지 않았었다.

우진은 술기운에 시달리는지 뒤척거렸다. 그러면서도 해인의 이름을 불렀고 본능적으로 그녀에게 손을 뻗었다.

"너를 어떡하면 좋을까."

해인은 우진이 뻗은 손을 잡아 두 손으로 감싸 쥐었다. 튀어나온 마디 없이 매끈하고 부드러운 도연의 손과는 대조되는 거칠고 마디가 굵은 커다란 손이었다. 이 손에 의해 흥분하고 또 안도하고 있었다.

해인은 우진의 옆에 누워 그의 몸에 팔을 둘렀다. 뒤척거리던 몸짓이 멈추고 우진의 팔이 해인의 몸을 감싸 안았다.

"회장님도 여기 단골이세요?"

"이 녀석, 회장님이 뭐야."

해인은 청담동에 위치한 고급 일식집 정수사 별실에 현철과 마주 앉았다.

현철은 백강종합병원의 이사장이자 백강그룹의 회장으로, 건설과 전자, 금융, 정유, 패션, 자동차 등 총 아홉 개 계열사를 거느린 백강의 절대 수장이었다. 지금은 국내 TOP5 안에 드는 그룹이지만 백강의 전신이 부산에 기점을 둔 백강파라는 것을 아는 사람은 다 아는 사실이었다.

"큰아빠도 여기 단골이세요?"

해인이 큰아빠라고 불러주자 현철이 호탕하게 웃음을 터뜨렸다. 현철은 다사다난한 삶을 살아온 탓인지 얼굴에 다양한 분위기를 품고 있었다. 평소에는 날카로운 눈매에 절대 웃지 않는 다크포스를 풍겼지만 해인 앞에서는 하회탈처럼 웃는 표정으로 무장 해제된 상태였다.

"그래그래. 여기 오너 셰프가 만드는 초밥이 정말 일품이거든. 입맛 없을 때 자주 오지. 네 아빠도 여기 초밥 좋아해."

"알아요. 아빠 때문에 여기 알게 됐거든요. 저희 로펌도 여기서 회식 자주 하구요."

"젊었을 때 부산에서 먹던 회 맛을 여기서는 맛볼 수 있다니까. 어서 먹어. 전복죽부터 먹어라."

친딸처럼 챙겨주는 모습에 해인은 슬금슬금 웃음이 새어나왔다. 어린아이 입에 맛깔난 음식 하나 물려주고 흐뭇해하는 표정으로 현철이 저를 바라보고 있었기 때문이었다.

"회장님. 아니, 큰아빠. 은희 언니한테 못하는 거 저한테 하시는 거죠?"

현철의 이마를 가득 채운 주름이 급속도로 깊어졌다.

"그 녀석 얘기는 꺼내지도 마라. 뭐 하고 다니는지 코빼기도 안 보이고. 아니 자기 얼굴 안 보여줄 거면 손주 녀석들만이라도 보여줘야 할 것 아니야. 못된 녀석."

"그런 말 대놓고 하지도 못하시면서."

해인이 와사비장을 만들어 현철 앞에 놓아주자 그는 자신이 만든 장을 해인의 앞에 놓아주었다.

"엊그제도 전화했더니 유정이랑 연락이 되네, 안 되네 이러면서 자기 정신없다고 끊으라더라. 그 녀석한텐 내가 남보다 못한 존재인 거지. 겨우 딸자식 하나 있는데 홀아비 하나 못 챙겨서. 쯧쯧."

"어머, 많이 섭섭하셨겠다. 은희 언니 못됐네."

해인이 콧소리를 내며 편을 들어주자 마냥 즐겁다는 듯 또 표정이 부드러워졌다.

"내가 너마저 없었으면 무슨 낙으로 살았을까 싶다."

"유정이라면 그 소설가 말씀하시는 거죠? 은희 언니 부하 직원이었다는."

"쉿. 비밀이야. 너한테 유정이 얘기한 거 알면 은희 그 녀석 내 얼굴 안 보려고 할걸?"

"우앗. 그럼 저 큰아빠 약점 하나 잡은 거네요? 저한테 밉보이시면 언니한테 확 이를 거예요."

현철은 딸들이 더 무섭다며 손사래를 쳤다. 해야 할 말, 듣고 싶은 말들이 수없이 많았지만 식사를 하는 동안 만이라도 무거운 애기를 피하려고 두 사람 다 노력하고 있었다. 회에 초밥, 튀김까지 VIP코스를 거의 먹을 때쯤 김 비서가 별실로 들어왔다.

"차 들어오면 저희 나갈 때까지 별실 근처에 아무도 출입시키지 말라고 해놨습니다."

"잘했네."

"오셨어요."

김 비서가 해인의 옆자리에 앉아 태블릿과 서류 봉투를 꺼냈다. 몇 번의 터치 후 화면에 띄운 건 CF 촬영장에서 메이크업을 받고 있는 서현의 모습이었다. 해인이 화면을 넘기며 사진을 보는 동안 김 비서는 현철과 해인 앞에 서류 뭉치를 꺼내놓았다.

"스타뮤즈와 채서현 씨 전속계약서입니다. 채서라 씨 통해서 컨택 진행했고 어제 계약서 사인 받았습니다."

김 비서가 가리키는 곳을 확인한 현철이 만족스러운 미소를 지었다. 그곳에는 스타뮤즈의 소속 모델로서 품위를 손상시키거나 사회적 물의를 일으킬 경우 계약금의 열 배에 해당하는 위약금을 물어야 한다는 조항이 기재되어 있었다. 광고주와의 계약도 마찬가지였고 소속사에 피해를 끼칠 경우 민형사상 책임을 물 수 있다는 조항까지 포함되었다.

"계약서에 보통 들어가는 부분이지만 채서현의 경우에는 이 항목이 족쇄가 될 겁니다."

노크 소리가 들리자 김 비서가 계약서와 태블릿을 테이블 아래로 내려놓은 후 대답을 했다. 매니저와 서빙 직원이 들어와 다과를 세팅한 후 물러나자 그제야 김 비서는 다시 서류를 현철과 해인에게 건네주었다.

"제니 홍이 L홈쇼핑에 론칭한다고 들었어요. 무대 꾸밀 때 서현이 사진 메인으로 크게 걸도록 해주세요."

해인의 당부에 현철이 고개를 끄덕이며 동의를 표시했다.

"그쪽 PD와 MD에게 얘기해 놓은 상태예요. 쇼호스트가 상품 소개할 때도 채서현에 대해 계속 언급할 겁니다."

"잘됐네요. 그리고…… 제니 홍에게 홈쇼핑 론칭 말고 추가로 제시한 조건이 있나요?"

"파리 쁘렝땅이랑 영국 해로즈? 김 비서 맞나?"

"네, 맞습니다."

"이름들은 왜 그리 어려운지. 아무튼 두 곳에 입점시켜 주기로 했다."

"너무 파격적으로 밀어주시는 거 아니에요?"

해인은 내심 놀라 김 비서를 봤다가 현철을 바라보았다. 파리 컬렉션에서 주목받는 신예라 해도 쁘렝땅과 해로즈 백화점에 입점하는 건 또 다른 차원이었다.

현철이 잔을 들어 차향을 음미하다가 한 모금 마셨다. 입안에서 혀끝으로 차를 이리저리 굴리다가 삼키는 모습이 마음에 드는 눈치였다.

"과하다 싶을 정도는 해줘야 끝까지 입을 다물지. 물질에 혹해서 쉽게 넘어오는 녀석들은 그만큼 배신도 빠른 법이야. 대신 제 뒤 봐주는 물주가 자기 뒤통수 안 때리고 든든하게 후원해 주겠다 싶으면 발밑의 개처럼 굴지. 그런 녀석들을 이용하는 것뿐이야."

주먹 쓰던 바닥에서 굴지의 기업 수장이 되었으니 별의별 사람을 만나고 온갖 풍파를 겪었겠다 싶지만 이럴 때의 현철을 보면 새삼 보통 인물은 아니라는 생각이 들었다. 이번 일들의 전체적인 그림을 해인이 그렸다면 세밀하게 채워 넣은 건 현철의 머릿속에서 나온 것이었다. 그리고 사람을 섭외하고 세팅하는 건 김 비서의 몫이었다.

“아, 그리고…… 윤상진도 미끼를 물었습니다. 어제 윤도연 인감증명서 들고 와서 10억 대출 받아갔다고 연락 왔습니다. 주변에도 성산건설에 투자하라고 권유하고 다니더군요.”

김 비서가 태블릿을 해인에게서 받아들더니 다른 사진을 찾아 두 사람에게 보여주었다. 상진이 TK파이낸셜 서울지사를 들어가는 모습과 박완서 대표와 미팅하는 모습, 다시 TK를 나서는 모습이 찍혀 있었다.

“도연이 그 친구도 참 불쌍하고만. 제 동생 살을 파먹는 인간을 형으로 두고 있다니.”

현철은 상진이 버러지만도 못한 인간이라며 혀를 끌끌 찼다. 해인은 자신이 쳐 놓은 덫에 빠진 상진을 보는 게 그리 기쁘지만은 않았다. 현철의 말처럼 상진은 또 다시 도연을 수렁으로 밀어 넣고 있었다. 낯빛이 어두워지는 해인을 현철과 김 비서가 말없이 바라보고 있다가 서로 눈빛을 주고받았다.

“오래갈 것 없이 다음 달 안에 끝내자. 길게 가봤자 해인이 너도 힘들 테니.”

“네. 그래야죠.”

“차 마셔라. 김 비서도 들게.”

현철과 김 비서가 말없이 차를 마시는 동안 해인은 멍하니 제 앞의 잔을 내려다보았다. 이미 차갑게 식은 맑은 녹차가 도자기 잔에 담겨 있었다.

"만약에…… 일이 틀어지는 경우에는 저한테 책임이 오도록 해주세요. 회장님이나 아빠한테 화살이 향하는 건 제가 싫습니다."

"섭섭하게 뭘 또 그렇게 딱딱하게 얘길 해."

"딸내미 하나 잘못 두셔서 괜한 고생들을 하시게 만드네요. 파혼한 게 뭐 그리 큰일이라고……."

해인이 무심코 도자기 잔 테두리를 손가락으로 톡톡 두드리자 현철이 헛기침을 했다.

"찻잔을 그렇게 대하는 거 아니다."

"죄송해요."

"이것저것 너무 많은 생각은 말고…… 조만간 서울로 다시 올라와. 일 마무리되면 여행도 좀 다녀오고."

"네."

정수사를 나서며 현철은 다시 한 번 해인에게 마지막까지 마음 단단히 먹으라며 다짐을 하고 돌아갔다. 자기는 장사꾼이라 손해 볼 일은 하지 않는다며 이번 일에 부담을 갖지 말라는 말도 덧붙였다.

"이사 날짜 정해서 알려주면 인력들 내려 보낼게요. 오래 있었으니 짐이 꽤 되겠네요."

해인의 차 앞까지 따라온 김 비서가 문을 열어주었다. 자신보다 어린데도 항상 해인에게 깍듯이 예의를 갖추는 김 비서였다.

"다음 주 중에 정리할 것 같아요. 내일 내려가면 수인이한테도 얘기해야죠."

"수인 군 놀라겠군요."

해인은 고개를 설레설레 저었다.

"아닐걸요. 저보다 제 속을 더 잘 들여다보는 녀석이라 이미 예상하고 있을 거예요."

그 부분에 대해서 해인은 확신하고 있었다. 어려서부터 언제나 그랬다. 매사에 해인보다 먼저 그녀의 생각을 알아차리고 앞서 나갔었다. 아니면…… 수인이 설계한 대로 자신이 따라가는 건가?

11. 폭풍 전의 고요

빨간색 스포츠카가 속도를 줄이지 않은 상태로 일산 드라마 세트장에 들어오고 있었다. 촬영 도구가 실린 차량에서 실내 세트장으로 장비를 옮기고 있던 스태프들과 주변에 있던 연기자들이 스포츠카를 피해 사방으로 흩어졌다. 운전자는 사람들에게 자신의 차가 위협적이라는 사실을 인지하지 못하는지 미친 듯이 들어와서는 귀를 찢는 타이어 마찰음을 내며 멈춰 섰다.

운전석에서 내려서는 이를 확인한 사람들은 이미 너무 놀란 상태라 제대로 욕 한마디 못했다. 운전자가 부서질 듯 차문을 닫고 세트장 안으로 사라지고 나서야 최면에서 깨어난 듯 움직였고 그제야 한마디씩 욕설과 비난이 쏟아졌다.

"재 채서현이지? 미친 거 아니야?"

"누굴 죽이려고 운전을 저따위로 해. 여기가 무슨 레이스장인 줄 아나?"

"아씨 다리 후들거려. 나 너무 놀라서 조명 떨어뜨릴 뻔했잖아. 안 그래도 박봉인데 연봉 털릴 뻔했네."

서현은 다른 사람들이 자신을 향해 뭐라고 하든 신경 쓰지 않았다. 이곳에 온 목적에만 집중하고 있었다. B세트장 안쪽 대기실로 향하자 문 앞에 '채서라'라고 쓰인 이름표가 붙어 있었다. 서현은 망설이지 않고 문을 벌컥 열고 안으로 들어섰다.

메이크업 중이던 서라는 물론이고 헤어와 메이크업을 해주던 스타일리스트들까지 화들짝 놀라 일시 멈춘 채 서현을 바라보았다.

"서현아. 문을 그렇게 벌컥 열고…… 깜짝 놀랐잖아."

서라가 눈을 휘둥그레 뜬 채 먼저 입을 뗐다.

"그 계약 안 한다고 했었잖아. 왜 엄마 맘대로 사인하는데?"

서현은 이마에 핏대를 세우며 서라에게 버럭 고함을 질렀다. 피부 아래로 파란 핏줄이 보일 정도로 유난히 하얀 피부를 가진 서현이 새파랗게 질린 얼굴로 마구 소리를 질러댔다.

"내가 엄마 인형이야? 싫다잖아. 내가 싫다고 했잖아. 왜 내 말 무시해. 왜?"

서현은 당장에라도 서라의 멱살이라도 잡고 흔들 것처럼 눈앞에서 발악을 했다.

촬영 스케줄을 설명하고 있던 드라마 스태프는 서현의 악다구니에 놀라 대기실 한쪽 구석으로 물러났다. 서라의 매니저와 스타일리스트들은 서현이 처음 밀고 들어왔던 처음 순간에만 놀랐을 뿐 조용히 뒤쪽으로 물러나 있었다. 서현의 그런 모습이 익숙한 듯 보였다.

"매니저, 감독님한테 나 대기시간 조금 더 달라고 해줄래? 그리고 다들 나가 있어."

화를 참지 못하고 씩씩거리는 서현과는 반대로 서라는 너무나 담담해 보였다. 메이크업을 받느라 두르고 있던 넥셔터를 벗어 화장대 위에 올려두고는 소파로 자리를 옮겼다.

사람들이 대기실을 나가자 서현의 악다구니는 더 심해졌다. 서현은 서라가 방금 전에 올려둔 넥셔터와 화장대 위에 펼쳐져 있던 메이크업 파우치 등 손에 닥치는 대로 집어던졌다. 물건들이 바닥으로 떨어지며 날카롭게 깨지는 소리와 둔탁한 소리가 뒤섞이며 귀를 울렸다.

"앉아. 앉아서 얘기해."

"내가 언제 모델 하겠다고, 연예인 하겠다고 했어? 그딴 거 안 한다고 했잖아. 지난 번 게 마지막이라고 해놓고 전속계약이라니. 이게 뭐야."

서라는 서현이 소리를 지르는 것에 별 반응 없이 파우치에서 담배를 꺼내들었다. 불을 붙여 길게 한 모금 들이마셨다 뱉어내자 서라의 주변으로 하얀 연기가 구름처럼 퍼져 나갔다.

"난 엄마처럼 안 살 거란 말야. 불나방처럼 살기 싫다고. 이 바닥이 더럽고 추하다고 항상 얘기했으면서 왜 나를 그런 곳으로 자꾸 끌어들이지 못해 안달인데."

"넌…… 나랑 다르니까."

"뭐가 다르다는 거야?"

"너한텐 내가 있잖아. 스폰 같은 거 없어도 내가 네 뒤 봐줄 수 있어."

"엄마가 얼마나 대단해서. 그러다 안 되면 나도 엄마처럼 살라는 거야? 엄마처럼 뒤 봐준다는 남자 있으면 아무 남자한테나 몸

주고 누구 씨인지도 모를 아이 낳아서 기르라는 거야?”
짜악-. 날카로운 소리가 좁은 대기실 안을 울렸다.
서현이 부들부들 떨며 서라를 바라보았다. 그녀의 새하얀 피부에 선명한 손자국이 붉게 올라왔다. 서현은 천천히 자신의 왼쪽 뺨에 손바닥을 가져다대었다. 굵은 눈물방울이 뺨에 흐를 사이도 없이 뚝뚝 바닥으로 떨어져 내렸다.
“엄마, 지금 나 때린 거야?”
담담하던 서라의 모습은 온데간데없었다. 벌떡 일어서 서현의 뺨을 때리는 순간 애써 유지하던 태연함이 와장창 깨져 버렸다.
“할 말이 있고 해선 안 될 말이 있어. 내가 널 어떻게 키웠는데…… 어디서 그런 말을.”
“난 창녀처럼 살기 싫다구.”
살아 있는 인형이라고 불리던 서현은 새빨갛게 달아오른 얼굴로 부들부들 떨었다. 마치 지옥에라도 끌려들어 가는 것처럼 그녀가 가진 아름다움이 온통 일그러졌다.
“……네 눈엔 엄마가 창녀처럼 보였던 거야?”
“엄마가 어떻게 살아왔든 내 알 바 아니야. 내가 원하는 건 이런 게 아니란 말야. 몇 번을 말해야 해.”
“네가 원하는 거 엄마가 해줬었잖아. 어렵게…… 어렵게 만들어낸 걸 스스로 깨버린 건 너였다는 거 몰라?”
“나는 나를 팔고 싶지 않단 말야. 나를 팔지 않고도 사랑받으면서 살고 싶단 말야. 그게 그렇게 잘못됐어?”
서라는 소파에 털썩 주저앉았다. 떨리는 손으로 파우치에서 다시 담배 한 개비를 꺼내들었다. 불을 붙이려는데 손이 너무 떨려 라이터를 제대로 켤 수조차 없었다. 몇 번을 시도하다 신경질적으로 던져 버렸다. 이런 것까지 제 맘대로 안 되다니.

"너 이럴 때마다 나도 어떻게 해야 할지 모르겠다. 뭐가 불만이었던 거야. 네가 원하던 가장 이상적인 가정 아니었어? 네가 다 부셔놓고. 엄마도 처음으로…… 처음으로……."

"그건 내 것이 아니었잖아. 내 것이 될 수 없는 거였잖아. 왜 날 더 비참하게 만들어. 엄마가 그렇게 만든 거잖아."

서현이 서라의 발치에 풀썩 주저앉았다. 서라의 무릎을 양손으로 잡고 흔들며 애원했다.

"다른 거 원하지 않을게. 나 싫어. 그러니까 제발, 제발 그 계약 해지시켜 줘. 엄마, 나 엄마처럼 살고 싶지 않다구. 제발……."

서라는 대답은 하지 않고 핸드폰을 집어 들었다. 잔뜩 찡그린 얼굴로 핸드폰 화면만 톡톡 누르다가 귀에 가져갔다.

"들어와서 메이크업이랑 다시 해줘. 감독님한테 십분만 더 달라고 하고. 바로 들어와."

전화를 끊고는 테이블로 핸드폰을 던졌다. 깊은 한숨을 푹 내쉰 서라는 여전히 자신의 다리에 매달려 있는 서현을 돌아보았다.

"서현아, 내 말 잘 들어. 네가 정말 나처럼 살고 싶지 않으면 엄마가 하라는 대로 해. 정말 나락으로 떨어지고 싶지 않으면. 그리고……."

대기실 문이 열리며 매니저와 스타일리스트들이 조심스럽게 들어왔다. 서라와 서현을 보고 당황한 것도 잠시 대기실 바닥에 사방으로 흩어져 있는 메이크업 도구들을 보고는 제대로 놀란 눈치였다. 대기실을 나가자마자 들려왔을 소란스런 소리의 결과를 눈으로 직접 확인하는 건 또 달랐을 터였다.

서라는 바닥을 정리하는 사람들을 보면서 서현에게 끝맺지 못했던 말을 이어갔다.

"그 남자 찾아가는 것도 그만해. 성훈아."

서라의 부름에 매니저가 일어서서 다가왔다.

"서현이 차로 집에 데려다줘. 지금 운전하기 힘들 거야. 사무실에 전화해서 다른 매니저 여기로 보내라고 하고."

"엄마."

서라는 일어서려는 자신의 팔목을 잡는 서현을 뿌리쳤다.

"추태 그만 부려. 이제부터 주변의 모든 게 돈이야. 집에 가면 계약서 꼼꼼히 읽어봐. 그리고 내일부터 네 담당 매니저 붙을 거야."

매니저 성훈이 서현을 일으켜 세우려 했지만 서현은 꼼짝하지 않았다. 서라는 아무 일도 없었다는 듯 메이크업을 마치고 대기실을 빠져나갔다. 텅 빈 대기실에는 어정쩡하게 서 있는 매니저와 서현만 남아 있었다. 서현은 바닥에 주저앉은 채 망연자실해져 서라가 앉아 있던 화장대 의자만 멍하니 바라보고 있었다.

"옷이라도 벗겨주지 그대로 재우는 게 어디 있어요?"

새벽에 해인의 방으로 찾아 온 우진은 계속 퉁퉁거리며 해인을 끌어안고 있었다. 눈도 제대로 못 뜨는 그녀에게 일어나라고 보채는 걸 멈추지 않았다.

"몇 시야. 왜 벌써 와서 그래."

"어제도 하루 종일 나가 있더니 밤엔 손도 못 대게 하고 방에도 못 들어오게 하는 게 어디 있어요."

"급하게 처리할 일 있었다니까."

"나 누나 때문에 밤 샜단 말예요. 안고 싶어서 못 참겠으니까 책임져요."

우진의 손이 해인의 옷 속으로 파고들어와 가슴을 만지작거렸다. 손가락으로 유두를 톡톡 건드리더니 잡고 뱅글뱅글 돌렸다.

"으응. 하지 마. 좀."

해인이 뒤척거리며 우진의 팔을 떨쳐 보지만 잠이 깨지 않아 손에 힘이 들어가지 않았다. 우진은 버둥거리며 싫다고 하는 해인의 옷을 결국 다 벗겨내더니 그대로 안고 욕실로 들어왔다. 그리고 그녀를 뒤에서 안은 채 욕조에 들어갔다.

"나도 옷 입은 채로 그대로 잠들었었잖아. 네 방까지 데리고 와서 눕히느라 아빠랑 나랑 얼마나 고생한 줄 알아? 체격은 웬만큼 좋아야지. 너 그날 아빠한테 장인어른이라고 한 거 기억 나?"

"내가? 진짜? 커밍아웃한 거네?"

우진은 재미있다는 듯 킥킥거리며 웃었다.

"하아, 진짜. 말을 말자. 아빠 놀라서 말도 못하고. 너 자꾸 그런 식으로 해봐. 그리고 새벽부터 잠도 못 자게 하고 이러는 거 반칙 아니야?"

"누나 잠 깨우려면 목욕이 제일 빠를 것 같아서. 그리고 반칙은 누나가 하고 있다는 걸 모르나 봐요. 자기가 자꾸 날 홀리면서 매번 모른 척이야."

"무슨 말도 안 되는 소리를 하는 거야."

우진의 입술이 해인의 목덜미를 부드럽게 쓸더니 쪼옥 소리를 내며 빨아들였다.

"자꾸 그런 거 만들지 마."

해인이 툴툴거리며 우진의 머리를 밀어냈지만 아랑곳하지 않고 그의 집요한 혀가 해인의 목덜미를 타고 어깨로 향했다.

"아얏. 아파."

해인이 고개를 돌려보니 어깨에 선명한 치열 자국이 남겨져 있었다.

"그렇게 세게 물면 아프잖아."

"잠들어서 무방비한 나를 보면서 아무 생각도 안 들었어요?"

"무슨 생각?"

해인이 고개를 갸웃거리며 우진을 향해 고개를 돌렸다.

"키스하고 싶다거나."

우진이 해인의 턱을 끌어당겨 입을 맞추었다.

"지난번처럼 내 가슴을 빨아주고 싶다거나."

이번에는 해인의 가슴을 쓰다듬다가 유두를 손가락으로 빙글빙글 돌렸다.

"것도 아님 내 걸 만지고 싶다거나."

우진의 한 손이 해인의 골짜기 사이로 내려오더니 이내 손가락이 깊숙이 파고들어 왔다.

"아앗."

"누나가 이렇게 만져 주면 잠결에도 흥분할 텐데. 그렇게 키워서 누나 안으로 넣고 싶다는…… 그런 생각 안 들었어요?"

"너 음담패설처럼 자꾸 그런 말을……. 으음."

"왜 싫어요?"

"싫어."

"왜?"

"이상하잖아."

"거짓말. 내가 이런 말 할 때마다 누나 안이 흥분해서 더 꽉 조이는데? 지금도 내 손가락을 꽉 물고서 놔주지 않으면서 거짓말 하지 말아요."

우진의 손가락이 해인의 안을 더 바쁘게 헤집었다. 부드러운 질 벽을 간질이듯 손끝으로 긁어대자 해인의 허리가 심하게 비틀렸다.

"으응. 손가락…… 몇 개를 넣은 거야. 아으응."

우진의 한 팔이 해인의 가슴을 가로질러 움켜쥐고 있어 상체를 제대로 움직이지 못하자 허리와 엉덩이가 심하게 들썩거렸다.

"세 개."

"흐읏. 그렇게…… 긁지 마. 아읏. 느낌이 이상해."

"세 개나 넣었지만 내 것보단 두껍진 않잖아요. 그런데 이렇게 느낀단 말야?"

아래에서 타고 올라오는 감각이 온몸을 태울 것만 같았다.

"내가 안고만 있어도 잔뜩 젖으면서 매번 아니라고 하지. 언제까지 그러나 보자구요."

우진의 손가락이 질 벽 앞쪽을 훑어 내리자 해인의 몸이 부르르 떨렸다.

"아흣. 아아아…… 우진아. 거기……."

"여기 좋아하죠. 더 만져 줄까요?"

손가락이 한 곳을 집중적으로 공략하자 해인은 빠른 속도로 절정에 다다르기 시작했다.

"하아하아. 미칠 것 같아. 정말 미칠 것 같아."

해인은 우진에게로 몸을 돌리며 그의 목을 끌어안았다. 우진의 몸과 맞닿고 싶었다. 그의 단단한 가슴을 느끼고 싶었다. 해인은 우진의 입술을 자신의 입술로 빨아들였다. 두 사람의 혀가 서로의 입안으로 들어가려는 듯 허공에서 부딪치고 뒤엉켰다.

"누나 때문에 미칠 것 같아요."

"그건 내가 하고 싶은 말이야."

해인이 우진의 혀를 핥다가 쪽쪽 빨아 당겼다. 두 사람의 타액이 뒤섞이며 해인의 턱을 따라 목덜미로 흘러내렸고 한두 방울씩 그녀의 봉긋한 가슴 위로 떨어지기도 했다.

"누날 안고 싶고…… 안으로 들어가고 싶고."

"흐응."

"하윽. 나 때문에…… 미치게 만들고 싶어요."

우진의 손이 해인의 가슴을 더듬어 내렸다. 봉긋한 가슴을 한 손에 말아 쥐고 원을 그리듯 주물렀다. 그의 거친 손바닥의 감촉에 해인은 몸서리를 쳤다. 싫어서가 아니었다. 아니 그 반대였다. 우진의 손은 해인에게 치명적인 약점처럼 몸의 모든 감각을 일깨우는 마법 같은 것이었다.

"하아하아. 누나가…… 움직여 볼래요?"

"으응?"

"손가락이 내 물건이라고 생각하고…… 누나 안에 넣고 허리를 움직여 봐요."

우진은 엄지와 새끼손가락을 제외한 손가락을 한데 모아 세우고는 자신의 허벅지에 올려두고 있었다. 당장에라도 해인의 안으로 들어갈 준비를 마친 상태였다. 길고 두껍고 마디가 울퉁불퉁한 손가락들이 모여 있으니 우진의 물건과 비슷하게 보였다.

해인은 부끄러움에 머뭇거렸다. 하지만 느끼고 싶었다. 우진의 손가락이 불러일으키는 원초적인 감각을 알기에 너무나 유혹적인 제안이었다. 해인은 우진의 어깨를 잡은 채 그의 허벅지에 말을 타듯 한 다리를 걸쳤다. 해인은 자신의 아래에서 손가락을 모으고 있는 우진의 팔목을 잡고 천천히 몸을 내리며 골짜기 안으로 손가락을 덮어나갔다.

열에 들떠 번들거리는 우진의 눈빛이 해인의 움직임을 하나도 놓치지 않겠다는 듯 집요하게 좇았다.

"흐읏. 흐읏……. 아으읏."

안으로 들어오는 우진의 손가락 느낌이 고스란히 느껴졌다. 아찔한 쾌감에 눈앞이 흐려졌다.

"하아. 누나, 느낌이 굉장해요. 부드럽고 말랑거리고…… 뜨거워요."

해인의 안에 들어온 손가락들은 꽃잎이 펴지듯 제각각 벌어져 그녀의 안을 부드럽게 또는 거칠게 자극하고 있었다.

"아읏."

"하윽. 누나……."

우진이 남은 한 팔로 해인의 가슴을 움켜쥐며 빠르게 유두를 빙글빙글 돌렸다. 해인의 목덜미에 고개를 묻고 깊이 빨아들이며 거친 숨을 몰아쉬었다.

"……그래, 그렇게. 그렇게 엉덩이를……. 으으읏. 누나……."

해인이 엉덩이를 들어 올릴 때면 우진은 손가락을 쫙 펼쳐 안을 자극했고 해인이 엉덩이를 내릴 때는 손가락을 오므려 질 벽에 상처를 내지 않으면서 자극해 왔다. 질 벽 앞쪽을 자극하는 것도 잊지 않았다.

"우진아, 우진아……."

해인이 우진의 머리를 가슴에 끌어안으며 연신 허리와 엉덩이를 움직였다. 우진의 손가락은 해인의 움직임에 따라 정신이 아찔해질 만큼 극강의 쾌감을 선사했다.

"이렇게 긁어주니까 좋아요?"

"으응. 아래가 느낌이……."

"느낌이 어떤데요? 말해봐요."

"느낌이…… 느낌이……. 아읏, 몰라. 모르겠어. 미칠 것 같아."

해인의 허리와 엉덩이가 리듬을 타듯 조금씩 움직임을 빨리했다. 해인의 허리가 꺾일 듯 뒤로 휘어지더니 엉덩이가 더 급격히 위아래로 움직였다.

"아아아……. 아음. 아아아아……."

우진은 해인의 허리를 한 품에 끌어안고 그녀의 가슴을 입에 물었다. 해인의 몸이 위아래로 움직일 때마다 우진의 입에 물려 있는 가슴이 팽팽하게 당겨졌다가 그의 얼굴을 짓눌렀다.

"아흥. 아아아아……."

우진은 해인을 끌어안고 있던 팔로 그녀의 몸을 안아 올리더니 손가락을 빼냈다. 이내 해인의 팔로 자신의 목을 안게 하고는 양팔을 그녀의 다리 아래에 넣어 엉덩이를 받치며 들어 올렸다.

"내 손가락만 좋아하면 이 녀석이 화낸다고 했어요, 안 했어요?"

욕조에서 완전히 일어선 우진은 해인의 붉게 달아올라 거칠게 헐떡거리는 몸을 내려다보더니 그녀의 안으로 자신의 남성을 한 번에 밀어 넣었다.

"아흡."

우진의 남성이 해인의 질 입구부터 안쪽 깊숙한 곳까지 긁으며 쑥 들어왔다. 자궁을 찌르는 것이 고통과 전율로 동시에 나타났다. 허리에 전기가 통하는 것처럼 짜릿했다.

"봐요. 이 녀석이 질투나서 엄청나게 성나 있다구요."

우진의 남성이 거칠게 해인의 안으로 치고 들어왔다 빠져나갔다. 쉴 새 없이 그녀의 몸이 위 아래로 빠르게 흔들거렸다. 해인은 우진의 목을 감싸 안은 팔에 잔뜩 힘을 주어 매달렸다. 자신에게 생명줄처럼 여겨졌다. 이렇게라도 버티지 않으면 우진의 남성이 자신의 몸을 뚫을 것만 같았다.

"흐으응. 우진아 조금만…… 조금만 천천히."

"으윽. 안 돼요. 멈출 수 없어. 나도 더 이상 이 녀석 제어가 안 된다구요."

우진은 목 곳곳에 굵은 핏줄이 튀어나온 채 해인의 안으로 공격하듯 들어오고 있었다. 연달아 강하게 자궁을 찌르며 들어오자 해인은 고통과 쾌감을 동시에 느꼈다.

제발 천천히 하라고, 그만하라고 비명을 지르면서도 더 빨리, 더 거칠게 자신의 안에 우진이 들어오길 바랐다. 분명히 몸에 무리가 가는 거라는 걸 알면서도 온몸을 타고 흐르는 전율을 더 느끼고만 싶었다.

"아흑…… 깊어. 너무 깊어."

정신이 아득해지려 했다. 해인이 몇 번을 거세게 고개를 가로젓자 우진의 움직임이 멈추더니 그녀를 내려놓았다. 그것도 잠시 해인의 허리를 일으켜서는 몸을 숙이고 벽을 짚게 했다. 이번에는 뒤에서 그녀의 안으로 파고들기 시작했다.

욕실 벽과 욕조 가장자리를 손바닥으로 짚고 있었지만 해인은 우진의 폭풍처럼 몰아붙이는 몸놀림에 정신을 차릴 수가 없었다. 다리는 이미 힘이 빠져 주저앉을 것 같은데 우진의 양손이 허리를 잡고서 놓아주질 않았다. 해인은 자신의 다리 힘으로 서 있는 게 아니라 우진의 손아귀 힘과 자신의 안으로 치고 들어오는 그의 단단한 남성에 의해 몸을 지탱하고 있었다.

"흐읏…… 그만. 우진아 진짜 그만. 아흑."

"크흑. 안 돼요. 새벽에 남자들이…… 가장 불끈한다는 거…… 으읏…… 윽. 몰라요?"

"흐으읏…… 그럼 조금만, 조금만 천천히. 아읏…… 아파."

해인의 애원에도 우진은 멈추지도 부드러워지지도 않았다. 그녀를 고문하듯 더 격렬하게 해인의 안을 찌르기 바빴다.

"그렇게 소리를 지르면 아래에 들리잖아요."

"아읍. 하아하아."

우진이 상체를 앞으로 기울이며 해인의 입안으로 자신의 손가락을 밀어 넣었다.

"빨아요."

우진의 손가락들이 해인의 혓바닥을 꾹 누르더니 입안 깊숙이 들어왔다. 해인은 거부하지 않고 우진의 손가락이 움직이는 대로 쪽쪽 빨다가 혀로 핥았다.

"그래요. 그렇게……. 내 물건이다 생각하고 빨아줘요. 크읏. 누나한텐…… 내 손가락이나 물건이나 똑같…… 흐읏. 누나 안이 엄청 조여."

끝나지 않을 것 같던 우진의 몸짓이 주춤거리며 멈추었다. 여전히 해인의 입에 손가락을 밀어 넣은 채로 그녀의 몸을 힘주어 끌어안았다. 우진의 남성이 움찔거리며 해인의 안에 머물러 있었다.

"아흑. 누나 그만 조여요. 그렇게 조이면…… 쌀 것 같아."

"으으응."

해인은 할짝거리며 우진의 손가락을 빨았다. 혓바닥에 감겨드는 그의 단단한 손가락의 느낌이 황홀할 지경이었다. 그 느낌이 목구멍을 타고 가슴을 거쳐 배꼽 아래에 와 닿았다. 그리고 우진의 남성이 파고들고 있는 아래까지 닿아 온몸의 세포가 절정에 몸부림쳤다.

마른침을 꿀꺽 삼키던 우진이 해인의 안에서 다시 움직이기 시작했다. 피가 몰려 터질듯 붉게 달아오른 얼굴이 절정까지 얼마 남지 않았음을 보여주었다. 우진은 속도를 높여 해인의 안으로 들어왔다가 나가기를 반복했다.

"아응. 아아아응…… 앗. 아앗."

우진의 손가락이, 우진의 남성이 해인의 좁고 깊은 곳들로 거침없이 쑤욱 밀고 들어왔다.

"으읍. 읍."

해인은 숨이 막혀왔다. 우진의 손가락에 막히고 그의 남성에 막혀 정신이 혼미해졌다. 위 아래로 동시에 숨통이 막히는 기분이었다. 눈앞이 하얘지며 몸이 부르르 떨렸다. 해인의 안에서 울컥거리며 애액이 쏟아져 나왔다.

해인이 먼저 절정에 다다른 후에도 우진은 한동안 멈출 줄 모르고 그녀의 안을 파고들었다.

"하악하악…… 누나. 누나. ……크흑."

우진의 남성이 순간 해인의 몸 밖으로 빠져나왔다. 이미 두 사람의 몸에서 흘러나온 애액으로 번들거리고 있던 해인의 허벅지 안쪽에 따뜻하고 투명한 액체를 뿜어내었다. 우진의 몸이 부르르 떨리며 해인을 안은 팔에 힘을 주었다.

우진은 해인을 안은 채 그대로 욕조에 주저앉았다. 이미 식어 버린 물에 진득한 액체들이 긴 줄기를 이루며 떠다니고 있었다. 우진과 해인이 느낀 쾌락의 흔적들이 보란 듯이 눈앞에 펼쳐졌다.

"누나……."

우진은 해인의 눈가에 부드럽게 입 맞추었다.

"미안. 아팠어요? ……울지 마요."

우진이 혀끝으로 해인의 양쪽 눈가를 부드럽게 핥아내었다. 해인은 자신이 눈물을 흘리고 있다는 것도 알지 못했다.

"아팠는데…… 좋기도 해서. 뭐라고 해야 할지 모르겠어."

"누나를 안고 싶은데 못 안으니까 혼자 너무 심통이 났었나 봐요. 몰아붙여서 미안해요."

"사과하지 말고 안아줘."

해인은 우진의 가슴을 안으며 그의 품에 파고들었다. 우진의 단단한 팔이 자신의 몸을 힘주어 안는 느낌이 기분 좋았다.

"내가 운동을 쉬고 있어서 얼마나 다행인지."

"……왜?"

한숨을 쉬는 우진에게 해인이 겨우 되물었다. 이미 녹초가 된 데다 귓가에 들려오는 그의 목소리가 감미로워 침대에 누우면 바로 잠들 것만 같았다.

"지금 내가 현역이라면 매일처럼 이렇게 누나를 안기 힘들 테니까. 이렇게 달렸다간 체력 딸려서 어디 패스라도 제대로 하겠어요?"

해인은 기운도 없었지만 어이가 없어 웃음도 나오지 않았다. 그렇다고 운동을 쉬고 있어 다행이라니 말도 안 되는 소리였다.

그러고 보니 우진의 몸 상태가 어떤지 제대로 물어본 적이 없다는 게 떠올랐다. 이렇게 무심할 수 있다니.

“샤워하고 침대로 갈까요? 힘들죠?”

“응.”

해인은 우진이 자신의 몸을 씻겨주는 동안에도 온전히 다 맡긴 채였다. 우진도 간단하게 샤워를 한 후 해인의 몸을 타월로 닦아주고 침대까지 안고 왔다. 나란히 누워 우진의 품에 안기자 피로가 밀물처럼 몰려왔다. 맨살에 닿는 그의 단단한 감촉이 기분 좋아 더 빠르게 잠에 빠져들었다. 그러고 보니 수면제를 먹지 않고도 깊은 잠을 자기 시작한 지 꽤 오래되었다는 게 떠올랐다.

눈꺼풀이 무겁게 가라앉을 때 해인은 내일 아침 일어나면 우진에게 재활치료가 어떻게 되어가고 있는지 물어봐야겠다고 생각했다. 우진은 온전히 저만 바라보고 무작정 달려오는데 자신은 그에게 너무 무심하게 굴었던 것에 죄책감이 들었다.

‘나를 사랑해 주는 것만큼의 반이라도 너를 사랑해 줄 수 있을까?’

아침 일찍 연산으로 출발하려던 계획은 해인이 늦잠을 자는 바람에 점심 이후가 지나서야 가능했다. 해인은 새벽에 우진의 품에 안겨 잠이 들어서는 몇 번의 알람에도 눈을 제대로 뜨지 못하고 잠에 취해 있었다. 그 뒤에도 계속 걸려오는 수인과 기현의 전화조차 받지 못할 정도로 정신을 차리지 못했다. 우진이 차가운 물수건으로 얼굴에 냉찜질을 해줘서야 겨우 눈을 뜰 수 있었다.

우진은 해인과 병원에 들려 기현에게 인사를 한 후 연산으로 출발했다. 연산으로 내려가는 차 안에서 우진은 계속 해인의 손을 잡은 채 운전하고 있었다.

"컨디션 좀 괜찮아요?"

"괜찮겠니?"

해인은 얄밉다는 듯 우진을 한껏 째려보았다. 그 모습이 우진의 눈에 더없이 사랑스러워 보인다는 걸 아는지 모르는지 해인은 도톰한 입술까지 툭 내밀며 제대로 심통 난 표정이었다.

"하하하. 미안."

해인은 시트에 깊숙이 상체를 기댄 상태로 호쾌하게 웃는 우진을 노려보았다.

"젊어서 좋아. 체력이 어찌나 좋으신지."

"에이, 두 살밖에 차이 안 나는데 무슨……. 누나가 평소에 운동을 안 하니까 그런 거죠. 저질체력."

"그 입 다물어."

우진은 해인을 놀리면서도 내심 미안했다. 해인을 처음 안은 날부터 우진은 불도저처럼 밀어붙이기만 해왔다. 해인에게 조금이라도 틈을 주면 마음이 변할까 봐 겁이 났다. 마법의 주문이라도 걸어놓은 것처럼 해인이 자신에게서 벗어나지 못하도록 만들고 싶었다. 그래서 더 해인을 안았고 구속했고 집착했다.

"휴게소 잠깐 들렀다 갈까요?"

"출발한 지 한 시간밖에 안 지났어."

해인이 손목시계를 들여다보느라 왼쪽 손을 들어 올리자 그 손을 잡고 있던 우진의 손이 자연스레 따라 올라갔다. 해인이 시계를 보고 손을 다시 내리려 하자 우진은 자신의 손등을 그녀의 입술에 꾹 눌렀다. 말랑한 입술이 손등에 닿는 느낌이 꼭 마시멜로우처럼 부드럽고 말캉거렸다.

"읍. 뭐 하는 거야."

손등을 찰싹 때리며 인상을 쓰는 해인의 미간에 잔뜩 주름이 졌다.

"휴게소에서 커피 마시고 가요. 누나 피곤하잖아요."

"이럴 때만 생각해 주지?"

이십여 분을 더 달려 도착한 휴게소 푸드 코너 테이블에 해인이 앉아 있는 동안 우진은 커피를 주문한 채 카페 코너 앞에서 기다리고 있었다. 해인은 뉴스 채널을 방영 중인 TV에 시선을 고정하고 있었다. TV와 좀 떨어져 있는 우진에게는 앵커의 멘트가 제대로 들리지 않았다. 다만 화면 하단에 나오는 자막으로 뉴스 내용을 짐작할 수 있을 뿐이었다.

「中, 제주도 리조트 조성 협상단 방한」

앵커브리핑이 끝나자 화면에는 국회의원 조용환과 중국측 협상단이라는 사람들의 모습이 비춰졌다.

해인이 너무 TV에 집중한다는 느낌이 들었을 때 주문한 커피가 나왔다. 양손에 들고 해인에게로 걸어가 옆자리에 앉는데도 그녀는 여전히 뉴스에 온 신경을 집중하고 있었다. 도대체 얼마나 흥미 있는 내용이기에 이러나 싶어 우진도 다시 뉴스를 보기 시작했다.

조용환 의원 일행과 중국 정부 협상단이 원형 테이블에 둘러앉아 얘기를 나누는 모습과 함께 취재기자의 브리핑이 이어졌다.

[소문만 무성했던 중국 정부에서 투자하는 제주도 거대 리조트 조성 계획이 본격적으로 수면 위로 드러났습니다. 그동안 세부사항이 논의되지 않아 정부에서도 별다른 발표를 하지 않았었는데요. 이번 중국 정부 협상단의 방한으로 인해 본격적으로 추진될 수 있을 것으로 보입니다.]

우진은 화면이 다시 스튜디오로 넘어가자 해인에게 커피를 내밀었다. 해인은 커피를 받아 들어 한 모금 마시면서도 여전히 화면에 집중했다.

"갈까요?"

"응? 쫌만……. 저것만 보고 가자."

"저 뉴스?"

농구에만 관심 있는 자신과 달리 해인은 이런 분야에도 관심을 두나 보다 싶었다. 변호사라는 직업의 영향인 건지 아니면 개인적으로 관심을 두는 건지는 알 수 없었지만 해인의 표정으로 봐서는 이대로 내버려 두는 편이 나을 것 같았다.

[한국 협상단에서는 중국에서 리조트를 운영하는 기간을 십 년으로 제한하고 이후 한국 정부에 운영권을 양도하는 조건을 제안할 것으로 알려지고 있습니다. 리조트가 조성될 경우 정치적인 사안으로 주춤했던 중국인 관광객 붐을 다시 일으킬 수 있을 것으로 기대하고 있습니다.

다만 리조트 조성을 반대하는 일각에서는 국내에 중국 소유지가 늘어나고 있는 데에 대한 불만을 표하기도 했습니다. 또한 거대 리조트가 제주도의 자연풍광을 해치는 요인이 되지 않을지 염려하는 목소리도 나오고 있습니다. 이번 협상이 어떻게 진행될지 추후 더 지켜봐야 할 것 같습니다.

한편, 국내 협상단의 단장을 맡고 있는 조용환 의원은 제주도가 지역구인 4선 의원이며 오영표 제주시장도 이번 협상에 최대한 협조할 것으로 보입니다.]

"가자."

뉴스가 다른 내용으로 넘어가자 그제야 해인이 자리에서 일어났다. 푸드 코너를 나서는 해인을 따라가며 우진은 흘끔 그녀를 내려다봤다. 빨대로 아이스커피를 쪽쪽 들이마시면서 시원하다고 방긋거리며 웃기까지 했다.

"누나, 저런 거 좋아해요?"

"뭐가?"

"저런 뉴스 좋아하냐구요. 경제에 관심이 많은 거예요? 아니면 제주도에 땅이라도 있어요?"

"뭐야. 내가 땅까지 살 만큼 부자로 보여?"

해인은 우진을 올려다보며 어이없다는 듯 웃었다. 방금 전까지만 해도 TV 화면을 뚫을 듯 보고 있었으면서. 해인의 표정은 단순히 뉴스 내용에 흥미가 있어 보는 것만으로 여겨지지 않았었다.

우진은 더 묻고 싶은 걸 참았다. 별것 아닐 수 있는데 자신이 예민하게 구는 것일 수도 있었다. 해인에 대해 일거수일투족을 알고 싶어 하는 자신의 욕심이 고개를 드는 것 같아 더 입을 다물 수밖에 없었다. 이런 것까지 집착하면 해인이 질려서 도망갈지도 모르겠다 싶었다.

묵묵히 차로 걸어가는데 해인이 우진의 손을 잡아왔다. 그것도 놀랄 일인데 깍지를 껴오니 더 놀랄 수밖에 없었다. 우진이 걸음을 멈추고 해인을 내려다보자 그녀는 동그랗게 뜬 눈으로 웃으며 자신을 올려다보았다. 왜 그러냐는 표정이었다.

'이상해. 정말 이상해. 뭐지?'

어느 때보다 기분 좋아야 할 순간에 몰려오는 이 불안감의 정체는 도대체 뭘까?

연산 별장에 도착해 거실에 들어서자마자 우진은 해인을 안아들고 소파에 앉았다. 이내 해인을 자신의 무릎에 엎드리게 하더니 엉덩이를 찰싹 소리 나게 때렸다.

"아얏. 뭐 하는 거야?"

엉덩이에 전기라도 흐르는 듯 찌릿거렸다. 자신보다 두 배 가까이 큰 우진의 손에 엉덩이를 맞으니 순간 별이 보일 정도로 통증이 느껴졌다. 황당해서 버둥거리며 겨우 고개를 돌려 우진을 보니 뭐가 그리 기분 좋은지 싱긋거리며 웃고 있었다.

"수인이가 부탁했었는데 며칠간 정신없어서 깜박했었어요. 그녀석 오기 전에 부탁받은 건 해놔야죠."

"이게 무슨."

찰싹-. 이번엔 반대쪽 엉덩이에 통증이 느껴졌다. 우진이 제 허리를 끌어안듯 한 팔로 안고 있으니 소리 지르고 노려보는 것 말고는 할 수 있는 게 없었다. 얼얼하도록 느껴지는 통증에 눈물이 날 지경이었다.

"아얏. 야, 서우진."

해인의 몸이 공중에서 가볍게 들어 올려지더니 어느새 우진을 마주 본 상태로 그의 무릎에 앉혀졌다. 여전히 엉덩이가 따끔거리며 아파오는데 우진은 해인의 입술을 파고들기에 바빴다.

"우읍. ……싫어. 하지 마."

해인은 우진의 양쪽 귀를 잡아당기며 입술을 떼어냈다. 우진은 자신의 귀를 잡아당기는 해인의 양손을 잡아 그녀의 등 뒤로 한데 모아 잡았다. 한 손으로 혜인의 양팔을 잡고 다른 손으로는 해인의 엉덩이를 움켜쥐더니 부드럽게 주물거렸다.

"아팠어요?"

"너 진짜. 이쁘다 이쁘다 했더니 이제 별짓을 다해."

"어? 누나, 나 이뻐요? 나 이뻐했구나. 그 말 들으니까 완전 땡기는데."

"이거 놔. 하지 말라니까? ……아, 좀 그만 만져."

해인이 우진의 무릎에서 몸을 비틀며 그의 손에서 빠져나오려고 버둥거렸다. 우진은 어림없다며 해인의 엉덩이를 움켜쥔 손에 힘을 줘 자신에게로 바짝 끌어당겼다.

"키스해 줘요."

"뭐가 이쁘다고."

"아깐 이쁘다면서요. 빨리 해줘요. 안 그럼 수인이 올 때까지 계속 이러고 있을 거니까."

"하아. 너 진짜."

"빨리."

해인은 우진의 고집불통에 또 다시 두 손을 들고 말았다. 우진과 키스하고 싶기도 했다. 다만 겉으로 표현하고 싶지 않아 어쩔 수 없다는 듯 한숨을 내쉬고는 우진의 입술에 자신의 입술을 맞대었다. 우진이 기다렸다는 듯 해인의 입술을 빨아 당기고 그녀의 입안으로 혀를 밀고 들어오며 뒤엉켰다.

입술이 얼얼해질 즈음에야 겨우 두 사람의 입술이 떨어졌다.

해인의 짐 가방을 챙겨들고 2층으로 올라가면서도 우진은 그녀의 손을 놓으려 하지 않았다.

"누나."

계단 중간 즈음에 서서 우진이 멈춰 서더니 해인을 내려다보았다.

"누나 안에 들어가고 싶어요."

"안 돼. 나 힘들다니까. 그만 좀 괴롭혀."

"또 거짓말."

"수인이도 곧 올 거야."

"하아. 누나랑 둘만 살았으면 좋겠다. 그럼 매일, 하루 종일 누나를 안을 수 있을 텐데."

"참나. 누구 맘대로."

해인이 우진의 팔을 끌어당겨 먼저 계단을 올라서서야 실랑이를 멈출 수 있었다. 시도 때도 없이 자신을 안으려 하는 우진이 무섭기도 하고 버겁기도 했다. 그런데도 그에게 이런 말을 들을 때마다 자신의 몸이 반응을 보인다는 게 더 기가 찰 노릇이었다.

저녁에 집에 돌아온 수인은 해인을 보자마자 귀가 따갑도록 잔소리를 해왔다. 끝도 없이 이어지는 타박에 저녁을 안 먹어도 배가 부를 지경이었다. 옆에서 한마디라도 편을 들어줄 법한데 우진은 당연히 해인이 혼나야 한다는 듯 웃고만 있었다. 뭐라고 하는 시어머니보다 말리는 시누이가 밉다더니 딱 수인과 우진이 그 꼴이었다.

저녁 식사 후 거실에서 맥주를 마시는 동안 해인은 수인과 우진의 얼굴을 번갈아보며 눈치를 보고 있었다. 연산을 정리하고 서울로 올라갈 거라고 말해야 하는데 쉽게 입이 떨어지지 않았다.

"아, 뭐야. 할 말 있으면 빨리 해."

맥주를 홀짝거리며 해인이 자꾸 흘깃거리자 수인이 못 참겠다는 듯 버럭 짜증을 냈다.

"여우 같은 녀석."

"뭐래. 누나 표정만 보면 딱 나타나는걸. 뭔데? 미리 말해. 사고치고 닥쳐서 얘기하지 말고."

"다음 주 주말에 서울로 아예 올라가려고. 김 비서님이 짐 정리할 사람들 보내주기로 했어."

해인의 말에 놀라는 우진과 달리 수인은 덤덤한 표정이었다. 우진은 왜 내려오는 길에 말하지 않았냐고 섭섭해하면서도 걱정할 필요 없다는 듯 바로 담담해졌다.

"그럼 나도 서울 가서 재활치료 받아야겠다."

"어? 그럼 수인이만 여기 남잖아."

"괜찮아. 누나 올라갈 때 나도 서울로 갈 거니까."

수인이 아무 문제없다며 끼어들었다.

"뭐? 병원은?"

"본원으로 발령 났어."

"뭐어?"

"뭐?"

해인과 우진이 동시에 수인에게 소리를 질렀다. 해인이 서울로 올라갈 계획이라는 말보다 수인의 말이 더 놀라웠다.

"갑자기 무슨 발령? 나 서울 갈 거 김 비서님한테 연락 받았어?"

"아니. 지난주에 누나 서울 가고 나서 바로 신청했는데? 조만간 누나가 서울로 뜨겠다 싶었거든. 우진이 이 녀석이야 누나 간다고 하면 나 버리고 갈 게 뻔하고. 잘됐지?"

"하아. 짐작은 했었지만…… 너 쪼옴…… 무섭다."

해인이 어이없다는 듯 수인을 노려보며 한 소리 하자,

"귀신같은 놈."

우진이 그 말을 받아 한 소리 하며 혀를 찼다.

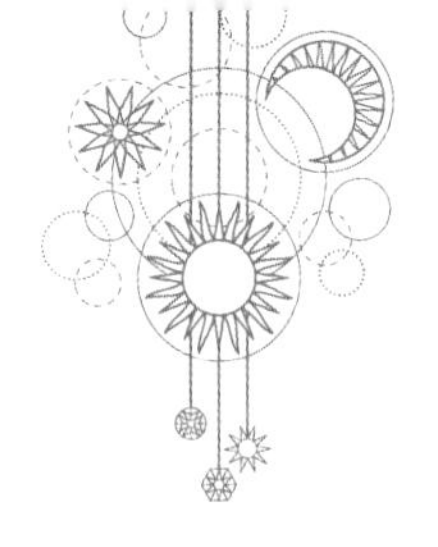

12. 내게로 와요

우진은 아침 일찍 병원에 다녀왔다. 앞으로 재활치료를 다시 서울 병원에서 받기로 했다며 김 과장과 담당 재활치료사에게 인사만 하고 오는 길이었다. 김 과장은 특별히 치료 방식이 달랐던 것은 아니었지만 그래도 우진의 팀 닥터가 있는 본원에서 치료를 받는 것이 더 나을 거라며 다행이라고 했다.

별장에 도착에 2층으로 올라가자 욕실에서 물줄기 소리가 들렸다. 해인이 샤워 중인 모양이었다. 당장에라도 저 문을 열고 들어가서 해인을 안고 싶었지만 먼저 해야 할 일이 있었다. 별장으로 오는 길에 강 코치에게서 전화가 왔었다. 2군 리그 훈련 일정을 메일로 보냈으니 바로 확인하고 연락 달라는 내용이었다.

서재로 들어가 컴퓨터를 켜려는데 이미 전원이 켜져 있었다. 마우스를 움직여 보자 모니터 절전 모드가 꺼지면서 화면이 밝아졌다. 인터넷 창 위로 파일 폴더창이 열려 있었는데 대충 보니 해인의 외장하드였다. 무심코 그 창을 아래로 내리려던 우진의 손이 순간 멈췄다. 창 안에 낯익은 이름의 폴더가 보였기 때문이었다.

「윤도연」, 「채서현」

그 이름들을 무시하고 지나치기는 우진에게 힘든 일이었다. 왜 이 이름들로 된 폴더가 해인의 외장하드에 들어 있는지 너무나 궁금했다. 서재 문은 열려 있었고, 욕실에서는 여전히 물줄기 소리가 들려왔다.

봐서는 안 될 것 같았지만 반대로 꼭 봐야 할 것만 같았다. 계속 석연치 않았던 해인의 행동들이 우진의 마음을 부추겼다. 선악과를 따먹기 전의 아담과 하와의 마음이 이랬을까? 심장이 미친 듯이 쿵쾅거렸다.

먼저 도연의 이름으로 된 폴더를 클릭했다. 그 안에는 날짜별로 폴더가 또 만들어져 있었다. 거의 삼 개월 전부터였다. 최근 폴더부터 열어보니 그곳엔 도연의 일상이 찍힌 사진들이 들어 있었다. 식사를 하거나 진료 중이거나 출퇴근하는 모습까지 하루의 일거수일투족이 사진으로 고스란히 담겨 있었다.

채서현의 폴더도 도연과 별반 다르지 않았다. 그중에는 도연과 서현이 함께 찍힌 사진도 있었다.

충격이었고 의문이 들었다. 해인은 아니라고 했지만 역시 도연에게 미련이 남은 것일까? 그래서 자기에게 좋아한다는 말을 하지 않았던 걸까? 심장이 차갑게 식어가는 기분이었다. 머릿속이 혼란스러웠다.

그때 욕실에서 물줄기 소리가 그쳤다. 우진은 화면을 원래대로 해놓고 비틀거리며 1층으로 내려왔다. 몸이 무거웠다. 발밑이 바닥으로 꺼져 들어가는 기분이었다.

주방에서 물을 마시려고 냉장고 문을 열어놓고도 한참을 멍하니 서 있었다. 얼마나 그렇게 서 있었을까 등 뒤로 해인의 목소리가 들려왔다.

"우진아, 언제 왔어? 병원 갔던 거 아니야?"

평소와 다름없는 해인의 목소리와 말투. 너무나 좋아하는 낮으면서도 맑은 저 목소리가 자신의 이름을 불러줄 때마다 얼마나 행복한 기분이 드는지.

물어볼까? 뭐라고 물어봐야 하는 거지? 만약 해인이 도연에게 미련이 남아서라고 대답한다면 자신은 어떻게 반응해야 할까? 마음이 무너져 내려서 아무 것도 아무 생각도 할 수 없어질 것 같은데.

우진은 사진에 대한 걸 묻고 싶었지만 꾹 눌러 참았다. 이유가 있을 거라고, 분명 이유가 있을 거라고 마음을 내리 눌렀다. 도연에 대한 미련이나 그런 게 아닐 거라고.

"어차피 다음 주에 서울 올라갈 거잖아요. 인사만 하고 왔어요."

우진은 수백 수천가지의 생각들을 꾹꾹 누르며 아무렇지 않게 해인에게 돌아섰다. 해인이 머리에 타월을 터번처럼 두르곤 주방으로 들어서고 있었다. 삐져나온 머리카락에서 물방울이 뚝뚝 떨어져 내렸다.

우진은 내색하지 않기 위해 억지로 웃으려고 하니 입가에 경련이 날 것 같았다. 생수병을 쥔 손에 잔뜩 힘이 들어가 당장에라도 페트병을 구겨 버릴 것 같았다. 부들부들 떨리는 손을 애써 감추며 겨우 물을 마셨다.

"아무것도 안 먹었죠? 점심 좀 일찍 먹을까요?"

"그래. 그러자. 반찬 뭐 있나?"

냉장고 쪽으로 해인이 다가오자 우진은 그녀에게서 한 발 뒤로 물러섰다. 자신도 모르게 해인에게서 멀어지려는 몸짓에 스스로 놀랐다. 해인은 우진에게서 이상한 느낌을 전혀 받지 않았는지 평소와 다름없이 행동했다.

"내가 상 차릴게요. 누난 올라가서 머리 말리고 내려와요."

"아니야 내가 차릴게. 있는 반찬만 내놓으면 되는데 뭐."

"내가…… 내가 한다구요."

"……?"

"여…… 여름이라도 그렇게 다니면 감기 걸려요. 에어컨 빵빵하게 틀어져 있잖아요."

"칫. 알았어. 금방 올게."

우진은 해인이 총총거리며 주방을 나가 2층으로 올라가는 모습을 멍하니 바라보았다. 해인의 모습이 완벽하게 사라지자 우진은 쓰러지듯 싱크대를 붙잡고 몸을 기댔다. 절망감이 온몸을 짓누르는 것 같았다.

"누나…… 도대체 뭘 하고 있는 거예요."

❁

해인은 여름옷을 제외하고 나머지 옷들을 정리하느라 오후 시간을 다 보냈다. 김 비서가 사람들을 보내기로 했지만 웬만한 것들은 미리 정리해 놓고 싶었다. 별장에 있는 동안에도 딱히 할 일도 없었고 자신이 뭔가 일을 벌려놓지 않으면 우진의 품에서 벗어날 수 없을 것 같았기 때문이었다.

한바탕 옷장을 뒤집어놓은 해인은 수인이 퇴근해 올 시간이 가까워서야 1층으로 내려갔다. 쪼르르 앞에 나타나야 할 우진의 모습이 보이지 않았다. 다른 때 같으면 옷을 정리하고 있어도 제 옆에서 떨어지려 하지 않았을 텐데 오늘은 옆에 있지도 않았을뿐더러 집 안 어디에도 보이지 않으니 어리둥절했다. 어제부터 우진의 말수가 부쩍 줄었었는데 왜 그러냐고 물어봐도 별다른 대답을 하지 않았다.

"진짜 무슨 일 있나."

주차장에 차가 그대로 있는 것을 보니 우진이 있을 곳은 편백나무 숲길밖엔 없었다. 아직 날이 어두워지려면 시간이 있으니 다행이다 싶어 해인은 산책로로 우진을 찾아 나섰다. 얼마 걸어 들어가지 않아 우진의 모습을 볼 수 있었다.

"혼자 산책 다녀오는 거야?"

해인의 목소리에 우진이 고개를 들었다. 산책을 하는데 왜 고개는 땅으로 향해 있었던 건지 궁금해졌다. 정말 무슨 일이 있는 건가.

"누나. 나 찾으러 온 거예요?"

"응. 안 보여서."

해인을 발견한 우진이 빠른 걸음으로 다가왔다.

"그새 보고 싶었구나?"

그렇게 생각하고 봐서인지 장난스럽게 웃는데도 평소의 우진과는 다른 것 같았다.

"너 진짜 무슨 일 있어? 어제부터 기운도 없는 것 같고. 혹시 다리 부작용 생긴 거야?"

"네? 아니에요. 부작용은 무슨. 잘만 회복되고 있는걸요."

"근데 왜 그래?"

우진이 숲을 한 바퀴 휘 둘러보다가 해인에게 시선을 맞추었다.

"여기가 참 좋구나 라고 생각하고 있었어요. 서울에서는 하루하루가 정신없었는데 여기서 누나랑 보낸 한 달은 참 평화로웠구나 싶어서. 갑자기 서울에 가기 싫어져서……."

"그럼…… 여기서 더 지내도 돼. 나 때문에 일부러 올라갈 필요 없어."

"에이. 그건 아니죠. 누나가 없으면 여기 혼자 있는 게 무슨 소용이겠어요."

우진이 내민 손을 마주 잡으며 천천히 산책로 입구로 향했다. 해인은 우진의 큰 손아귀 안에 잡혀 있는 자신의 손이 너무 작고 나약해 보였다. 그의 손을 잡고 있으면 흔들리거나 넘어질 일이 없을 것 같았다. 불과 두 살이라 해도 자신보다 어린 우진에게서 해인은 듬직함을 느끼고 있었다.

천천히 걷던 우진의 걸음이 산책로를 빠져나오자마자 멈춰 섰다. 우진의 시선을 따라가던 해인의 몸이 돌연 돌처럼 굳어졌다. 수인과 또 다른 낯익은 방문객이 별장 현관으로 걸어가고 있었다. 우진은 해인이 잡은 손을 빼려 하자 더 강하게 그녀의 손을 움켜쥐었다. 그러고는 해인을 데리고 그들에게로 향했다.

"왔냐?"

우진의 목소리에 수인과 방문객이 두 사람에게로 시선을 돌렸다.

"어? 어. 산책 다녀오는 거야?"

수인이 헛기침을 하며 돌아보다가 우진과 해인이 맞잡은 손으로 시선이 닿았다. 곧바로 해인의 얼굴을 보고 방문객에게로 시선을 돌렸다. 해인은 우진의 표정은 알 수 없었지만 제 손을 부서뜨릴 듯 잡고 있는 아귀힘으로 보아 그가 화를 참고 있다는 것을 눈치챘다.

해인은 예기치 못한 이 상황에 바쁘게 머리를 굴렸다. 우진과 자신을 번갈아보며 잔뜩 인상을 구기고 있는 방문객에게 어떤 반응을 보여야 할지 결정을 내릴 수가 없었다. 도대체 이 사람이 왜 여기에 와 있는 거지?

"여긴 어떻게……."

"병원으로 왔더라고. 누나 만나고 싶다고……."

힘겹게 목소리를 내는 해인에게 수인이 먼저 입을 열었다.

"네가 계속 전화를 안 받아서 수인이 찾아갔어. 여기 오면 너 만날 수 있을 테니까. 갑자기 와서 놀랐지?"

도연은 자신을 죽일 듯 노려보는 우진은 철저히 무시한 채 해인에게만 시선을 고정했다. 우진과 맞잡은 손도 보이지 않는 것 같았다.

"무슨 얘기를 해요? 더 이상 할 얘기가 없는데."

해인의 손에 땀이 차올랐다. 해질녘 여름밤의 습한 공기가 네 사람을 에워싸 숨이 막혀왔다. 무작정 찾아온 도연도, 그런 도연을 데리고 온 망할 놈의 동생도, 자신의 손을 잡고 놓아주질 않는 우진조차도 버겁게 느껴졌다. 이 남자들이 도대체 나한테 왜 이러는 건지.

"들어가서 얘기해. 모기 문다."

수인이 앞서 현관으로 향하자 우진이 버럭 소리를 질렀다.

"이수인."

"들어와. 얘기를 하든 치고받든 안에서 하자고."

해인이 손을 잡아끌자 우진도 마지못해 따라 들어왔고 도연도 조용히 거실로 들어섰다.

"둘만 얘기하고 싶은데. 자리 좀 비켜줄 수 있을까?"

우진과 수인에게 하는 말이었다.

"안 돼요. 둘이 무슨 얘길 하겠다는 겁니까? 며칠 전에 다 마무리 지었던 것 아닌가요?"

도연의 말에 우진은 해인과의 사이로 끼어들어 섰다. 그의 큰 키에 도연의 모습이 완벽히 가려지자 해인은 크게 숨을 몰아쉬었다. 그제야 조금이라도 긴장이 풀리고 제대로 숨을 쉴 수 있을 것 같았다.

"잡아먹지 않아. 정 못미더우면 근처에 있든가."

우진의 어깨 너머로 도연의 목소리가 들려왔다. 우진은 등 뒤로 팔을 돌린 채 여전히 해인의 손을 잡고 있었다. 그 손에 시선이 가자 해인은 미적거리고 있는 자신이 한심하게 느껴졌다. 언제부터 다른 사람 뒤에 숨어서 제 일을 떠넘기려 했을까.

"우진아, 수인이랑 주방에 가 있어. 거실에서 얘기할게."

"안 돼요."

우진이 움직이지 않은 채 해인에게 대답했다. 도연과 눈싸움이라도 하고 있는 모양새였다. 잔뜩 힘이 들어간 우진의 넓은 등이 그가 화나 있음을 여실히 보여주고 있었다.

"야, 서우진. 그만하고 이리 와. 너 그럴수록 누나만 더 힘들어."

수인이 우진의 팔을 잡아당겼다. 수인이 그에게 잡혀 있는 해인의 손을 빼려 하자 아귀에 더 힘이 들어갔다.

"우진아."

해인이 다시 한 번 부르자 그제야 손을 놓았다. 우진은 수인을 잔뜩 노려보더니 주방으로 성큼 걸어가 버렸다. 해인에게 눈길조차 주지 않았다. 우진이 잡고 있던 손에 피가 돌면서 하얗게 질려 있던 부분이 서서히 붉어졌다.

"할 말 있으면 빨리 하세요."

해인이 소파에 앉자 맞은편 자리에 도연이 앉았다.

"그날 제대로 얘기를 못 끝낸 것 같아서. 나…… 아니 우리 다시 시작하자. 아무리 생각해도 너를 놓을 수가 없어."

해인의 등 뒤로 바닥에 의자 다리가 밀리며 드르륵 걸리는 소리가 들려왔다. 해인이 대답을 하기도 전에 어느새 우진이 도연에게 다가가 멱살을 잡아 일으켜 세웠다.

"꺼져, 이 새끼야."

"야, 서우진."

수인이 달려와 우진의 팔을 풀어내려 했지만 꼼짝도 하지 않았다. 죽일 듯 도연을 내려다보는 우진의 얼굴이 곧 터질 듯 붉게 달아올라 있었다. 도연은 자신의 멱살을 잡고 흔드는 우진을 서늘한 눈빛으로 올려다보았다.

"그쪽이랑 얘기하던 거 아니니까 빠져 주지?"

"뭐야?"

우진은 금방이라도 주먹을 날릴 태세였다. 수인은 두 남자 사이에 끼어 조금이라도 분위기를 누그러뜨려 보려 진땀을 흘렸다.

"해인이가 선택할 일이야. 그쪽이 아니라. 아니면 우리 사이에 끼어들 자격이 있는 건가?"

"그 입 닥쳐. 그 더러운 입에서 '우리'라는 말을 꺼내지도 말라고. 해인 누나 이름도 담지 마."

해인은 말없이 세 사람을 지켜보았다. 눈앞의 광경이 실제가 아닌 TV 속 드라마를 보는 것 같았다. 이 난장판을 어떻게 수습해야 할까.

"그 사람 말이 맞아. 내가 선택할 일이야."

"누나."

"수인아, 우진이 데리고 2층에 가 있어."

우진이 믿을 수 없다는 듯, 아니 믿고 싶지 않다는 듯 해인을 뒤돌아봤다. 도연을 잡고 있던 손에서 힘이 빠져나가는 듯 다리 옆으로 툭 떨어져 내렸다.

"지금 선택해요. 나랑 이 사람 둘 중 누구예요? 이 사람을 선택한다면 지금 당장 이 집에서 나가줄 테니까. 누구예요?"

우진의 말에 심장이 바닥으로 곤두박질 쳤다. 이 집에서 나가겠다고? 나를 놓겠다고? 해인의 표정이 얼어붙었다.

"오빠, 배웅해 줄게요."

해인이 앞서 밖으로 나가자 도연이 따라 나왔다. 자신의 뒤로 우진과 수인이 어떤 표정으로 거실에 버티고 서 있는지 관심도 두지 않았다. 화가 치밀어 올랐다. 갑자기 찾아온 도연 때문에 놀라 쿵쾅거리던 심장은 이제 서늘하게 식어 있었다.

"오늘 정말 어이없는 거 알죠? 아니 모르나? 모르니까 이런 식으로 찾아왔겠지만."

도연의 승용차 앞에 도착해 그가 다가오길 기다렸다. 제게 다가온 도연이 뒤에서 안으려 할 때는 자신도 모르게 몸에 소름이 돋아났다. 힘껏 도연을 밀쳐 내며 뒤로 물러서는데 그는 그런 해인을 상처받은 표정으로 바라보고 있었다.

"며칠 전에도 얘기했었고 오늘도 마찬가지야. 너랑 다시 시작하고 싶어. 너도 나 사랑했잖아. 우리가 함께한 시간들은 무시할 수 없는 기간이야. 쉽게 마음이 바뀔 리 없잖아."

"오빠 정말 뻔뻔하네요. 쉽게 마음이 바뀌었던 건 내가 아니라 오빠였어요. 그것도 결혼을 바로 코앞에 두고서 딴 여자를 안았다구요. 그것도 내 의붓 여동생을."

"실수였다고 했잖아."

"하. 그놈의 실수, 실수. 말이 되는 소리를 해야지. 이제 와서 다시 시작한다는 건 말도 안 되는 소리예요. 무슨 생각으로 이러는지 모르겠지만 다시는 날 찾아오지 말아요."

해인은 뒤돌아 집으로 향했다.

"서울 가서…… 다시 연락할게."

도연의 말에 대꾸할 마음은 없었다. 해인은 뒤도 돌아보지 않고 집 안으로 들어왔다. 거실에 들어서자마자 현관 인터폰 박스에서 대문 오픈 버튼을 누르고는 모니터를 들여다봤다. 한참이 지나서야 도연의 차가 나가는 걸 볼 수 있었다.

"도연 형은 갔어?"

"너 도대체 무슨 생각인 거야? 집에 데려올 거면 미리 전화라도 하든가."

거실에 있던 수인에게 버럭 고함을 질렀다. 우진의 모습은 보이지 않았다.

"전화했지. 안 받은 건 누나랑 우진이고. 둘 다 뭐 했던 거야?"

"아, 몰라. 정말 짜증나게."

해인은 소파에 털썩 주저앉아 등받이에 깊게 몸을 기댔다. 이제 와서 다시 시작하자는 도연도 이해할 수 없었지만 아까처럼 고압적으로 행동하는 우진 때문에 더 심정이 복잡했다. 집을 나가겠다니.

"어떡할 거야? 서울 가서 만났을 것 아니야. 여기까지 찾아온다는 건 두 사람 다시 시작하기로 한 거야?"

"그런 거 아니야."

"그럼 왜 온 건데?"

"나도 모르겠어. 다시 시작하자고 해서 싫다고 했더니 서울 올라가서 연락하겠대."

"말이 돼? 그런 식으로 얼렁뚱땅 다시 만나려는 거 아니야?"

"나도 몰라. 나도 모른다구. 당황스럽고 어처구니없는 건 나도 마찬가지니까 그만 닦달해."

"우진이한테 뭐라고 할 거야?"

수인은 제자리에 가만히 앉아 있지 못하고 일어서서 왔다 갔다 하고 있었다.

"할 말 없어."

"누나, 그 녀석 마음 알면서 계속 이 상태로 지낼 거야?"

"우진이에겐 미안하지만 지금 상황에서 뭐라고 할 수 있겠니? 나 아직 제대로 대답해 줄 수 있는 게 없어. 도대체 우진이를 왜 여기로 부른 거야? 넌 내가 우진이한테 어떻게 하기를 바랐어?"

"그래. 내가 우진이 일부러 여기 데려온 거 맞아. 하지만 그 녀석 감정에 기대서 의지하고 있는 건 누나잖아. 그 녀석을 사랑하게 된 것도 누나고 그 사랑에 책임을 져야 할 사람도 누나잖아. 사랑에도 책임이 따르는 거야. 누나가 도연 형한테 이렇게까지

하는 것도 형이 책임을 깨버렸기 때문 아니야?"

해인은 아직은 때가 아니라는 말을 입안으로 웅얼거렸다. 그 말을 들은 수인은 깊은 한숨을 내쉬었다.

"우진이한테 올라가 봐."

"됐어."

"그렇게 튕기는 것 좀 그만해. 누나도 우진이 상태 걱정될 것 아니야. 진짜 둘 다 꼴 보기 싫어 죽겠다."

"오늘은 나도 너 꼴 보기 싫거든?"

해인은 쿵쾅거리며 계단을 올라갔다. 수인 앞에서야 큰소리 뻥뻥 쳤지만 2층에 올라서는 마지막 계단에서는 발걸음을 멈출 수밖에 없었다. 상처받아 일그러져 있던 우진의 얼굴이 떠올랐다. 우진을 보면 뭐라고 해야 하나.

해인은 2층 게스트룸에 우진이 없자 3층 다락방으로 올라갔다. 조용히 문을 열고 안으로 들어서자 침대에 걸터앉아 있는 우진의 모습이 보였다. 낮은 매트리스만 깔린 침대에 앉아 있는 모습이 쓸쓸하게 보였다.

"왜 그렇게 멀뚱히 서 있어요."

문 앞에 선 채 자신을 바라보고 있는 해인을 향해 우진이 씁쓸하게 웃으며 말문을 열었다.

"나한테 올 때는 망설이지 말고 한 번에 오면 돼요."

우진이 해인을 향해 양팔을 벌렸다.

"이리 와요."

화를 낼지도 모른다고 생각했다. 나가려고 벌써 짐을 싸고 있을지도 모른다고 생각했다. 이번에는 정말 자신에게 질려 떠날지도 모른다고 생각했다. 상처받았을 텐데, 섭섭했을 텐데, 화가 났을 텐데 또 다시 저렇게 자신에게 손을 내밀다니. 해인은 마음이 무너져 내리는 것만 같았다.

"어서……."

해인은 무거운 발을 움직여 우진에게로 천천히 다가갔다. 우진의 손끝에 가까워질 때쯤 그의 손이 앞으로 불쑥 다가와 해인의 팔을 잡아 끌어당겼다. 쓰러지듯 우진의 품에 안긴 해인이 자세를 바로 잡기도 전에 강한 팔이 그녀의 몸을 으스러질 듯 안았다.

무겁게 가라앉아 있던 우진의 모습과 달리 그의 심장은 빠르게 쿵쾅거리고 있었다. 그의 불안함이 해인의 온몸으로 전달되어 왔다.

"누나가 말로 표현하지 않을 뿐이지 이미 나를 사랑하게 된 거 알아요. 누나는 마음이 가지 않으면 몸도 가지 않는 여자니까. 나한테 안긴 순간부터 아니, 그전부터 나한테 마음이 있었던 거 잖아요. 누나가 미처 몰랐을 뿐이지."

"아니야. 뭘 믿고 그토록 자신 있게 단정해?"

또다. 또다시 우진의 말에 제대로 답을 하지 못하고 있었다. 그런데 너는 어떻게 그렇게 확신하는 걸까? 정말 내 마음 속을 들여다보기라도 하는 걸까?

"누나의 몸이 말해주는걸요. 내 손이 닿을 때마다, 내 입술이 닿을 때마다, 내가 누나 안으로 들어갈 때마다 한 치의 거짓도 없이 말하고 있다구요. 나는 서우진을 좋아한다. 서우진에게 안기고 싶다. 서우진에게 안기는 게 행복하다, 라고."

"우진아."

"나를 선택할 거야. 누나는 나를 선택한 거라구요. 그 사람이 아니라 나를…….”

◎

도연의 차는 이미 어두워진 국도를 달렸다. 고속도로와 달리 제대로 된 가로등조차 없는 시골길을 달리다 보니 어둠 속에 홀로 버려진 기분이 들었다. 마을 사람들이 이용하는 작은 횡단보도 위쪽에만 작은 가로등이 간혹 나타나 그나마 도연의 숨통을 틔워주었다.

막무가내로 연산에 내려왔지만 이런 식으로 해인의 얼굴을 본 지 채 십분도 지나지 않아 쫓겨나듯 그곳을 나오게 될 줄 몰랐다. 반가워하지 않을 거란 것도, 어쩌면 얼굴조차 볼 수 없을지도 모른다고 생각했었지만 막상 홀대를 당하니 가히 기분이 좋지 않았다.

산책로에서 그 녀석의 손을 잡고 나오던 해인의 모습이 자꾸만 아른거려 속이 울렁거렸다. 도연은 예전에 해인의 집에서 수인의 친구라며 인사를 나눴던 그 녀석을 기억하고 있었다. 프로농구 선수로 국가대표에도 선발됐었던 것도 알고 있었다. 이름은 서우진.

그 녀석은 처음부터 자신에게 호의적이지 않다는 것을 온몸으로 뿜어냈었다. 이유는 알 수 없었지만 딱히 궁금하지도 않아 별 신경을 쓰지 않았었다. 해인의 대학 졸업식에 왔던 그의 눈빛을 보고서야 자신을 원수 보듯 노려보았던 이유를 깨달았다. 그 녀석은 해인을 좋아하고 있었다. 해인이 자신을 좋아하고 있었으니 절대 좋은 감정일 리 없었다.

그 녀석은 언제부터였을까? 언제부터 해인을 좋아해 왔던 걸까? 예전의 해인의 행동을 봐서는 우진의 마음을 모르고 있었던 게 분명했다. 그 녀석에게 흔들리지 않았다는 것도 확신할 수 있었다. 해인의 시선은 언제나 자신에게 향해 있었다는 것을 도연 스스로가 가장 잘 알고 있었다.

그런데 어쩌다가 지금은 우진이 해인의 곁에 있게 됐을까? 어떻게 그토록 당당하게 자신의 여자를 지키려는 맹수처럼 행동하는 것일까? 해인의 목덜미에 나 있던 키스마크가 우진이 만들어 낸 것이라는 생각이 들자 온몸에 피가 들끓는 기분이었다.

도연은 차를 도로가에 거칠게 세웠다. 운전대를 주먹으로 퍽퍽 소리가 나도록 내려치자 어둠 속에 클랙슨 소리가 길게 이어졌다.

"빌어먹을. 빌어먹을. 으아악."

*

기현과 서라가 재혼한 지 한 달 정도 지났을 무렵이었다. 늦은 밤 방문을 노크하는 소리에 수인은 읽고 있던 책에서 눈을 뗐다. 기현은 제 방에 잘 올라오지 않았고, 해인이라면 보통 노크를 하지 않고 벌컥 들어오기 일쑤였기에 이 시간에 노크까지 하며 찾아온 방문객이 누굴지 의아했다. 문을 열고서야 이 집에 새로운 구성원이 늘었다는 사실을 깨달았다.

문 밖에는 서현이 와인 한 병과 잔 두 개를 들고 서 있었다. 흐트러진 머리카락과 실크 잠옷에 가운을 걸친 차림이었다. 들어오라는 말을 하기도 전에 서현이 수인의 방 안으로 들어왔다.

"잠이 안 와서요. 나랑 술 한잔해요."
"시간이 너무 늦었는데."
"잠자리가 바뀌어서 그런지 며칠째 잠을 못 잤거든요. 한잔만 해요."
서현의 옷차림이 마음에 걸렸다. 침대 옆 스탠드만 켜놨던 터라 침대 주변을 제외하고는 가까이 가지 않으면 얼굴이 잘 보이지 않을 정도로 어두웠다. 창가 앞 1인용 소파에 앉은 서현이 테이블에 잔을 올리고 와인을 따르더니 수인에게 건네주었다.
"누나랑 마시지 그래? 아직 안 잘 텐데."
"술을 여자끼리 무슨 재미로요. 그리고 난 언니보다 오빠가 더 좋은데……."
어두운 방 안에서도 서현의 미모는 빛을 잃지 않았다. 오히려 아름다움이 극대화되는 것 같다고 하는 게 맞을 것 같았다. 크고 동그란 눈에 긴 속눈썹, 밝은 갈색 눈동자와 가늘고 여리한 몸매는 살아 있는 인형이라고 불릴 법했다. 가슴은 큰 편은 아니었지만 서현의 몸매와 잘 어울리게 한 손에 아담하게 담길 만한…….
수인은 머릿속으로 서현의 모습을 훑어보며 떠올리던 생각을 깨닫고 숨이 턱 막히는 걸 느꼈다. 아무리 아름답다 해도 서현은 자신의 동생이었다. 피 한 방울 섞이지 않았다 하더라도 아버지가 재혼한 여자의 딸이니 동생임이 분명한데 그런 아이를 상대로 몸매를 평가하는 자신이 짐승처럼 여겨졌다.
"그만 가서 자는 게……. 우읍."
서현의 입술이 수인의 말을 막았다. 진하고 텁텁한 와인향이 서현의 혀를 통해 입안으로 섞여 들어왔다. 수인이 서현의 어깨를 잡고 밀어내자 그녀의 팔이 목을 감싸 안아왔고 더 깊이 혀를 밀고 들어왔다.

주변이 어두워서일까. 수인은 지금 상황이 꿈일지도 모른다는 착각이 들었다. 실제라면 있을 수 없는 일이었다. 일어나서는 안 되는 일이었다. 한순간 서현의 외모에 욕망이 꿈틀거리기는 했지만 단지 그것만으로 유혹에 넘어가기엔 수인은 너무나 이성적인 사람이었다.

수인은 다시 한 번 서현의 어깨를 힘을 주어 밀어냈다. 이번에는 힘없이 서현의 몸이 떨어져 나가며 휘청거렸다.

"취했나 보다. 그만 가서 자."

"수인 오빤…… 내가 그냥 여동생이어도 좋아요?"

"뭐?"

상황도 어처구니가 없는데 이 말은 더 수인의 머리를 혼란스럽게 했다. 이 아이는 도대체 나한테 왜 이러는 거지?

"난 처음 인사한다고 만났던 날 오빠 보고 얼마나 마음이 설레었는지 알아요?"

"채서현, 아니 이서현. 그런 말 그만둬."

"난 첫눈에 오빠한테 반했었는데…… 오빠도 그랬던 거 아니었어요? 방금 내 키스 거부하지 않았잖아요."

"실수야. 술기운에 실수한 거야. 미안하다."

"오빤 한 모금도 안 마셨잖아요. 그리고 난 실수 아닌데? 오빠한테 안기고 싶어요. 난 동생으로만 있고 싶지 않아요."

지뢰를 밟은 건가? 정신병자인가?

"그만. 네 방으로 가."

수인은 화를 참지 못하고 버럭 소리를 지르다 순간 목소리를 낮췄다. 소란을 일으켜서 좋을 게 없었다. 이 상황은 수인에게도 당황스러웠지만 다른 식구들이 보게 되면 더 혼란만 일으킬 것 같았다. 어떻게 해서든 이 아이를 내보내는 게 상책이었다.

"오빠 혹시……."

"……."

"언니를 사랑하는 거예요?"

"뭐?"

"해인 언니한테 너무 각별하니까. 누나를 여자로 사랑하는 건가 싶어서."

"무슨 말도 안 되는 소리야? 취한 거야?"

"뭐 그렇다 쳐도 상관없어요. 내가 오빨 좋아하니까. 그러니까…… 날 안아줘요."

미쳤구나. 이 아이는 미친 게 분명하다. 더 이상 들을 필요가 없었다. 수인은 서현의 팔을 잡아끌며 문 쪽으로 향했다.

"내가 잠깐 제정신이 아니었나 보다. 피는 안 섞였어도 이제 우리 남매거든? 다시는 이런 일 없을 테니까 너도 나한테 이런 식으로 행동하지 마. 그리고 누나를 모욕하는 말도 하지 마. 그건 진짜 용서 못하니까."

"왜 그렇게 당황하는 거예요? 진짠가 봐?"

"당황하는 게 아니라 화를 내는 거야. 무슨 말이 되는 소리를 해야지. 당장 나가."

문을 벌컥 열고 서현을 밖으로 밀어냈다. 자신을 놀리는 건 참을 수 있지만 누나까지 엮어 농락하는 건 도저히 참을 수가 없었다. 그것도 이런 정신 나간 여자한테.

성내는 수인의 표정에도 서현은 굴하지 않았다. 오히려 너무나 아름다운 미소를 띠며 웃고 있었다. 수인은 그 모습에 온몸에 소름이 돋았다.

"너…… 진짜 제정신 아니구나? 무슨 생각으로 이러는지 모르겠지만 우리 집안에 평지풍파 일으키지 마."

*

거실에 홀로 남아 있던 수인은 막 마시려던 맥주 캔을 다시 내려놓았다. 테이블에는 빈 캔이 널브러져 있었다. 평소보다 너무 많이 마셨다.

예전 기억이 떠오르자 입안에 신물이 올라오는 것 같았다. 해인과 도연의 결혼이 깨진 후에도, 그리고 지금까지도 수인은 그날 있었던 일을 아무에게도 말하지 않았었다. 차라리 그때 아버지나 누나에게 사실을 말하고 서현과 채서라를 집에서 치워 버렸어야 했던 게 아닐까 후회됐다.

아니면 그때 자신이 서현을 안았더라면 도연에게 접근하지 않았을까? 그랬다면 불똥이 해인에게로 튀지 않았을까? 서현은 왜 자신을 유혹하고 또 도연을 유혹했을까? 집안에 분란을 일으킨 목적이 뭐였을까? 수인이 해인에게 치정을 갖고 있다고 오해했던 걸로 봐서는 해인의 남자들을 뺏고 싶었던 걸까? 도대체 왜? 왜 그렇게 해서까지 해인을 망가뜨리고 싶어 했을까?

지금에 와서야 해인이 목적이었다는 걸 어렴풋이 알겠지만 정확한 이유를 짐작하기는 어려웠다. 톱 탤런트인 어머니 아래에서 자랐으니 돈이 부족한 것도 아니었을 것이다. 해인도 예쁘지만 서현의 미모는 비교할 수 없을 정도로 다른 차원의 외모를 가지고 있으니 그것도 아닐 텐데.

생각을 하면 할수록 회로가 엉켜 버린 것처럼 머릿속이 뒤죽박죽이 되는 것 같았다. 목이 탔다. 수인은 남은 맥주를 벌컥벌컥 마셨다. 멍하게 거실을 둘러보다가 일어서서 주방과 거실 불을 끄고 문단속을 했다. 천천히 2층으로 올라가 방 침대에 누워 멍하게 천장을 올려다보았다.

할 수 있는 일이 아무것도 떠오르지 않았다. 해인을 위해서, 엉망이 되어버린 그녀의 삶을 위해서 아무것도 해줄 수 있는 일이 없다는 것이 너무 답답하고 화가 났다.

"누나를 지켜야 하는데. 누나는 연약한 존재니까 내가 지켜줘야 하는데."

이제 기대를 걸 수 있는 건 우진밖에 없었다. 우진이 그 녀석이라면 해인을 행복하게 해줄 수 있을 것이다. 맹목적으로 해인만을 바라보는 녀석이니 배신하는 일도 없을 터였다. 그래. 이제 그 녀석밖에 답이 없었다. 가장 완벽한 답은 그 녀석뿐이었다.

뜨거운 햇살 아래 해인의 구불거리는 머리카락이 반짝거리며 빛을 반사했다. 커다란 밀짚모자 아래로 보이는 하얀 얼굴이 붉게 상기되어 있었다. 해인은 입술이 거의 보이지 않을 정도로 입을 앙다물고 열심히 자전거 페달을 밟는 데 온 신경을 집중했다.

"다리 다 타겠어요. 긴 바지 입고 오지. 뭐, 나야 매끈한 다리 감상할 수 있으니 나쁘지 않지만."

"하여튼 엉큼하긴. 덥잖아. 8월 땡볕에 긴바지는 도저히 못 입겠더라고."

그래도 해인의 하얀 피부가 올해처럼 탄 건 처음 본 것 같았다. 해인은 피부가 하얀 편이라 여름에도 잘 타지 않았다. 오히려 붉게 달아올라 화상을 입어 지금처럼 얇은 긴팔을 입는 것을 자주 봐왔다.

우진은 해인이 탄 자전거 뒤쪽 안장을 잡아주며 가르쳐 주다가 지금은 혼자 탈 수 있도록 뒤에 따라가기만 하고 있었다. 여전히 불안하게 흔들거리는 것을 보고 있자니 속이 탔다. 저렇게 운동신경이 바닥일 줄이야.

"평지에서도 그렇게 흔들거리면 어떡해요. 그냥 타지 마요."

해인은 들려도 안 들리는 척 열심히 페달을 굴렸다. 우진의 끊임없는 잔소리에 제대로 심통이 난 표정이었다.

"뭐야. 길이 문제가 아니잖아. 누나, 페달을 꾹꾹 밟으라니까요. 중간에 자꾸 발에 힘을 빼니까 자전거가 멈칫거리잖아요."

"아유, 알았어. 알았다구."

"어깨 힘 빼고. 허리 펴요."

"야아. 이게 내 맘대로 되는 게 아니라고."

"아니, 평지에서도 그 모양이면 어떡해. 자전거 배웠던 거 맞아요? 뭐 이렇게 엉망으로 가르쳤대?"

쓸데없이 도연을 타박하는 말이 튀어나왔다. 해인은 인내심이 바닥났는지 씩씩거리며 우진을 돌아보았다. 그 순간 중심을 잃고 자전거가 심하게 흔들렸다.

"누나, 앞 봐요. 앞."

"우이씨."

다행히 넘어지지 않고 다시 중심을 잡았다. 해인은 흔들거리면서도 자전거를 탄 채 열심히 병원 앞마당을 휘젓고 다녔다.

"아우, 저 여자 정말 심장에 안 좋아."

우진은 해인이 넘어질까 봐 자꾸 걱정되기도 했지만 포기하지 않고 열심인 모습이 보기 좋았다. 심통 내는 표정조차 너무 사랑스럽다고 해야 하나.

해인의 자전거 실력은 시간이 지날수록 조금씩 자세도 좋아지고 안정감을 찾아갔다. 우진은 이제 좀 쉴 수 있겠다 싶어 느티나무 아래 벤치에 앉아 그런 해인을 바라보았다.

주머니에서 울리는 진동에 핸드폰을 확인해 보니 강 코치에게 문자가 와 있었다.

〈내가 보낸 메일 확인 안 하냐? 2군 훈련일정표 나왔으니까 보고 연락해라. 그리고 감독님이 너 이번에도 안 오면 팀에서 퇴출시킨다고 하니까 알아서 해.〉

문득 며칠 전 봤던 도연과 서현의 사진이 떠올랐다. 방금 전까지 좋았던 기분이 순간 바닥으로 곤두박질쳤다. 심난했다. 그 생각이 떠오를 때마다 심장을 누군가 움켜쥐는 듯 답답하고 숨 쉬기도 힘들어졌다. 담배가 너무 당겼다. 숨쉬기에는 더 안 좋을 텐데 이런 순간 떠오르는 게 해인이 싫어하는 담배라니.

〈이번 주말에 서울로 올라가요. 다음 주에 인사드리러 갈게요.〉

답장을 보내놓고 시끄럽게 울어대는 매미 소리에 취한 듯 앉아 있는데 해인이 우진을 향해 한손을 들어 흔들었다. 우진이 마주 흔들어 주려는 찰나 자전거가 불안하게 흔들리자 해인은 재빨리 손을 내려 양손으로 핸들을 잡았다. 멋쩍은 듯 웃는 해인을 향해 우진은 손을 흔들어주었다.

"자전거를 참 요란하게도 배운다."

소리 없이 다가온 수인이 우진의 옆에 털썩 앉더니 종이컵에 든 커피를 건네주었다.

"진료 중 아니야?"

"응. 오늘은 오후 진료 없어."

우진과 수인은 말없이 커피를 마시며 한참 동안 해인을 바라보고 있었다.

"우리 누난 머리 쓰는 건 참 잘하는데 몸 쓰는 건 영……. 어떻게 하면 저렇게 몸치일까 모르겠다."

"그러게. 머리 쓰는 건 참 잘하는데……."

"……."

"머리 쓰는 건 참 잘해. 그렇지?"

수인이 같은 말을 반복하는 우진을 의아한 표정으로 돌아보았다. 무슨 말이 하고 싶은 거냐는 얼굴이었다.

"뭐냐?"

"너 말이야. 혹시……."

우진은 수인에게 며칠 전 봤던 사진에 대해 물으려다가 말을 멈추었다. 해인의 일이니 수인이 알고 있을 가능성이 높았지만 한편으론 모르고 있을 가능성도 배제할 수 없었다. 궁금함과 답답함에 정신이 나가 버릴 것 같았지만 되도록 해인에게 직접 들어야 할 것 같았다.

"아니다."

"뭐야, 싱겁게."

"해인 누나는…… 나를 어떻게 생각하는 걸까?"

해인이 자신에 대해 뭔가 얘기하지 않았을까 하는 기대감 반, 두려움 반으로 묻고 싶었던 또 다른 말을 꺼냈다.

"여전히 나 혼자 미친놈처럼 돌진하고 있는 건 아닌지……."

"미친놈."

수인이 짜증난다며 우진에게 욕설을 내뱉었다. 평소에도 장난처럼 욕을 주고받기는 했지만 지금 수인이 한 욕은 진심으로 짜증을 담고 있었다.

"그렇게 자신 없으면 지금이라도 관둬. 찌질한 자식한테 우리 누나 못 줘."

"후우. 나 방금 좀 찌질했다. 그치?"

우진은 스스로에게 말하고 있었다. 자신 있다고 해놓고, 다시는 놓지 않겠다고 해놓고, 해인이 도연에게 다시 간다면 어떻게 해서든 뺏어오겠다고 큰소리 쳐 놓고 사진 몇 장에 며칠째 코를 쑥 빼고 있다니. 진심으로 짜증을 내 준 수인에게 고마울 지경이었다.

"나 봤어? 이제 잘 타지?"

해인이 두 사람 앞에 와 자전거를 멈추며 의기양양해했다. 칭찬을 바라는 어린아이처럼 잔뜩 기대감을 드러냈다.

"이런 넓은 평지에서 그 정도도 못 타면 어떡해? 차도에는 평생 나갈 생각 하지 마."

기대했던 칭찬과 달리 수인이 핀잔을 주자 해인이 입을 툭 내밀며 구시렁거렸다. 두 사람이 툭탁거리는 동안 우진은 말없이 해인을 바라보았다.

'그래. 이런 사랑스러운 여자를 내 여자로 만들려면 내가 더 강해져야 해.'

우진은 뒤통수를 따라오는 찝찝함을 떨쳐 버릴 수는 없었지만 해인과 보내는 시간들을 더 소중히 여기기로 마음먹었다. 도연에게 미련이 남아 있다면 그 미련마저 자신이 다 지워주면 된다. 해인과의 경기는 끝나지 않았으니까.

토요일에 김 비서가 연산 별장의 짐을 정리할 인력들을 보내주기로 했다. 남은 며칠 동안 해인과 우진은 연산에서 할 수 있는 것들은 모조리 찾아 즐기고 있었다.

하루는 5일장에 나가 할머니 도토리묵을 사 오고 지난번 들렀던 국밥집에서 점심을 먹었다. 별장으로 돌아오는 길에는 근처 초등학교 운동장에 있는 농구골대에서 3점슛 내기를 했다. 20점을 받고 시작했는데도 해인이 졌고 내기 턱으로 마트에 들러 아이스크림을 사먹었다.

다음 날은 뒷마당에 있는 수영장에서 몇 시간이고 물장난을 치다가 관리인 아주머니가 차려준 열무국수를 선베드에 앉아 먹었다. 오후에는 창고에서 찾아낸 다이아몬드 게임을 하느라 또 몇 시간을 보내기도 했다. 수인이 병원에서 마지막 근무를 마치고 퇴근한 저녁까지 게임을 하느라 저녁 준비도 안 해놨냐며 핀잔을 듣기도 했다.

금요일엔 해인과 우진, 수인까지 강에 낚시를 하러 갔다. 관리인 아저씨에게 부탁해 두었던 지렁이 미끼를 끼워 열심히 찌를 던졌지만 하루 종일 입질 한번 제대로 오지 않았다.

“이장 아저씨가 이제 여기서 낚시 안 하는 이유를 알겠네.”

해인은 툴툴거리다 강가에 쳐 놓았던 텐트에 들어가 낮잠을 잤다. 얼마나 잤을까. 얼큰한 냄새에 잠에서 깨어보니 수인이 라면을 끓이고 있었다. 잠에서 덜 깬 채로 비틀거리며 밖으로 나오자 우진이 파라솔 아래 낚시 의자를 옮겨주고는 해인을 앉혔다.

“한 마리도 못 잡은 거야?”

“배스 새끼만 몇 번 잡혀서 풀어줬어요.”

“공쳤네.”

수인이 피크닉 테이블에 냄비를 옮겨오자 셋이 옹기종기 앉아 라면을 먹었다.

"여긴 내가 정리할 테니까 둘이 산책이라도 다녀와."

"그래? 고맙다."

우진이 기다렸다는 듯 해인의 팔을 잡아끌었다. 수인은 돌아보는 해인에게 다녀오라고 손짓하면서도 우진을 향해서는 꼴 보기 싫다는 듯 혀를 찼다.

우진은 해인의 손을 잡고 강가를 따라 나루터까지 걸어오는 동안 아무 말이 없었다. 골똘히 생각에 빠져 있는 것 같았다. 특별히 표정이 나쁘거나 인상을 쓰는 것도 아니었다. 해인은 걱정스러우면서도 그가 말하고 싶어 하지 않는 것 같아 무슨 일인지 물을 수가 없었다.

"여기서 누나를 처음으로 가졌었는데……."

나루터 거의 끝에 다다라 걸터앉으며 우진이 그제야 입을 열었다. 해인을 품에 안으며 내려다보는 눈동자에 사랑이 가득 담겨 있었다. 우진의 얼굴이 천천히 내려오며 해인의 입술에 부드럽게 입 맞추었다. 한 번, 두 번, 스치듯 서로의 입술을 맛보다가 조금씩 요구가 거칠어졌다. 해인은 자신의 몸을 끌어안은 우진의 팔 힘에 온전히 의지하고 있었다.

"누나 안에 들어가고 싶어요."

살짝 입술을 떼며 우진이 속삭였다. 해인의 대답은 기대하지 않았던 것처럼 바로 그녀의 바지 버클을 풀고 있었다.

"안 돼. 하지 마."

해인은 다급히 우진의 손목을 잡았다.

"수인이도 있는데……."

"어차피 거기선 여기 안 보여요."

"그래도 안 돼."

아쉬움 때문인지 우진의 입술은 더 집요하게 해인의 입술을 빨아 당겼다. 해인이 우진의 입술에 화답도 하기 전에 그녀의 입 주변과 입술을 끊임없이 탐닉했고 거칠게 혀를 빨아들였다.

해인의 바지 버클을 풀려던 손이 셔츠를 들추며 브래지어를 위로 밀어 올렸다. 우진의 커다란 한 손에 해인의 가슴이 가득 쥐어졌다. 마사지하듯 부드럽게 애무하다가 유두를 잡고 뱅글뱅글 돌리자 해인의 입에서 절로 신음이 흘러나왔다.

우진을 막아야 하는데 그의 손길에 취해 그저 몸을 맡기고 싶다는 유혹이 강하게 밀려왔다. 우진의 입술과 손길이 집요해질수록 해인의 아래쪽이 뜨거워졌다. 우진의 거친 손가락이 자신의 아래를 만져 주길 원했다. 말리지 말 걸 그랬나.

"안 돼. 그만. 진짜 그만."

해인은 계속 유두를 괴롭히고 있던 우진의 손을 애써 밀어냈다. 집요하게 다시 가슴으로 향하는 손을 다시 밀어내자 우진이 고통스러운 신음을 토해내며 해인의 입안으로 혀를 밀어 넣었다.

"우읍. ……그만."

"하아, 누나."

해인은 우진의 손을 잡은 채 겨우 그에게서 입술을 떼어냈다. 우진의 가슴에 고개를 묻으며 그의 몸을 꽉 끌어안았다. 고개를 들지 않으려 안간힘을 쓰는 제 모습에 우진이 기분 좋은 웃음을 터뜨렸다.

"오늘 여기서 마지막 날이잖아요. 밤새 안 재울 거니까 알아서 해요."

"언제는 제대로 재웠어?"

"난 날마다 누나 안고 싶었는데 바쁘다고 자꾸 튕겼잖아요. 오늘은 빠져나갈 생각 말아요."

해인은 더운 날씨에도 우진의 품에 안겨 있는 자체가 기분 좋았다. 둘 다 몸에 열이 올라 더 덥고 땀이 나는데도 서로의 체온을 느낄 수 있는 게 좋았다.

"만약에…… 예전에 포기 안 하고 이번처럼 억지로라도 누나를 안았다면 그때 내 여자가 되지 않았을까?"

"아닐걸."

"칫. 섭섭하게 너무 딱 잘라 말한다. 근데 왜 아닐 거라고 생각해요?"

"사람의 일이라는 게 다 타이밍이 있는 거더라고. 말이나 행동이나 대상이 변하지 않았다 하더라도 딱 맞는 시기는 따로 있다고나 할까. 예전에 네가 막무가내로 나왔다면 평생 안 봤을지도 모르지."

"무섭다. 그때 안 덤벼들길 잘했네요."

"맞아."

기분 좋은 웃음을 쏟아내며 한참 동안 서로를 끌어안은 채로 시간을 보내다가 수인이 기다리고 있는 곳으로 갔다. 어느새 다 정리를 했는지 장비들까지 다 우진의 차 트렁크에 실어놓은 상태였다.

별장에 도착해 우진과 수인이 마당에서 낚시 장비를 닦고 정리하는 동안 해인은 샤워를 하고 내려왔다. 마당으로 막 나가려는데 핸드폰이 울려 확인했더니 김 비서에게 기사 링크가 첨부된 문자가 와 있었다.

〈한-중, 제주리조트 조성사업 MOU 체결. http://www.koreanews.co.kr/16874884〉

링크를 눌러 기사를 확인하니 양국의 대표 건설회사를 후반기 중에 입찰로 선정할 예정이라는 내용이었다.

〈네. 확인했어요. 올라가서 연락드릴게요.〉

며칠 전 도연이 연산으로 오고 있다는 연락을 보지 못했던 게 떠올랐다. 핸드폰을 진동으로 해놓은 채 오후 내내 옷장 정리를 했고 우진과 산책을 하느라 타이밍을 놓쳤었다. 제때 김 비서의 전화를 받았더라면 껄끄러운 만남을 피할 수도 있었을 텐데. 우진에게도 그런 모습을 보이지 않을 수 있었을 텐데.

씁쓸한 기분을 애써 눌러가며 마당으로 나가보니 낚시 장비를 정리하던 수인과 우진이 툭탁거리고 있었다.

"또 뭣 땜에 싸우는 건데?"

해인에게는 대답도 안 하고 두 사람의 툭탁거림은 더 심해졌다. 헤드 락을 걸고 머리카락을 흐트러뜨리는 등 점점 강도가 심해지더니 잔디밭에 엎치락뒤치락하며 장난을 치기 시작했다. 꼭 대형견 두 마리가 엉켜 날뛰는 것처럼 보였다.

두 사람을 가만히 보고 있던 해인은 순간 장난기가 생겼다. 마당 한편에 있던 호스를 끌어당기며 조용히 두 사람에게 다가갔다. 손잡이를 꾸욱 누르자 분수처럼 시원한 물줄기가 두 사람에게 쏟아졌다. 갑작스러운 물세례에 당황했는지 몸싸움을 멈춘 우진과 수인이 눈만 껌뻑거리며 해인을 바라보았다.

"아악. 야아, 하지 마."

우진과 수인의 공격 대상이 해인으로 바뀌는 건 순간이었다. 두 남자가 동시에 자신에게 달려들자 해인은 힘없이 바닥에 뒹굴었다. 간지럼을 태우고 밀쳐 내고 주먹이 오고 갔다. 너무 웃겨서 눈물이 났고 너무 재미있어서 눈물이 났다. 잔디밭에 엉켜 뒹굴고 있는 세 사람 위로 바닥에 나뒹구는 호스에서 물줄기가 포물선을 그리며 계속 쏟아져 내렸고 그 사이로 작은 무지개가 나타났다.

기운이 다 빠질 정도로 웃고 장난치던 세 사람은 흠뻑 젖은 상태로 기분 좋게 누워 있었다. 가쁜 숨을 몰아쉬며 마당에 널브러지듯 누워 있는데 이 시간이 그대로 멈춰주었으면 싶었다. 그때 우진이 해인의 손을 슬며시 잡아왔다. 해인은 반대편의 수인을 흘긋 보고선 우진의 손에 깍지 끼었다.

"드디어 내일이네."

"그러게."

이곳에서 지냈던 시간들이 새삼 먼 옛날 얘기처럼 여겨졌다. 구름 한 점 없는 푸른 하늘에 시끄럽게 울어대는 매미, 물줄기 사이로 떠오른 무지개, 얼굴 위로 쏟아지는 시원한 물줄기. 조용하고 평화로웠던 시간들이 속절없이 지나가고 있었다.

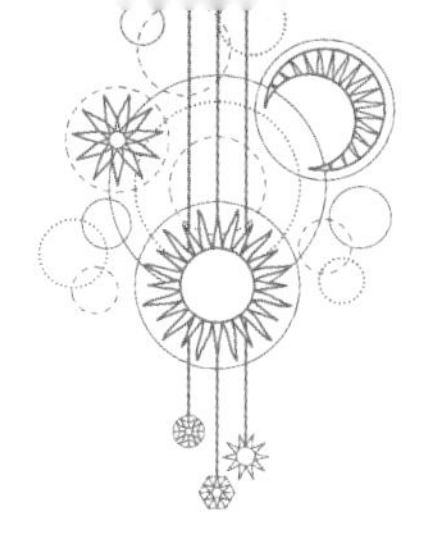

13. 여기까지만

서현은 새벽부터 CF 촬영장에 나와 있었다. 메이크업에 헤어까지 하는 데 몇 시간이 흘렀는지 모르겠다. 자꾸만 감기는 눈을 겨우 부릅떠 가며 메이크업을 받았다.

서현은 스타뮤즈와 전속계약을 맺은 후로 하루도 편하게 쉬어 본 적이 없었다. 포트폴리오를 촬영한 후부터 연기 수업을 받았다. 노래와 춤은 물론 이번에 들어가게 될 드라마 배역 때문에 스킨스쿠버까지 배우고 있었다. 그 외에는 오늘처럼 촬영을 하거나 마사지를 받으러 다녔다.

서현의 로드 매니저인 병철이 대기실 문을 열고 안으로 들어왔다.

"L홈쇼핑에서 제니 홍 트렌치코트 방송하고 있어요. 서현 씨 사진을 무대 중앙에 걸었네요."

병철이 핸드폰으로 보여주는 영상에는 L홈쇼핑 방송상품이 생방송으로 플레이되고 있었다. 두 명의 쇼호스트 뒤로 스튜디오 정중앙에 서현의 사진이 큼지막하게 자리를 차지하고 있었다. 쇼호스트들은 연신 제니 홍의 제품에 대한 칭찬과 함께 서현이 이 제품과 분위기가 잘 어울린다고 호들갑을 떨었다. 서현이 메이크업을 받는 동안 병철은 테이블 위에 핸드폰을 올려두고 영상을 계속 보고 있었고 방송 종료 십여 분을 남겨두고 매진됐다는 안내가 흘러나왔다.

“첫 론칭 방송이었는데 반응 좋네요. 서현 씨에 대해서도 이미지메이킹 하는 데 도움이 되겠어요.”

“그 정도로 되겠어?”

시큰둥해하는 서현과 달리 병철은 의욕적이었다.

“다음 주부터는 드라마 리딩 시작하니까 대본 잘 외워둬요. 그날 출연 배우들 다 오니까 제대로 인사도 해야 하고 신경 좀 써야 할 거예요.”

“주연도 아니고 조연인데 왜 자꾸 호들갑이야.”

“조연 아니고 주조연이에요. 이번 작품 잡으려고 대표님이랑 얼마나 애쓴 줄 알아요? 첫 드라마 출연에 주조연이라니 이런 기회가 어디 흔해요? 최선을 다해야죠. 그래야 다음 작품도…….”

“알았으니까 그만 좀 해. 시끄러워 죽겠네.”

서현은 자신보다 한참은 연배가 있는 병철에게 계속 반말을 했다. 병철은 서현이 반말을 할 때마다 표정이 살짝 일그러지긴 했지만 금세 얼굴을 풀었다. 이런 연예인들을 대하는 데에 이골이 난 것 같았다.

오늘 촬영하는 화장품 CF는 여성용이었지만 메인모델은 서현이 아니었다. 몇 년 전부터 꾸준히 인기를 끌고 있는 그룹 플라잉의 아이작이라는 아이돌 가수였다. 서현과 비슷한 나이대인 아이작은 촬영 내내 서현에게 추파를 던졌다.

서현의 허리를 한 손으로 끌어안고 입을 맞추기 직전의 포즈를 취할 때도 그녀의 몸을 자신의 몸에 바짝 끌어당겼다. 보통 이런 경우는 카메라 앵글에 맞춰 몸이 닿은 것처럼 포즈만 취하는 게 대부분이었지만 아이작은 서현에게 자신의 허리 아래를 한 치의 틈도 없이 붙였다.

"좀 떨어지죠?"

서현은 아이작에게만 들릴 정도의 톤으로 짜증을 냈다.

"왜요? 긴장돼요?"

아이작이 유혹하듯 웃음을 흘리며 입술을 더 가까이 붙여왔다. 조금만 입술을 까닥거려도 곧 닿을 거리였다. 서현은 겉으로는 내색하지 않을 뿐 짜증이 치솟았다. 이렇게 어린 남자는 자기의 취향이 아니었다.

'비린내 나는 자식.'

아이작을 메인으로 한 단독 촬영이 진행되는 동안 서현은 다시 대기실로 들어왔다. 쉬면서 메이크업을 수정하고 병철이 사온 샐러드로 배를 채웠다. 눕고 싶었다. 틈만 나면 잠이 몰려왔다.

하루도 쉴 틈 없이 일정을 소화하다 보니 도연에게 찾아간다는 건 생각도 못할 일이었다. 도연은 여전히 전화도 받지 않았고 문자에도 답이 없었다. 남자한테 이렇게 질척거려 본 적이 없었는데 도연에게는 깔끔하게 정리한다는 게 되지 않았다. 도연이 해인에게 미련을 버리지 못할수록 서현도 그를 놓을 수가 없었다.

며칠 전 무작정 도연을 만나기 위해 병원으로 갔다가 본 광경이 떠올랐다. 해인이 어떤 남자와 함께 병원 주차장으로 들어서고 있었다. 작년 가을 도연과 함께 있던 걸 들킨 이후로 해인을 직접 보는 건 처음이었다. 도연과 헤어지고 죽을상을 하고 있을 줄 알았는데 생각보다 얼굴이 좋아 보여 어리둥절했다.

해인은 옆에 있던 남자의 손에 이끌려 차에 올랐고 주차장을 빠져나갔다. 도연은 해인을 못 잊어 자신을 밀어내고 있는데 저 여잔 다른 남자와 저렇게 잘 지내고 있다니. 서현은 문득 해인과 함께 있던 남자가 낯이 익다는 걸 떠올렸다. 어디서 봤지? 어디서 봤더라.

"서우진? 농구선수 서우진?"

왜 그때는 몰라봤을까? 서현이 받은 충격과는 별개로 오후에도 촬영은 계속됐다. 중간 휴식시간에 대기실에서 쉬고 있는데 아이작이 노크도 없이 안으로 들어왔다.

"뭐죠?"

"번호 알려줄래요?"

서현의 대기실에 아무도 없는 것을 확인하자 아이작은 제집처럼 자연스럽게 행동했다. 서현이 앉아 있는 소파 옆으로 다가와 털썩 앉더니 핸드폰부터 내밀었다.

"나 그쪽 마음에 드는데."

서현은 이 상황이 우스꽝스러웠다. 아이작이 작업용 미소를 날리는 동안 서현은 그를 천천히 뜯어보았다.

아이작은 어린 데다 화장하는 남자였다. 키는 컸지만 가는 몸매와 자신의 발 사이즈보다 적어도 두 사이즈는 큰 구두를 신었다. 밝은 오렌지색으로 염색한 머리는 촬영을 위해 과하게 스타일링이 되어 있었고, 거기다 양쪽 귀에 피어싱까지 하고 있었다.

전체적으로 남자라는 느낌보다 소년 같았다. 한 마디로 서현이 싫어하는 스타일이었다.

"난 어린애랑 연애 안 하는데."

서현은 자신의 어깨에 팔을 둘러오는 아이작을 슬며시 밀어냈다. 이런 부류랑 엮어서 좋을 게 없었다. 남자가 궁하지도 않았다. 지금이라도 자신이 부르면 냅다 달려올 남자들이 널렸다. 정 뭐 하면 클럽에라도 가면 바로 해결될 일이었다.

"나이가 무슨 상관? 이것만 실하면 되지 않나?"

아이작이 서현의 팔을 끌어다 자신의 아래에 가져다댔다. 바지 아래로 불끈 솟아오른 남성이 만져졌다. 몸은 가녀린데 물건은 실한 스타일이었다.

"연애하자는 건 아니고…… 우리 둘 다 매달리는 스타일은 아닌 것 같은데. 어때요?"

병철도 그렇고 스타일리스트들까지 한꺼번에 다들 어딜 간 건지. 자신만 두고 잘도 자리를 비운다 싶자 욕지기가 치밀어 올랐다.

"한 번 해보고 아니다 싶으면 끝. 더 이상 매달리기 없기. 어때요?"

끈질겼다. 귀찮았다. 그래도 한편으로 나쁘지 않을 것 같았다. 얼마 전 도연에게 쓰레기 취급당하며 안겼던 것 말고는 몇 달 동안 섹스를 한 적이 없었다.

"좋아요."

서현은 아이작과 핸드폰 번호를 교환했다. 아이작은 핸드폰을 뒷주머니에 넣고 대기실을 나서며 서현을 향해 싱긋 웃어 보였다.

"곧 봐요, 이쁜이."

아이작과의 만남은 예상보다 빨리 찾아왔다. CF 촬영장에서 처음 마주친 날로부터 이틀도 지나지 않아 아이작은 서현에게 문자를 보내왔다.

〈내일 밤 11시 서울호텔 1501호〉

드라마 리딩에 연기 수업까지 마치고 집 앞에 도착한 게 밤 11시가 넘어서였다. 병철이 돌아간 것을 확인한 서현은 자신의 차를 몰고 서울호텔로 향했다. 약속 시간에는 늦었지만 조바심은 나지 않았다. 이 정도 늦었다고 해서 가버릴 인간은 아니었다. 그 정도로 물러날 거라면 자신에게 그런 식으로 집적거리지도 않았을 터였다.

역시나 아이작은 룸에서 기다리고 있었다. 샤워까지 했는지 물기 젖은 머리카락과 가운을 걸친 채였다. 아이작은 서현이 룸 안으로 들어서자 틈을 주지 않고 그녀의 몸을 공략했다. 서현과 비슷할 정도의 마른 몸매. 운동을 시작한 지 얼마 되지 않았는지 잔 근육들이 올라온 몸이었다. 가녀린 몸에 비해 그의 남성은 예상보다 실했다.

'시간 허비는 하지 않겠네.'

서현은 아이작의 손길을 그대로 즐겼다. 도연과 했을 때만큼 만족감은 없었지만 그래도 나쁘지 않았다. 시간 때우기에는 괜찮을 것 같았다.

호텔에서 관계를 가진 후 서현과 아이작은 일주일에 한 번 정도 만나 섹스를 나눴다. 사람들의 눈을 피하기 위해 아이작의 집을 이용했다. 아이작과 섹스를 나눈 후 그가 건네주는 전자담배를 피는 게 스트레스를 푸는 방법이 됐다.

"나 어때? 괜찮지?"

침대에 알몸으로 드러누워 전자담배를 피던 아이작이 서현의 어깨에 볼을 비볐다.

"어. 나쁘지 않네."

"그렇다니까. 내가 좀 괜찮아."

서현의 대답이 만족스러웠나 보다. 아이작이 쿡쿡거리며 다시 담배를 빨아들였다.

"그런데 이거 무슨 담배야? 맛이 좀 특이한데?"

"좋은 거야. 내가 서현이 너 주려고 고심해서 고른 거라니까."

"그래. 고맙다."

서현도 아이작을 따라 길게 한 모금 들이마셨다가 그의 얼굴로 연기를 뿜어냈다. 뭐가 그리 즐거운지 비실비실 웃음이 흘러나왔다. 살짝 몽롱해지는 기분도 좋았다. 섹스 후 담배 한 모금이 이렇게 기분 좋은 거구나.

해인은 오랜만에 우진을 만나 영화를 보고 한강공원에 왔다.

오전에 우진에게 연락을 받고는 시간이 안 된다고 거절했었지만 대답을 못들은 사람처럼 그는 해인의 집 앞에 와 무작정 나오라며 버텼다. 해인은 일이 순조롭게 진행될수록 우진을 만나는 게 꺼려져 그를 피하고 싶었지만 너무 막무가내였다.

코엑스에서 영화를 보고 저녁까지 먹었다. 평일 저녁인데도 가는 곳마다 사람들이 넘쳐났다. 큰 키와 훈훈한 외모를 가진 우진은 어딜 가나 눈에 띄었다. 농구를 좋아하는 사람이라면 우진을 알아볼 수도 있는 일이었다. 하지만 우진은 사람들의 시선에는 신경 쓰지 않는 눈치였다.

"모자라도 쓰고 오지."

"나?"

"응."

"왜요?"

"사람들이 쳐다보잖아. 너 알아보면 어쩌려고."

우진은 뭐 그런 걸 신경 쓰냐며 어깨를 으쓱거렸다. 해인의 손만 더 세게 쥐더니 깍지를 끼었다.

"차라리 이대로 스캔들이라도 나면 좋겠네요."

"뭐야?"

"그래야 누나가 내 여자라고 제대로 못 박지. 어떤 놈도 접근 못 하게."

"참나. 또 쓸데없는 소리한다."

"난 진심이에요. 무슨 일이 있어도 누나를 안 놓을 거니까."

"그 소린 참 지치지도 않고 계속해."

"진심이니까 계속하는 거죠."

해인은 쇼핑까지 하겠다는 우진을 질질 끌다시피 데리고 지하 주차장으로 내려갔다. 계속 버티면 다시는 안 만나준다고 했더니 마지못해 툴툴거리며 따라왔다. 우진의 차에 올라 뚝섬 한강공원으로 와서 산책을 했다.

"이제 9월 초인데 저녁엔 쌀쌀하네요."

"그러게."

차에 있던 우진의 카디건을 걸쳤더니 해인에게는 무릎까지 내려왔다. 옷에 파묻힌 것처럼 보이는 해인이 귀엽다며 우진이 피식 웃음을 터뜨렸다.

"칫. 춥지만 않았으면 안 입었다구."

해인이 구시렁거리며 입을 툭 내밀자 우진이 재빨리 입을 맞췄다.

"귀여워요."

툭탁거리다 근처에 있는 편의점에서 따뜻한 캔 커피를 사 들고 나왔다. 한손에 커피를 들고 손을 마주 잡은 채 강변을 거닐었다. 산책하는 사람들과 라이딩 나온 사람들로 한밤중인데도 주변이 북적거렸다.

"체력테스트 받았어?"

"다음 주에 받기로 했어요. 계속 안 온다고 감독님한테 엄청 욕 먹어서 다음 주에는 꼭 가야 해요."

"그니까 왜 자꾸 미뤄. 무릎은 괜찮은 거야? 날씨 추워지면 통증이나 뭐 그런 건 없어?"

"매일 치료받고 테이핑도 하고 있어서 괜찮아요. 찜질도 하고."

인적이 조금 드문 곳에 도착하자 우진은 해인을 데리고 강가에 자리를 잡고 앉았다. 캔 커피를 내려놓고 해인을 뒤에서 끌어안았다.

"아, 좋다. 이제야 누나를 제대로 안아보네."

해인은 목덜미에 파고드는 우진의 숨결에 심장이 쿵쾅거렸다. 우진의 단단한 팔 안에 감싸인 몸이 자석처럼 그의 품으로 파고들었다. 그러자 우진의 손끝에 힘이 들어가며 해인의 허리를 더 바짝 끌어당겼다.

"나 안 보고 싶었어요?"

"응."

"아, 진짜."

우진은 쿡쿡거리며 웃는 해인의 목을 힘주어 깨물었다. 해인은 목에 갑작스럽게 찾아온 통증에 눈물이 날 지경이었다.

"아프잖아. 그렇게 물지 말랬지."

"난 서울 오고 나서 얼마나 힘들었는지 알아요? 누나를 볼 수도 없고 안을 수도 없으니까 미칠 것 같았다구요."

"이렇게 봤잖아."

"이것도 내가 강제로 끌고 나온 거잖아요. 진짜 어쩌면 그렇게 나한테 야박하게 굴어요?"

해인이 뭔가 얘기를 하려 하자 우진이 막아섰다.

"바빠서라고 하지 마요. 로펌 복귀도 안 했으면서 무슨 일로 그렇게 바쁜 거예요? 나 보는 것보다 그게 우선이에요?"

"서우진, 알고 보니 응석꾸러기네? 일이란 게 시기가 있잖아. 지금…… 꼭 해야 할 일……. 커피 다 식겠다."

해인은 우진이 뭔가 더 묻기 전에 말을 돌렸다. 자꾸만 무슨 일이냐고 묻는다면 해줄 대답이 없었다. 거짓말하는 것도 마음이 편하지 않았다. 이럴까 봐 우진을 만나지 않았던 거였는데.

"커피야 다시 사면 되죠."

"따뜻할 때 마시고 싶어. 한기 든단 말이야."

"커피보다 내 몸이 더 따뜻해요."

우진이 점퍼 옷자락을 해인의 몸에 두르며 품에 더 가까이 끌어안았다. 우진의 말처럼 단단한 가슴에서 따뜻한 체온이 잔뜩 흘러나오고 있었다. 해인이 품으로 파고들자 우진은 기분 좋은 웃음을 터뜨렸다.

"봐요. 따뜻하죠?"

"응."

주위로 오가는 사람들의 발소리와 자그마한 말소리를 귀에 담으며 건너편의 화려한 야경을 바라보았다.

"어디선가 들었던 것 같은데 한강에서 바라보는 서울의 야경이 세계 어느 나라보다 아름답다고. 진짜…… 예쁘네요."

"응."

선선하게 불어오는 밤바람이 볼을 간질였다. 한두 주만 지나면 금방 쌀쌀해질 것 같았다. 한여름 매미 소리와 함께했던 시간들이 정말 있었던 일인가 싶을 정도로 살갗에 닿는 바람이 차가웠다. 한곳에 오래 시선을 두다 보니 초점이 흐려졌다. 해인은 그저 멍하게 바라보며 이 시간을 즐기고 있었다.

"누나……."

"응?"

"내가 연하인 데다 수인이 친구로 오래 봐와서 잘 안 될 수도 있겠지만……. 무슨 일 있으면 나한테 의논하고 의지해 줘요. 혼자 전전긍긍하지 말고."

"갑자기 그런 말을 왜 해?"

평화로움이 깨져 버렸다. 걱정스러움이 가득한 우진의 말투가 단순한 당부의 말로 여겨지지 않았다. 혹시 수인에게 무슨 말이라도 들은 걸까? 해인은 고개를 들고 우진을 바라보았다. 무거운 목소리와는 달리 담담한 표정이라 더 혼란스러웠다.

"그냥. 내가 누나한테 남자로 제대로 여겨지고 싶어서 그래요. 남자들은 다 그렇잖아요. 본능적으로 자기 여자 지키고 싶어 하는 거."

"그런 거 신경 쓰지 말고 재활 제대로 받고 훈련 통과할 생각만 해. 프로 복귀해야 할 것 아니야."

"그건 걱정 말아요. 자신 있으니까. ……누나."

"……."

"사랑해요."

"우진아."

해인은 그 말만은 하지 말라는 말을 속으로 삼켰다. 속에서 아우성칠 뿐 차마 밖으로 꺼낼 수 없었다.

"사랑해요."

"……."

"사랑해요."

대답을 못하고 굳게 입을 다물고 있는 해인을 우진은 다시 품에 끌어안았다. 그의 강한 힘에 해인은 으스러질 것 같은 통증을 느꼈지만 밀어내지 못했다. 마음이 불편했다. 나도 너를 사랑한다고 맞받아 대답해 주지 못하는 자신이, 현실이 답답하기만 했다. 시간이 빨리 지나 버렸으면. 빨리 이 일들이 끝나 버렸으면.

우진은 근력훈련과 지구력훈련을 거쳐 기본적인 테스트에 통과했다. 테스트 강도가 더 높을 거라 예상했던 것과 달리 수월한 항목만 테스트를 받았기에 감독과 코치가 형식적으로 이 자리를 만들었다는 걸 알 수 있었다.

우진은 오전에는 백강에서 재활치료를 받은 후 오후에는 2군 훈련에 참여했다. 테스트는 가볍게 받았지만 실제 훈련은 만만치 않았다. 더구나 부상에서 아직 회복 중인 우진으로서는 다른 선수들보다 실력이나 체력 면에서 현저히 떨어질 수밖에 없었다.

동료 선수들은 좋아질 거라고 격려했지만 강 코치는 틈만 나면 2군 훈련장에 들려 욕설을 섞은 잔소리를 해댔다.

"아니 1군 코치가 왜 자꾸 2군으로 와요?"

"뭐야? 이 자식이. 1군 코치, 2군 코치가 따로 있어? 내가 코치 중에 우두머리라 가고 싶은데 내 맘대로 다닌다. 어쩔래. 빠져가지고. 그렇게 굼떠서 경기에는 어떻게 나갈 거야? 코트 나가서 기어 다닐 거냐?"

"아, 저 양반이……."

"뭐? 저 양반이?"

우진이 놀리며 도망가자 강 코치가 쫓아왔다. 한껏 나온 배를 잡고 헐떡거리며 뛰어오는 모습에 더 놀리고 싶어졌다.

"살이나 빼고 쫓아오든가요. 선수들한테는 체중 신경 쓰라면서 자긴 디룩디룩 살쪄가지고. ……봐봐. 그게 뛰는 거예요? 빨리 걷는 거지?"

"너 이 새끼 잡히면 죽을 줄 알아."

강 코치가 요즘 들어 살이 찌긴 했다며 옆에서 지켜보던 선수들이 같이 놀려댔다. 한참 땀 빼며 훈련받느라 녹초가 되던 중에 우진과 강 코치의 모습에 한바탕 웃으며 쉬어갈 수 있었다.

강 코치가 가고 난 후 나머지 시간에는 훈련을 받는 데 집중했다. 온몸에서 땀이 비 오듯 흘러내리고 숨이 턱 끝까지 차올랐다. 머릿속으로는 해인에 대한 생각이 끊이지 않았지만 전처럼 또 넋을 놓고 있다가 부상을 당할 수는 없었다. 자꾸만 떠오르는 잡생각들을 털어내기 위해 더 맹렬하게 훈련을 받았지만 해인에 대한 걱정만은 떨쳐 낼 수 없었다.

우진은 다음 날 재활치료가 끝나자마자 신경외과 병동으로 향했다. 수인을 만나 해인에 대해 단도직입적으로 물어볼 생각이었다. 더 이상 미루지 말아야 할 것 같은 생각이 들었다. 자신이 회피할수록 찝찝한 긴장감이 자꾸만 뒤통수를 간질였다.

우진은 오전 진료가 끝날 때까지 기다렸다가 진료실에서 나오는 수인을 끌고 밖으로 나왔다. 약속도 없이 쳐들어온 우진을 보고 적잖이 놀란 눈치였다.

"갑자기 무슨 일이야?"

"넌 알지?"

"다짜고짜 무슨?"

"해인 누나가 요즘 하고 있는 일이 뭔지 알지? 윤도연이랑 채서현이랑 관계된 일 같던데 도대체 뭐야?"

"너……."

수인은 우진의 시선을 피했다. 대답 없이 눈을 피하는 수인의 표정만으로도 분명 좋은 일은 아니라는 것을 확신할 수 있었다.

"무슨 일이야? 도대체 무슨 일을 꾸미고 있는 건데?"

"……."

"처음엔 누나가 그 사람한테 미련이 남아서 사람을 붙인 거라고 생각했어. 그런데 시간이 지날수록 그렇게 단순한 게 아니란 걸 알겠더라. 계속 누군가랑 통화하고 지시를 내리고 뭔가를 해. 하루도 나한테 시간을 빼주지 않을 만큼 거기에 집중해 있더라고. 도대체 무슨 일이야. 어?"

"뭐겠냐? 네가 짐작하는 그거겠지. 복수. 자신에게 상처 준 사람들을 망가뜨리려는 거지."

"뭐? 미쳤어? 알면서도 내버려 두는 거야?"

멱살을 잡고 흔드는 우진을 수인은 무표정하게 바라보았다. 모든 피로가 한순간에 몰려온 사람처럼 우진의 얼굴색이 흙빛을 띠어갔다.

“이미 진행 중이야. 터지는 거 얼마 안 남았을 거야.”

“누나 혼자 하는 건 아닐 거 아니야. 누가 도와주는 거야? ……아버지야? 아버지도 아셔?”

“누나를 돕고 있는 사람들 여러 명이야. 네가 상상할 수 없는 사람들이 엮여 있다고.”

머리가 지끈거렸다. 우진은 수인의 멱살을 잡고 있던 손을 툭 떨어뜨렸다. 온몸에 힘이 빠져나가는 기분이었다. 배신 한번 당했기로서니 이렇게 일을 크게 벌인다는 것이, 드라마나 영화도 아닌 현실에서 벌어지고 있다는 사실이 믿어지지가 않았다.

“다들 미쳤구나? 제정신이야? 이게 누나를 위하는 거라고 생각하는 거야? 그만둬. 그만두게 해. 이 일을 시작할 수 있게 도왔다면 멈출 수도 있을 것 아니야.”

“우진아.”

“멈춰. 멈추게 해. 이렇게 손 놓고 있을 거야? 이건 누나를 망치는 거라니까.”

“누나 고집을 누가 꺾어. 오래전부터 준비해 온 거야.”

“고집이 문제야? 끝이 뻔히 보이는데 이대로 둘 거냐고?”

“그래서…… 그래서 널 연산으로 불러 내렸던 거야. 너라면 누나를 멈추게 할 수 있을지도 모른다고 생각했어. 누나가 너를 사랑하게 되면 복수고 뭐고 다 집어치울 줄 알았다고.”

해인이 말하던 타이밍이 이런 걸까? 컴퓨터에서 도연과 서현의 사진을 발견했을 때 바로 해인에게 따져 묻고 상황을 파악했어야 했던 걸까? 그랬다면 강제로라도 해인을 멈추게 할 수 있었을까?

“내가 어떻게 해야 하는 건데? 어떻게 해야 누나를 멈출 수 있을까? 누나 데리고 아무도 모르는 곳으로 잠적이라도 할까? 누나를 멈추게 할 수만 있다면 난 뭐든 할 수 있어. 누나 데리고 산속에 들어가서 평생 살라고 해도 할 수 있어. 수인아, 수인아, 제발. 누나를 멈춰줘."

"하아……. 진짜 미치겠네."

우진의 절규가 허공으로 흩어졌다. 망연자실 바닥에 주저앉아 머리카락만 쥐어뜯었다. 자신이 이렇게 나약하게 여겨질 수가 없었다. 어떻게 해야 상처로 망가져 버린 해인의 마음을 치료해 줄 수 있을지 알 수가 없었다. 나로는 도저히 안 되는 걸까? 내 사랑이 해인에게는 닿지 않았던 걸까?

점심시간이 다 지나도록 우진과 수인은 병원 밖 벤치에 멍하니 앉아 있었다. 석고상처럼 눈꺼풀조차 제대로 깜박이지 않고 있는 우진에게 수인은 오후 진료가 있어 들어가야 한다며 자리를 떴다. 수인이 간 후에도 우진은 한참을 우두커니 앉아 있었다.

평소 같으면 오후 훈련에 가야 할 시간이었지만 지금은 거기까지 신경 쓸 마음의 여유가 없었다. 이 상태로는 훈련장에 가더라도 손가락 하나 까닥할 수 없을 것 같았다.

문득 해인을 만나야겠다는 생각이 들었다. 당사자인 해인을 만나 설득해 봐야 할 것 같았다. 자신이 말하면 마음을 돌릴지 또 누가 알겠는가. 마음을 먹자 꼼짝도 않던 몸이 반사적으로 움직였다.

벤치에서 일어나 주차장으로 가려던 우진은 맞은편에서 걸어오는 낯익은 남자를 보고 우두커니 멈춰 섰다. 정장 차림의 도연이 서류가방을 들고 걸어오다가 우진을 발견하고는 마찬가지로 멈춰 섰다. 도연은 기분 나쁜 벌레라도 본 것처럼 우진을 향해 인상을 쓰더니 눈길을 피하며 옆을 지나쳐 갔다.

무슨 생각에서였을까. 우진은 지나쳐 가는 도연의 팔을 잡아채 돌려세웠다. 예상치 못한 우진의 행동에 도연은 놀란 것 같았다.

"해인 누나 언제 만났습니까?"

"뭐? ……내가 그런 걸 그쪽한테 왜 얘기해야 하지?"

"……."

"그쪽이 뭔데? 해인이 애인이라도 되나?"

"네. 제가 애인입니다."

"하아. 지금 나 놀리는 건가? 자기가 애인이라면서 나더러 언제 만났냐고 묻는 건…… 뭐 해인이가 나랑 바람이라도 피우나 걱정돼서 그러는 거야?"

"아니요. 누나가 당신이랑 다시 시작하는 일은 없을 겁니다. 그렇게 두지도 않을 거구요."

"바쁜 사람 붙잡고 무슨 말을 하고 싶은 거야?"

도연이 기분 나쁘다는 듯 자신의 팔을 잡고 있는 우진의 손을 뿌리쳤다.

"누나한테 혹시 만나자는 연락이 오면…… 만나세요. 밥을 먹자고 하면 먹고, 자자고 하면 자도 됩니다."

"너 이 새끼 미쳤어? 듣자듣자 하니까……."

"두 사람이 다시 시작하라는 뜻은 아니에요. 아까 말씀드렸다시피 그렇게 되게 하지 않을 거니까요. 대신, 누나가 원하는 건 다 해줄 겁니다. 누나가 당신을 만나겠다고 하면 만나게 해줄 거고, 당신이랑 자겠다고 하면 자게 해줄 거예요. 그래도, 그래도 그 여자는 내 여잡니다. 당신은 그냥…… 누나가 당신한테 원하는 게 있으면 그대로 해주면 돼요."

"이 미친 새끼가."

플래시에 눈이 먼 것처럼 순간 시야가 하얗게 변했다. 우진의 몸이 바닥으로 나뒹굴었고 입안에 비릿한 피 맛이 났다. 사납게 인상을 쓰면서도 목소리를 높이지 않던 도연이 우진에게 주먹을 날렸다. 바닥에 쓰러진 상태에서도 도연의 주먹은 몇 차례 더 우진의 얼굴로 날아왔다. 우진은 피하지 않고 그대로 도연의 주먹을 받아들였다.

*

도연은 며칠째 해인에게 계속 전화를 하고 있었다. 하지만 돌아오는 건 언제나 부재중 응답뿐이었다. 문자를 보내도 답이 없었다. 떠올리고 싶지 않아도 며칠 전 병원에서 마주쳤던 우진의 말이 자꾸만 생각나 짜증이 밀려왔다.

병원에서도 언제나 무표정과 무관심으로 일관하던 도연이었지만 요 며칠 동안은 신경이 극에 달했다. 자신을 향해 수군대는 말을 들을 때마다 정색을 하고 그들을 노려보았다. 뭘 쳐다보냐며 대들 줄 알았던 이들이 우습게도 도연의 성난 표정에 움츠러들며 시선을 피했다.

'버러지 같은 것들.'

눈치를 보고 있다가 자신보다 약해졌다 싶으면 무리를 지어 공격하는 하이에나 같은 인간들. 자신들과 상관이 있든 없든 무조건 물어뜯기를 즐겼다. 숨통이 끊어졌다 생각했겠지? 그러다 맹수로 돌변하니 언제 그랬냐 싶게 꼬리를 내렸다. 참아왔던 화를 표정 하나 바꾼 것으로 표출하니 먹이사슬의 최하위 동물들처럼 비굴하게 굴었다.

오늘은 꼭 해인의 얼굴을 보고 얘기할 생각이었다. 무조건 해인에게 집 앞에서 기다리겠다고 문자를 보냈다. 계속 이 상태로 있다 보면 퇴근하는 기현이나 수인과 마주칠 수도 있을 것 같았다. 욕을 먹건 무시를 당하건 상관없었다. 해인을 볼 수만 있다면 그까짓 것 견디지 못할 이유가 없었다.

차 안에서 몇 시간째 웅크려 있다 보니 온몸이 뻣뻣하게 굳어가는 느낌이었다. 무의식적으로 움켜쥐고 있던 주먹이 그 상태로 굳어버릴 것 같아 손가락 마디를 하나씩 조심스럽게 펼쳤다. 오른쪽 손등에 멍이 들어 있었다. 우진을 때리면서 생긴 상처였다. 상처를 보니 그날이 떠올라 울컥하며 화가 치밀어 올라왔다.

오가는 인적이 드문 한적한 골목길, 굳게 닫힌 대문. 한때는 자주 드나들었던 곳이 낯설고 스산하게 여겨졌다. 어쩌다 이 집에 초인종도 누르지 못하고 길바닥에서 기다리는 신세가 되었을까. 원인이 자신에게 있더라도 신세가 처량하게 느껴지는 건 어쩔 수 없었다.

오늘은 포기하고 돌아가야 하나 싶을 때쯤 해인이 모습을 드러냈다. 도연의 차를 알아보고 곧장 이쪽으로 다가왔다. 도연은 해인의 모습을 보자마자 차에서 내려 그녀에게 다가갔다.

"원래 이런 스타일이었어요? 막무가내로 기다리겠다고 하면 다예요?"

"안 그랬으면 네가 이렇게 안 나왔겠지."

성글게 짜인 니트와 몸에 피트 되는 청바지 차림의 해인은 헝클어진 머리에 검정색 뿔테 안경을 쓰고 있었다. 오랜 시간 컴퓨터 모니터를 봐야 하거나 책을 볼 때면 항상 끼던 안경이었다. 이런 모습으로 제 품에 안긴 채 책을 읽다가 잠이 들던 그녀였다. 오랜만에 보는 익숙한 모습에 목구멍이 간질거렸다.

"계속 연락했는데 답이 없어서…… 오늘은 꼭 보고 싶었어."

"우리가 주기적으로 연락 주고받고 얼굴 볼 사이는 아니잖아요. 지난 번 연산 왔던 것도 그렇고 오늘도 그렇고 이런 식으로 찾아오는 거 불쾌해요."

예전에 이런 식으로 찾아왔다면 얼굴을 붉게 물들이며 뛰어와 안겼을 텐데 오늘은 냉기를 있는 대로 뿜어내고 있었다.

"어디 가서 얘기 좀 해. 가까운 카페라도……."

"아니요. 여기서 얘기해요. 아빠랑 수인이 올 시간도 다 됐고 무엇보다 오빠랑 길게 얘기하고 싶지 않아요."

해인의 고집스럽게 다문 입술을 보니 더 이상 얘기해 봤자 소용없다는 것을 알 수 있었다.

"생각해 봤어?"

"뭘요?"

"우리 다시 시작하자고 얘기했었잖아. 난 진심이야."

"하아……."

해인은 안경을 신경질적으로 벗어내더니 니트 옷자락으로 안경알을 닦아냈다. 저렇게 닦아봤자 먼지가 번지기만 할 텐데.

"나도 진심으로 거절했던 건데요. 내 의견은 묵살당한 건가요?"

다시 안경을 고쳐 쓴 해인이 도연을 올곧은 시선으로 마주 보았다. 사귀는 동안에는 한 번도 본 적 없던 표정과 눈빛을 파혼한 뒤로 계속 마주하자니 도연은 다시 한 번 후회가 밀려왔다.

"나한테 다른 남자 있다는 거 이미 알지 않아요? 연산에서 봤을 텐데."

"상관없어. 네가 아직 나에 대한 감정 정리 안 된 거 알아. 지난 번 그랑에서 만났을 때도 나를 너무 많이 미워해서 다른 사람한테 갈 수 없다고 했잖아. 그럼 가지 마. 내가 잘할게. 너만 나한테 다시 돌아오면 우리…… 우리 다시 예전으로 돌아갈 수 있어."

도연은 해인에게 무작정 매달렸다. 이런 말을 한다고 해도 해인이 마음을 돌릴지는 장담할 수 없었다. 그래도 해야 했다. 억지로 매달리고 질척거려서라도 해인만 자신에게 돌아올 수 있다면 열 번이고 백번이고 매달릴 수 있었다.

해인의 무심한 표정을 보는 것만으로도 심장이 미어졌다. 자신을 향해 방긋거리며 웃던 모습을 다시 보고 싶었다. 해인이 다시 돌아와만 준다면 자신의 영혼이라도 바칠 수 있을 것 같았다. 귀찮은 자신의 가족들에게서 완벽히 해인을 차단하고 자신만 바라보게 만들 생각이었다.

"미안하지만…… 이미 늦었어요. 그리고 이제 오빠로는 만족 못 할 것 같아요."

"그게 무슨……. 그 녀석 선수로 복귀 못할 수도 있다며. 너보다 나이도 어리고……."

"그런 문제가 아녜요."

해인이 할 말을 고르는 듯 한 템포 멈추며 숨을 쉬는 모습을 보니 도연은 입이 바짝 말라가는 것 같았다. 무슨 말을 하려는 걸까. 저 고운 입에서 또 얼마나 냉담한 말로 자신을 밀어내려 할까.

"지금은 우진이 말고는 나를 절정에 오르게 할 사람이 없을 것 같거든요."

"절…… 정이라니? 섹스 때문에 그 녀석을 만나고 있다는 거야? 너 그것밖에 안 돼?"

"푸하하."

배까지 움켜잡아 가며 큰 소리로 웃음을 터뜨리는 해인을 도연은 멍청한 표정으로 바라보았다. 그녀의 입에서 절정이라는 말이 나왔다는 것도 믿을 수 없었지만 이런 식으로 크게 웃음을 터뜨리는 그녀도 낯설었다. 어느새 얼굴에서 웃음을 싹 지운 해인이 도연을 향해 한 발짝 가깝게 다가왔다.

"오빠가 그런 말을 할 자격이 있어요? 다른 여자랑 섹스하다 들킨 사람이? 그것 때문에 파혼까지 하게 됐는데?"

"읏……. 하지만, 하지만 나랑 할 때도 좋아했잖아."

이렇게까지 질척거려야 하나?

"예전이야 사랑했으니까 관계 갖는 게 더 좋았던 거죠. 그 마음만으로도 충분했으니까."

"이해인."

"어떡하죠? 늦바람이 무섭다잖아. 내가 그 맛을 알아버렸거든."

"너 그런 애 아니잖아. 나 상처주려고 일부러 이러는 거면 그만둬."

"자꾸 혼자 앞서가고 착각하는데……. 오빠한테 상처주려고 다른 남자한테 몸을 내어줄 정도로 나 싸구려 아니에요. 진짜 좋거든. 우진이가……."

카랑거리던 해인의 목소리가 점차 작아졌다. 순간 그녀의 눈빛이 흔들렸다.

"해인아."

"다시는 날 찾아오지 말아요."

해인은 도연을 흘깃 훑어보고는 뒤돌아갔다. 도연은 해인이 멀어져 가는 모습을 망연자실 바라보고만 있었다. 달려가 붙잡고 싶었지만 몸이 움직이지 않았다. 해인이 원하면 자도 된다던 우진의 말이 머릿속에 떠다녔다. 그 말을 들었을 때는 미친놈이라 욕했었는데 지금은 얼마나 자신이 있으면 그런 말을 했을까 싶어 욕지기가 치밀어 올랐다.

분노와 질투로 온몸이 부르르 떨렸다. 해인이 우진의 품에 안겨 절정에 오르는 모습이 자꾸만 떠올랐다. 생각하고 싶지 않지만 의식을 뚫고 자꾸만 머릿속을 괴롭혔다.

우웩. 웩……. 웩. 도연은 담벼락에 쓰러지듯 몸을 기대고 토악질을 해댔다. 제대로 먹은 게 없어 신물만 올라왔다.

해인은 대문 안에 들어서자마자 바닥에 주저앉았다. 도연 앞에서는 냉정하게 말하고 행동하느라 바짝 긴장을 하고 있었다. 그의 시선이 닿지 않는 곳에 이르자마자 온몸의 기운이 빠져나가서 있는 것조차 힘들었다.

우진을 방패막이 삼아버렸다. 도연을 자극하기 위한 도구로, 도연을 밀어내기 위한 도구로 우진의 이름을 내세웠다. 자신을 배신했다는 이유만으로 두 사람을 나락으로 떨어뜨리려 하면서, 해인 자신은 우진을 손에 쥐고 휘두르고 있었다. 그의 몸에 치유받고 자신에 대한 맹목적인 사랑에 기대왔으면서 이제는 그의 이름을 자신의 복수에 이용하고 있었다.

잔인했다. 사람 같지 않았다. 자신이 저들과 다를 게 뭐가 있을까.

시간이 지날수록 우진의 말대로 온전히 그에게 의지하고 싶었다. 이미 우진을 좋아하고 있었다. 우진을 사랑하게 되었다. 그런데 사랑한다고 말할 수가 없었다. 아직 말할 수 있는 때가 아니라고 생각했지만 입 밖으로 꺼낼 수 없는 이유는 다른 것이었다.

우진의 순수한 사랑 앞에서 자신은 너무나 더러웠고 타락했다. 나도 너를 사랑한다고 말하기에는 자격이 없는 것만 같았다.

지친다. 왜 시작했을까. 울분에 못 이겨 시작한 치졸한 계획들을 다 되돌리고 싶었다.

아니다. 우진과 재회했을 때 그를 받아들이는 게 아니었다. 그를 받아들여서 자신이 이렇게 혼란스러워하게 된 터였다. 그렇지 않았다면 이렇게까지 힘들지 않았을 텐데.

이 일이 다 끝나더라도 해인은 우진을 받아들일 자신이 없었다. 그렇다면 지금이라도 그를 놓아야 할 텐데 그럴 수도 없었다. 자신에게로 당겨오지도 않으면서 멀어지지도 못하게 그의 발목을 잡고 있었다.

제가 하고 있는 일들을 알게 되면 우진은 어떤 표정을 지을까? 실망할까? 경멸할까? 질려서 도망쳐 버릴까? 자신이 도연을 사랑해 왔던 시간을 후회했던 것처럼 우진도 후회하게 될까?

"우진아. 우진아, ……보고 싶어."

해인은 우진에게 전화를 걸었다. 몇 번의 신호음이 가기도 전에 전화기 너머로 우진의 목소리가 들려왔다.

[누나?]

자신을 부르는 목소리에 안정감이 들면서도 심장이 쿵쾅거렸다.

[웬일로 먼저 전화를 하고. 어디예요?]

무슨 일이냐고 묻지 않았다. 그것만으로 이유 없이 전화를 걸어도 괜찮다는 말처럼 들렸다. 전화를 기다리고 있었다는 것처럼 들렸다.

"집이야. 넌 어디야?"

[훈련 끝나고 집에 가는 길이에요. 괜찮으면 지금 누나 집으로 갈까요?]

"아니 아니. 내가 갈게."

[네?]

놀라고 있었다. 분명히 놀란 음성이었다.

"집 주소 알려줘."

해인은 전화를 끊고는 집에 들어가 차 키를 들고 나왔다. 그리고 그가 알려준 주소를 내비게이션에 찍고 출발했다. 삼십여 분이 걸리는 거리를 가면서 해인은 여태 우진의 집도 모르고 있었단 사실을 깨달았다. 그동안 자신이 우진에게 얼마나 이기적으로 굴었는지 새삼 알게 되는 순간이었다.

해인은 자신의 심장이 어느 때보다 빨리 뛰는 것을 느꼈다. 빨리 우진을 보고 싶었다. 빨리 그의 품에 안기고 싶었다. 그래야 미친 듯 쿵쾅거리는 이 심장 박동이 제 속도를 찾을 것 같았다.

우진의 빌라 단지에 들어서는데 건물 입구에 서 있는 그를 발견했다. 어둠 속에서도 훤칠한 체격의 우진은 단연 눈에 띄었다. 우진은 해인의 차를 알아보고는 재빨리 뛰어왔다. 백미러로 그 모습을 보면서 주차하고 시동을 끄는 해인의 손길이 다급해졌다.

어느새 해인의 차 운전석 옆에 다가선 우진은 도어록이 풀리자마자 차문을 열었다. 해인의 팔을 잡고 차 밖으로 끌어당겨서는 이내 자신의 품에 끌어안았다.

"내가 간다니까요."

"내가 오고 싶었어."

"누나."

우진은 더 팔에 힘을 주며 해인을 안았다. 해인은 우진이 포옹을 풀고 자신을 내려다보자 그의 목을 끌어당겨 입술에 키스했다. 잠시 후 입술이 떨어지자 우진은 그런 그녀를 놀란 눈으로 내려다보았다.

"누나가…… 먼저 키스하는 거 처음이에요."

"하고 싶었어."

해인은 다시 우진의 입술에 키스했다. 서로의 입술과 혀가 얽혀드는데 우진이 해인의 몸을 으스러질 듯 안으며 그녀의 차로 밀어붙였다. 해인의 등으로 차가운 유리창이 느껴졌다.

"으음……. 누나."

어둠 속에서 두 사람이 뱉어내는 거친 신음소리가 주변을 떠돌았다.

"우진아, ……날 가져줘."

입술을 뗀 해인이 우진에게 속삭였다.

"진심이에요?"

"응. 안아줘."

서로의 몸이 한 치의 틈도 없이 맞닿아 있어 서로의 심장 박동이 서로의 가슴에 전달되고 있었다.

우진은 해인의 손을 꽉 움켜쥔 채 빌라로 들어섰다. 엘리베이터에 올라 5층을 누르자마자 우진은 해인의 입술부터 찾았다. 갈증에 급하게 물을 들이켜는 사람처럼 서로의 입술을 갈구했고 서로의 타액이 섞여들었다.

해인은 엘리베이터에서 내리다가 우진을 돌려세웠다. 엘리베이터에 타자마자 우진이 키스를 해와 미처 보지 못했었는데 그의 왼쪽 뺨과 입 주위에 시퍼런 멍이 들어 있었다. 심장에서 싸한 바람 소리가 들리는 것 같았다.

"얼굴이 왜 이래? 무슨 일 있었어? 싸운 거야?"

놀라 우진의 얼굴을 만지는 해인의 손을 그가 다급하게 감싸 쥐며 끌어당겼다.

"아니요. 훈련받다 다쳤어요."

"말이 돼? 딱 봐도 누구한테 맞은 상처잖아."

"누나."

해인은 걱정에 목소리가 높아지는데 우진은 별일 아니라는 듯 그녀를 데리고 집 안으로 들어갔다. 방 안에 들어서자마자 해인을 침대에 눕히고는 자신의 몸을 덮어왔다.

"진짜 훈련하다 다친 거예요. 이건 신경 쓰지 말고 아까 한 말 다시 해봐요."

"너 진짜……."

"어서요."

해인은 망설였다. 시퍼렇다 못해 검붉게 올라온 멍이 눈에 걸렸다. 그리고 불과 한 시간 전에 봤던 다른 사람의 몸에 난 멍이 떠올랐다. 도연의 오른쪽 손등, 그리고 우진의 왼쪽 얼굴. 언제 만났을까. 자신 때문이었겠지만 어쩌다 주먹다짐까지 했을까.

도연은 손등 외에는 다른 상처를 볼 수 없었다. 몸이야 옷에 가려 알 수 없었지만 얼굴은 상처 하나 없이 깨끗했다. 우진은 얼굴 외에 다른 곳은…….

"……불 켜줘."

어둠 속에서도 우진의 눈동자가 반짝 빛났다.

"왜요?"

우진의 목소리가 가르릉거리며 낮게 울렸다. 그의 몸에 다른 상처가 있는지 보려면 불빛이 필요했다. 그 때문에 조명을 켜달라고 한 해인의 말을 우진은 다른 뜻으로 해석한 것 같았다. 그렇게 오해하는 게 차라리 더 나을 것 같았다. 상처도 확인해야 했지만 사랑을 나누는 동안 그의 모습을 보고 싶기도 했다.

"보고 싶어. 날 안는 네 모습을."

"으음……. 누나."

해인의 말이 떨어지자마자 우진은 침대 옆 스탠드를 켜고는 바로 그녀의 입술로 달려들었다. 뜨거운 혀와 숨결이 해인의 입술을 간질였고 빨아들였고 입안을 헤집었다. 해인은 우진이 온몸으로 자신의 몸을 내리누르는 느낌이 너무 좋았다.

해인의 니트를 머리 위로 벗겨내며 그녀의 목덜미를 혀와 입술로 훑어 내리던 우진이 치열 자국이 남을 정도로 세게 그녀의 목을 물었다.

"아흑. 아파……."

우진은 이로 문 곳을 쪽쪽 소리가 나도록 빨아 당기다가 해인의 등 뒤로 브래지어 후크를 벗겨내고는 완벽히 드러난 가슴에 얼굴을 묻었다. 우진은 해인의 유두를 혀끝으로 끈적끈적하게 훑다가 입안으로 빨아들였다.

"흐읏."

해인은 우진이 유두를 빨아 당길 때마다 그의 입안으로 가슴 전체가 빨려 들어가는 것 같았다. 유두 한쪽이 우진의 입에 빨려 들어가는 동안 다른 한쪽은 그의 손가락에 잡혀 뱅글뱅글 돌려지고 있었다.

“아앗. 그렇게 세게…….”

배꼽 아래로 몽글거리는 느낌이 강하게 몰려왔다. 골짜기 안에서는 울컥거리며 애액이 흘러나왔다.

“우진아, 나 아래 벗겨줘. ……옷 젖을 것 같아.”

“하아. ……벌써 젖었어요?”

우진은 해인의 가슴에서 입을 떼지 않은 상태로 그녀의 바지 버클을 풀고 지퍼를 내렸다. 해인의 골반에 걸쳐 잘 내려지지 않는 청바지를 힘을 주어 끌어내리며 우진은 야릇한 미소를 지었다.

“누나 골반은 축복받은 것 같아요. 볼 때마다 바로 벗겨내고 누나 안으로 들어가고 싶어져요. 솔직히 얼굴만 봐도 누날 갖고 싶지만…….”

해인의 붉게 달아올랐던 몸이 더 붉게 물들어갔다. 우진의 직설적이고 야한 말들이 처음에는 이상했지만 언제부터인지 해인도 즐기고 있었다. 이런 말을 들을 때마다 더 흥분되고 달아올랐다.

속옷까지 다 벗겨낸 우진이 해인에게로 몸을 기울이며 입을 맞췄다. 입안으로 깊게 밀고 들어온 혀를 맞이하려던 순간 해인은 훅하며 숨을 멈추었다. 우진의 길고 거친 손가락이 골짜기 깊은 곳까지 밀고 들어와 질 벽을 휘젓고 있었다. 동시에 엄지손가락으로 클리토리스를 꾸욱 누르다가 뱅글뱅글 돌리며 자극해 오자 해인은 정신이 아득해졌다. 온몸의 피가 머리로 몰려 올라오는 것 같았다. 숨도 제대로 쉬어지지 않을 만큼 아래에서 전해져 오는 자극이 너무나 강렬했다.

"누나. 숨…… 숨 쉬어요."

우진은 해인의 이마에 자신의 이마를 맞대며 그녀의 얼굴에 거친 숨을 쏟아냈다. 해인은 질끈 감았던 눈꺼풀을 겨우 들어 올렸다. 흐릿한 시야 사이로 불을 담은 듯 뜨거운 우진의 눈동자가 바짝 다가와 있었다.

"누나를 너무 사랑하는데…… 그만큼 이 안을 망가뜨리고 싶어져요. 누나 안을 다 헤집어놓고 싶어. 나만 갖고 싶어."

우진의 어깨를 움켜쥐고 있던 해인의 손끝에 더 바짝 힘이 들어갔다. 해인이 숨을 고르자 우진의 손가락이 안에서 더 격렬하게 움직이기 시작했기 때문이었다.

"후우후우…… 누나 안이 잔뜩 부풀어서…… 내 손가락을 삼킬 것 같아요. 후우후우……."

우진의 숨결이 점점 더 거칠어졌다. 그럴수록 그의 손가락도 움직임이 빨라졌다. 질 벽 모양을 관찰이라도 하는 것처럼 손가락으로 사이를 벌려가며 이리저리 휘저었다. 밖으로 빠져나올 것처럼 입구 쪽으로 향하던 손가락이 다시 깊숙이 한 번에 파고들어 왔다.

"아흑. 그만…… 그거 그만해."

해인이 비명처럼 신음을 토해내는 동안 우진은 그녀의 안을 더 괴롭혔다. 해인은 고통에 가까운 쾌감이 온몸을 수십 조각으로 갈라놓는 것 같았다. 입술에서 목덜미로, 가슴에서 배꼽으로 우진의 입술이 해인의 몸을 타고 조금씩 아래로 내려갔다.

우진의 손가락이 빠져나가자 겨우 가쁜 숨을 토해내던 해인은 또 다른 쾌감에 온몸이 저릿해져 허리를 뒤틀었다. 우진이 해인의 허벅지를 아래에서 위로 팔로 감쌌다. 이내 해인의 골짜기 사이를 손가락으로 벌리더니 우진의 혀가 밀고 들어왔다. 혀끝으로 간질이고 꾹꾹 찔러가며 해인의 안을 농락했다. 우진의 입술은 골짜기에 찰싹 달라붙은 상태로 꼼지락거리며 질척하게 흘러나오는 애액을 입안으로 빨아들였고 이내 꿀꺽 삼켰다.

"우진아, 느낌이 아흑…… 느낌이 이상해. 아앗."

우진의 입술은 마치 흡착판 같았다. 해인의 아래를 빨아들이는 힘은 강했고 끈질겼고 빈틈이 없었다. 우진의 머리카락 사이로 해인의 손가락이 파고들었다. 손가락 사이로 엉켜드는 우진의 짧은 머리카락들이 또 다른 자극으로 다가왔다. 온몸의 감각 세포가 아우성을 쳤다.

"우진아…… 넣어줘. 아흑…… 더 이상 못 참겠어. 넣어줘."

그제야 우진의 입이 해인의 아래에서 떨어져 나갔다.

"하아하아. 넣어줘. 제발……."

해인의 애원에도 우진은 고개를 들지 않았다. 허벅지 안쪽에 뜨거운 입김이 닿는 걸 느낀 순간 촉촉한 입술과 혀가 느껴졌다.

"아악. 아파."

딱딱하고 고른 치열이 부드러운 허벅지 안쪽 살을 힘을 주어 물었다.

"악."

해인이 고통에 움찔거리며 상체를 일으키려는데 반대쪽 허벅지 안쪽 살에 같은 통증이 몰려왔다. 우진의 입이 이번에는 골짜기로 향해오자 해인은 자신도 모르게 놀라며 몸을 뒤로 뺐다. 우진의 성난 이가 그곳까지 물지도 모른다는 두려움이 순간 몰려왔다.

"괜찮아요. 여긴 물지 않아. 대신……."

쭈읍. 소리가 나도록 골짜기 사이를 길게 입안으로 빨아들이더니 몸을 일으켰다.

"이걸 넣을 거야."

우진이 자신의 중심으로 손을 가져갔다. 청바지 위로도 잔뜩 부풀어 오른 남성이 위용을 드러내고 있었다. 바지를 벗으며 상체를 펴자 그의 팬티 앞쪽이 흥건하게 젖어 얼룩진 게 보였다. 해인을 애무하면서 우진이 얼마나 흥분하고 있었는지 알 수 있었다.

우진이 윗옷을 벗어던지자 떡 벌어진 어깨와 선명하게 골이 진 단단한 가슴과 복부가 해인의 시선을 사로잡았다. 완벽하게 나신이 된 우진이 몸을 기울여 오자 해인은 숨을 깊이 들이마셨다. 남자의 몸이 이렇게 아름다울 수 있다는 것을 해인은 우진을 보면서 느끼고 있었다.

해인은 매번 느끼는 거지만 우진의 남성이 자신에게로 들어오기 직전이 가장 긴장됐다. 그의 남성은 고통과 쾌감을 동시에 주었다. 그가 만들어주는 쾌감을 기대하면서도 끝도 없이 자신을 몰아붙일 그 쾌감이 두렵기도 했다.

해인의 다리 사이에 자리 잡은 우진이 그녀를 내려다보았다. 우진의 입가와 턱 주위가 해인의 애액으로 번들거렸다. 우진은 손등으로 입가를 쓰윽 닦아내더니 묻어난 애액을 혀로 핥았다.

"흐읍."

해인은 그 모습을 보면서 또 한 번 숨을 멈췄다. 어지럽게 헝클어진 머리카락이 이마 앞으로 흘러내렸고 그 사이로 열에 들떠 번쩍거리는 우진의 눈동자가 자신을 향해 있었다. 입술은 붉게 부풀어올랐고 미처 닦아내지 못한 애액이 그의 입가와 턱 주위로 번들거렸다. 그 모습이 너무 위험하고 섹시해 보여 심장이 미친 듯이 뛰어댔다.

"준비됐어요?"

해인은 우진의 물음에 홀린 듯 고개를 끄덕거렸다. 그의 앞에서 더는 이성적인 사고를 할 수 없었다. 몸 속 깊은 곳에서 소용돌이치는 본능에만 따를 뿐이었다. 머리가 원했고 몸이 원했고 마음이 원했다.

거칠게 몰아치던 애무와 달리 우진은 천천히 해인의 안으로 파고들어오기 시작했다. 천천히 안으로 들어오다가 엉덩이를 뒤로 빼며 조금 뒤로 물러났다. 다시 처음보다 더 안으로 들어왔다가 또 조금 뒤로 물러났다.

"흐읍. 흐으…… 흐으……."

"으응. 뭐 하는 거야."

"흐으. 말…… 해봐요."

"무슨……."

우진은 다시 엉덩이를 뒤로 빼며 거친 숨을 내쉬었다.

"가져 달라고……."

"우진아……."

"말 안 하면 완전히 뺄 거예요."

"너어."

해인의 아래는 이미 뜨거운 열기로 가득 차 있었다. 우진이 안으로 들어오길 애타게 기다리고 있는데 이렇게 약 올리듯 아래를 괴롭히고 있는 그가 미울 지경이었다.

"날 가져줘."

"누나."

"흐읏."

이번에도 우진의 몸놀림은 빨랐다. 천천히 들어오던 몸짓은 해인의 애를 태우기 위한 것이었다. 자신을 가지라는 해인의 말이 끝나자마자 우진은 기다렸다는 듯 한 번에 깊은 곳까지 밀고 들어왔다.

해인은 자신의 안을 가득 채우며 끝까지 닿아온 우진의 남성이 불끈거리는 것을 그대로 느꼈다. 해인의 안은 우진의 남성이 움직이는 것에 따라 움직였다.

"흐읍. 누나…… 안이 엄청나게 움직여요."

우진의 남성이 물러나면 그것을 쫓아가며 안이 좁아졌다. 그러면 우진의 남성은 좁아진 틈새를 벌려가며 다시 안쪽 깊은 곳까지 빠르게 밀고 들어왔다. 해인은 우진의 허리에 다리를 감아 그가 더 깊이 들어올 수 있도록 했다.

"하윽. 누나……."

우진이 해인에게로 몸을 기울이며 유두를 혀로 핥으며 빨아들였다. 겨드랑이 사이로 손을 집어넣더니 해인의 팔을 머리 위로 끌어올려 양쪽 손목을 한데 모아 잡았다. 우진의 혀가 겨드랑이와 팔뚝 안쪽을 간질이듯 핥았다. 그가 무엇을 하려는지 눈치챈 해인이 움찔거리며 팔을 빼려 했지만 우진이 조금 더 빨랐다.

"아악. 아파."

우진은 해인의 피부가 가장 부드러운 곳들을 부드럽게 애무하다가 고통을 주었다. 아래에 파고드는 남성이 그랬고 목덜미와 허벅지, 팔뚝의 부드러운 살을 깨무는 이가 그랬다. 해인의 얼굴은 이미 한참 전부터 눈물과 땀으로 얼룩져 있었다.

한 치의 틈도 없이 서로의 몸이 맞닿은 상태로 우진의 남성이 다시 움직였다. 해인의 볼 한쪽을 부드럽게 감싼 손길과 반대로 입안으로 밀고 들어온 혀가 아래에서 움직이는 남성처럼 거칠고 끈질기게 깊은 곳을 탐했다.

우진이 해인의 몸을 돌려 눕히더니 무릎을 세우게 했다. 곧이어 해인의 골반을 움켜쥐었다. 그의 남성이 해인의 엉덩이에 닿더니 이내 안으로 깊숙이 파고 들어왔다.

"아흑…… 깊어. 우진아, 조금만 천천히……."

앞보다 뒤에서 우진의 남성이 들어올 때 더 깊이까지 닿았다. 들어왔다 나가는 속도가 빨라질수록 해인은 자신의 몸 안에 깊은 구멍이 뚫리는 기분이었다. 고통과 쾌감이 극대화되는 순간이었다.

"흐으흐으……."

해인의 애원과 달리 우진은 속도를 줄이지 않았다. 더 깊이 파고들었고 더 빨리 해인의 안을 찔러댔다. 살이 철벅거리며 부딪치는 소리가 점점 커져만 갔다.

"아으윽. 우진아, 나…… 나……."

해인은 등줄기를 타고 전기가 흐르는 전율을 느꼈다. 눈앞이 아득해져 왔고 온몸이 떨려왔다. 허우적거리다 손에 잡히는 베개를 끌어와 품에 안았다. 양팔로 움켜쥐며 고개를 묻고 비명처럼 터져 나오는 신음을 그곳에 토해냈다.

"누나."

해인의 다리에 힘이 완전히 풀리며 몸이 축 처지자 우진이 그녀의 몸 위로 자신의 몸을 덮었다. 베개와 해인의 가슴 사이로 한 팔을 넣어 그녀를 품고는 다시 해인의 안을 파고들었다.

해인의 허리를 잡고 있던 한 손이 그녀의 클리토리스를 찾아 앞쪽으로 향했다. 수풀을 헤집다 찾아낸 돌기를 손끝으로 이리저리 휘돌렸다. 해인은 번개를 맞은 것 같은 감각에 숨 쉬기조차 힘들어졌다.

"아악…… 거긴 하지 마. 제발……."

이미 몇 번의 절정을 맛보았다. 덕분에 녹초가 된 해인에게 이것은 고통과 대비되는 쾌감으로 다가왔다.

"으아악. 흐으흐으……."

우진은 짐승 같은 거친 숨소리를 해인의 목덜미에 토해냈다.

해인은 우진의 손끝이 닿자 따끔거리는 통증에 움찔 몸을 움츠렸다.

"아파요?"

우진이 걱정스러운 얼굴로 해인을 바라보다가 이내 시선을 떨어뜨렸다. 우진은 해인의 허벅지 사이에 연고를 발라주고 있었다. 사랑을 나누면서 우진이 물었던 곳마다 선명한 치열 자국과 함께 피멍이 올라와 있었다.

"그니까 왜 자꾸 물어. 아프다고 하지 말랬더니 오늘은 더 하잖아."

"미안해요. 누나를 안다 보면 감정 조절이 안 돼서……."

해인은 자신의 눈치를 살피는 우진을 노려보았다. 우진은 연고를 발라주다가 해인이 움찔거리면 자신이 더 놀라 손을 멈추었다. 제대로 해인과 시선을 맞추지도 못하면서 허벅지 양쪽과 팔뚝, 목덜미 그리고 마지막으로 절정에 오르면서 물었던 뒷덜미까지 연고를 발랐다.

"너 진짜 한 번만 더 물어봐. 변태야? 아님 멍멍이야? 왜 자꾸 무는 건데?"

"누나가 '날 가져줘' 하니까 너무 흥분되기도 하고. 그리고……."

"그리고?"

"여기가 아프거나 자국을 볼 때마다 내 생각 나게 하고 싶었어요."

우진이 해인의 허벅지 안쪽을 손끝으로 부드럽게 쓰다듬었다.

"누나가 나 외에 다른 것들은 생각하지 못하게 만들고 싶었어요."

해인은 우진이 자신의 몸을 품에 안는 동안 그의 얼굴을 뚫어질 듯 바라보았다. 그와 사랑을 나누는 동안에는 쾌감에 정신이 팔려 미처 확인하지 못했었지만 그가 연고를 발라주는 동안 어두운 조명 아래서도 꼼꼼히 살펴보았다. 다행히 어깨와 팔꿈치, 오른쪽 무릎에 테이핑을 하고 있는 것 말고는 다른 상처는 보이지 않았다.

하지만 왜인지 말을 할수록 우진의 표정은 점점 더 어두워졌다. 자신에 대한 소유욕을 드러내고 있었지만 그 말 속에 또 다른 감정이 섞여 있는 것 같았다.

"우진아. 혹시…… 도연 오빠 만났니?"

해인은 우진의 얼굴을 양손으로 감쌌다. 말로는 대답하지 않았지만 순간 흐려진 우진의 눈빛이 대신 말해주었다.

"왜 싸웠어? 왜 넌 때리지 않고 맞기만 한 거야?"

"아니에요. 훈련하다……."

해인은 고개를 가로저었다.

"너 만나러 오기 전에 도연 오빠 만났었어."

우진의 몸이 순간 굳어졌다. 옷을 입고 있었다 하더라도 그대로 전해질 만큼의 긴장감이 느껴졌다. 하물며 둘 다 알몸인 상태로 안고 있으니 미세한 몸짓마저도 제 몸의 변화처럼 알 수 있었다.

"손등에 난 상처 봤……."

"왜 만났어요?"

우진의 표정이 심상치 않았다. 해인의 몸을 감싸 안은 팔에도 잔뜩 힘이 들어가 있었다.

"무작정 집 앞으로 왔더라. 어쩔 수 없이 만났고 연락하지 말라고 했어. 그랬더니 네가 너무 생각나고 보고 싶어져서……. 그래서 온 거야."

해인은 우진의 몸에 팔을 두르며 그의 목덜미에 얼굴을 묻었다. 우진이 조금이라도 자신 때문에 상처받지 않기를 바랐다.

"그 사람과 다시 시작하고 싶은 마음은 없어요?"

"없어."

우진은 왜 이런 걸 물을까? 다시 시작한다고 할까 봐 걱정했던 걸까?

"그럼…… 왜 그 사람을 지켜보고 있는 거예요?"

이번에는 해인의 몸이 굳어졌다. 아닐 거라 생각하면서도 한편으로 불안감이 몰려왔다. 해인은 우진의 품에서 고개를 들며 그를 올려다보았다. 자신의 눈빛이 흔들리고 있다는 것을 알았지만 홀린 듯 우진에게로 시선을 돌렸다.

"무슨 말이야? 지켜보다니?"

"사진 봤어요. 윤도연과 채서현 사진. 사 개월 전부터 매일 그 사람들 미행하면서 찍은 사진이요."

"언제…… 언제 본 거야?"

"서울 왔다가 다시 별장에 내려갔을 때…… 며칠 지나서요."

"그런데 왜 여태 아무 말도 안 했어?"

"물어보고 싶었지만 묻지 못했어요. 어떤 답을 듣게 될지 두려웠으니까."

"그럼 끝까지 아는 척하지 말지 그랬어."

해인은 우진의 품에서 벗어나려 몸을 일으켰다. 하지만 우진의 팔에 붙들려 다시 그의 다리 위로 주저앉았다.

"미련도 아니고 다시 시작하려는 것도 아니면 왜 그 사람들을 감시하는 건데요. 복수라도 하려구요?"

"넌 몰라도 돼."

해인이 다시 몸을 일으키려 하자 우진은 더 힘을 주어 그녀의 몸에 팔을 둘렀다.

"수인이한테 들었어요. 제발 이쯤에서 멈춰요. 남에게 상처주면 언젠가는 부메랑이 돼서 누나한테 돌아올 거예요. 이렇게까지 그 사람들을 망가뜨려야겠어요? 아직도 윤도연 그 사람을 못 잊은 거예요?"

"그런 거 아니라니까."

"사랑과 증오는 종이 한 장 차이래요. 누나가 이러는 거 그 사람에 대한 애증이라고밖에 생각되지 않는다구요."

"아니라고 했잖아."

"아니면. 아니면 왜 이러는 거예요. 이건 단순히 증오하고 미워하는 수준이 아니잖아요. 완전히 한 사람의 인생을 망치려는 거잖아요. 도대체 무슨 일을 꾸미고 있는 거예요?"

"……."

"스스로를 망치지 말아요. 그 사람들은 그대로 둬도 언젠가는 벌을 받을 거라구요. 그냥 다 잊고 나만 봐요. 나로는 부족해요? 나한테 받는 사랑으로는 치유가 안 돼요?"

"너하곤 상관없는 일이야. 멈추기에도 늦었고."

해인은 가슴이 아팠다. 우진을 만나러 달려올 때만 해도 오늘은 꼭 하고 싶은 말이 있었다. 보고 싶었다고, 나도 너를 좋아한다고. 우진이 보고 싶어 왔던 것이라고 말은 했지만 정작 중요한 좋아한다는 말은 하지 못했다. 이제 할 수 없게 되어버렸다. 무슨 염치로 너를 좋아한다고 말할 수 있을까. 과거에 질척거리고 있는 내가 무슨 자격으로.

"난 이 정도밖에 안 돼. 그러니까 우리…… 여기까지만 하자."

해인은 우진의 얼굴이 새파랗게 질려가는 것을 보고 시선을 돌렸다. 놓지 않으려는 우진에게서 억지로 빠져나와 바닥에 널브러져 있던 옷을 걸쳤다.

"왜요. 왜 우리가 헤어져야 하는데요. 난 절대 누나 못 놔요."

우진이 해인에게 다가와 자신에게로 돌려세웠다. 당황과 혼란스러움이 가득한 얼굴이었다.

"나는 너를 사랑하지 않아. 아무 것도 모르는 너한테 위로를 받았을 뿐이야. 하지만 이제…… 이제 다 알게 돼버렸으니 위로조차 받을 수 없게 됐어."

"거짓말. 그런 거짓말도 이제 그만둬요."

해인은 자신의 팔을 잡은 우진의 손을 뿌리치며 떨쳐 냈다. 그를 밀어내는 작은 동작 하나가 마치 자신의 심장을 뜯어내는 것처럼 아파왔다. 해인이 옷을 다 입는 동안 우진은 더 이상 어떤 말도 행동도 하지 않았다. 단지 등 뒤로 그의 떨리는 숨소리가 들려올 뿐이었다.

해인은 방을 나서려다가 우진을 돌아보았다. 반쯤 넋이 나간 사람처럼 서 있는 그 모습을 보자 차라리 돌아보지 말았어야 했다는 후회가 몰려왔다. 나는 도대체 너에게 무슨 짓을 한 걸까.

"가끔 입이 다물어지지 않을 만큼 입안에 이물질이 가득 차 있는 꿈을 꿔. 아무리 뱉어내도 다시 입안에 가득 차. 손으로 긁어내고 또 긁어내도 다시 차올라. 사람들은 내 그런 꼴을 보고 비웃고 나는 사람들의 시선에서 도망쳐서 또 다시 이물질을 뱉어내려고 애를 써. 그러다 꿈에서 깰 때면 숨도 제대로 쉬지 못할 때가 많아. ……우진아, 이게 뭐라고 생각해? 왜 이런 꿈을 반복해서 꾸는 걸까?"

"누나."

"도연 오빠가, 서현이가 나한테는 아무리 뱉어내고 싶어도 뱉어지지 않는 입안의 이물질 같은 거야. 숨을 쉴 수 없게 만드는……. 완벽하게 내 인생에서 긁어내 버리지 않으면 제대로 살아갈 수 없게 만드는 그런 이물질. 그래서…… 멈출 수가 없어."

방을 나서고 현관문을 나섰다. 엘리베이터를 타고 차까지 걸어가는 동안 몸이 부들부들 떨리는 걸 참느라 온몸에 잔뜩 힘을 주며 걸었다. 행여 우진이 쫓아 나올까 봐 두려웠다. 그가 다시 자신을 붙잡는다면 주저앉아 버릴 것 같았다. 뛰어서라도 빨리 그곳을 벗어나고 싶었지만 한 발짝 떼는 것조차 납덩이를 발목에 매단 것처럼 힘에 겨웠다.

주차장을 벗어나고 점점 우진의 집에서 차가 멀어질수록 설움이 북받쳤다. 터져 나오는 눈물을 주체하기가 어려웠다. 온몸의 떨림이 점점 심해져 운전대를 잡는 것조차 힘들었다. 겨우 도로

가에 차를 세우는데 이제는 등받이에 등을 대고 앉아 있는 것조차 어려웠다.

"으으윽. 으…… 으읏. 으으윽."

아랫배에서부터 응어리가 올라왔다. 눈에서는 쉴 새 없이 눈물이 흘러내리는데 소리는 가슴에서 꽉 막혀 나오질 않았다. 괴로움에 가슴을 쿵쿵 주먹으로 때려보아도 마찬가지였다. 숨이 막혔다. 온몸이 떨렸다. 어느 때보다 힘들고 슬픈데 그만큼 응어리가 커져 목을 틀어막고 있었다.

'우진아. 우진아…….'

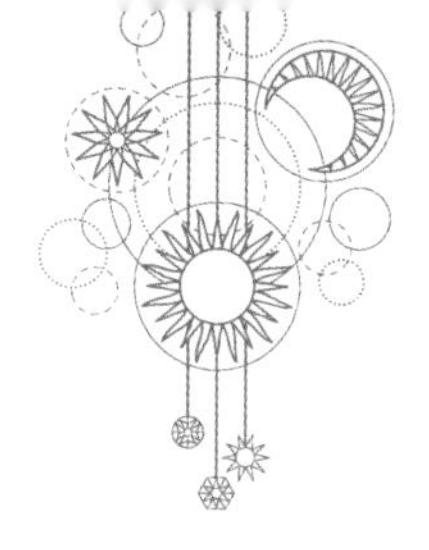

14. 아수라

해인이 우진에게 이별을 통보하고 며칠 지나지 않아 SNS에 'I군과 S양의 섹스비디오'라는 제목으로 동영상이 돌았다. 비디오를 본 사람들 사이로 아이작과 서현의 실명이 거론되었고 언론에서도 앞다퉈 취재를 시작했다.

단독을 노리는 기자들에 의해 아이작과 서현이 호텔과 아이작의 집을 드나드는 모습이 신문지면과 인터넷을 가득 채웠다. 며칠 후 도연의 오피스텔 앞에서 끌어안고 있는 도연과 서현의 모습, 시간차를 두고 흐트러진 옷차림으로 늦은 밤 도연의 오피스텔에서 나오는 서현의 사진이 동시에 보도되었다.

연예인 섹스비디오 스캔들이 이제는 '살아 있는 인형의 난잡한 생활'이라며 서현의 남성편력으로 일파만파 커지고 있었다. 과거 도연과 해인의 결혼을 깨뜨렸던 사건까지 다시 세간에 오르내리기 시작했다.

서현은 모든 일정을 다 취소하고 집 안에 틀어박혀 있었다. 서현의 집 앞에는 기자들이 며칠째 진을 치고 있었고 그녀의 소속사인 스타뮤즈는 스캔들로 인해 폭탄을 맞은 상황이었다. 업무가 진행되지 않을 정도로 언론사와 팬들의 항의 전화가 빗발쳤다. 무턱대고 욕을 해대는 사람들도 있었다. 하지만 아이작과 윤도연 두 사람과 얽힌 서현에 대해 달리 해명할 만한 말이 없어 묵묵부답으로 일관하고 있을 뿐이었다.

서현의 매니저 병철은 전화를 걸어와 상황을 설명하며 일이 잠잠해질 때까지 집 밖으로 나가지 말라고 했다. 제니 홍을 비롯해 그동안 서현이 모델로 활동했던 광고주들에게서 계약해지와 손해배상청구가 들어왔고 촬영 중이던 드라마에서도 하차하게 돼 제작사측에서도 손해배상청구를 해왔다고 했다. 병철은 그 말만 남긴 채 몇 주가 지나도록 연락이 없었다.

서라도 모든 일정을 취소하고 집에만 있었다. 하지만 표면상만 일정을 취소한 것으로 되어 있을 뿐 실상은 서라에게도 광고와 영화 계약 해지 요청이 들어오기 시작한 상태였다.

"도대체 왜 말을 안 듣는 거니? 그 남자 만나지 말랬는데도 만나고 다니더니 이제는 다른 녀석이랑 섹스비디오를 찍어?"

"나도 몰랐다구. 걔가 그런 걸 찍을 줄 어떻게 알았겠어."

서현은 계속 자신의 방에 틀어박혀 나가지 않았다. 아무리 제멋대로 살아왔고 섹스에도 거리낌이 없었다지만 세상에 자신이 섹스하는 모습이 공개되는 건 또 다른 문제였다. 아무도 만나고 싶지 않았다. 집 밖에서 죽치고 있는 기자들이 너무나 싫었다. 엄마인 서라를 만나는 것조차 싫었다.

서라는 소속사를 통해 서현과 자신의 손해배상청구에 대한 일을 알아보고 있었다. 소속사의 고문변호사는 서현의 일까지 조언해 주는 것을 꺼려했다. 일의 흐름이나 계약서 내용대로 하면 무효소송을 해도 소용이 없다고 했다. 말 그대로 위약금을 물어줄 수밖에 없고 몇 십억에 가까운 금액에 서라는 망연자실했다.

폭풍 같은 몇 주가 지나고 숨을 좀 돌릴까 싶을 때 아이작의 대마초 흡연 사건이 터졌다. 섹스비디오에 이어진 대마초 흡연은 연예계를 발칵 뒤집어놓았다. 경찰에서 조사를 받고 나오는 아이작의 모습이 뉴스에 방송되며 그와 함께 대마초를 피운 여자연예인이 있다는 내용이 보도되었다.

서현이 망연자실 뉴스를 보고 있는데 아이작에게서 전화가 걸려왔다. 서현은 망설이다가 전화를 받았다.

"뭐야? 왜 전화했어?"

[잘 지냈어?]

서현은 이를 뿌드득 갈았다. 자신이 누구 때문에 이 지경이 됐는데.

"그런 비디오 왜 찍었어? 그리고 대마초라니?"

[훗. 그거 내가 찍은 거 아냐. 뭐…… 찍을 거라는 건 알고 있었지만.]

"뭐?"

이건 또 무슨 말이지? 찍진 않았지만 찍는 건 알고 있었다?

"무슨……."

[나야 연예활동 안 해도 먹고살 만큼 받기로 했으니 상관은 없지만, 넌 도대체 누구한테 밉보였기에 이런 일까지 당하냐?]

"뭐? 무슨 말이야? 알아듣게 말해."

[됐어. 뭐, 이제 와서 할 말은 아닌 것 같고. 몸조심해라. 갈

길이 멀 테니.]

“야, 아이작. 야, 이 새끼야…….”

전화는 끊겼고 서현의 쉿소리 섞인 목소리만 울렸다. 몸이 부들부들 떨렸다. 불안감이 급속도로 몰려왔다. 몇 주 동안 지옥 같은 시간을 보냈다. 도연과 해인을 파혼시키고 언론과 대중의 뭇매를 맞으면서도 끄떡하지 않았었던 서현이었다.

하지만 세상에 제 알몸이 적나라하게 공개됐다. 아이작과 섹스를 했다는 것을 도연도 알게 됐을 터였다. 기현도 수인도 그리고 해인까지도 알게 됐을 터였다. 눈이 튀어나올 만큼의 높은 위약금도 물어주어야 한다. 거기다 아이작이 함께 대마초를 피운 여자연예인이 있다는 내용이 보도되었다. 자신일 게 분명했다.

서현은 화가 났다. 짜증이 치밀어 올랐다. 도대체 왜 이런 일이 터진 건지 알 수가 없었다. 아이작이 찍은 게 아니라면 그런 비디오를 누가 찍은 걸까. 왜 자신에겐 연락조차 없이 대중에게 공개해 버린 걸까. 누군가가 자신을 궁지에 몰아넣고 있는 것만 같았다. 그러다 아이작이 한 말이 떠올랐다.

“……넌 도대체 누구한테 밉보였기에 이런 일까지 당하냐?”

서현의 얼굴이 새파랗게 질렸다. 짐작 가는 거라곤 단 한 명뿐이었다. 손이 덜덜 떨렸다. 그 사람이 이런 일을 벌일 만한 인물인지 곰곰이 되씹었다. 그 사람에 대해 많이 알진 못했지만 그 사람이나 그 사람의 주변을 생각하면 지금 자기가 당하고 있는 일들이 가능하고도 남을 것 같았다.

서현은 아이작에게 받았던 담배를 꺼내 입에 물었다. 이 상황들을 잊고 싶었다. 어떻게든 빠져나가고 싶었다. 하지만 길이 보이지 않았다. 사방은 물론 위아래까지 다 막혀 버린 것 같았다. 서현은 점점 몽롱해져 가는 시야 속에 자신을 잊어버리고 싶었다.

❂

우진은 모든 연락에 묵묵부답인 해인을 만나기 위해 몇 주째 온갖 방법을 다 동원했다. 수인과 기현을 찾아가 해인과 자리를 마련해 달라고 했지만 고개를 저을 뿐이었다.

"누나한테 시간을 좀 주는 게 어떻겠냐. 지금은 어떤 말도 통하지 않을 거야."

지석에게도 자신이 부탁했다는 말은 하지 말고 해인과 만날 약속을 잡아달라고 했지만 돌아오는 답은 수인과 동일했다.

"그 녀석 고집은 아무도 못 꺾어. 연락 올 때까지 기다려 봐."

집으로 찾아가도 해인은 방문을 걸어 잠근 채 나올 생각을 하지 않았다.

"누나 문 열어요. 나랑 얘기 좀 해요, 누나."

늦은 밤에 문 앞에 서서 부르고 문을 아무리 두드려 보아도 돌아가라는 말조차 들려오지 않았다. 예전 같았으면 다른 사람이 들을까 봐 후다닥 달려와 문을 열어주던 그녀였지만 지금은 아무런 반응도 보이질 않았다.

"우진아, 그만해."

기현이나 수인이 우진을 다독이며 억지로 해인의 방문 앞에서 데려갔다. 그러던 중 서현의 섹스비디오 스캔들이 터졌고 얼마

지나지 않아 대마초 흡연 사건에도 연루됐다는 기사를 보게 됐다. 함께 대마초를 핀 아이작이라는 가수가 경찰조사를 받으면서 서현의 이름을 댔다고 했다. 경찰에서 조사를 받고 나오는 서현은 선글라스와 마스크로 온통 얼굴을 가린 채였다.

서현에 대한 뉴스를 볼 때마다 우진의 가슴이 땅바닥으로 곤두박질쳤다. 해인이 그동안 준비해 온 일들이 실체를 드러내고 있었다. 여성으로서, 연예인으로서 가장 밑바닥을 맛보게 만들고 있었다.

단순히 한 사람을 미워하고 원망하는 수준이 아니었다. 다시 일어설 수 없을 정도로 짓밟고 있었다. 아직도 남은 걸까? 서현은 사회적으로 매장당하고 있는데 도연에게는 무슨 일이 일어나고 있는지 알 수가 없었다.

"누나, 제발……."

해인에게 애가 타는 상황과는 달리 우진의 농구선수로서의 길은 다시 시작되고 있었다. 2군 윈터리그 1차 대회에 선발로 나가는 것을 목표로 집중훈련이 시작됐다. 기존보다 훈련 시간이 늘었고 그에 따라 재활치료도 더 집중적으로 받게 됐다.

틈 날 때마다 해인에게 연락하고 만나러 가봤지만 그녀는 여전히 대답해 주지 않았다. 얼굴을 보지 못한다면 목소리만이라도 듣고 싶었지만 해인은 그것조차 허락해 주지 않았다. 시간이 지날수록 우진의 마음은 점점 피폐해져 갔다.

❋

경찰 조사를 받고 나온 서현은 곧바로 삼성동 해인의 집으로 향했다. 초인종을 누르자 얼굴도 비치지 않은 파주 댁에게 문전 박대를 당했다. 해인이 집에 없다는 말과 함께 다시는 찾아오지 말라고 했다.

"당신이 뭔데 나한테……."

소리를 지르는 서현의 귀에 인터폰이 끊어지는 소리가 들려왔다.

"한낱 가정부 따위가 나를 무시해."

짧은 기간이었지만 이 집에 사는 동안 매일 봐왔던 사람이었다. 그런 사람이 자신을 무시하자 속에 겨우 누르고 있던 화가 터지기 직전까지 차고 올라왔다. 서현은 해인의 집 앞에서 무작정 기다리려다가 킹덤으로 향했다.

서현에게 손해배상청구를 해온 제니 홍과 드라마제작사 쪽 담당 변호사들이 모두 해인이 근무했던 킹덤 소속 변호사들이었던 게 생각나서였다. 그곳에 가면 해인이 어디 있는지 알 수 있을 것 같았다. 알게 되지 못한다 하더라도 어딘가 화풀이할 곳이 필요했다.

"이해인. 이해인 나와. 이 여우 같은 년아, 숨지 말고 나오라고."

킹덤에 도착한 서현은 1층 로비를 거쳐 2층 사무실 입구에 들어서면서부터 해인의 이름을 소리쳐 불렀다. 각 층마다 완전히 오픈된 공간에 한쪽 벽면을 타고 설치된 계단을 따라 올라가며 해인의 이름을 부르고 또 불렀다.

킹덤의 모든 사람들의 시선이 서현에게 향했다. 사무실이나 회의실에 있던 사람들까지 모두 나와 악을 쓰며 해인을 부르는 서현을 보고 당황했다. 서현이 소리를 지르며 3층으로 올라서는데도 어느 한 사람 선뜻 나서서 말리지 못했다.

최 대표와 지석이 소란에 대표실에서 나오다가 막 4층으로 올라오며 소리를 지르는 서현을 발견하고는 눈이 동그래졌다. 서현의 뒤로 경비요원들이 헐레벌떡 뛰어올라와 그녀의 팔을 잡아챘다.

"놔. 이거 안 놔? 이해인 어딨어. 이해인. 이해인."

서현은 악에 받쳐 눈이 반은 풀려 있는 사람 같았다. 경비요원 둘이서 서현 한 명을 끌어내지 못해 애를 먹었다. 악을 써대던 서현의 시선이 최 대표와 지석의 뒤쪽으로 고정되며 순간 멈칫거렸다.

"너야? 너지? 네가 꾸민 일이지?"

대표실에서 나온 해인이 서현에게로 한 발짝 나서자 지석이 가로막았다.

"안 돼. 저 여자 지금 제정신 아닌 것 같은데 만나서 어쩌려고."

"저 상태면 업무 방해되잖아요. 걱정 마요."

걱정 말라고 지석에게 싱긋 웃어 보이는 해인의 얼굴을 보자 서현은 피가 거꾸로 솟는 것 같았다. 자신에게 다가오려는 해인을 이번에는 나이가 많은 남자가 막아섰다.

여기에서까지 저 여자를 감싸고도는 사람들뿐이라니. 겨우 저런 여자를. 도대체 왜.

"그 여자 놔줘요. 그리고 넌 따라 와."

해인이 경비요원들에게 눈짓하자 서현의 팔을 잡고 있던 그들이 물러났다. 서현은 고개를 까닥거리는 해인의 뒤를 따라 투명한 유리벽 너머 방으로 들어섰다. 책상 위에 올려져 있는 명패에 해인의 이름이 박혀 있었다. 심플하고 모던한 느낌의 사무실이었다. 이 로펌 자체가 고급스러운 분위기를 풍기고 있었고 해인이 그곳과 너무 잘 어울려 보여 그게 또 화가 났다.

짝-.

서현은 해인의 뺨을 인정사정 보지 않고 올려붙였다. 하지만 곧 이어 눈앞이 번쩍하며 고개가 오른쪽으로 홱 돌아갔다. 다시 연이어 왼쪽으로 홱 돌아갔다. 서현이 해인의 뺨을 때리자 해인이 연달아 서현의 뺨을 맞받아친 것이었다. 서현은 양 볼이 얼얼하게 달아오르자 순간 모든 사고가 정지되는 것 같았다.

"고소당하기 싫으면 함부로 손 올리지 마. 여기가 어디라고."

해인이 서현에게 맞은 뺨을 손바닥으로 문지르며 문으로 향했다. 여전히 얼이 빠져 있던 서현은 해인을 좇아 시선을 옮겼다. 유리벽 너머로 두 사람을 보고 있던 사람들과 눈이 마주쳤다. 그들도 서현만큼이나 얼이 빠진 채 놀라 입을 벌리고 있었다.

해인이 밖에 있는 사람들에게 각자 자리로 돌아가라고 손짓하자 머뭇거리며 흩어지기 시작했다. 하지만 지석은 안심이 안 되는 듯 여전히 그곳에 서서 두 사람을 바라보고 있었다. 기현과 서라의 결혼식에서 봤던 지석은 사람 좋은 웃음을 짓던 사람이었다. 하지만 지금은 서현을 향해 날 선 시선을 보내고 있었다.

해인이 한 여직원에게 냉수 두 잔을 부탁하고 돌아오더니 여전히 씩씩거리는 서현을 거칠게 소파에 앉혔다. 자신을 노려보는 서현을 향해 해인은 책상에 엉덩이를 걸치고 팔짱을 낀 채 맞받아 노려보았다.

여직원이 냉수를 가지고 들어와 서현의 앞에 한 잔을 내려놓고는 해인에게 건네주었다. 잔을 건네받은 해인은 망설임 없이 서현의 머리 위로 물을 들이부었다.

"아악. 너 이게 무슨 짓이야."

온몸에 파고드는 물줄기와 차가운 기운보다 분노로 더 몸이 부르르 떨렸다. 이런 치욕을 이런 여자한테 받아야 하다니. 서현이 벌떡 일어나 해인에게 바짝 다가섰다.

"냉수 마시는 걸로는 정신을 못 차릴 것 같기에. 어때? 확 깨지?"

해인을 향해 치켜든 팔이 공중에서 그대로 붙잡혔다. 비아냥거리는 저 얼굴에 제대로 손톱자국을 내주고 싶었다. 자신을 비웃는 저 눈을 찔러 봉사를 만들어 버리고 싶었다. 서현은 해인에게 붙잡힌 손을 홱 뿌리치며 악다구니를 썼다.

"네가 한 짓이지? 네가 날 망가뜨리려고 아이작 그 자식 붙인 거지? 비디오도 그렇고 대마초 피게 한 것도 너 아니야?"

"미친. 너랑 그 자식 비디오랑 사진은 내가 한 게 맞지만 대마초까진 아니야. 그건 너희들끼리 좋아서 한 거잖아. 누가 그런 짓까지 하래?"

악에 받쳐 씩씩거리는 서현과 달리 해인의 목소리는 냉정하기만 했다. 말싸움도 기싸움도 서현에게 밀리지 않았다.

"고소할 거야. 기자들한테도 네가 다 꾸민 짓이라고 말할 거야. 난 이미 바닥까지 떨어져서 잃을 게 없지만 넌 아닐 텐데? 나보다 잃을 게 훨씬 많지 않아?"

"마음대로 해. 이미 사람들 머릿속에는 너의 난잡한 생활이 뿌리깊이 박혀 있을 텐데. 네가 아무리 악다구니를 써봤자 한번 바닥으로 떨어진 이미지를 다시 살리기는 쉽지 않을 거야. 그리고 내가 가진 것들? 난 잃을 게 없어. 잃어봤자 뭐 직업 정도?"

해인은 야유를 보내며 한껏 서현을 비웃고 있었다.

"잇……."

"너희가 나한테 했던 짓이 있어서 이미 난 피해자가 된 상태고 복수심에 그랬다고 하면 되지. 사람들은 오히려 나에 대해 동정할걸? 실형을 살든 벌금을 물든 난 상관없어. 그렇게 되도 내 주변 사람들을 잃지 않을 자신 있거든. 그런데 넌 아니잖아? 네 주변에 누가 있어서? 네 엄마? 그래. 네 엄마 정도는 남을 수도 있겠네."

서현은 반박하고 싶었지만 입이 떨어지지 않았다. 구구절절 해인의 말이 맞았다. 이미 사람들에게 자신의 이미지는 바닥에 떨어졌고, 그 바닥에 떨어진 쓰레기보다 못한 존재였다. 그에 비해 직업도 가족도 과거까지 모두가 해인에게는 든든한 백이었다.

"할 수 있으면 해봐. 애초에 넌 건드리면 안 되는 사람을 건드렸어. 더 망가지기 싫으면 알아서 찌그러져 있으라구. 네 인생이 바닥을 뚫고 어디까지 망가질 수 있는지 보고 싶은 게 아니라면."

"개 같은……."

"쯧쯧. 무식하긴. 너 무식하다는 말이 뭔지 아니? 지식이 짧은 게 아니라 너처럼 무례하고 싸가지 없게 행동하는 걸 말하는 거야. 넌 스스로 날 수 있는 제 날개를 파먹는 인간이야. 거기다 마지막까지 남은 거라곤 제 어미 날개밖에 없던 주제에 네 손으로 그 날개까지 부러뜨렸잖아?"

"너…… 이해인. 너……."

"조용히 쥐죽은 듯 살아. 내 눈에 띄지 말고 내 사람들 주변에도 얼쩡거리지 마. 너 하는 거 봐서 살 길 만들어줄 테니까."

해인이 인터폰을 누르며 누군가에게 들어오라고 하자 서현의 뒤로 유리문이 열렸다. 이내 양쪽 팔을 경비요원들에게 낚아채여 밖으로 끌려 나갔다.

서현은 분하지만 해인에게 더 이상 한마디도 꺼내지 못했다. 해인의 뺨을 한 대 때린 것 말고는 상처 하나 내지 못했다. 오히려 뺨을 두 대나 맞고 물세례까지 받은 자신이 만신창이가 되었다. 짐짝처럼 질질 끌려 건물 밖으로 내동댕이쳐져서야 자신의 비참한 몰골이 부끄러워졌다.

분하고 화나고 짜증나고 창피하고. 자신을 비참하게 만드는 해인이 죽이고 싶을 정도로 미웠다. 죽이고 싶을 정도로. 죽이고 싶을 정도로…….

기현은 퇴근 후 서재에서 시간을 보냈다. 특별히 일을 하는 것도 아니었고 책을 읽어도 눈에 제대로 들어오지 않았지만 무겁게 가라앉은 집 안에서 그나마 뭔가 할 일을 찾을 수 있는 공간이 여기밖엔 없기 때문이었다.

서현의 일이 언론에 노출되면서 해인을 찾아오는 우진의 발길이 잦아졌다. 초반엔 대꾸 없이 자신의 방에 틀어박혀 있던 해인이 당분간 호텔에서 지내겠다며 집을 나갔다. 아무래도 집에 있으면서 계속 우진을 거부하기 힘들어 자리를 피하려는 것 같았지만 겉으로 표현하지 않으니 물을 수도 없었다.

며칠 전 집에 왔던 우진은 해인이 호텔에서 지낸다는 말에 망연자실해 돌아갔었다. 해인의 마음이 우진에게로 기울고 있다는 것을 기현도 눈치챘지만 당분간은 내버려 두기로 했다. 우진을 올곧이 받아들일 수 없는 해인의 복잡한 마음을 짐작하고도 남았기 때문이었다.

어제 보다 만 책을 펼쳐 들었다. 같은 페이지를 일주일째 읽고 있었지만 크게 신경 쓰지 않았다. 답답한 마음에 글자가 눈에 들어오지 않았다. 기현은 늦은 시간이었지만 망설이다 현철에게 전화를 걸었다.

"접니다."

[그래. 웬 일인가?]

"회장님, 우리 해인이…… 멈추게 하는 건 늦은 건가요?"

전화기 너머로 현철의 작은 한숨 소리가 들려왔다.

"그 애의 복수심에 우리가 부채질을 한 건 아닌가 싶습니다. 애비로서 딸이 잘못된 길로 가는 걸 보고만 있다니……."

[해인이 성격에 그 상처를 털어내려면 얼마나 걸릴 것 같나? 이렇게라도 하지 않으면 그 녀석 평생 가슴에 응어리를 가지고 살아갈 거네. 방식은 잘못됐지만 마음에 병든 채 살아가게 하고 싶진 않아. 해인이는 나한테도 딸이나 마찬가지니까.]

"그래도 마음이 좋지 않아요. 만에 하나 해인이가 이 일들을 계획한 걸 사람들이 알기라도 하면……."

[전에 해인이 만났을 때 그러더군. 일이 틀어지면 자신에게 책임이 돌아오게 해달라고. 일 진행하면서도 그 녀석은 우리한테 행여 해가 갈까 봐 걱정하고 있었어. 하지만 내가 누군가. 해인이가 수면 위로 드러나는 일은 없을걸세. 그러기 위해 얼마나 많은 돈을 쏟아부었는데.]

"죄송합니다."

현철의 한숨 소리가 조금 더 커졌다.

[자네가 그렇게 말하면 섭섭해. 이 나이까지 내가 살고 있는 건 자네 덕분이니까. 내 생명의 은인 아닌가. 이런 걸로는 부족하지. 걱정 말고 조금 더 상황 지켜보세나. 난 손해 보는 장사꾼이 아니라네.]

수인이 서재 문을 열고 안으로 들어왔다. 통화 중인 기현을 보고 멈칫거리자 들어오라고 손짓했다. 기현은 현철과 몇 마디를 더 주고받은 후 전화를 끊었다.

"늦었구나."

"누나한테 들렀다 왔어요. 식사도 제대로 안 챙길 것 같아서요."

"잘했다. 좀 어떻던?"

"서현이가 오후에 킹덤으로 왔었나 봐요. 한바탕 난리 친 것 같더라구요."

"후우. 그 애는 도대체 어떻게 생겨먹은 녀석인지."

수인이 뭔가 더 얘기를 하려다가 머뭇거렸다. 기현은 말없이 수인이 얘기를 이어가길 기다렸다. 해인에 대해서라면 숨김없이 얘기를 나눠왔기 때문에 이번에도 그럴 것이라 생각하고 있었다.

"서현이가 누나 뺨을 때렸대요."

"뭐?"

기현이 의자에서 벌떡 일어섰다. 해인이 맞았다는 말에 피가 거꾸로 솟구쳤다. 수인이 그런 기현을 향해 고개를 가로저었다.

"누난 한 대 맞고 두 대를 돌려줬답니다."

"뭐, 뭐라고?"

기현은 자신의 귀를 의심했다. 해인이 폭력을 휘둘렀다고?

"아버지, 누나가 정말 독해졌나 봐요. 이런 일들을 벌인 것도 모자라서 손찌검까지 했단 얘길 들으니까 좀 무서워요."

◎

아침 일찍부터 시작한 심장판막수술을 끝내고 나온 도연이 과장실로 들어서자 수간호사 미경이 따라 들어왔다.

"과장님, 원무과 양 과장님한테 연락해 보셔야 할 것 같아요."

"네? 원무과는 왜요?"

도연은 환자 중에 치료비 정리가 안 되고 있는 환자가 있었나 떠올려 봤지만 그런 내용은 들은 적이 없었다. 그런 일이 아니라면 원무과에서 자신을 달리 찾을 일이 없을 텐데 무슨 일인가 싶었다.

"내용은 모르겠어요. 바로 연락 주시래요."

미영이 나가자마자 원무과로 전화를 걸었고 양 과장은 바로 도연의 방으로 올라오겠다며 전화를 끊었다. 숨을 헐떡이며 들어선 양 과장에게 들은 말을 도연은 곱씹고 또 곱씹었다. 자신이 뭔가 잘못 들은 게 아닌지 다시 되물었다.

"제 월급에 차압이 들어왔다구요? 왜? 어디서요?"

"TK파이낸셜이라는 곳이었어요. 외국계 금융회사던데…… 윤 과장님 여기서 대출 같은 거 받은 적 있으세요?"

"아니요. 그런 거 받은 적 없는데요."

"채무 변제하라는 우편물도 받은 적 없으세요? 이렇게 바로 차압 들어오지는 않거든요."

"네. 그런 거 없……. 아니요. 모르겠어요."

자신 있게 없다고 대답할 수가 없었다. 공과금도 모두 자동이체를 하고 있으니 특별히 신경 쓸 일도 없었고 한동안 해인을 다시 붙잡을 생각에 정신이 팔려 우편함 확인을 한 게 언제인지 기억도 나지 않았다.

"저희는 우선 요청이 들어와서 진행할 수밖에 없거든요. 과장님이 어찌된 일인지 알아보셔야 할 것 같아요."

양 과장이 나가자마자 도연의 핸드폰이 울렸다. 혜자의 번호가 찍혀 있었다. 도연은 반은 넋이 나간 채 혜자의 전화를 받았다. 전화기 너머로 혜자의 카랑카랑한 목소리를 들으면서도 다른 세계에 있는 것처럼 멀게 느껴졌다.

[내 말 듣고 있는 거니?]

"아, 네. 뭐라고 하셨어요?"

[집에 차압 딱지 붙었다고. 네 형이 투자했던 회사가 부도났대.]

"뭐라구요?"

도연은 눈앞이 아득해졌다. 자신의 급여가 차압된 이유도 형과 관련되었을 게 분명했다.

"형은요? 형은 뭐래요?"

[며칠 전부터 집에도 안 들어오고 계속 연락이 안 돼. 도연아, 이거 어떡하니? 어떡해.]

도연은 역삼동에 있는 TK파이낸셜 한국지사로 찾아갔다. 채무 담당자를 만날 줄 알았지만 도연을 맞이한 건 TK의 박완서 대표였다.

"아, 백강의 윤도연 과장님이시죠? 윤상진 이사…… 아, 이사 아니죠. 윤상진 씨한테 얘기 많이 들었습니다."

군더더기 없이 말끔한 차림의 박 대표는 도연을 예전부터 알아왔던 사람처럼 반갑게 인사했다. 웃음을 보이며 인사를 하던 모습과 달리 도연이 채무가 어떻게 생긴 건지 묻자 돌연 표정이 싸늘해졌다.

"제주도에 한-중 합작 리조트가 조성되는데 거기에 성산건설이 건설사로 선정될 테니 투자하라더군요. 성산에 투자하라구요. 그리고 담보를 제공할 테니 자신에게 투자금을 보태달라구요. 그러면서 들고 온 게 성북동 집이랑 윤 과장님 인감증명서였죠."

"그 말을 믿었다는 겁니까? 그런 규모의 사업이라면 입찰을 통해서 선정할 텐데요. 그리고 몇 주 전에 백강종합건설이 선정됐다고 기사도 났었잖습니까?"

최 대표가 가죽 소파에 깊이 상체를 기대며 다리를 꼬았다. 팔걸이에 한쪽 팔을 올리며 비스듬하게 기울어진 자세로 도연을 바라보았다. 그의 한쪽 입꼬리가 실룩거리고 있었다.

"믿을 수밖에요. 홍콩이나 중국 본토 쪽에도 알아봤는데 성산이 선정될 거라는 말이 돌고 있었으니까요. 모든 사업가가 마찬가지겠지만 저처럼 돈 장사 하는 사람은 정보를 철저히 조사하죠. 이렇게 규모가 큰 경우에는 더 그렇구요."

"그래서 얼마를 투자하셨다는 겁니까?"

"저는 200억, 윤상진 씨가 빌려간 돈은 10억입니다. 담보로 제공한 집문서나 윤 과장님 연봉으로는 턱도 없는 금액이죠. 그건 제 사비로 빌려준 거고 그래서 따로 공증도 받았었구요."

최 대표가 도연 앞으로 서류철을 내밀었다. 거기엔 채무변제에 따른 계약사항과 상진의 사인, 도연의 인감증명서 등이 파일링되어 있었다.

"여기 보시다시피 변제 기한은 두 가지 종류였어요. 입찰에 선정됐을 때는 공사 완료 시점까지, 선정되지 않았을 때는 2주 이내 즉시변제였죠."

"2주라구요? 너무 짧은 것 아닙니까?"

"그건 그쪽 형님한테 물어보세요. 이건 상진 씨가 정한 기간이니까요. 그만큼 확실하다면서요."

자신은 인감증명서를 준 적이 없다고 하자 최 대표는 서류상으로는 이상이 없으니 먼저 채무를 변제하고 후에 상진을 상대로 민사소송을 하든 마음대로 하라고 했다.

망연자실해져 TK를 나서는 도연의 발걸음이 무거웠다. 온몸이 바닥으로 꺼져 들어가는 것 같았다. 생각지도 못했던 일이 터지니 현실감이 들지 않았다. 이미 거리는 어두워져 있었다.

도연은 뒤를 돌아 자신이 방금 나온 건물을 올려다보았다. 꼭대기까지 보려면 한껏 목이 뒤로 꺾어져야 하는 높은 빌딩이었다. 자신과 저 건물 사이에 눈에 보이지 않는 벽이 서 있는 것 같았다.

너무 기가 막히고 화가 나니 감각이 무뎌지는 것 같았다. 전처럼 버럭질도 나지 않았다. 욕도 나오지 않았다. 꿈이었으면, 차라리 이 모든 게 꿈이었으면 좋겠다.

❂

해인은 창밖 야경을 뚫어져라 바라보고 있었다. 양재천을 따라 가지런히 켜진 가로등 불빛에 낙엽이 날리는 모습이 을씨년스러워 보였다. 싸늘한 날씨에도 저녁 산책을 즐기는 사람들이 제법 많은 편이었다. 계절이 바뀌어가는 걸 매일 보면서도 어느 순간이 되지 않으면 실감을 하지 못한다는 게 참 아이러니했다.

"커피…… 줄까?"

등 뒤로 도연의 낮게 가라앉은 목소리가 들려왔다. 멀찌감치 서서 해인을 바라보고 있는 도연의 모습이 창문에 투영되었다. 심하게 헝클어진 머리카락, 짙게 자라기 시작한 턱수염, 눈 밑의 다크서클, 아무렇게나 걸친 것 같은 면티와 바지 차림. 언제나 말끔하던 도연과는 거리가 먼 모습이었다.

"아니요. 차 마시러 온 게 아니에요. 할 얘기가 있어서 왔어요."

해인은 돌아서며 오피스텔 안을 무심히 둘러보았다. 도연은 일 년 전 신혼집으로 구했던 아파트에서 나와 그전까지 살았던 오피스텔 건물에 다시 들어와 살고 있었다. 실내는 예전과 같은 구조였지만 최소한의 가구와 가전제품만 갖추고 있었다. 잠만 자고 나가는 사람이 사는 곳 같은, 바로 그런 느낌의 집이었다.

"어제 급여 압류 들어왔죠?"

오피스텔 현관문에 서 있는 해인을 보고 놀라던 표정과는 또 다른 당황스러움이 도연의 눈동자를 가득 채웠다.

"네가 그걸 어떻게……. 아버님께 들은 거야?"

해인은 거실 테이블로 다가가 사진 몇 장을 던져 놓았다. 도연은 멍하니 테이블에 흩어진 사진들을 바라보다가 그중 한 장을 집어 들었다.

"이건……."

"최근 일주일 간 오빠를 찍은 사진들이고 그건 어제 TK에서 나오는 오빠 모습이에요.”

“이게 왜……. 도대체 이게 다 뭐야? 날 미행하고 있었던 거야? 누가?”

“내가 지시한 거예요. 이런 식으로 오빠의 일거수일투족을 보고 있었어요. 서현이도 마찬가지고. 벌써 육 개월도 넘었어요.”

도연은 여전히 사진에 시선을 고정하고 있었다. 상황 정리가 안 되는 것 같았다.

“서현이 스캔들도, 오빠 급여 압류도 내가 한 일이에요. 물론 오빠의 형을 끌어들인 것도 나구요.”

도연은 충격에 말을 제대로 잇지 못했다. 그 모습을 보고 있으려니 해인은 가슴이 답답해져 왔다.

“정말 네가 한 거야?”

“네.”

“내 일도, 서현이도?”

“맞아요.”

“왜 이렇게까지?”

도연이 해인에게로 멍한 시선을 들어 올렸다. 사진을 들고 있던 손이 미세하게 떨렸다.

“하아. 이럴 줄 알았으면 녹음해 놓을걸. 같은 대답을 도대체 몇 번째 하고 있는 건지 모르겠네.”

“해인아.”

“배신, 충격, 복수. 이렇게 딱 세 가지로 간추려서 말할게요. 오빠 똑똑하니까 더 이상 구구절절 설명하지 않아도 알아듣겠죠?”

웅웅거리는 바람 소리가 오피스텔 창문을 쳤다. 저 바람 소리가 도연의 마음의 소리는 아닐까? 해인은 소파에 두었던 가방을 집어 들었다. 오늘 용건은 여기까지였다. 어제 서현과 그 난리를 쳤더니 도연과는 길게 입씨름 하고 싶지 않았다.

"해인아, 난 너랑 다시 시작하고 싶었어. 다시 잘해보고 싶었어. 다시 예전으로 돌아갈 수 있을 거라고 생각했는데. 지금도 그 마음은……."

"내 마음은 그 계획 안에 안 들어가 있나 봐요. 난 전혀 그럴 마음이 없거든요."

도연이 현관으로 향하던 해인을 막아섰다. 손의 떨림이 조금 더 심해져 있었다. 사진을 쥐고 있던 손을 다른 손으로 잡으며 떨림을 가라앉히려 애쓰고 있었다. 나머지 한 손도 떨리는 건 마찬가지라 부질없는 짓일 텐데도.

"형은…… 형은 원래 욕심이 많던 사람이야. 네가 아니었어도 언젠가는 나한테 이런 일 겪게 만들었을 거야. 나 너 원망하지 않아. 네가 나를 사랑하니까 그만큼 실망해서……. 해인아, 사랑해. 제발 다시 한 번 기회를 줘."

도연이 이렇게 어리석은 사람이었나? 궁지에 몰렸으니 자신을 물려고 들어야 맞을 텐데 이 와중에 사랑 타령이라니. 그것도 너무나 늦어버린 이때에.

"사랑해서 배신감도 실망도 컸던 건 맞지만 지금은 아니에요. 더 이상 오빠를 사랑하지 않아요."

"그럼 왜 이렇게까지 한 거야? 몇 달씩이나 나를 미행하고 이런 큰일을 벌리면서까지 나한테 복수하고 싶었던 건 도대체 왜 그런 거야?"

"나도 후회하고 있는 중이에요. 이렇게까지 하느라 내 생활도 엉망이 되어버렸으니까요."

"그럼 왜……?"

"……나한테 미안하진 않아요? 오빤 사랑한다고 실수였다고 하면서도 여태껏 한 번도 미안하다는 말은 하지 않았어요. 자신을 이해해 달라고 하면서도 정작 상처받은 내 마음은 헤아려 주지 않았던 거야. 그 말 한마디가 그렇게 어려웠어요? 미안하다는 말이 그렇게 하기 싫었어요? 아니면 오빠는 정말 내게 한 번도 미안하다는 마음이 들지 않았던 거예요?"

"해인아……."

해인은 허탈해졌다. 막상 이유를 입 밖에 꺼내놓으니 별것 아니었다는 생각이 들어서였다. 그 많은 시간을 들이고 그 많은 돈을 쓰고 그 많은 사람들을 끌어들여서 이뤄낸 결과가 허탈하고 또 허탈했다. 굳이 이렇게까지 할 필요가 있었을까 스스로에게 되물었다.

뭔가에 한 대 얻어맞은 표정을 짓는 도연을 보고서 그 마음이 더 강해졌다. 여태 무엇을 위해 달려온 걸까. 복수는 이뤘는데 정작 지금 사랑하는 사람에게는 떳떳이 갈 수 없게 되어버렸다.

우진은 훈련을 끝내고 집에 돌아와 침대에 누워 있었다. 우진은 옆으로 누워 침대 시트를 손바닥으로 부드럽게 쓸어내렸다. 여기에서 해인과 사랑을 나눴었는데. 그때는 세상을 다 가진 것처럼 행복했는데. 하지만 그 시간은 오래가지 않았었다. 이별을 고하고 가버린 해인이 이 집을 다녀간 지 벌써 한 달이 지나고 있었다.

창문에 후드득 빗방울이 떨어지기 시작했다. 집으로 올 때만 해도 바람이 강하게 불더니 비가 오려고 그랬나 보다. 괜스레 더 답답하고 처량해졌다. 더 해인이 보고 싶어졌다. 우진은 핸드폰을 들어 수인에게 전화를 걸었다. 한참의 신호가 간 후에야 수인의 목소리가 들려왔다.

[어.]

"누난 어떻게 지내?"

[잘 있어. 여전히 호텔에 있고. 넌 어떻게 지내는 거야. 훈련은 받을 만해?]

"누나 있는 호텔 어딘지 계속 안 알려줄 거야?"

수인은 전화기 너머로 작게 욕을 중얼거렸다. 제 안부에는 대답 없이 해인에 대해서만 물으니 당연한 일이었다.

[너 피해서 간 건데 알려주면 어떡하냐. 이번엔 나도 못 가르쳐줘. 누나 손에 죽을걸.]

"내 손에 먼저 죽고 싶냐?"

[미친놈. 난 너보다 우리 누나가 더 무서워.]

"하아. 나도……."

[조금만 더 기다려 줄 수 있냐? 거의 끝나가는 것 같아.]

"난…… 기다려 주는 것 말고는 누나한테 해줄 수 있는 게 없는 거야? 누나한테 힘이 되고 싶은데 아무 것도 해줄 수가 없어서 답답해 죽을 것 같아."

[누나는 아니라고 하겠지만 네가 끝까지 기다려 주는 게 누나를 가장 위하는 일이라고 생각해. 누나는 백마 탄 왕자님을 바라는 스타일이 못되거든. 도와주려고 할 때마다 더 화내는 성질 사나운 여자라는 거 너도 알잖아.]

우진은 수인의 말에 너털웃음을 터뜨렸다. 그랬다. 해인은 남자에게 의지하려고만 드는 여자들과는 차원이 다른 여자였다. 기현이나 수인의 과보호 속에서도 기대지 않고 스스로 해결하고 싶어 했었다. 그런 씩씩한 점 때문에 지금 자신이 초라하게 느껴지기도 했지만 해인을 사랑하는 데에는 전혀 문제가 되지 않았다.

[기운내고 훈련에 집중해. 경기도 얼마 안 남았잖아. 또 정신 놓고 있다가 다치지 말고. 난 백수 매형을 두고 싶진 않다.]

수인의 약 올리는 듯한 말투에 우진은 오히려 마음이 안정되는 걸 느끼며 전화를 끊었다. 매사에 당당한 해인만큼 우진 자신도 제 일에 당당해지고 싶었다. 해인을 기다리는 동안 시간을 허투루 쓰지 않기로 마음먹었다.

◎

"가지 마. 가서 어쩌려는 거야?"

서현은 자신의 팔을 잡고 늘어지는 서라를 뿌리치고 또 뿌리쳤다.

"만날 거야. 그년이 나를 이 지경으로 만들어놓은 걸 아빠도 알아야 할 거 아니야."

"서현아, 제발 정신 차려. 아직도 기자들이 너 취재하려고 난린데 무슨 일을 또 벌이려는 거야. 엊그제도 해인이 찾아갔었다며. 그 사진 인터넷에 뜬 거 몰라?"

알고 있었다. 해인에게 물세례까지 받아 엉망이 된 채로 킹덤에서 쫓겨나 길에 서 있는 사진이 인터넷매체에 올라갔고 그 사진 덕분에 이름도 잘 알려져 있지 않던 매체는 하루아침에 유명해져 버렸다.

"그러니까. 그러니까 왜 나만 당해야 하냐고. 아빠 만나서 얘기할 거니까 이것 좀 놓으란 말야."

서현은 서라를 세차게 밀쳐 버리고 밖으로 뛰쳐나왔다. 자신의 스포츠카에 올라 전속력으로 백강종합병원으로 향했다. 병원장실이 있는 꼭대기 층까지는 한 번에 갈 수 있었지만 비서실에서 서현을 제지했다.

"원장님은 지금 안 계십니다. 그리고 서현 양 만나고 싶어 하지 않으시구요. 지난번에도 말씀드렸을 텐데요."

김 비서가 서현을 막아선 채 다른 비서들에게 눈짓을 보냈다.

"비켜요. 난 아빠 만나야 해. 안에 있는 거 다 알아요. 비키라구요."

"보안요원들한테 끌려 나가고 싶지 않으면 난동 부리지 마세요. 예의 차리는 건 여기까집니다."

서현은 김 비서를 지나쳐 병원장실 안으로 들어가려고 했지만 다시 그에게 막혀 버렸다. 김 비서의 옷깃을 틀어쥐고 밀쳐 냈지만 꼼짝도 하지 않았다. 나이가 많다 해도 성인 남자이다 보니 자신의 힘으로는 역부족이었다.

"비키라니까. 아아악. 비키라고. 비키란 말이야. 아아아악."

서현은 눈앞의 이 남자가 죽도록 미웠다. 이 남자도 해인과 자신을 바라보던 눈빛이 확연히 달랐던 사람이었다. 그런데 지금, 저 문을 들어가기만 하면 아빠를 만날 수 있는데 그것조차 가로막고 있었다.

"비켜. 비켜어. 아아아아악."

비명을 질러대던 서현의 눈에 들어갈 수 없을 것 같던 문이 조용히 열리는 것이 보였다. 그곳에 그토록 만나고 싶었던 기현이 모습을 드러내고 있었다.

"더 이상 소란 피우지 말고 들어와."

"하지만 원장님……."

"괜찮아, 김 비서."

서현은 여전히 자신을 가로막고 있는 김 비서를 거칠게 밀치며 기현을 따라 안으로 들어섰다. 일 년 전 서라가 기현에게 이혼 통보를 받았다는 얘기를 듣고 딱 한 번 와봤던 방이었다. 그 이후로는 아무리 서현이 찾아와도 만나주지 않았던 기현이었다.

"앉아라."

서현은 1인용 소파에 앉는 기현에게 뛰어가듯 쫓아가 그의 발치에 주저앉았다.

"아빠, 아빠. 저 좀 살려주세요. 그 여자가…… 해인 언니가 나를, 나를 모함하고 있어요. 비디오도 대마초도 다 언니가 꾸민 일이라구요. 제가 그런 거 아니에요. 자기도 인정했다구요. 아빠, 아빠아."

서현에게 기현은 마지막 동아줄과 같은 존재였다. 자신이 숨쉬며 살 수 있게 만들어줄 수 있는 유일한 사람이었다. 놓치고 싶지 않았다. 그 무엇보다 갖고 싶었다. 도연도 수인도 아닌 기현이야말로 서현이 그토록 갖고 싶었던 존재였다. 그런 기현에게조차 버림받으면 살아갈 자신이 없었다. 기현의 바지자락을 움켜쥐고 매달리며 서현은 굵은 눈물방울을 뚝뚝 흘렸다.

"난 네 아빠가 아니야."

기현의 냉정한 목소리가 서현의 머리 위로 떨어졌다. 믿을 수가 없었다. 믿고 싶지 않았다. 커다란 눈망울을 들어 기현을 올려다보자 냉정한 목소리보다 더 차가운 눈이 자신을 내려다보고 있었다.

"아빠, 저한테 왜 그러시는 거예요. 저도 아빠 딸이잖아요. 저도 아빠 딸이라구요."

"네가 내 딸이었던 건 딱 삼 개월뿐이었다. 네가 그걸 차버렸잖니? 내 딸 해인이 약혼자를 건드린 순간부터 넌 내 딸이 될 자격을 잃었던 거야."

"아빠."

서현은 더 세게 기현의 바지자락을 움켜쥐며 그의 무릎에 고개를 묻었다. 자신의 눈물이 기현의 옷을 적셨지만 서현은 신경 쓰지 않았다. 이 옷자락을 놓으면 정말로 기현에게 버림받을 것만 같았다.

한참을 울며 매달리는 서현의 등 뒤로 벌컥 문이 열리며 누군가 들어서는 발소리가 들려왔다.

"서현아."

병원장실로 뛰어 들어온 서라가 서현을 일으켜 세우려 했다. 하지만 서현은 그 손길이 싫었다. 지금 자신이 원하는 건 서라가 아니라 기현이었다. 자신을 일으켜 세워주는 것도 서라가 아닌 기현이길 원했다.

"놔. 이거 놓으라니까. 난 아빠랑 얘기할 거야. 아빠가 내 얘기 들어주실 거야."

서라를 뒤따라 들어온 김 비서의 뒤로 보안요원들이 들어서다가 세 사람을 보고는 당황하며 엉거주춤 제자리에 멈춰 섰다.

"데리고 나가요."

김 비서가 보안요원들에게 지시하는데도 기현은 말없이 창밖만 응시한 채 서현을 바라보려 하지 않았다. 보안요원들에게 팔을 잡힌 채 강제로 일으켜 세워진 서현이 발버둥을 치며 소리를 질러댔다.

"이해인이 파혼한 거 다 아빠 탓이에요. 아빠 때문에 그 여자도 나도 엉망이 되어버렸단 말이야. 아빠, 아빠."

"지금 무슨 말을 하는 거냐?"

기현이 그제야 서현을 쳐다보았다. 방 안에 들어온 뒤로 처음으로 눈을 맞추는 순간이었다. 서현은 눈물범벅이 되어 시야가 흐릿한데도 기현이 자신을 보고 있다는 자체에 행복해졌다.

"내가 진짜 원했던 건 아빠였다구요. 그것뿐이었는데…… 그 여자가 아빠의 사랑을 다 받고 있으니까. 나한테 올 사랑이 더 이상 없을 것 같아서 미웠어요. 아빠는 내 아빠였어야 했다구요. 나만 사랑해 주는 내 아빠였어야 해."

"서현아, 그만둬. 그런 말도 안 되는……."

서라가 서현의 앞을 막아섰다. 그 때문에 기현의 모습이 제대로 보이지 않자 서현은 다시 악을 쓰기 시작했다.

"비켜. 비키라구. 난 아빠랑 얘기할 거라니까? 엄마 때문이야. 결혼할 거면, 나한테 아빠를 만들어줄 거면 온전히 나만 사랑해 줄 사람이랑 결혼했어야지. 아빠는 그 여자만 사랑했단 말야. 내가 아니라 그 여자만. 아빠도, 수인 오빠도, 도연 씨도 다 그 여자만 사랑하잖아. 비켜. 아빠 볼 거야. 비키라구."

기현의 얼굴이 창백하게 얼었다. 김 비서가 보안요원들에게 눈짓을 하자 서현을 끌고 밖으로 끌어내려 했다. 기현은 악에 받쳐 소리를 질러대는 서현에게는 시선을 주지 않고 눈을 감았다. 보안요원들에 이끌려 방을 나가는 동안에도 서현의 악다구니는 계속 이어졌다.

"당신은 조금…… 천천히 나가지 그래요."

서현을 따라 병원장실을 나서려던 서라가 기현의 목소리에 뒤돌아보았다. 기현은 여전히 눈을 감고 소파에 기댄 채였다.

"어떻게 그래요. 아무리 저래도 제 딸인걸요. ……미안해요."

문 밖으로 서라가 나가자 김 비서가 문을 닫으며 기현을 흘깃 바라보았다. 기현은 쓸쓸한 표정으로 창밖으로 시선을 돌리고 있었다.

기현에게서 쫓겨난 서현은 제정신이 아니었다. 자신을 거부하는 기현의 말을 듣고 나자 서현은 모든 이성의 끈을 놓아버린 상태였다. 보안요원들에게 짐짝처럼 끌려나와 무작정 차를 몰았다. 목적지는 없었다. 계속 서라에게 전화가 걸려왔지만 받지 않았다. 보고 싶지 않았고 목소리조차 듣고 싶지 않았다.

그러다 문득 병원에서 해인과 함께 있던 서우진이 떠올랐다. 갖지 못한다면 뺏으면 그만이다. 네가 나를 망가뜨렸으니 나도 너를 망가뜨리면 그만이었다.

서현은 핸드폰으로 우진에 대한 정보를 검색했다. 유명 선수이다 보니 찾는 건 어렵지 않았다. 부상 소식과 함께 최근에 2군 리그에 합류하게 됐다는 기사가 떠 있었다.

서현은 우진이 소속된 팀이 훈련하는 경기장에 도착했다. 차에서 무작정 기다리려다가 엇갈릴 수도 있을 것 같아 경기장 안으로 들어갔다. 선수들이 훈련하고 있는 경기장 관람석에 일반인이 들어서자 한두 사람씩 서현에게로 시선이 쏠렸다. 그중에는 서현을 알아보는 사람도 있는 것 같았다.

서현은 우진을 금방 찾아냈다. 그보다 키나 체격이 좋은 선수들도 많았지만 인물은 그를 따라올 만한 사람이 없었다. 우진은 멀리서도 서현을 알아봤는지 훈련 도중 그녀가 있는 곳으로 찾아왔다.

"뭐죠?"

우진의 냉담한 말투를 보니 해인과 서현의 관계를 알고 있는 것 같았다. 하긴 모르는 사람이 더 이상한 거겠지만.

"서우진 씨죠? 전 채서현이에요. 해인 언니 일로 의논할 게 있어서 왔어요."

"저랑 말인가요?"

"네. 시간 괜찮으세요?"

"보시다시피 훈련 중이라. 그리고 그쪽이 나랑 의논할 일이 뭐가 있죠?"

서현은 우진의 의심스럽다는 시선을 짐짓 모른 척하며 얼굴에 환한 미소를 지었다. 이런 미소를 지을 때마다 웬만한 남자들은 자신에게 반하게 된다는 걸 서현은 잘 알고 있었다. 하지만 우진은 여전히 표정에 변화가 없었다.

"주차장에서 기다리고 있을게요. 이따 끝나고 시간 내주세요."

서현은 바람처럼 가볍게 그 자리를 벗어났다. 자신의 뒷모습을 우진이 바라보고 있다는 걸 눈치챘다. 자신 있게 그곳을 벗어나면서도 어느 때보다 예쁘게 걸었다. 여자는 뒷모습으로도 남자를 홀릴 줄 알아야 했다.

저녁 8시가 넘어서야 우진은 주차장에 모습을 드러냈다.

"할 얘기라는 게 뭐죠?"

"차에서 너무 오래 기다렸더니…… 배고픈데. 자리 옮겨서 얘기하면 안 될까요?”

“그냥 여기서 얘기하시죠?”

“시간 많이 안 뺏을게요.”

바로 얘기하라는 우진에게 서현은 자리를 이동하자고 했다. 우진이 뭐라 대답하기도 전에 서현은 차에 올랐다. 우진이 마지못해 제 차를 따라오자 인근의 번화가로 향했다.

해인은 몇 주만에 호텔에서 집으로 다시 돌아왔다. 그동안 입었던 옷들을 정리해 세탁실에 넣어두고 침대에 대자로 드러누웠다. 몇 달 동안 전전긍긍해 왔던 시간들이 참 멀고도 길었다는 느낌과 함께 공허함도 함께 몰려왔다. 정말 이렇게 다 끝난 건가 싶었다. 지금 상황이 믿어지지 않았다. 이렇게 허무하게 끝나 버리다니.

머리맡에서 징징거리고 울리는 핸드폰 진동 소리에 깜박 잠이 들었다가 깨어났다.

“김 비서님, 웬일이세요?”

[하아, 그게…… 지난번에 그만두라고 하셨어도 좀 찜찜해서 채서현한테 계속 사람 붙였었는데요.]

“네. 무슨 일 있나요?”

[오늘 오후에 원장님실로 찾아와서 한바탕 난리를 치고 갔습니다.]

“뭐라구요?”

[담당자가 윤도연 만나러 오는 줄 알고 저희 쪽엔 미리 연락을 안 줘서 막질 못했거든요.]

“아빤 그런 말 없으셨는데요.”

저녁 식사를 하면서도 기현이나 수인 모두 그런 내색을 하지 않았다. 단지 해인이 오랜만에 집에 돌아와 함께 식사를 하니 좋다며 화기애애한 분위기만 이어졌을 뿐이었다. 서현의 일을 자신이 신경쓸까 봐 얘기하지 않은 것 같아 해인은 마음이 좋지 않아졌다.

[그건 그렇고. 우진 군에게 연락해 보셔야 할 것 같습니다.]

"서현이 얘기하다가 갑자기 우진인 왜요?"

[채서현이 우진 군을 만나고 있어요. 훈련장에 찾아갔다가 지금은 두 사람이 잠실 쪽으로 이동 중이라고 연락 받았습니다.]

서현이 우진에게까지 손을 뻗칠 줄은 몰랐다. 자신과의 관계를 알게 된 걸까? 어떻게? 도연에게 했던 것처럼 우진도 유혹하려는 걸까? 해인은 심장이 덜컹 내려앉았다.

"잠실 어디로 가는 건지는 모르나요?"

[네. 아직 거기까진 연락을 못 받았어요.]

"그럼…… 두 사람 들어간 곳 알게 되면 다시 연락 주세요."

[알겠습니다. 저 해인 양…… 괜찮을 겁니다. 우진 군은 윤도연과 다르니까요.]

"네."

전화를 끊으면서도 해인은 자신이 없었다. 사람의 속을 어찌 다 알 수 있을까. 도연이 서현에게 흔들릴 거라 생각하지 못했었다. 아무리 오랜 시간 자신이 더 좋아했었다지만 도연이 바람피울까 봐 걱정했던 적은 없었다. 왜 그렇게 멍청했을까. 왜 그렇게 무조건 믿기만 했을까.

우진이는 흔들리지 않을까? 도연처럼 서현의 아름다움에 넋을 놓아 자신에게 했던 사랑의 말을 잊지는 않을까? 우진을 먼저 밀어낸 건 자신이었지만 막상 그가 서현에게 흔들릴지도 모른다는 생각을 하자 심장이 찢어질 것처럼 아파왔다.

서현은, 도대체 그 녀석은 정신을 차릴 줄을 모르는구나. 그렇게 당했으면서도 배우는 게 없는 건가? 어디까지 망가지고 싶은 건지. 도대체 왜 자신의 삶에서 자꾸만 흙탕물을 일으키는 건지.

해인은 차 키를 집어 들고 밖으로 나왔다. 아무 것도 하지 않고 또 당하고 있을 수는 없었다.

서현과 우진은 작은 bar에 들어와 마주 앉았다.

"배고프다면서 술집을 오나요?"

"안주 먹으면 되죠."

우진은 여전히 경계하는 태세로 서현을 바라보았다. 잘 갖춰 입은 사람들 사이에서 운동복 차림의 우진은 기가 죽기는커녕 더 당당해 보였다. 서현은 그 모습이 멋있어 보였고 이런 남자를 해인이 만나고 있다는 사실에 더 비위가 상했다. 어떻게 해서든 자신에게 넘어오게 만들고 싶었다. 또 한 번 배신당했을 때 해인의 일그러진 얼굴을 보고 싶었다.

서현은 낮은 조도의 조명 아래서 자신이 얼마나 예쁘게 보일지 알고 있었다. 서현은 조명이 자신의 얼굴로 비추는 곳에 자리를 잡았다. 머리 위로 조명이 있으면 얼굴에 그늘이 져 자신의 미모를 빛낼 수 없으니 bar에 들어오자마자 재빨리 캐치해 앉은 자리였다.

"그래서 할 말은요?"

뭐가 그리 급해서 이리 재촉할까. 이 남자를 넘어오게 만드는 건 쉽지 않을 것 같았다. 하지만 쉽게 넘어오는 남자보다 이렇게 애를 태우는 남자가 더 매력 있는 법이니까.

"난 안 마셔요."

서현이 술을 따라주려고 하자 우진은 고개를 가로저었다. 술이라도 들어가야 얘기하기가 더 편할 텐데 아쉬웠다. 서현은 자신의 잔에만 위스키를 따랐다. 우진에게로 잔을 들어 보이고는 한 입에 털어 마시고 다시 잔을 채웠다. 위스키가 식도를 타고 흘러내려 가는 느낌이 뜨거웠다.

"성격 급하신가 봐요. 전 해인 언니랑 만나는 분이라기에 궁금하기도 하고 인사라도 드릴까 했죠."

"그게 오늘 경기장까지 일부러 찾아온 용건입니까?"

우진이 피식 웃어 보였다. 호의적인 웃음이 아니라는 건 알고 있었지만 순간 설레었다. 서현은 다시 잔을 들어 술을 마셨다. 이번에는 한 번에 마시지 않고 한 모금씩 끊어 여러 차례에 걸쳐 마셨다. 잔을 빙빙 돌리자 조명이 반사되면서 반짝거리는 것을 보고 있으려니 몽롱해지는 기분이었다.

"저에 대해서 알고 계시죠? 이제 아니긴 하지만 해인 언니 의붓동생이에요. 사람들한테는 제 이미지가 안 좋다는 것도 알고는 있는데 오해인 면도 있거든요."

"오해라구요. 음…… 그래서요?"

"남들이야 뭐라고 오해해도 상관없지만 이상하게 우진 씨한테는 그 오해를 풀고 싶었어요."

이번에는 제대로 당황한 표정이 서현에게 돌아왔다.

"왜죠?"

"저 예전부터 서우진 선수 팬이었거든요. 몇 번 마주칠 기회도 있었는데 어긋나기만 해 많이 아쉬웠어요. 그러다 해인 언니랑 만나신다니……. 그 말을 듣고 저도 마음이 이렇게 아플 줄은……."

"흐음. ……서현 씨 이렇게 보니까 진짜 예쁘네요."

한참을 뚫어지게 서현을 보고 있던 우진이 그녀의 이름을 부르며 테이블로 상체를 기울여 왔다. 긴 팔을 뻗어 서현의 한쪽 뺨을 부드럽게 감쌌다.

이렇게 빨리 넘어오다니. 겨우 이 정도 남자였나? 해인은 겨우 이 정도 남자를 만나고 있었구나. 서현은 상황이 너무 쉽게 풀리는 것 같아 순간 재미없다는 생각을 했다. 하지만 이어지는 우진의 말을 듣고 얼굴이 새빨갛게 달아올랐다.

"얼굴은 예쁜데 머리는 나쁜가 봐요. 당신에 대해서야 너무 잘 알고 있죠. 그런 사람한테 갑자기 찾아와서 팬이었다며 마음에 두고 있었다는 듯이 얘기하면 내가 넘어갈 거라고 생각한 건가요? 여태까지 그런 정신 나간 남자들만 만나온 건지 아니면 그 정도 핑계밖에 못 댈 정도로 진짜 머리가 나쁜 건지."

서현은 우진이 자신의 볼을 손바닥으로 툭툭 두드리는 동안에도 바쁘게 머리를 굴렸다. 우진의 말에 자존심 상하고 특별히 맞받아칠 것도 마땅치 않아 당황스러웠다. 아무런 계획 없이 너무 급하게 우진을 만나러 왔기에 핑계가 궁색하긴 했다. 웬만한 남자들은 자신을 거부하지 못했기에 크게 신경 쓰지 않기도 했었다. 그렇다고 이렇게까지 어긋날 줄이야.

서현은 멀어지는 우진의 손을 재빨리 잡아 자신에게로 끌어당겼다. 이 방법도 안 되면 오늘은 이 남자를 포기해야 한다.

"핑계 아니에요. 나 우진 씨한테 호감 있어요. 해인 언니한테 빼앗기고 싶지 않을 만큼."

"이 손 놓죠?"

우진이 으르렁거리며 자신의 손을 잡고 있는 서현의 손을 고갯짓으로 가리켰다. 조금만 힘을 줘도 충분히 뺄 수 있을 텐데 말로만 저런다 싶으니 서현은 다시 한 번 무리수를 두었다.

"우진 씨가 원하면 나랑 잘 수도 있는데…… 어때요? 나 정도면 해인 언니보다 더 낫지 않아요?"

"너 진짜 쓰레기구나?"

우진이 서현의 손을 뿌리치며 거세게 화를 냈다. 더 이상 존칭도 최소한의 예의도 없었다.

"내가 이해인보다 못한 게 뭔데요. 그 여자보다 나를 안는 게 더 기분 좋을 텐데."

서현은 더 이상 얌전하게 굴 필요가 없을 것 같았다. 우진의 반응으로 보아 넘어올 남자가 아니었다. 도연보다는 조금 더 어렵겠다 싶었는데 바로 이렇게 철벽을 칠 줄은 예상 못했다.

"닥쳐. 이 정도일 줄은 몰랐는데. 아니, 아니길 바랐는데. 너 정신병자야? 해인 누나를 말렸던 내가 병신이었네."

"그 여잔 되는데 왜 난 안 된다는 거야? 내가 그 여자보다 못한 게 뭔데?"

서현은 겨우 붙잡고 있던 이성의 끈이 끊어지기 직전까지 팽팽하게 당겨지는 기분이었다. 이 망할 남자가 해인의 편을 들면서 자신을 욕하는 것을 듣고 있으려니 속이 뒤집어지는 것 같았다.

"나랑 해인 누나 사이를 어떻게 알고 찾아와서 이런 짓거리를 하는지는 모르겠지만 난 윤도연과 달라. 너희 같은 쓰레기가 아니라고. 도대체 해인 누나한테 왜 그러는 거야?"

"그 여자보다 내가 못한 게 뭔데. 그 여자보다 내가 못한 게 뭔데."

서현은 스스로도 자각하지 못한 채 같은 말을 반복하고 있었다. 기현이 자신을 부정하던 말이 귓가를 맴돌았다. 자신을 향해 쓰레기라고 하는 우진의 목소리가 거기에 섞여들었다.

"다시는 해인 누나 앞에 나타나지 마. 이런 짓도 그만둬."

우진은 더 이상 얘기가 안 통한다며 서현을 냉담하게 바라보다가 밖으로 나가 버렸다.

서현은 테이블 위에 있던 술병과 유리잔을 손으로 휘저으며 소리를 질렀다. 술병과 잔이 깨지며 내는 파열음과 비명을 지르는 사람들의 목소리가 잔잔한 음악 소리와 함께 홀 안을 울렸다.

해인은 김 비서가 알려준 bar 근처에 도착했다. 주차 공간이 마땅치 않아 도로가에 주차하고 bar가 있는 방향으로 급하게 걸어가는데 우진이 그곳에서 나오는 모습이 보였다. 언뜻 봐도 화가 잔뜩 난 것처럼 씩씩거리고 있었다. 해인이 우진을 부르려던 순간 뒤이어 서현이 bar 입구에서 모습을 드러냈다. 서현은 우진을 따라 나와 그의 팔을 움켜쥐고 소리를 지르며 매달리고 있었다.

"그 여자는 되고 나는 안 돼? 그 여자가 그렇게 잘났어? 나보다 예뻐? 나보다 어리냐고. 얼굴도 몸매도 내가 더 낫잖아. 그 여자가 알게 될까 봐 그래?"

"아, 진짜. 이 미친 게…… 나 여자는 안 때리는데 너 자꾸 이러면 진짜 맞는 수가 있다."

우진이 팔을 뿌리치며 서현을 밀쳐 냈다. 서현은 그 팔에 또 다시 매달리며 자신의 몸을 밀어붙였다.

"채서현, 그만해. 얼마나 더 바닥으로 떨어져야 정신 차릴래?

이번엔 우진이야?"

두 사람은 해인이 몇 발짝 떨어지지 않는 곳까지 다가갈 동안 실랑이를 하느라 그녀가 온 걸 눈치채지 못한 것 같았다. 그러다 해인의 목소리가 들리자 놀라며 그녀를 돌아보았다. 놀라면서도 반가워하는 우진과 사색이 된 서현의 표정이 상반되었다.

"누나."

"여긴 어떻게……. 또 나한테 미행 붙인 거야?"

서현이 악을 쓰며 해인에게 달려들었다. 우진이 반사적으로 서현을 밀쳐 내며 해인을 감싸 안았다. 우진의 완력에 서현은 힘없이 바닥으로 넘어지며 쓰러졌다.

"어디다 손을 대. 죽고 싶어?"

우진은 씩씩거리며 해인을 공격하려 한 서현을 노려보았다. 해인이 넘어진 서현에게 한 발짝 다가가려 하자 안 된다며 자신의 품으로 막아섰다. 그 모습을 본 서현의 눈빛이 광기를 띠며 돌변했다. 바닥에 주저앉은 채 악을 써대기 시작했다.

"너 때문이야. 너 때문에 내 인생이 엉망이 됐어. 책임 져. 왜 너만 갖는데. 왜 다 너만 사랑하는데. 왜?"

"채서현. 그렇게 얘기했는데도 못 알아들었던 거야? 네가 이럴수록 망가지는 건 네 자신뿐이야."

해인은 어처구니가 없었다. 한순간이라도 우진이 서현에게 흔들릴까 봐 걱정했던 자신에게 어이없었고 여전히 이런 행패를 부리는 서현이 어이없었다. 사람이 하루아침에 변하지는 않겠지만 도연을 유혹한 혹독한 대가를 치렀으면서도 또 다시 같은 일을 반복하려 했다는 게 믿을 수 없었다.

서현이 악을 쓰고 발버둥을 칠수록 그녀의 화려한 힐이 벗겨져 바닥에 나뒹굴었고 검정색 스타킹에 올이 나가면서 맵시 좋던 옷차림이 흐트러졌다. 근처를 오가던 사람들이 갑작스러운 소란에 가던 길을 멈추고 서현을 쳐다보았다. 그중에는 핸드폰으로 사진을 찍는 사람들도 있었다.

해인이 다시 서현에게 다가가려 하자 우진이 막아섰다.

"더 이상 관여해 봤자 좋은 꼴 못 보겠어요. 그만 가요."

해인은 계속 발악하는 서현을 두고 우진이 이끄는 대로 그곳을 벗어났다. 하지만 여전히 바닥에 주저앉아 자신을 향해 욕을 해대는 서현이 계속 신경 쓰였다. 더 이상 시끄러워지는 건 원치 않았는데 이러다 또 SNS에 서현의 사진이 올라갈 수도 있겠다 싶었다.

"우진아, 쟤 보내고 가자."

해인이 머뭇거리며 멈춰 서자 우진은 이해할 수 없다는 표정을 지었다.

"그럴 필요 없어요. 저러다 가겠지. 아니면 사람들이 경찰을 부르든가."

해인은 냉정하게 말하는 우진이 낯설었다. 도연과 서현에게 복수하는 건 옳지 않다고 극구 말렸던 사람이 지금은 자신보다 더 냉정해 보였다.

"서현이랑 무슨 일 있었어?"

"입에 담기도 싫어요. 뭐 저런 쓰레기 같은……. 차 어디 있어요?"

"저쪽 도로가에."

우진은 해인의 손을 잡은 채 돌아서서 서현 쪽을 쳐다보았다. 그 시선을 따라 돌아보니 서현이 비틀거리며 일어서고 있었다. 벗겨진 힐을 신을 생각도 없이 어딘가로 걸어가고 있었다.

"윤도연은 도대체 저런 여자한테 왜 넘어간 거예요?"

해인의 대답을 원했던 건 아니었나 보다. 우진은 해인의 차가 주차된 곳으로 발걸음을 옮겼다. 여전히 해인의 손을 꽉 잡은 채였다.

"우진아, 손 놔."

그녀의 말에도 우진은 손을 놓을 생각이 없나 보다. 여전히 자신의 손아귀에 해인의 작은 손을 꼭 쥔 채 걸음을 옮길 뿐이었다.

"오늘 여기 왜 온 거예요? 내가 윤도연처럼 저 여자한테 넘어갈까 봐?"

"그건…… 맞아."

해인은 망설였지만 부인하지 않았다. 우진에게 더 이상 거짓말을 하고 싶진 않았다.

"또 그런 일이 일어날까 봐 불안했어. 그런 일이 일어나기 전에 막고 싶어서…… 그래서 왔어."

"우리 헤어졌던 거 아니에요?"

우진의 말에 해인의 발이 땅에 붙은 듯 멈춰 섰다. 앞서 걷던 우진이 그런 해인을 돌아보았다.

"그러게. 우리 헤어졌는데……. 네가 누굴 만나든 상관없……."

"아니야."

우진의 커다란 손이 해인의 어깨를 움켜쥐었다. 살을 파고들듯 강한 힘에 움찔 놀라 몸이 경직되었다.

"아니라구요. 우린 헤어지지 않았어. 누나 혼자 그렇게 말하고 가버린 거잖아. 난 누나 놓지 않았다구요. 누난 지금도 앞으로도 내 여자라구요."

"우진아."

"아무 말도 마요. 헤어진 거니 사랑하지 않는다느니 그런 거짓말 더는 듣고 싶지 않아요. 그 말이 진심이었다면 누난 오늘 여기 오지 않았어야 해요. 내가…… 내가 누나를 잃지 않으려고, 누나를 또다시 잃게 될지도 모른다는 불안감에서 벗어나려고 그동안 얼마나 미친놈같이 굴었는지 알아요? 누나 결혼한다는 말 들었을 때처럼 정신 놓고 있다가 또 부상당하지 않으려고 하루에도 수십 번씩 괜찮다고 되뇌었어요. 누나는 다시 돌아올 거라고. 나를 선택할 거라고."

해인은 목이 꽉 막혀왔다. 밀어내고 무시하다 보면 우진의 감정이 사그라질 거라고 생각했었다. 너무 얕잡아봤다. 너무 가볍게 생각했다. 해인은 자신이 생각했던 것보다 우진의 감정이 더 무겁고 강한 것이라는 것을 이제야 제대로 깨달았다.

"부상 입었던 거 나 때문이었어? 내 결혼 소식 듣고?"

"누나가 원인이었지만 누나 때문은 아니에요. 경기 중에 집중 못한 건 내 불찰이었으니까. 하지만 괴로웠던 건 맞아요. 그래서 연산에서 다시 만났을 때 절대 놓치지 않겠다고 마음먹었구요."

"우진아."

"솔직히 내가 저 여자랑 만나고 있는 사진을 누나가 보면 어떤 반응을 보일지 궁금했어요. 아무리 연락해도 답도 없고 만나주지도 않았으니까. 날 피해서 집까지 나갔었으니까. 이런 사진을 보면 전화 한 통이라도 오지 않을까 싶어서 그래서 저 여자 따라 나선 거였어요. 그게 아니었으면 상대도 안 했을 거예요."

우진이 해인을 품에 안았다. 해인은 우진의 옷에서 전해지는 차가운 감촉이 얼굴에 닿으니 조금씩 정신이 맑아지는 것 같았다.

"복수건 뭐건 그만두라고 하지 않을게요. 누나가 뭘 하든 옆에서 버팀목이 되어줄게요. 누나가 상처받지 않게 내가 지켜줄게요. 그러니까 이제 스스로한테 거짓말하지 말아요."

"하지만……."

"하지만 같은 거 필요 없어요. 누나가 나를 밀어내는 데는 어떤 것도 이유가 안 돼요. 날 사랑하고 있다는 거 이미 잘 아니까."

"말을 못하게 하네."

해인은 툴툴거리면서도 우진의 품에 더 파고들었다. 그의 몸을 마주 안자 우진은 해인을 안은 팔에 더 힘을 주었다.

"이제 진짜 나랑 있어요. 내 옆에 있어요."

해인은 우진의 옷을 움켜쥐며 그에게 더 바짝 다가섰다. 조금 더 빨리 이랬어야 했는데 왜 그렇게 고집을 부렸을까 싶었다. 말도 안 되는 일을 벌이면서 말도 안 되는 핑계를 댔었다.

스스로에게 개운치 않은 일을 하다 보니 우진에게 그 모습을 차마 보여주고 싶지 않았다. 들켰다 생각하니 부끄럽고 또 부끄러워서 도망쳐 버렸다. 그런데 우진은 그런 제 마음까지 다 헤아리며 기다리고 있었다.

우진의 입술이 해인의 입술을 부드럽게 덮어왔다. 입술과 입술이 미끄러지고 우진의 혀가 해인의 입술을 핥으며 안으로 파고들어왔다. 부드럽고 따뜻한 숨결이 해인의 입안에서 섞여들었다.

"하아……. 누나, 같이 있고 싶어요."

"나도."

우진이 해인의 목덜미와 허리를 끌어당겨 자신의 품에 안았다. 그의 빠르게 뛰는 심장 소리가 해인에게 전해졌다.

"우리 집으로 갈래요?"

고개를 끄덕이는 해인의 귓가에 우진의 안도하는 듯 부드러운 한숨 소리가 들려왔다.

"내 차도 저 뒤쪽에 있으니까 누나 차는 대리 부르고 내 차로 같이 가요."

"그래."

우진이 대리기사를 부르는 동안 해인은 자신의 차로 향했다. 대리운전 기사가 수월하게 찾을 수 있도록 차의 비상등을 켰다. 운전석에서 내려 차 앞쪽으로 걸어가려던 해인의 등 뒤로 타이어가 아스팔트에서 급회전을 하는 거친 마찰음이 들려왔다. 고무 타는 냄새가 순간 코 속 깊이 파고들었다.

해인은 순간 등줄기를 타고 흐르는 서늘한 느낌에 뒤를 돌아보았다. 빨간색 스포츠카가 사거리에서 커브를 돌며 해인이 있는 방향으로 달려오고 있었다.

"누나."

해인은 우진이 고함치는 소리를 들으면서도 몸을 움직일 수가 없었다. 자신을 향해 달려오는 차에만 시선이 고정되었다. 눈이 부시도록 밝은 상향등에 순간 시야가 하얗게 번져 들었다.

끼이익-. 쿵.

몸이 바닥으로 나뒹굴며 귀가 찢어질 듯한 충돌음이 들렸다. 온몸을 칼로 찌르는 통증이 파고들었다.

"으으읏."

숨을 쉬기가 힘들었다. 신음도 제대로 나오지 않았다. 힘겹게 겨우 몸을 움직이자 차가운 아스팔트가 욱신거리는 손바닥에 느껴졌다. 사람들의 다급한 발소리와 경적 소리가 웅웅거리며 귓가에 맴돌았다.

가로등 불빛이 뱀처럼 길게 꿈틀거리며 늘어지더니 조금씩 초점이 또렷해지기 시작했다. 해인은 옆구리를 파고드는 통증에 이를 악물며 겨우 상체를 일으켰다. 온몸이 부들부들 떨렸다. 저를 향해 달려오던 스포츠카가 제 차 운전석 옆을 박은 채 잔뜩 찌그러진 본넷에서 하얀 연기를 뿜어내고 있었다. 스포츠카 운전석 문이 열리며 서현이 비틀거리며 내리다가 바닥에 주저앉는 모습이 보였다.

해인은 등골이 오싹해졌다. 서현의 차에 부딪치기 직전 자신에게 달려오던 우진의 모습이 떠올랐기 때문이었다.

"우진아. 우진아."

몸이 제대로 움직이지 않아 겨우 고개만 돌려가며 두리번거렸다. 자신의 이름을 불러야 할 우진의 목소리가 들리지 않았다. 자신을 안아 일으켜 세워줘야 할 우진의 모습이 보이지 않았다. 아니길 바랐다. 소름끼치는 이 느낌이 아니길 바랐다. 제발. 제발…….

몇 미터 떨어진 곳에 우진이 쓰러져 있었다. 해인은 옆구리를 움켜쥔 채 우진에게로 다가갔다. 단 몇 발짝이면 되는 거리가 몇 백 미터를 걷는 것처럼 멀게 느껴졌다. 온몸이 땅으로 꺼져 들어가는 것 같았다. 귀도 멍멍하고 시야도 흐려졌다. 겨우 닿은 우진은 미동도 없이 피투성이로 쓰러져 있었다.

"우진아."

해인은 우진의 옆에 주저앉았다. 더 이상 서 있을 힘이 없었다. 몸이 아파서가 아니었다. 아무리 불러도 대답이 없는 우진 때문이었다. 잡고 흔들어도 미동도 하지 않는 우진 때문이었다. 우진의 머리에서 흘러나오는 피가 바닥을 적셨다. 우진의 팔을 잡은 해인의 손에 뜨겁고 걸쭉한 피가 묻어나왔다.

"안 돼. 아악. 우진아. 우진아."

주변으로 사람들이 몰려들었다. 119를 부르라는 사람들의 목소리와 울부짖는 해인의 목소리가 머리 위로 떠다녔다.

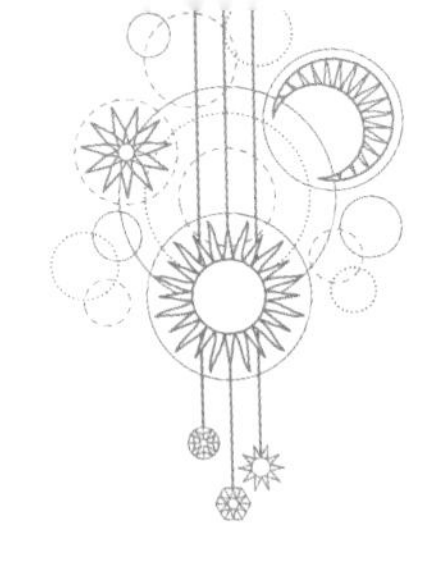

15. 너만 가질 수 있어

연산 5일장에 나온 해인은 시장을 이곳저곳 구경하며 장을 보다가 할머니 도토리묵까지 산 후 자전거 점포로 왔다. 입구에 세워두었던 자전거 바퀴에 펌프로 바람을 넣는데 사장님이 밖으로 나왔다.

"변호사님 장보러 오셨구나. 오늘은 할머니 도토리묵 샀어요?"

"네. 오늘은 다행히 있더라구요."

"아이구. 잘됐네. 맛있게 드세요."

"네."

해인은 장본 물건들을 자전거 앞 바구니에 실은 후 천천히 페달을 굴렸다. 5일장을 벗어나자 길이 한산해져 자전거를 타는 데 별 어려움이 없었다. 해인은 자전거를 타고 읍내 곳곳을 돌아다녔다. 근처 초등학교 운동장을 지나가다 철조망 너머로 농구골대가 보이자 멈춰 서서 한참을 바라봤다.

한동안 멍하게 서 있던 해인은 다시 자전거를 몰고 병원으로 향했다. 자전거를 탄 채 병원 앞마당을 뱅글뱅글 돌았다. 장본 물건들이 담긴 검정색 비닐봉투 입구로 감자 두세 개가 굴러 나왔다. 바닥의 돌멩이가 앞바퀴에 부딪치며 덜컹거렸지만 흔들림 없이 자전거를 탔다.

몇 바퀴를 더 돈 후 해인은 느티나무 아래에 자전거를 세우고 벤치에 털썩 앉았다. 고개를 뒤로 젖히며 위를 올려다보자 초록빛을 띠기 시작하는 나뭇잎 사이로 햇빛이 새어 들어오고 있었다.

"벌써 봄이네."

벤치에 올려두었던 핸드폰이 울렸다. 오후의 정적을 깨는 벨소리가 반갑지 않았지만 발신자를 확인하고는 작은 미소가 입가에 흘렀다.

"오빠."

[그래. 잘 지내지?]

"그렇죠, 뭐. 오빤 어떻게 지내요?"

몇 달 만에 도연과 통화하고 있었지만 해인은 담담했다. 예전처럼 설레지도 밉지도 않고 그저 평온했다.

[나도 똑같지. 매일 진료하고 수술하고…… 병원 사람들도 많이 좋아져서 덜 힘들어.]

도연은 여전히 백강에서 근무하고 있었다. 기현과도 가끔 식사를 하거나 차를 마신다고 들었다.

[생각나서 전화해 봤어.]

"응."

[해인아……. 미안하다. 내가 유혹에 넘어가지만 않았어도 일이 이렇게까지 되진 않았을 텐데.]

"사과를 너무 자주 하는 거 아니에요? 다시 한 번 말하지만 나도 미안해요. 내 분에 못 이겨서 오빠를 수렁에 빠뜨렸어."

[아니야. 나 때문에 시작된 일이니까 미안해하지 마.]

"……."

[건강 잘 챙기고…… 서울 오면 얼굴 볼 수 있을까?]

"그건……."

[다시 시작하자거나 그런 얘기 안 할게. 너한테 미련이 없다면 거짓말이겠지만 억지로 매달리지 않기로 했어. 넌…… 이제 내게 줄 사랑이 없잖아.]

"오빠."

[잘 지내라. 끊을게.]

도연의 전화를 끊고 한참을 멍하니 앉아 있던 해인은 부스스 일어났다. 자전거를 병원 주차장에 세워두고 장 본 물건을 차로 옮겨 실었다. 아직 이른 시간이었지만 별장에 가자마자 저녁을 해먹고, 그러고 나면 일찍 잠자리에 들 생각이었다. 아무것도 하지 않고 눈을 뜬 상태로 보내는 시간을 조금이라도 줄이고 싶었다.

"올 거면 미리 연락하지."

"뭐 하러. 어차피 여기 오면 누나 있을 텐데."

해인은 수인과 마주 앉아 저녁 식사를 했다. 시장에서 돌아오자 수인이 별장에 와 있었다.

"아빠는 잘 지내셔?"

"그렇지 뭐. 누나 안 올라올까 봐 전전긍긍하셔. 이번에 나랑 올라갈래?"

"됐거든."

몇 마디를 나누고는 정적에 휩싸였다. 예전엔 둘만 있어도 툭탁거리거나 이런저런 수다를 떠느라 바빴는데 지금은 한마디 나누는 것조차 힘들었다.

"우진이……."

"이거 먹어봐. 오늘은 다행히 샀거든."

해인은 수인의 말을 자르며 도토리묵을 밥 위에 올려주었다. 수인은 그런 해인을 물끄러미 바라보다가 그녀가 준 묵을 떠 우물거렸다. 해인은 수인이 더 이상 우진에 대한 얘기를 이어가지 않아 안도의 한숨을 삼켰다.

"지석 형한테 연락 받았지?"

지석과 킹덤의 다른 변호사들이 도연의 변호를 맡았다. 도연은 상진을 상대로 사문서위조로 손해배상청구소송을 진행하고 있었다. 지석은 상진이 TK 외에도 투자 사기로 고소를 당했던 전력이 있어 형사소송까지 진행되고 있으니 오 년 정도 실형을 받을 거라고 했었다.

"응. 지석 선배한테 연락 받았었어. 2심에서도 승소한 것 같더라. 잘됐지."

해인은 담담하게 말하고 있었지만 마음은 좋지 않았다. 지석을 통해 도연의 어머니가 친형을 고소한 건 패륜이라며 그와 인연을 끊겠다며 난리를 쳤었다는 말도 함께 전해 들었던 터였다. 지석은 도연이 불쌍하다고도 했었다.

해인은 도연과 가족들의 사이를 벌려놓고 경제적으로 타격을 주겠다는 게 목적이었지만 막상 그렇게 되고 보니 죄책감이 몰려왔다.

서현은 대마초 흡연과 살인미수로 형을 살고 있었다. 억울하다며, 자신은 해인이 파놓은 함정에 빠진 거라고 주장했지만 이 내용이 언론에 보도되면서 대중들의 몰매만 맞았다. 대부분 서현의 말을 믿지 않는 분위기였고 설령 믿는다 해도 제 스스로 판 무덤이 아니냐며, 그렇다고 사람을 죽이려고 했느냐며 맹비난을 퍼부었다.

서현은 해인을 고소했지만 증거불충분으로 재판에서 졌다. 그와 별개로 소속 기획사와 전속모델, 드라마 제작사 등에 몇 십억 대의 손해배상청구소송을 당해 별도로 재판 중이었다.

"누나?"

해인은 수인의 목소리에 생각에서 빠져나왔다. 수인의 눈짓을 따라가니 자신이 밥은 먹지 않고 젓가락으로 밥알을 헤집고 있었다는 걸 깨달았다.

"미안. 생각 좀 하느라."

"……우진이한테 한번 가봐야 하지 않아?"

결국 수인의 입에서 우진의 이름이 나왔다. 듣고 싶지 않았고 떠올리고 싶지 않았던 이름이었다.

"보고 싶지 않아?"

"이제 보고 싶어도 볼 수 없는걸. 변함없는 사실을 다시 한 번 확인하고 싶지 않아."

"누나."

"난 그만 올라가서 자야겠다. 먹고 쉬어."

해인은 자리에서 일어나 2층 방으로 올라갔다. 계단을 올라가는 한 걸음 한 걸음이 무겁고 힘겨웠다. 방에 들어가자마자 침대 발치 바닥에 무릎을 끌어안고 앉았다. 어느새 따라온 수인이 방으로 들어와 그런 해인을 품에 안고 다독였다. 해인은 수인의 어깨에 기대 소리 없는 울음을 터뜨렸다.

2018-2019 플레이오프 결정전 4차전이 열리고 있는 경기장은 그곳을 가득 채운 사람들의 열기로 들썩거렸다. 농구화가 경기장 바닥에 끌리며 나는 삑삑거리는 소리가 쉴 새 없이 울려 퍼졌다. 경기장을 가득 메운 관중들이 목청이 터져라 자신의 팀을 응원했다. 수인도 관중석에 자리를 잡고 있었다.

4쿼터에 접어들어서부터 개인 반칙이 늘어났다. 서울 CA는 11점차로 뒤처지고 있었고, 양 팀 선수들 모두 신경이 예민해져 있었다. 수원 KL에 드리블 실수로 공격권을 넘겨주었다가 골밑에서 겨우 다시 볼을 가로챘고 연이어 득점을 올렸다.

덩크슛으로 역전하면서 분위기는 확실하게 CA로 넘어오는 듯했다. 하지만 이후에도 계속 두 팀은 엎치락뒤치락했고, 종료 직전 아슬아슬한 3점슛으로 버저비터를 성공시키며 CA가 97-91로 승리를 거머쥐었다.

CA의 응원단과 관중석은 환호했고 수인은 자리에서 방방 뛰며 소리를 질렀다.

우진은 올스타전과 정규리그 MVP에 이어 플레이오프 MVP까지 거머쥐며 'MVP 트리플 크라운'을 달성했다. 한 경기당 득점과 리바운드 모두 20을 넘어 '20-20' 기록을 세웠다.

끝없이 몰려오는 인터뷰 요청을 구단에서 컨트롤하다가 한 스포츠 방송 기자와의 인터뷰를 먼저 진행시켰다. 우진은 마음이 다급했지만 구단에서 정해준 곳이라 어쩔 수 없이 응해야만 했다.

우진은 땀범벅인 채 흥분이 가라앉지 않은 상태였다. 관중석에 있는 수인을 향해 손을 흔들어 보이고는 방송사 카메라 앞에 섰다. 인터뷰를 진행하는 중에도 관중석에서는 환호와 응원가가 멈추지 않았다.

미친 듯이 쿵쿵거리는 심장을 제대로 진정시키지도 못했는데 기자의 질문이 들려왔다.

"서우진 선수 MVP 트리플 크라운 달성하셨는데요. 축하드립니다."

"고맙습니다."

"삼 년 전 부상에 이어서 큰 사고까지 당했었는데요. 단기간에 프로에 복귀하고 MVP까지 받으셨네요? 기분이 어떠세요?"

"무척 좋고 흥분됩니다."

"좀 통속적인 질문이긴 한데요. 지금 생각나는 사람 있으세요?"

"사랑하는 사람이요."

우진의 입이 주체 못할 정도로 한가득 귀에 걸렸다. 우승과 MVP를 받은 것과는 또 다른 기쁨이었다. 더 중요한 일을 할 수 있게 되었으니 이것보다 더 기쁜 일이 없었다.

"네? 사랑하는 사람이라면 혹시 애인인가요?"

우진은 대답은 하지 않고 활짝 웃기만 했다.

❂

해인은 오늘도 병원 주차장에 세워두었던 자전거를 타고 거리로 나왔다. 한적한 도로와 시골길을 따라 자전거를 타다가 마지막은 병원 앞마당을 몇 바퀴 돌다 집에 가는 것이 일상이었다.

그 사고가 있던 날 이후 서현과의 재판이 끝나자마자 해인은 바로 연산으로 내려왔다. 킹덤에 복귀도 하지 않았고 연산 별장에 틀어박힌 채 TV도 보지 않았고 인터넷도 하지 않았다.

가끔 수인이 택배로 보내주는 책들을 읽거나 강가까지 걸어서 산책을 다녀왔다. 거실의 괘종시계가 멈추면 태엽을 돌려서 다시 생명을 불어넣고 5일장이 열릴 때마다 시장에 나와 장을 봤다. 그 외에는 틈만 나면 이렇게 나와 자전거를 타고 연산 거리를 돌아다녔다.

마을 사람들도 점차 그런 해인의 모습에 익숙해졌고 지나다 눈이 마주치면 인사를 나누는 사이가 되었다. 해인의 승용차에 자전거가 실어지지 않아 병원 주차장에 세워두었다가 타고는 했지만 가끔 자전거 점포에 맡기기도 했다. 그렇다 보니 자전거 점포 사장님과는 서로 안부를 물을 정도로 친해지기도 했다.

해인은 자전거를 탄 채 읍내통 초입까지 갔다가 다시 병원 쪽으로 되돌아왔다. 도로에 차가 거의 없는 편이라 자전거를 타고 돌아다니기에도 무리가 없었다. 해인은 돌아오는 길에는 바로 오지 않고 초등학교가 있는 곳으로 일부러 돌아왔다.

그때마다 학교 운동장에 있는 농구골대를 멍하니 보다가 돌아오곤 했다. 우진과 3점슛 내기를 했던 모습이 자꾸만 떠올라 괴로웠지만 그렇게 기억 속에서라도 보고 싶었다.

오늘도 초등학교 방향으로 자전거를 몰았다. 학교에 거의 다다를 때쯤 농구골대에 공이 부딪치는 소리가 들려왔다. 공이 바닥을 통통 때렸다가 다시 철컹 소리를 내며 골대에 닿는 소리가 났다.

해인은 자전거를 멈춰 세운 채 학교 담벼락의 초록색 철조망 너머를 멍하니 바라보았다. 그곳에는 농구공을 골대로 던지며 골인시키고 있는 우진이 있었다. 골대에 들어갔다 바닥으로 떨어지는 공을 공중에서 낚아챈 우진이 바닥에 공을 튕기며 해인을 향해 돌아섰다. 공을 한 팔과 허리 사이에 끼우더니 말없이 해인을 바라보았다.

해인은 자신의 눈을 믿을 수가 없었다. 너무 생각하고 상상하다 보니 환상이 보이는 것이라 생각했다. 우진이 철조망 쪽으로 다가와 섰다.

"뭐 하고 있어요. 날 봤으면 빨리 달려와야지."

해인은 발이 땅에 붙은 듯 움직이지 못했다. 그런 해인을 말없이 바라보던 우진이 농구공을 던져 놓고는 철조망을 훌쩍 넘어왔다. 우진은 해인에게 다가와 그녀와 자전거를 번갈아 바라보았다.

"이런 길에서도 타고…… 많이 늘었어요?"

해인의 옆으로 차가 한 대 지나가자 우진은 급하게 그녀의 손을 잡고 인도로 끌어당겼다. 해인이 넋 나간 표정으로 우진을 바라보고 있는 동안 그녀의 자전거도 인도로 올려 세워두었다. 우진은 자전거를 세워둔 곳 옆에 그대로 서 있었다. 해인과는 불과 두세 발짝만 떼면 닿을 거리였다. 해인은 그 거리가 멀게만 느껴졌다.

"나 많이 기다렸어요?"

우진은 생각을 알 수 없는 표정으로 해인을 바라보았고 해인은 여전히 꿈을 꾸고 있는 듯 멍한 표정으로 우진을 마주 보았다.

"TV 봤어요? 우리 팀 우승했어요. 난 MVP 받았고."

"……."

"더 빨리 오고 싶었는데…… 내가 완전히 회복되어야 누나를 만나러 올 수 있다고 생각했어요. 누나 때문에 내가 다쳤다고 죄책감을 가지고 있을 테니까. 누나랑 떨어져 있는 건 싫었지만 조금이라도 미안한 마음으로 나한테 오는 건 싫었거든요."

"……."

"그래서 더 미친 듯이 뛰었어요. 이제 나 아프지도 않고 누구보다 강해요. 프로 복귀도 완벽히 했고 MVP도 받았어요. 그러니까 이제 나한테 와요. 머뭇거리지 말고, 미안해하지도 말고 그냥 나한테 오면 돼요."

우진은 말을 마치고는 팔을 벌리며 해인이 다가오기를 기다렸다.

하지만 해인은 움직일 수가 없었고 아무 말도 할 수가 없었다. 아무 말을 하지 않아도 이미 자신의 속을 들여다본 것처럼 우진이 다 알고 있으니 뭐라 할 말이 없었다. 단지 우진을 보고 싶었던 마음과 미안한 마음이 복잡하게 교차하고 있었다.

해인의 눈앞이 뿌옇게 흐려졌다. 꽉 막혀 있던 가슴 속에서 응어리가 밀고 올라오는 것 같았다.

"으흑. 으으흑…… 흑흑."

해인의 어깨가 들썩거리기 시작했다. 입술이 주체 못할 정도로 떨렸다. 눈에서는 하염없이 굵은 눈물방울이 흘러내렸다.

"이 여자 정말 끝까지 자기가 먼저 안 오지?"

우진이 팔을 뻗어 해인을 자신의 품 안으로 끌어당겨 안았다.

"흐어엉……. 엉엉……."

우진의 품에 안기자 아무리 울어도 목구멍에 막혀 새어나오지 않던 소리가 밖으로 터져 나왔다. 해인은 꺽꺽거리며 어린아이처럼 울었다. 건강한 우진을 보니 더 눈물이 멈추질 않았다.

"어쩔 수 없네요. 이렇게라도 나한테 데려올 수밖에."

우진의 단단한 팔이 해인의 몸을 강하게 감싸 안았다. 펑펑 우는 해인의 머리를 쓰다듬으며 자신의 가슴에 기대게 했다.

"보고 싶었어요."

"으응."

해인은 울먹이며 대답했다.

"보고 싶었어요."

"으응."

어깨를 들썩이며 울면서도 우진에게 대답했다.

"사랑해요."

우진의 고백에 더 많은 눈물이, 더 많은 울음이 터져 나왔다.

"어디 갔나 했더니 그새 누나 찾으러 갔던 거냐? 여기 있으면 어련히 알아서 들어올까."

"누나가 어디로 자전거 타고 돌아다니는지 힌트 준 건 너였잖아. 넌 등 떠밀어놓고 꼭 아닌 척하더라."

우진은 해인과 수인과 함께 저녁을 먹은 후 거실에서 맥주를 마셨다. 연산 별장에 오자마자 해인이 없는 걸 안 우진이 안절부절못하자 수인이 그녀가 자전거를 타고 돌아다니는 코스를 알려주었었다. 초등학교 쪽으로 돌아 병원으로 간다는 말에 일부러 학교에서 혼자 농구를 하고 있었다.

다행히 해인과 엇갈리지 않았고 펑펑 우는 그녀를 품에 안을 수 있었다. 덕분에 해인은 아직까지도 눈이 퉁퉁 부어 있었다.

"누나 물수건 다시 해줘?"

수인이 이번에는 소파 등받이에 깊이 기대앉아 있는 해인을 향해 놀리듯 말했다. 눈에 대고 있던 찬 물수건을 내린 해인이 주먹으로 수인의 팔을 퍽퍽 소리가 나도록 때렸다. 수인은 아프다면서도 기분이 좋은지 연신 웃음을 터뜨렸다. 장난을 치는 해인과 수인을 보고 있으려니 우진은 기분이 하늘로 날아오르는 것 같았다. 해인이 웃는 모습이 무엇보다도 좋았다.

우진은 수인이 보는 앞에서 해인의 얼굴을 끌어당겨 쪽 소리가 나게 입을 맞췄다.

"이 자식."

해인은 당황해서 퉁퉁 부은 눈만 깜박거리는데 수인이 대신 버럭 짜증을 냈다.

"이 자식이 뭐야. 이제 매형이라고 불러."

우진은 해인을 뒤에서 한 팔로 감싸며 품으로 끌어당겼다. 해인은 얼굴을 붉히면서도 그대로 안겨왔다.

"뭐야? 이 자식이 누구 맘대로 매형이야. 둘이 결혼이라도 하려고?"

수인이 기가 막히다는 듯 두 사람을 향해 앞으로 당겨 앉았다.

"진짜. 누구 맘대로?"

이번엔 해인이 우진에게 물었다.

"그럼 안 하려고요? 누나 이제 나 말고는 사랑 못해."

"미친 자식. 또 쓸데없는 자신감만 충만해선……."

수인이 해인의 팔을 끌어당겨 우진에게서 떨어뜨려 놓으려 했다. 우진은 수인의 손을 쳐 내며 해인을 더 자신의 품으로 바짝 안았다.

"뭐야. 너 반대하는 거야? 그래도 뭐 상관없어."

"뭐?"

"네가 반대해도 상관없고 누나가 싫다고 해도 상관없어. 싫다고 하면 납치해서 산 속에라도 틀어박혀 살 거니까."

우진이 해인의 허리를 양팔로 감싸 안았다.

"다시는 안 놔."

"하아. 미친 새끼. ……누나 미안. 내가 이런 미친놈을 누나한테 갖다 바쳤네."

"그러게. 누나한테 미쳐 있는 놈을 냅다 데려다놨으니 기회다 싶어 덥석 물 수밖에. 고맙다, 처남."

수인은 체념한 듯 혼자서 계속 구시렁거렸다. 우진은 그런 수인을 입이 귀에 걸린 듯 웃으며 바라보았고 해인은 그런 우진을 사랑스럽게 바라보았다.

늦은 밤, 3층 다락방에는 문 옆의 낮은 조도의 스탠드만 켜져 있었다. 하늘을 향한 창문으로 달빛이 쏟아져 들어왔고 전라의 우진과 해인이 서로 마주 보며 서 있었다. 발밑으로 두 사람의 옷들이 흩어져 있었다.

"보고 싶었어요."

"나도."

"안고 싶었어요."

"나도……."

"키스하고 싶었어요."

우진은 해인의 얼굴을 부드럽게 감싸 쥐며 몸을 기울여 입을 맞췄다. 부드럽고 도톰한 입술이 기다렸다는 듯 우진의 입술을 받아들였다.

"누나 안으로 들어가고 싶었어요."

"날 가져. 내 몸도…… 내 마음도."

"……누나."

"이제 네 거야. 너만 가질 수 있어."

"진심이죠? 이래놓고 또 날 버리는 거 아니죠?"

"응. 아니야."

우진은 해인의 입술을 거칠면서도 부드럽게 탐했다. 갈급한 만큼 거칠게 해인을 안고 싶은 욕구가 강하게 몰려왔다. 사랑하는 만큼 소중하고 부드럽게 안고 싶은 마음도 강하게 몰려왔다. 두 가지 마음이 뒤섞여 해인의 몸을 애무하는 입술과 손길이 거칠면서도 느리게 움직였다.

"다시 물을게요. 누나…… 정말 내 거죠? 앞으로 나만 가질 수 있다는 말 진짜죠?"

"응."

우진은 해인을 침대에 앉히고는 벗어두었던 옷을 뒤적거렸다. 주머니에서 꺼내든 작은 상자를 열어 해인의 앞에 내밀었다.

"누나, 나랑 결혼해 줘요."

해인의 어깨가 작게 떨렸다. 우진의 얼굴과 작은 상자를 번갈아 바라보는 눈동자에 가득 눈물이 차올랐다. 어둠 속에서도 코끝까지 빨갛게 달아오르는 게 보였다.

"응? 나랑 결혼해 줄 거죠? 이거 MVP 상금 받은 걸로 산 거예요. 의미 있는 거라구요."

우진은 반지를 꺼내 해인의 왼손 약지에 끼워주었다. 다른 무늬 없이 작은 다이아몬드가 일렬로 박힌 심플한 백금반지였다. 깔끔하면서도 고급스러운 것이 해인과 너무나 잘 어울렸다.

"대답도 안 해주고……."

우진은 몸을 기울여 해인의 눈에 입 맞추며 혀끝으로 눈물을 핥아냈다. 여전히 떨고 있는 해인의 어깨를 품에 안으며 부드럽게 쓰다듬었다.

"할 거죠?"

"……응."

해인이 우진의 몸에 팔을 두르며 속삭였다. 가녀리게 떨리는 목소리가 들려오자 우진은 몸의 긴장이 풀리는 것 같았다. 해인이 싫다고 할까 봐 얼마나 조마조마했는지 그녀는 모를 터였다.

우진은 해인을 침대에 눕히며 그녀의 품으로 파고들었다. 그녀의 도톰하고 유혹적인 입술을 한 입에 머금고 천천히 부드럽게 빨아들였다. 거친 숨결을 쏟아내는 해인의 입안으로 우진의 뜨거운 혀가 파고들었다. 두 사람의 혀가 자석에 이끌리듯 맞닿아 뒤엉켰다. 우진의 타액이 해인의 입가를 타고 목으로 흘러내리도록 두 사람의 입술은 떨어질 줄 몰랐다.

우진의 커다란 손이 해인의 부드럽고 봉긋한 가슴을 한 손에 쥐었다. 우진의 손길이 거듭될수록 해인의 가슴은 조금씩 단단해져 갔고 유두가 딱딱하게 일어섰다. 손바닥에 닿는 그 감촉이 좋아 우진은 가슴을 쥔 손을 부드럽게 쥐었다 폈다 하며 손바닥을 굴렸다.

해인이 양팔로 우진의 목을 감싸 안았다. 우진에게 온전히 몸을 맡긴 채로 허리를 들어 올리며 아래를 그의 남성에 바짝 밀어붙였다.

"흐음…… 누나."

우진은 해인의 가슴을 한 입에 물며 빨아들였다.

"하읏."

사과를 베어 물 듯 유두를 혀끝으로 간질이며 주변을 이로 세게 물자 해인의 입에서 거친 신음이 터져 나왔다. 우진은 입술과 혀로 해인의 가슴을 애무하면서 그녀의 가녀린 허리와 치명적인 라인의 골반을 탐했다. 매끈하게 쭉 뻗은 해인의 다리를 팔로 감싸 올리고는 그 중심에 자리를 잡았다.

우진은 해인의 골짜기를 손바닥으로 감쌌다. 뜨거운 열기가 손바닥에 그대로 전해져 왔고 그만큼 뜨거운 애액이 손바닥을 적셨다.

"누나. 누나를 너무 안고 싶어서 죽는 줄 알았어요."

"으응. 나도……."

해인의 얼굴이 쾌감에 붉게 달아오른 것을 보고 있으려니 우진은 조바심이 났다. 그의 길고 거친 손가락이 해인의 안으로 파고들었다.

"하읏. 우진아."

해인의 눈이 놀라움으로 반짝거렸다.

"왜요……?"

"손가락…… 더 거칠어졌어. 하읏."

우진의 손가락이 깊게 파고들며 질 벽을 쓰다듬자 해인의 고개가 급격이 뒤로 꺾였다. 하얗고 가녀린 목 줄기에 굵은 혈관이 튀어 올라온 모습에 우진의 이성이 마비되는 것 같았다.

"미친 듯이 훈련했으니까……. 하아, 누나 기분 좋아요?"

"응. 으응…… 아흣, 거기 더. 더……."

우진의 손길에 따라 해인의 엉덩이가 들썩거렸다. 한참 동안 안을 손가락으로 훑으며 애무하다 보니 해인의 엉덩이가 닿아 있던 침대가 흥건히 젖어들었다. 침대 시트처럼 해인의 몸도 우진의 몸도 땀으로 흠뻑 젖었다.

"누나, 들어갈게요."

우진은 손가락을 빼낸 자리에 망설임 없이 남성을 밀어 넣었다. 깊고 뜨거운 해인의 안이 기다렸다는 듯 우진을 받아들였고 삼킬 듯 그를 놓아주지 않았다. 우진은 해인의 몸을 안은 채 안으로 깊이깊이 자신을 밀고 들어갔다. 남성 끝에 닿는 해인의 자궁은 한없이 부드러웠고 그를 감싸고 있는 질 벽은 숨이 막히도록 옥죄어왔다. 꿈틀거리며 남성을 쥐었다 폈다 하는 느낌에 우진은 정신이 혼미해지는 것 같았다.

"하아, 누나. 누나 안이 미친 듯이 움직여서…… 나 쌀 것 같아."

"으응."

해인은 고개를 끄덕이면서도 우진의 몸을 더 세게 끌어당기며 안아왔다. 우진은 해인이 더 오래도록 쾌감을 느끼게 해주고 싶었다. 천천히 부드럽게 해인의 안에 들어갔다 나오기를 반복했다. 그녀의 안의 꿈틀거림이 빨라지자 당장에라도 사정할 것 같은 걸 참으며 우진은 몸을 일으켜 남성을 빼냈다.

"하아. 왜에……."

해인이 아쉬워하며 본능적으로 우진에게로 팔을 뻗어왔다. 우진은 그 모습에 싱긋 웃으며 해인의 팔을 잡아 일으켰다. 무릎을 꿇은 채 이내 해인의 몸을 돌려 허벅지 위에 앉히며 바로 그녀의 안으로 파고들었다.

"하읏. 우진아."

"응. 누나……."

우진은 뒤에서 해인의 몸을 감싸 안았다. 양팔을 엇갈려서는 해인의 양쪽 가슴을 움켜쥐고는 그녀의 몸을 위아래로 들어 올렸다 내리기를 반복했다. 그 손길에 따라 해인의 안이 우진의 남성을 감쌌다가 빠져나가기를 반복했다.

그녀를 안지 못한 시간이 너무나 길었다. 몇 년 동안 참았던 걸 다 채우려면 하루 24시간이 모자를 것 같았다. 자신에게 체력만 주어진다면 해인을 놓지 않고 그녀의 안에만 머물러 있고 싶었다. 그녀의 입술을 탐하고 그녀의 가슴을 탐하고 싶었다.

"하아하아. 우진아. 그만. 하읏……."

"흐읏."

우진은 해인의 안에 자신의 남성이 들어가 있는 상태 그대로 그녀의 몸을 안아 들고 침대 헤드 쪽을 향해 무릎으로 걸어갔다. 해인은 우진의 양팔에 안긴 채로 그의 힘으로 앞으로 나아갔다. 그녀의 무릎과 발등은 힘없이 침대 시트 위를 부드럽게 스쳐 갈 뿐이었다.

우진은 벽에 해인의 손바닥을 짚게 하고는 그녀의 목덜미와 가슴을 움켜쥔 채로 그녀의 안으로 빠르게 치고 들어갔다. 철벅거리며 살이 부딪치는 소리와 질척거리며 애액이 내는 소리가 두 사람의 신음과 뒤섞여 점점 높아져 갔다.

"하아. 우진아, 우진아. 하읏. 아래에 수인이……."

"신경 쓰지 말고 흐읏……. 누난 나한테만 집중해요."

우진은 해인의 가슴을 움켜쥐고 있던 손을 내려 그녀의 수풀을 손바닥으로 감쌌다.

"아악. 그만…… 그만."

손가락 끝에 도톰하게 일어선 클리토리스를 찾아내고는 위아래로 문지르자 해인의 신음이 비명처럼 터져 나왔다. 우진은 신음을 토해내는 해인의 목덜미를 더 세게 움켜쥐었다. 손바닥에 해인이 성마르게 꿀꺽거리며 침을 삼키는 느낌이 그대로 전해져 왔다.

우진은 해인의 안을 파고드는 속도를 더 빨리했다. 더 깊이 파고들었고 더 강하게 클리토리스를 애무했다. 해인의 몸이 부르르 떨리며 몇 번에 걸쳐 절정에 치닫고 있다는 걸 알면서도 멈추지 못했다.

우진의 몸짓이 더 격렬해지며 해인을 안은 팔에 힘이 들어갔다. 두 사람의 몸은 어느 때보다 부드럽게, 어느 때보다 강하게 끝없이 서로를 갈구하며 하나가 되어갔다.

"하읏. 누나."

우진은 해인의 안에 뜨거운 물줄기를 쏟아냈다. 콘돔을 하지 않은 채 그녀의 안에 사정하는 건 처음이었다. 사랑하는 여자의 몸속으로 자신의 것이 마구 들어가고 있다는 것이 이렇게 기분 좋은 줄 미처 몰랐다.

새벽 미명에도 우진은 잠들지 못했다. 자신의 품에 안겨 잠든 해인의 머리카락을 쓸어 넘기고 볼과 입술, 목덜미와 어깨, 가슴까지 부드럽게 쓰다듬었다. 만지고 또 만져도 손을 뗄 수가 없었다.

얼마나 그리웠던 사람이었는지, 얼마나 그리웠던 그녀의 감촉이었는지 머릿속에 떠나지 않던 것들이 실체로 제 옆에 누워 있으니 꿈이 아닐까 두려웠다. 차라리 꿈이라면 깨지 않기를 바라면서 해인을 쓰다듬고 또 쓰다듬었다.

우진의 눈에 해인의 손가락에 끼워진 반지가 들어왔다. 손등에 부드럽게 원을 그리며 만지다가 그녀의 손을 당겨 반지를 낀 손가락에 입을 맞추었다. 가슴 깊은 곳에서부터 애절한 감정이 밀고 올라왔다.

"누나, 사랑해요."

속삭이며 해인의 이마에 입을 맞추는데,

"나도 사랑해."

해인이 살며시 눈을 뜨며 우진을 바라보았다. 잠들어 있는 줄 알았던 해인이 깨어 있었다. 그리고 자신에게 사랑한다고 말하고 있었다. 그것도 처음으로. 해인 앞에서는 언제나 재잘재잘 먼저 떠들던 우진이었지만 이 순간만큼은 입이 떨어지질 않았다.

"너무 늦게 말해서 미안해."

"누나."

"오래전부터 사랑했어. 너무 늦어서 미안……."

"다시 말해줘요."

우진은 눈이 따가워졌다. 해인의 사랑한다는 고백에 빨갛게 눈이 충혈되며 눈물이 차올랐다.

"……사랑해. 서우진, 사랑해."

"나도, 나도 사랑해요."

우진은 해인에게 입을 맞추었다. 너무나 사랑하는 그녀, 너무나 갖고 싶었던 그녀를 품에 안았다. 그녀와 다시 하나가 되는 동안 두 사람은 계속 사랑의 밀어를 속삭였다. 하늘이 조금씩 밝아지면서 창문으로 햇살이 쏟아져 들어왔고 사랑을 나누는 두 사람의 위로 반짝거리는 빛을 뿌렸다.

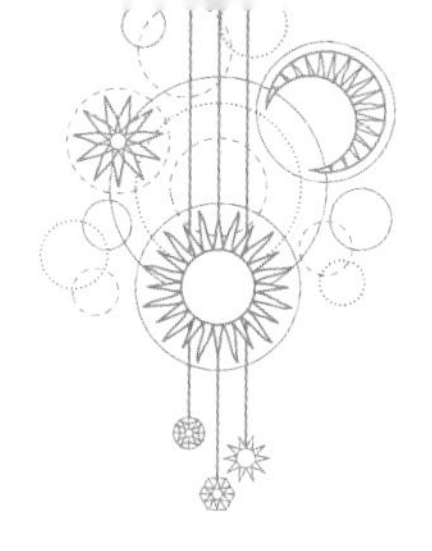

에필로그

열린 창문 사이로 불어 들어오는 바람이 얼굴을 간질이자 해인은 잠에서 깨어났다. 하얀 시폰 커튼이 바람에 살짝살짝 날릴 때마다 그 사이로 창 밖 풍경이 보였다. 몇 시쯤 되었을까. 침대 옆 협탁에 놓인 핸드폰으로 손을 뻗는데 커다란 팔이 뻗어와 해인의 손을 잡았다.

"핸드폰 안 보기로 했잖아."

해인의 목덜미에 입술을 묻은 채 우진이 웅얼거리며 투덜거렸다.

"몇 신지 보려고 그런 거야."

"시간도 보지 마."

우진의 팔다리가 해인의 몸을 옭아매듯 감아왔다. 단단한 우진의 몸이 기분 좋은 감각을 불러일으켰다. 우진이 해인을 옆으로 돌려 눕히고는 자신의 몸을 바짝 붙여왔다. 해인의 아랫배에 우진의 단단한 남성이 닿았다.
"애들 데리러 가야지."
"저녁에 가도 돼."
우진의 웅얼거리는 목소리가 해인의 어깨에 와 닿았다.
"잠도 안 깨서는……. 또 하려고?"
"난 자면서도 당신 안을 수 있어. 왜냐면 꿈속에서도 계속 당신 안에 들어가거든."
해인은 쿡쿡거리며 웃음을 터뜨렸다. 자신에게 파고들려는 우진을 밀어낼 때마다 그는 어린아이처럼 투정을 부리고 말도 안 되는 핑계를 대며 졸라댔다. 평소에는 누구보다 강하고 늠름한 남자인데 이럴 땐 어린아이처럼 구는 모습이 귀여워 보였다.
우진이 해인의 가슴을 감싼 채 유두를 뱅글뱅글 돌렸다. 거친 손가락 감촉이 유두에 닿자 온몸이 간질거리고 짜릿해졌다. 그의 입술이 해인의 귓불을 쪽쪽 소리가 나도록 빨아들이다가 목덜미를 타고 내려왔다.
"흐으응."
해인이 작게 터뜨린 신음에 우진은 더 흥분되는 듯 그녀의 몸에 온전히 자신의 몸을 밀착시켰다. 해인의 아래에 파고든 건 단단하게 닿아 있던 그의 남성이 아니었다. 우진의 길고 거친 손가락이 당연하다는 듯 해인의 안으로 파고들어 왔고 부드럽게 질벽을 쓰다듬었다.
"아아……. 가득 차. 누나…… 누나."
이제 우진이 해인을 누나라고 부르는 건 이렇게 사랑을 나눌 때뿐이었다. 그 외에는 '해인아'나 '여보야', '자기야'로 부르곤 했다. 사랑을 나누며 절정이 극에 다를 때는 누나라고 부르는 횟수가 급격히 늘었다.

"누나."

우진이 해인의 몸 위로 올라오며 입을 맞췄다. 손가락으로 부드럽게 안을 헤집으면서 혀로는 해인의 입안을 휘젓고 그녀의 혀를 옭아매었다.

"누나…… 빨아줘."

우진이 상체를 해인의 머리 쪽으로 올라오며 그녀의 몸을 가운데 두고 무릎을 꿇었다. 여전히 해인의 안을 손가락으로 쓰다듬으며 상체를 내리자 해인은 우진의 가슴을 손바닥으로 쓰다듬었다. 딱딱하게 일어선 우진의 유두가 손바닥이 지날 때마다 그 방향에 따라 꺾였다.

"하아. 누나…… 빨리."

해인은 우진의 유두를 혀끝으로 간질이듯 이리저리 핥다가 한입에 물고 쪽쪽 빨아들였다. 우진의 몸이 부르르 떨리며 깊은 신음을 토해내었다. 자그마한 유두를 빨아들이다가 이로 자근자근 깨물었다. 다시 혓바닥과 혀끝으로 핥으며 자극했다. 손으로 애무하고 있던 다른 쪽 가슴으로 옮겨 마찬가지로 유두를 빨아들였다.

"누나…… 누나. 아아…… 좋아. 좋아, 누나."

해인은 우진의 유두를 입술로 빨아들이면서 그의 남성을 한손으로 움켜쥐었다. 손바닥으로 부드럽게 감싸쥔 채 위아래로 쓰다듬자 움찔거리며 더 단단하게 부풀어 올랐다.

"흡. 누나."

우진의 가슴 근육이 더 단단해지며 몸에 힘이 바짝 들어가는 게 선명히 눈에 들어왔다. 해인은 아래에서 느껴지는 강렬한 자극에도 흥분하고 있었지만 자신의 애무에 흥분하는 우진의 모습에 아래가 더 저릿해졌다.

우진이 몸을 내리며 해인의 입술에 혀를 밀고 들어왔다. 자연스럽게 우진의 남성이 해인의 손바닥 사이에서 빠져나갔다. 그녀의 안을 헤집던 손가락 대신 이내 우진의 남성이 해인의 안으로 밀고 들어왔다. 밤새 사랑을 나눴던 데다 우진의 손가락이 강하게 자극해 놓은 터라 해인의 안은 한껏 부풀어 올라 있었다.

"하아. 누나. 누나, 사랑해."

해인은 안을 가득채운 우진이 움직일 때마다 정신이 아득해질 듯 절정으로 치달렸다. 우진의 몸짓이 점점 격렬해졌고 거친 호흡이 섞여들었다. 덮고 있던 시트가 바닥으로 흘러내리고 햇살에 방 안의 온도가 점점 높아지는 동안에도 두 사람은 하나로 섞인 채였다.

해인과 우진은 삼성동 집으로 향했다. 해인이 결혼한 후에는 커다란 그 집에 기현과 수인 그리고 파주 댁만이 머물고 있었다. 기현은 집이 허전하다며 병원장을 퇴임한 후에 연산 별장으로 내려가려 했었지만 해인과 수인이 말려 삼성동에 계속 머물렀다.

우진은 그게 마음에 걸렸는지 시간이 날 때마다 삼성동 집으로 향했고 기현과 시간을 보냈다. 해인과 함께하지 않더라도 아이들만 데리고 가거나 혼자 갈 때도 많았다. 제 경기가 있는 날이면 기현을 위해 좌석을 예매해 선물하기도 했다. 기현은 우진이 코치를 맡고 있는 팀 응원석에 앉아 목소리를 높이며 응원을 했고 그런 날이면 어린아이처럼 붉게 상기된 얼굴로 해인에게 경기 내용을 설명하기 바빴다.

오늘은 여름방학이 시작하자마자 기현의 집에 가 있던 아이들을 데리러 가는 길이었다. 벌써 2주째 기현과 함께 있던 터라 해인은 한편으로 걱정이 몰려왔다.

"애들 버릇 다 망쳐 놓은 거 아닌지 몰라."

우진이 쿡쿡대며 웃어댔다. 해인이 하는 말뜻을 너무나 잘 알고 있기 때문이었다.

기현과 수인은 아이들에게 너무 관대했다. 좋은 것, 맛있는 것, 원하는 것들은 무엇이든지 다 해주려고 했다. 해인이 아무리 화를 내고 잔소리를 해도 그녀의 눈을 피해 아이들이 원하는 걸 해주었다. 아니, 원하기도 전에 온갖 핑계를 만들어 아이들에게 쥐어주기 바빴다. 그런 사람들 손에 2주나 맡겨두었으니 아이들은 천국이었겠지만 해인은 앞이 깜깜했다.

현관문을 열기 전부터 시끌벅적한 소리가 문 밖으로 들려왔다. 해인은 그 소리를 듣자 불안감이 더 커졌다. 집 안으로 들어서자 파주 댁의 웃는 얼굴 뒤로 거실 바닥에 주저앉아 기차 레일 블록을 조립하고 있는 광경이 한눈에 들어왔다. 네 명이 머리를 맞대고 앉아 서로에게 잔소리를 해대며 블록을 쌓고 있었다.

"우리 왔어요."

"아버지, 저희 왔습니다."

가방을 내려놓으며 인사를 했지만 단 한 사람도 돌아보지 않았다. 해인이 어이없다는 표정으로 우진을 바라보는데 그는 어깨를 으쓱할 뿐이었다.

"어어. 그래."

"누나 왔어? 왔냐, 매형?"

수인은 우진을 매형이라고 부르면서도 여전히 반말을 했다.

"안녕, 엄마. 아빠."

그나마 큰 녀석은 대답이라도 하는데 작은 녀석은 아예 대꾸도 하지 않았다.

"뭐 하는 거야?"

"우리 바쁘다. 옷 갈아입고 내려오렴."

기현은 이마로 흘러내리는 하얀 머리카락을 입으로 훅훅 불어가며 엎드린 채 블록에 집중하고 있었다. 어른이나 아이나 똑같은 자세와 얼굴로 몰두하고 있는 모습을 보고 있으려니 우습기도 하고 어처구니도 없었다. 자신을 이렇게 찬밥 신세로 만들다니.

"우리 그냥 간다."

해인이 버럭 소리를 질렀지만 소용없었다. 우진이 해인의 팔을 잡고 2층으로 잡아끌었다.

"어디 하루 이틀이야."

"아니, 애들은 그렇다 치고 수인이랑 아빠까지 저러고 있으니까. 진짜 누가 애고 누가 어른인지."

"왜 좋잖아. 아버님이 애들이랑 있을 때 얼마나 즐거워하시는데."

"그거야 알지만. 저 기차 블록도 못 보던 건데 새로 샀나 보네. 아우 진짜."

"왜, 우리 돈 안 들고 좋지."

해인은 기가 막혀 우진을 째려보았다.

"여보세요. 이것 보세요. 지금 그걸 농담이라고……."

"보고 있어요. 여보오오……."

해인은 능청맞게 웃는 우진을 한 번 더 째려보았다. 우진은 짜증을 내는 해인을 끌어안고 쪽쪽 소리가 나도록 입을 맞추었다.

"자꾸 인상 쓰지 마. 무서우니까."

"뻥 치지 마."

해인은 계속되는 우진의 애교에 웃음을 터뜨렸다. 두 사람은 해인이 결혼 전에 쓰던 방에서 편한 옷으로 갈아입고 다시 1층으로 내려갔다. 이제 네 사람은 완성된 레일에 기차가 소리를 내며 움직이는 모습을 보며 환호성을 지르고 있었다.

"참나. 열차 개통식이야? 꽃가루라도 뿌려줘?"

고개를 절레절레 흔들며 거실로 들어서는 해인을 그제야 작은 녀석을 제외한 세 사람이 돌아보았다. 집에 들어올 때는 제대로 쳐다보지도 않던 딸 이안이 해인에게 쪼르르 달려와 안겼다. 이제 초등학교 1학년인 이안은 해인을 꼭 닮아 예쁜 얼굴이었다. 하얀 피부에 도톰한 입술까지 빼다 박은 데다 야무진 성격까지 닮았다.

우진은 해인에게 안겼다가 쪼르르 자신에게 달려오는 이안을 번쩍 안아 올렸다. 이안은 우진이 이렇게 안아 올릴 때마다 까르르 웃음을 터뜨리곤 했다. 제 키보다 훌쩍 높이 올라가지니 재미있다며 계속 해달라고 졸라댔다.

그 모습을 보는 기현과 수인의 얼굴에도 환한 미소가 가득했다. 반면 아들인 지안은 여전히 기차에만 시선을 둔 채 등을 돌리고 있었다.

"지안아, 엄마 왔는데 안 반가워?"

해인이 다가가 안으려 하자 지안이 기현의 품으로 풀썩 안기며 고개를 파묻었다. 당황하는 해인과 이상하다는 듯 쳐다보는 우진의 시선을 기현과 수인이 멋쩍은 듯 피했다. 해인은 기현과 수인을 번갈아 보다가 다시 지안을 불러 보았다.

"지안아. 엄마 안 보고 싶었어? ……그동안 안 와서 삐졌어? 응?"

해인이 지안의 작은 등을 토닥거리자 아이는 더 움찔거리며 기현에게 파고들었다. 해인은 걱정과 섭섭한 마음이 동시에 들었다. 다섯 살짜리 아이에게 엄마 없는 2주는 너무 길었나 싶어 미안해졌다.

"지안아……."

걱정 가득한 해인의 등 뒤로 이안의 목소리가 들려왔다.

"엄마, 지안이 얼굴 다 까지고 멍들었어."

"뭐?"

"왜?"

이안의 말에 우진과 해인이 놀라 목소리가 높아졌다.

"삼촌이랑 쩌어기 동네 놀이터 가서 놀았거든. 근데 지안이가 어떤 남자애 쫓아가서 주먹으로 막 쿵쿵 때렸어. 그랬더니 그 남자애가 쬐그만 게 까분다면서 지안이 때렸어."

"싸웠단 말이야? 지안아, 왜 그랬어?"

기현의 품에서 등을 잔뜩 웅크린 채 고개를 묻고 있는 지안이 대신 수인이 입을 열었다.

"이안이가 미끄럼틀 타려는데 그 남자애가 자기가 먼저 탄다면서 밀었나 봐. 이안이가 넘어지면서 울었고. 지안이가 그거 보고 남자애 쫓아가서 때린 거지."

우진이 이안을 안은 채 해인의 옆에 와 앉았다. 해인은 기현의 품에서 지안을 끌어당겨 품에 안았다. 입가에 멍이 들고 볼 한쪽에 피딱지가 앉아 있었다. 속상한 마음에 상처 난 지안의 얼굴을 손끝으로 쓰다듬었다.

"으응? 지안아, 그렇다고 너보다 큰 형아를 때리면 어떡해."

해인의 말에 우진을 쏙 빼닮은 지안의 얼굴이 씰룩거리더니 금세 울음을 터뜨렸다. 세상 서럽다는 듯 굵은 눈물방울을 뚝뚝 흘려가며 엉엉 소리 내어 울었다.

"왜 애를 울리는 거야."

기현이 해인을 나무라자 지안이 고개를 가로저으며 그녀의 품에 파고들었다.

"엄마도 연약하니까 혼내면 안 돼."

지안이 울먹거리며 하는 말에 해인은 아연실색했다. 이건 또 무슨 소리인지. 해인이 눈만 깜박거리며 지안을 내려다보는데 기현과 수인이 헛기침을 해댔다.

"할아버지랑 삼촌이 지안이한테 엄마랑 나는 연약한 여자니까 남자인 지안이가 보호해 줘야 된다고 했어. 누가 엄마랑 나를 못살게 굴거나 울리면 막 싸워서라도 지켜줘야 된대."

또박또박 힘주어 말하는 이안의 말에 우진은 웃음을 터뜨렸고 해인은 큰 한숨을 내쉬었다.

"지안이가 그래서 누나 대신에 남자애 때려준 거지?"

이안이 지안의 다리를 톡톡 두드리며 물었다. 제 마음을 누나가 알아주어서인지 그제야 지안은 겨우 울음을 멈추며 고개를 끄덕였다. 여전히 세상 서럽다는 듯 온몸을 들썩이며 울먹이면서도 해인의 몸에 팔을 두르며 안겨왔다. 채 몸 하나를 다 안지도 못하는 짧은 팔이 감겨오자 해인은 가슴이 뭉클해졌다.

그건 그거고. 해인은 기현과 수인을 한껏 째려보았다.

"아빠? 수인이도 모자라서 이젠 지안이까지 세뇌시킬 작정이야?"

"흠흠. 세뇌라니. 당연한걸."
"아빠."
버럭 하는 해인의 옷자락이 아래로 당겨졌다. 지안이 걱정 가득한 눈망울을 한 채 해인의 티를 꼭 쥐며 잡아당기고 있었다.
"엄마, 지안이 잘못했어? 지안이 혼나야 해?"
윽. 그런 표정으로 물어보면 뭐라고 답을 할 수 있을까. 솔직히 지안이 잘못한 건 하나도 없었다. 잘못했다면 또다시 여자들을 과보호하려는 이 집안 남자들이 문제였다.
"응? 아니야. 우리 지안이 잘했어. 잘한 거야."
그제야 지안이 안심한 듯 배시시 웃음을 지었다.
"할아버지도 지안이한테 잘했다고 했어. 그래서 이거 사준 거야."
언제 울었냐 싶게 의기양양해져 자랑하는 지안의 표정과는 반대로 기현과 수인의 표정은 갈수록 가관이었다. 해인이 그것 보라는 표정으로 우진을 바라보자 그사이에 기현과 수인은 슬금슬금 자리에서 일어서더니 파주 댁에게 저녁 아직 멀었냐며 주방으로 들어가 버렸다.
해인은 화를 내지도 웃지도 못하고 복잡한 심정으로 앉아 있는데 우진은 계속 쿡쿡대며 웃고만 있었다.
"웃음이 나와?"
"왜? 나도 아버님 의견에 찬성인데."
"자긴 수인이 보고도 그런 말이 나와? 저 나이 먹어서도 시스콘이야. 어릴 때야 그렇다지만 지금 걔네 병원에서도 그렇게 부른다니까? 신경외과 과장이나 된 녀석이 결혼도 안 하고 시스콘이라고 불리는 게 말이 돼? 아휴, 정말."

"난 좋다니까."

우진이 품에 안고 있는 이안의 머리에 입을 쪽 맞췄다. 이안과 지안은 서로의 다리를 톡톡 건드리며 장난치면서 까르륵 소리 내어 웃고 있었다.

"난 싫다니까."

"괜찮아, 괜찮아. 지안아."

우진의 부름에 장난을 치던 지안이 제 아빠를 바라보았다. 붕어빵 같은 부자가 서로를 향해 싱긋 웃었다.

"아빠가 부탁할 게 하나 있어. 꼭 들어준다고 약속해야 해?"

"무슨 말 하려고?"

해인은 불안함에 우진의 팔을 툭 쳤다. 우진은 아랑곳하지 않고 지안에게 주먹을 쥔 채 새끼손가락을 펴며 내밀었다.

"우리 지안이 조금 더 크면 누나처럼 학교 다닐 거잖아. 그치?"

"응."

지안이 꼼지락거리며 기차 블록을 손에 쥐었다. 그러면서도 우진이 하는 말이 궁금한지 귀를 기울였다.

"학교 다니면서 형아들처럼 키도 크고 그러면 친구도 많이 생길 거잖아? 그치?"

"응."

우진이 무슨 말을 할지 여전히 불안했지만 다섯 살 아이에 맞춰 차근차근 얘기를 이어가는 모습을 보니 해인은 웃음이 터지기 직전이었다.

"친구들 중에 아빠처럼 찌이인짜 좋은 친구를 꼭 한 명 사귀어야 해. 알았지?"

"뭐야. 왜 그래. 무슨 말을 하려고?"

해인이 궁금증에 불쑥 끼어들었다. 이번에도 무시당했지만.

"그 친구가 찌이인짜 좋은 친구면 이안 누나한테 소개시켜 줘야 해. 알았지? 지안이랑 같이 이안 누나 지켜줘야 한다고 해. 알았지?"

"응."

"자, 새끼손가락 걸고…… 약속."

지안이 우진의 새끼손가락에 고사리 같은 손가락을 걸었다.

"이 사람이 진짜. 자기까지 애한테 이상한 소리 하면 어떡해."

불평해대는 해인의 목소리는 어느새 거실로 다시 나온 기현과 수인의 웃음소리에 막혀 버렸다. 우진의 말을 다 알아듣지 못했을 텐데도 '응'이라고 대답하며 배시시 웃는 지안이도 그런 말들에 아랑곳없이 그냥 마냥 기분 좋은 이안이도 해인의 품으로 파고들었다.

해인에게 가장 큰 아이인 우진조차 해인의 어깨를 끌어안으며 쪽쪽 소리가 나도록 입을 맞추었다. 등 뒤로 식사하라는 파주댁의 목소리가 들려왔다. 왁자지껄한 웃음소리가 이제 거실에서 주방으로 옮겨가고 있었다.

END.

작가 후기

안녕하세요. 〈각인:널 갖겠어〉의 작가 제이오스입니다.

이 책을 쓰기 시작한 건 가을에 접어들 무렵이었는데 지금은 한겨울이 되었네요. 저의 처녀작이었던 〈사랑도 중독이 되나요?〉 전자책 출간 이후 두 번째 책을 준비하면서 아주 많은 고민을 했었답니다.

두 번째 소설 시놉을 준비하면서 관련 직종 인터뷰도 하고 자료조사도 했었는데 생각만큼 스토리가 잘 안 풀렸어요. 머리를 싸매며 억지로 작업하는 데 몇 주를 보내다 보니 하루하루가 지치는 기분이었어요. 소설을 쓰는 작가가 본인이 쓰는 글을 재미없어 하는데 읽는 독자가 재미를 느낄까 싶어 더 고민이 되었답니다.

같은 고민을 하며 잠자리에 들어서도 생각이 꼬리를 물던 어느 날, 문득 〈각인:널 갖겠어〉의 스토리가 마구마구 떠오르기 시작하더라구요. 캐릭터와 스토리가 순식간에 떠오르고 정리가 되었다고 하면 믿으

실지. 그래서 쓰던 원고는 과감히 제 외장하드로 조용히 물러났답니다.

그렇게 써 내려간 책이 바로 〈각인:널 갖겠어〉입니다. 참 즐겁게, 재미있게 작업했어요. 제가 만들어낸 인물들이었지만 꽤나 매력적으로 다가왔다고 하면 이상하게 들리실까요? 쓰면서 즐거웠던 탓인지 두 번째 책은 이렇게 종이책으로 출간하게 되는 경사(?)도 누리게 되었답니다. 여전히 부족한 것투성이지만 그래도 한 걸음 더 앞으로 나아갔다는 뿌듯함이 들기도 합니다.

저는 책을 쓸 때 멋진 미사여구보다 현실성 있는 상황과 대사를 쓰려고 노력해요. 드라마보다 더 드라마 같은 상황이 바로 현실이잖아요. 사랑 때문에 행복했다가 사랑 때문에 상처 받았다가 그럼에도 또 다시 사랑에 빠지는 게 바로 우리가 아닐까 합니다. 그 과정 속에서 공감할 만한 상황과 대사들로 풀어내려고 해요.

〈각인:널 갖겠어〉를 읽으실 독자분들도 제 책을 읽으면서 함께 웃고, 함께 울고, 함께 사랑에 빠지셨으면 좋겠어요.

앞으로도 더 흥미진진한 얘기들을 풀어낼 수 있도록 열심히 쓸게요. 〈각인:널 갖겠어〉도, 저의 부족함 투성이었던 첫 작품 〈사랑도 중독이 되나요?〉도 많이 사랑해 주세요.

저는 또 새로운 작업을 하러 갑니다. 어디로요? 아늑한 제 방으로요. ^^

2017년의 크리스마스를 기다리며…….

by 제이오스